شہید ساز

کلیاتِ منٹو ۔ 6/9

افسانے

سعادت حسن منٹو

Copyrights

TITLE: Shaheed Saaz
FORMAT: Paperback
SERIES: Kulliyat e Manto
PART: Part 6 of 9
AUTHOR: Saadat Hasan Manto
PUBLISHED BY: GhazalSara Dot Org, LLC
PUBLISHED: May 2023
ISBN: 978-1-957756-53-0

CONTACT: ghazalsara.org@outlook.com

Scan this QR Code with your phone now!

Printed and bound in the U.S.A.

کلیاتِ منٹو

منٹو کے تمام افسانوں کو نو کتابوں کی صورت میں شائع کیا جا رہا ہے۔ یہ کتب امریکہ میں غزل سرا کے آن لائن سٹور اور باقی تمام دنیا میں ایمازون اور ایسے ہی دوسرے سٹورز پر بآسانی دستیاب ہیں۔ اس کے علاوہ یہ کتب ای بک فارمیٹ میں ایپل بک سٹور، گوگل پلے بکس اور دوسرے ای بک پلیٹ فارمز پر دستیاب ہیں۔

فارمیٹ	آئی ایس بی این	ٹائٹل	#
ہارڈ کور	978-1-957756-71-4		
پیپر بیک	978-1-957756-48-6	ایک زاہدہ، ایک فاحشہ	1
ای بک	978-1-957756-57-8		
ہارڈ کور	978-1-957756-72-1		
پیپر بیک	978-1-957756-49-3	بلاوز	2
ای بک	978-1-957756-58-5		
ہارڈ کور	978-1-957756-73-8		
پیپر بیک	978-1-957756-50-9	ٹھنڈا گوشت	3
ای بک	978-1-957756-59-2		
ہارڈ کور	978-1-957756-79-0		
پیپر بیک	978-1-957756-51-6	دھواں	4
ای بک	978-1-957756-60-8		
ہارڈ کور	978-1-957756-74-5		
پیپر بیک	978-1-957756-52-3	سودا بیچنے والی	5
ای بک	978-1-957756-61-5		
ہارڈ کور	978-1-957756-66-0		
پیپر بیک	978-1-957756-53-0	شہید ساز	6
ای بک	978-1-957756-62-2		
ہارڈ کور	978-1-957756-46-2		
پیپر بیک	978-1-957756-54-7	کھول دو	7
ای بک	978-1-957756-63-9		
ہارڈ کور	978-1-957756-77-6		
پیپر بیک	978-1-957756-55-4	موزیل	8
ای بک	978-1-957756-64-6		
ہارڈ کور	978-1-957756-78-3		
پیپر بیک	978-1-957756-56-1	ہتک	9
ای بک	978-1-957756-65-3		

فہرست

سونورل

بشریٰ نے جب تیسری مرتبہ خواب آور دواسونورل کی تین ٹکیاں کھاکر خودکشی کی کوشش کی تو میں سوچنے لگا کہ آخر اِس یہ سلسلہ کیا ہے۔ اگر مرنا ہی ہے تو سنکھیا موجود ہے، افیم ہے۔ اِن سمیّات کے علاوہ اور بھی زہر ہیں جو بڑی آسانی سے دستیاب ہیں، ہر بار سونورل، ہی کیوں کھائی جاتی ہے۔

اِس میں کوئی شک نہیں کہ یہ خواب آور دوا زیادہ مقدار میں کھائی جائے تو موت کا باعث ہوتی ہے لیکن بشریٰ کا تین مرتبہ صرف اسے ہی استعمال کرنا ضرور کوئی معنی رکھتا تھا۔ پہلے میں نے سوچا چونکہ دو مرتبہ دوا کھانے سے اس کی موت واقع نہیں ہوئی اس لیے وہ احتیاطاً اسے ہی استعمال کرتی ہے اور اسے اپنے اقدامِ خودکشی سے جو اثر پیدا کرنا ہوتا ہے، موت کے اِدھر اُدھر رہ کر کر لیتی ہے۔ لیکن میں سوچتا تھا کہ وہ اِدھر اُدھر بھی ہو سکتی تھی۔ یہ کوئی سو فیصد محفوظ طریقہ نہیں تھا۔

تیسری مرتبہ جب اس نے بتیس گولیاں کھائیں تو اس کے تیسرے شوہر کو جو پی ڈبلیو ڈی میں سب اوور سیر ہیں، صبح ساڑھے چھ بجے کے قریب پتہ چلا کہ وہ فالج زدہ بھینس کی مانند بے حس و حرکت پلنگ پر پڑی تھی۔ اس کو یہ خواب آور دوا کھائے غالباً تین چار گھنٹے ہو چکے تھے۔ سب اوور سیر صاحب سخت پریشان اور لرزاں میرے پاس آئے۔ مجھے سخت حیرت ہوئی، اس لیے کہ بشریٰ سے شادی کرنے کے بعد وہ مجھے قطعاً بھول چکے تھے۔ اس سے پہلے وہ ہر روز میرے پاس آتے اور دونوں اکٹھے بیئر یا وہسکی پیا کرتے تھے۔ اُن دنوں وہ مفلوک الحال تھے۔ سائیکل پر دفتر جاتے اور اسی پر گھر واپس آتے۔ مگر جب ان کی بشریٰ سے دوستی ہوئی اور وہ اس سے شادی کر کے اسے اپنے گھر لائے تو اپنے گھر کا نقشہ ہی بدل گیا۔ ان کا بھی اور ان کے گھر کا بھی۔ اب وہ بہت عمدہ سوٹ پہنتے تھے۔ سواری کے لیے موٹر بھی آ گئی۔ گھر بڑھیا سے بڑھیا فرنیچر

سے آراستہ ہوگیا۔ ریس کھیلنے لگے۔ اب دیسی رم کے بجائے اب سکاچ وہسکی کے دوران ان کے یہاں چلتے تھے۔ بشریٰ بھی پینے والی تھی اس لیے دونوں بہت خوش رہتے تھے۔

سب اور ریسر قمر صاحب کی عمر پچاس برس کے لگ بھگ ہوگی۔ بشریٰ ان سے غالباً پانچ برس بڑی تھی۔ کسی زمانے میں شاید اس کی شکل و صورت قابل قبول ہو۔ مگر اس عمر میں وہ بہت بھیانک تھی۔ چہرے کی جھریوں والے گال پر شوخ میک اپ، بال کالے کیے ہوئے، بند بند ڈھیلا جیسے اوس میں پڑی ہوئی پتنگ، ڈھلکا ہوا پیٹ، انگیا کے کرینوں سے اوپر اٹھائی ہوئی چھاتیاں، آنکھوں میں سرمے کی بدخط تحریر۔ میں نے جب بھی اس کو دیکھا وہ مجھے نسوانیت کا ایک بھدا کارٹون سا دکھائی دی۔

قمر صاحب نے، جیسا کہ ظاہر ہے اُس کے سوا اور کیا خوبی دیکھی ہوگی کہ وہ مالدار تھی۔ اس کا باپ پنجاب میں ایک بہت بڑا زمیندار تھا۔ جس سے وراثت میں اس کو بہت زمینیں ملی تھیں۔ ان سے چھ سات سو روپیہ ماہوار کی مستقل آمدن ہو جاتی تھی۔ اس کے علاوہ بینک میں بھی اس کا دس، پندرہ ہزار روپیہ موجود تھا۔ اور قمر صاحب ایک معمولی سب اور ریسر تھے۔ بیوی تھی چھ بچے تھے، جن میں دو لڑکے تھے جو کالج میں تعلیم حاصل کر رہے تھے۔ ان کے گھر میں افلاس ہی افلاس تھا۔ ویسے شوقین مزاج تھے اور شاعر بھی۔ شام کو شراب بہت ضروری سمجھتے تھے اس لیے آپ خود ہی اندازہ کر سکتے ہیں کہ ان کے بال بچوں کے لیے کیا بچتا ہوگا۔

قمر صاحب نے یوں تو ظاہر کیا تھا کہ وہ بشریٰ کو شرعی طور پر اپنے رشتہ مناکَحت میں لا چکے ہیں لیکن مجھے شک تھا اور اب بھی ہے کہ یہ محض ایک ڈھونگ تھا۔ قمر صاحب بڑے ہوشیار اور چالاک آدمی ہیں۔ اپنی زندگی کے بچپن برسوں میں نہ جانے وہ کتنے پاپڑ بیل چکے ہیں۔ سرد و گرم چشیدہ ہیں۔ گرگ باراں دیدہ ہیں۔ بشریٰ سے شادی کا جھنجھٹ پالنا کیسے منظور کر سکتے تھے۔

بشریٰ سے شادی کر کے قمر صاحب کے گھر میں حالت بہت حد تک سدھر چکی تھی۔ ان کی تین بچیاں جو سارا دن آوارہ پھرتی رہتی تھیں، عیسائیوں کے کسی اسکول میں داخل کرا دی گئی تھیں۔ ان کی پہلی بیوی کے کپڑے صاف ستھرے ہو گئے تھے۔ کھانا پینا بھی اب عمدہ تھا۔ میں خوش تھا کہ چلو اب ٹھیک ہے۔ دوسری شادی کی ہے، کچھ برا نہیں ہوا۔ بشریٰ کو ایک خاوند مل گیا ہے باسلیقہ اور ہوشیار ہے اور قمر صاحب کو ایک ایسی عورت مل گئی جو بدصورت سہی مگر مالدار تو ہے۔

مگر ان کا یہ سلسلہ زیادہ دیر تک مستحکم نہ رہا۔ کیونکہ ایک روز سننے میں آیا کہ ان کے درمیان بڑے زوروں

کا جھگڑا ہوا۔ نوبت یہاں تک پہنچی کہ دونوں نے سونورل کافی مقدار میں کھائی۔ کمرے میں فرش پر قمر صاحب بے ہوش پڑے تھے اور ان کی اہلیہ محترمہ پلنگ پر لاش کی مانند لیٹی تھیں۔ فوراً دونوں کو ہسپتال داخل کرایا گیا، جہاں سے وہ ٹھیک ٹھاک ہو کر واپس آ گئے مگر ابھی پندرہ روز بمشکل گزرے ہوں گے کہ پھر دونوں نے سونورل سے شغل فرمالیا۔ معلوم نہیں وہ ہسپتال پہنچائے گئے یا گھر میں ان کا علاج ہوا، بہرحال بچ گئے۔ اس کے بعد غالباً ایک برس تک ان کے یہاں ایسا کوئی حادثہ پیش نہ آیا۔ لیکن ایک روز علی الصبح مجھے پتہ چلا کہ بشریٰ نے سونورل کی بتیس ٹکیاں کھائی ہیں۔

قمر صاحب سخت پریشان اور لرزاں تھے۔ ان کے حواس باختہ تھے۔ میں نے فوراً ہسپتال ٹیلی فون کیا اور ایمبولینس گاڑی منگوائی، بشریٰ کو وہاں پہنچایا گیا۔ ہاؤس سرجن اپنے کوارٹر میں تھے، میں نے ان کو وہاں سے نکالا اور سارا ماجرا سنا کر جلدی ہسپتال چلنے کے لیے کہا۔ ان پر میری عجلت طلب درخواست کا کوئی اثر نہ ہوا۔ بڑے بے رحم انداز میں کہنے لگے، ’’منٹو صاحب مرنے دیجیے اس کو۔ آپ کیوں گھبرا رہے ہیں؟‘‘ ان کو معلوم تھا کہ بشریٰ اس سے پیشتر دو مرتبہ زہر خوری کے سلسلے میں ہسپتال آ چکی ہے۔ میں نے ان سے بشریٰ کے بارے میں کچھ نہ پوچھا اور تھوڑی دیر بعد واپس گھر چلا آیا۔

میں یہ نہیں کہتا کہ مجھے بشریٰ کا حدود اربعہ معلوم نہیں تھا اور اس کی زندگی کے سابقہ حالات میرے علم سے باہر تھے۔ میری اس کی متعدد مرتبہ ملاقات بھی ہو چکی تھی۔ وہ مجھے بھائی سعادت کہتی تھی۔ اس کے ساتھ کئی دفعہ پینے پلانے کا اتفاق بھی ہو چکا تھا۔ اس کی ایک لڑکی پرویز تھی۔ اس کی تصویر میں نے پہلی مرتبہ اس روز دیکھی جب وہ قمر صاحب کے گھر میں بحیثیت بیوی آئی۔ نیچے دو کمروں میں سامان وغیرہ سجایا جا رہا تھا۔ میں نے دیکھا ایک قبول صورت جوان لڑکی کا فوٹو معمولی سے فریم میں مینٹل پیس پر پڑا ہے۔ جب بیئرا کا دور چلا تو میں نے بشریٰ سے پوچھا کہ یہ فوٹو کس کا ہے۔ اس نے مجھے بتایا کہ یہ اس کی لڑکی پرویز کا ہے، جس نے خودکشی کر لی تھی۔ میں نے جب اس کی وجہ دریافت کی تو مجھے قمر صاحب اور بشریٰ سے جو باتیں معلوم ہوئیں، ان کو اگر کہانی کے انداز میں بیان کیا جائے تو کچھ اس قسم کی ہوں گی۔

پرویز بشریٰ کی پہلوٹھی کی لڑکی تھی جو اس کے پہلے خاوند سے پیدا ہوئی۔ وہ بھی کافی دولت مند زمیندار تھا۔ وہ مر گیا۔ مجھے دوسرے ذرائع سے معلوم ہوا کہ بشریٰ کا یہ پہلا خاوند جس کا نام اللہ بخش تھا اس سے شادی کے چند برسوں بعد ہی سخت متنفر ہو گیا تھا۔ اس لیے کہ اس کی زندگی ہی میں بشریٰ نے کسی اور شخص سے آنکھ لڑانا شروع کر دی تھی۔ نتیجہ یہ ہوا کہ بشریٰ کو اپنے خاوند کی نفرت اور حقارت سے بچنے کے لیے

علیحدگی اختیار کرنا پڑی۔ مرتے وقت اللہ بخش نے بشریٰ کو ایک کوڑی نہ دی لیکن اپنی بچی پرویز کے لیے کچھ جائداد الگ کر دی۔

بشریٰ نے دوسری شادی کر لی۔ چونکہ تعلیم یافتہ اور روشن خیال تھی اس لیے پشاور کا ایک کام یاب بیرسٹر اس کے دام میں گرفتار ہو گیا۔ اس سے اس کے یہاں دو لڑکے پیدا ہوئے۔ مگر اس دوسرے شوہر کے ساتھ بھی وہ زیادہ دیر تک جم کے نہ رہ سکی۔ چنانچہ اس سے طلاق حاصل کر لی۔ دراصل وہ آزاد زندگی بسر کرنا چاہتی تھی۔ یہ بیرسٹر ابھی تک زندہ ہے۔ دونوں لڑکے جو اب جوان ہیں اس کے پاس ہیں۔ یہ اپنی ماں سے نہیں ملتے۔ اس لیے کہ اس کا کردار انہیں پسند نہیں۔

یہ تو ہے بشریٰ کی زندگی کا مختصر خاکہ۔ اس کی بیٹی پرویز کی کہانی ذرا طویل ہے۔ اس کا بچپن زیادہ تر دیہات کی کھلی فضاؤں میں گزرا۔ بڑی نرم و نازک بچی تھی۔ سارا دن سرسبز کھیتوں میں کھیلتی تھی۔ اس کا ہم جولی کوئی نہ تھا۔ مزارعوں کے بچوں سے میل جول اس کے والدین کو پسند نہیں تھا۔ جب وہ کچھ بڑی ہوئی تو اسے لاہور کے ایک ایسے اسکول کے بورڈنگ ہاؤس میں داخل کرا دیا گیا جہاں بڑے بڑے امیروں کے بچے پڑھتے تھے۔

ذہین تھی۔ طبیعت میں جوہر تھا۔ جب اسکول سے نکل کر کالج میں داخل ہوئی تو وہ ایک خوبصورت دوشیزہ میں تبدیل ہو چکی تھی جس کا مضطرب دل و دماغ ہر وقت آئیڈیل کی تلاش میں رہتا تھا۔ بہت سُریلی تھی۔ جب گاتی تو سننے والے اس کی آواز سے مسحور ہو جاتے۔ رقص بھی اس نے سیکھا تھا۔ ناچتی تو دیکھنے والے مبہوت ہو جاتے۔ اس کے اعضا میں بلا کی لوچ تھی۔ لوگوں کا کہنا ہے کہ جب وہ ناچتی تو اس کے اعضا کی خفیف سے خفیف حرکت بھی دیکھنے والوں سے ہم کلام ہوتی تھی۔

بہت بھولی بھالی تھی۔ اس میں وہی سادگی اور سادہ لوحی تھی جو گاؤں کے اکثر باشندوں میں ہوتی ہے۔ انگریزی اسکول میں پڑھی تھی۔ کالج میں تعلیم حاصل کی تھی۔ اس کی سہیلیوں میں بڑی تیز، شریر اور کائیاں لڑکیاں موجود تھیں۔ مگر وہ ان سب سے الگ تھی۔ وہ بادلوں سے بھی اوپر اس فضا میں رہتی تھی جو بڑی لطیف ہوتی ہے۔ اس کو دھن دولت کی کوئی پروا نہیں تھی۔ وہ ایک ایسے نوجوان کے خواب دیکھتی تھی جس کو معبود بنا کر اس کی ساری زندگی عبادت میں گزر جائے۔ عشق و محبت کی جائے نماز پر وہ مجسم سجدہ تھی۔

اس کی ماں اسے ایبٹ آباد لے گئی تو وہاں مردوں اور عورتوں سے ملی جلی محفل منعقد ہوئی۔ پرویز کو مجبور کیا گیا کہ وہ اپنا رقص دکھائے۔ اس نے حاضرین پر نگاہ دوڑائی۔ ایک خوش پوش پٹھان نوجوان دور کونے

میں کھڑا تھا۔ باس کی آنکھوں میں چمک اور چہرے پر دمک تھی۔ ایک لمحے کے لیے پرویز کی نظریں اس پر رک گئیں۔ نوجوان نے آنکھوں ہی آنکھوں میں اسے کچھ کہا اور پرویز جو انکار کرنے والی تھی سب کچھ بھول کر بڑے دل فریب انداز میں رقص کرنے لگی۔ اس دوران میں اس نے اپنے لچکیلے اور گداز جسم کے بھاؤ اور ہر رنگ سے اپنی روح کے اندر چھپی ہوئی خواہشوں کو ایک ایک کر کے باہر نکالا اور اس پٹھان نوجوان کی محترم اور مسحور آنکھوں کے سامنے ترتیب وار سجا دیا۔

اس نوجوان کا نام یوسف غلزئی تھا۔ اچھے دولت مند قبیلے کا ہونہار فرد۔ فارغ التحصیل ہو کر اب بڑھ چڑھ کے ملکی سیاست میں حصہ لے رہا تھا۔ عورت اس کے لیے عجوبہ نہیں تھی لیکن پرویز نے اسے موہ لیا۔ نتیجہ یہ ہوا کہ دونوں کی شادی بڑے دھوم دھڑ کے سے ہوئی اور وہ میاں بیوی بن کر ایبٹ آباد میں رہنے لگے۔ پرویز بہت خوش تھی۔ اس قدر خوش کہ اس کا جی چاہتا تھا ہر وقت رقصاں رہے۔ ہر وقت اس کے ہونٹوں سے سہانے اور سماعت نواز گیت چشموں کی طرح پھوٹتے رہیں۔

وہ یوسف تھا تو پرویز اس کی زلیخا تھی۔ اس کی عبادت میں دن رات مصروف رہتی تھی۔ اس نے اپنی طرف سے اس کے قدموں میں تمام نسائیت کا جوہر نکال کر ڈال دیا تھا۔ اس سے زیادہ کوئی عورت کیا کر سکتی ہے۔ شروع شروع میں وہ بہت خوش رہی، اتنی خوش اور مسرور کہ اسے یہ محسوس تک نہ ہوا کہ اسے ازدواجی زندگی بسر کرتے ہوئے پورے تین برس گزر چکے ہیں۔ اس کے ایک بچی ہوئی مگر وہ اپنے یوسف کی محبت میں اس قدر مستغرق تھی کہ کبھی کبھی اس کے وجود سے بالکل غافل ہو جاتی تھی۔

عجیب بات ہے کہ جب یہ لڑکی پیدا ہوئی تو اس نے یہ محسوس کیا کہ اس کے پیٹ سے بچی کے بجائے یوسف نکلا ہے۔ اس کی محبت کو جنم دیا ہے۔ اس سے آپ پرویز کی والہانہ محبت کا اندازہ لگا سکتے ہیں۔ لیکن اس کے معبود کے قدم ثابت نہ رہے۔ وہ طبعاً عیش پرست تھا۔ وہ مصری کی مکھی کی طرح نہیں بلکہ شہد کی مکھی کی طرح باغ کی ہر کلی کا رس چوسنا چاہتا تھا۔ چنانچہ کروٹ بدل کر اور پرویز کی محبت کی زنجیریں توڑنے کے بعد وہ پھر اپنے پہلے اشغال میں مصروف ہو گیا۔

اس کے پاس دولت تھی، جوانی تھی، پرکشش شخصیت کا مالک تھا۔ ملکی سیاسیات میں سرگرم حصہ لینے کے باعث اس کا نام دن بہ دن روشن ہو رہا تھا۔ اس کو پرویز کی والہانہ محبت یکسر جہالت پر مبنی دکھائی دی۔ وہ اس سے اُکتا گیا۔ ہر وقت کی چوما چاٹی، منٹ منٹ کی بھینچا بھانچی اس کو سخت کھلنے لگی۔ وہ نہیں چاہتا کہ پرویز اسے مکڑی کی مانند اپنی محبت کے جالے میں بند کر دے جہاں وہ مرنڈا ہو جائے۔ اس کے بعد اسے

سفوف میں تبدیل کر کے نسوار کے طور پر استعمال کرنا شروع کر دے ۔

پرویز کو جب معلوم ہوا کہ یوسف سالم کا سالم اس کا نہیں تو اسے سخت صدمہ ہوا۔ کئی دنوں تک وہ اس کے باعث گم سم اور نڈھال رہی۔ اس کو یوں محسوس ہوا کہ اس کے آئیڈیل کو ہتھوڑوں کی ظالم ضربوں نے چکنا چور کر کے ڈھیر کر دیا ہے۔

اس نے یوسف سے کچھ نہ کہا۔ اس کی بے اعتنائیوں اور بے وفائیوں کا کوئی ذکر نہ کیا۔ وہ کوئی حتمی فیصلہ کرنا چاہتی تھی۔ طویل عرصے تک تنہائیوں میں رہ کر اس نے حالات پر غور کیا۔ یوسف سے چھٹکارا حاصل کرنا کوئی مشکل کام نہیں تھا۔ لیکن وہ اس کی جدائی برداشت نہیں کر سکتی تھی۔ اس کو معبود کا رتبہ عطا کرنے والی وہ خود تھی۔ خدا کو اس کا بندہ کیسے رد کر سکتا ہے ۔ جب کہ وہ ایک بار صدقِ دل سے اس کی خدائی تسلیم کر چکا ہو، اس کے حضور ہر وقت سجدہ ریز رہا ہو ۔

اس نے فیصلہ کر لیا کہ وہ یوسف کے لیے نہیں صرف اپنے اس جذبے کی خاطر، جس نے یوسف کو خدائی کا رتبہ بخشا تھا، ہمیشہ ہمیشہ کے لیے اس کے ساتھ رہے گی۔ وہ اس کے لیے بڑی سے بڑی قیمت دینے کے لیے بھی تیار تھی۔ کہا جاتا ہے کہ اس بے چاری نے یوسف کی آغوش کے لیے ہر اس عورت کے لیے آسانیاں پیدا کیں جو اس میں تھوڑی دیر کے لیے حرارت محسوس کرنا چاہتی تھی۔ یہ بڑی بے غیرتی تھی۔ مگر اس نے اپنے ٹوٹے پھوٹے آئیڈیل کو مکمل شکست و ریخت سے بچانے کی خاطر فرار کا یہ عجیب و غریب راستہ اختیار کیا اور ہر قسم کی بے غیرتی برداشت کی۔

وہ اس کی چند روزہ محبوباؤں سے بڑے پیار و محبت سے پیش آتی۔ ان کی خاطر تواضع کرتی۔ ان کی عصمت باختہ تلون مزاجیوں کو سر آنکھوں پر رکھتی اور ان کو اور اپنے خاوند کو ایسے موقع بہم پہنچاتی کہ اس کی موجودگی ان کے عیش و عشرت میں مخل نہ ہو پاتی۔ ان عورتوں کے لیے اپنے سینے پر پتھر رکھ کر وہ قسم قسم کے کھانے تیار کرتی، اس کا خاوند ان واہیات عورتوں کو خوش رکھنے کے لیے جب اسے حکم دیتا کہ ناچ اور گائے تو وہ ضبط سے کام لے کر کسی بھی لمحے برس پڑنے والی مصنوعی آنکھیں خوش دکھاتی۔ زخمی دل پر چھابے لگاتی۔ غم و غصے سے کانپتے ہوئے ہونٹوں پر مصنوعی مسکراہٹیں پیدا کرتی، مسرت و انبساط سے بھرے ہوئے گیت گاتی اور بڑے طرب ناک انداز میں رقص کرتی۔ اس کے بعد وہ تنہائی میں اس قدر روتی، اس قدر آہیں بھرتی کہ اسے محسوس ہوتا کہ وہ اب نہیں جیے گی۔ مگر ایسے طوفان کے بعد اس میں ایک نئی قوتِ برداشت پیدا ہو جاتی تھی اور وہ یوسف کی دلالی میں اپنا منہ کالا کرنا شروع کر دیتی تھی اور خود

کو یقین دلانے کی کوشش کرتی تھی کہ یہ کالک نہیں بڑا ہی خوش رنگ غازہ ہے۔

اس دوران میں اُس کی ماں اس سے ملنے کے لیے کئی مرتبہ آ چکی تھی۔ مگر اس نے اپنے خاوند کے متعلق اس سے کبھی شکایت نہیں کی تھی۔ وہ اپنے راز یا دکھ میں کسی کو شریک نہیں کرنا چاہتی تھی۔ ان حالات میں وہ اپنے خاوند کی ذات کے ساتھ کسی اور کو کسی طریقے سے بھی وابستہ دیکھنا پسند نہیں کرتی تھی۔ وہ یہ سوچتی کہ خاوند میرا ہے۔ وہ دکھ بھی میرا ہے۔ جو وہ مجھے پہنچا رہا ہے وہ اگر دوسری عورتوں کو بھی اسی قسم کا دکھ پہنچائے تو مجھے حسد ہو گا۔ لیکن وہ ایسا نہیں کرتا۔ اس لیے میں خوش ہوں۔

بشریٰ ان دنوں فارغ تھی یعنی اس نے کوئی اپنا شوہر نہیں کیا ہوا تھا۔ اس کا وقت سیر و تفریح میں گزر رہا تھا۔ دس پندرہ دن ایبٹ آباد پرویز کے ساتھ رہتی۔ یوسف کے ساتھ اِدھر اُدھر گھومتی پھرتی۔ دونوں ایک دوسرے کو پسند کرتے تھے۔ وہ گھنٹوں علیحدہ کمرے میں بیٹھے تاش کھیلنے میں گزارتے اور پرویز ان کی خاطر تواضع میں مصروف رہتی۔ وہ چاہتی تھی کہ اس کی ماں زیادہ دیر تک اس کے پاس ٹھہرے تا کہ سوسائٹی کی ان عورتوں کا جو چکلے کی رنڈیوں سے بھی بدتر ہیں، اس گھر میں داخلہ بند رہے۔ مگر وہ ایک جگہ بہت عرصے تک ٹک کر نہیں رہ سکتی تھی۔ جب وہ چلی جاتی تو دوسرے تیسرے روز یوسف بھی اپنی پرانی ڈگر اختیار کر لیتا۔ پرویز دوسرا روپ دھار لیتی اور اپنے خاوند کی نت نئی سہیلیوں کے قدموں کے لیے پا انداز بن جاتی۔

اس نے اس زندگی کو آہستہ آہستہ اپنا لیا۔ اب اسے زیادہ کوفت نہیں ہوتی تھی۔ اس نے خود کو سمجھا بجھا کر راضی کر لیا تھا کہ اسے زندگی کے ڈرامے میں یہی رول ادا کرنا تھا جو وہ ادا کر رہی تھی۔ چنانچہ اس سے اس کے دل و دماغ سے وہ کدورت جو پہلے پہلے بہت اذیت دہ تھی، قریب قریب دھل گئی تھی، وہ خوش رہتی اور اپنی ننھی بچی کی طرف زیادہ توجہ دینے لگی تھی۔

ایک دن اسے کسی ضروری کام سے اچانک لاہور جانا پڑا۔ دو دن کے بعد لوٹی تو شام کا وقت تھا۔ یوسف کا کمرہ بند تھا۔ مگر اس میں اس کے مخمور قہقہوں کی آواز سنائی دے رہی تھی۔ پرویز نے دروازے کی ایک درز سے جھانک کر دیکھا تو سر تا پا لرز گئی۔ اس کا پیازی رنگ ایک دم کاغذ کی ماند بے جان سفیدی اختیار کر گیا۔

یہ سارے واقعات مجھے معتبر ذرائع سے معلوم ہوئے۔ بشریٰ نے مجھے جو کچھ بتایا اس سے مختلف تھا۔ اس کا بیان ہے کہ دل ہی دل میں کڑھ کڑھ کر وہ اپنی جان سے بیزار ہو گئی تھی۔ اس نے یوسف کی خاطر بڑی سے بڑی ذلت قبول کرنا گوارا تو کر لیا تھا، مگر اس کی بھی ایک حد ہوتی ہے۔ ایک رات اس نے شراب

کے نشے میں بدمست اپنی کسی چہیتی کو آغوش میں لیے پرویز سے کہا کہ ناچے اور ننگی ناچے۔ وہ اس کے کسی حکم کو نہیں ٹالتی تھی۔ یوسف اس کا خدا تھا، چنانچہ اس نے اس کے حکم کی تعمیل کی۔ آنکھوں سے آنسو رواں تھے اور اس کا عریاں بدن رقصاں تھا۔ ناچ ختم ہوا تو اس نے خاموشی سے کپڑے پہنے اور باہر نکل کر زہر کھا لیا اور مر گئی۔

معلوم نہیں حقیقت کیا تھی لیکن جو کچھ معتبر ذرائع سے معلوم ہوا، یہ ہے کہ جب پرویز نے یوسف کے کمرے میں جھانک کر دیکھا تو اسی وقت فیصلہ کر لیا کہ وہ زندہ نہیں رہے گی، چنانچہ اسی وقت وہ موٹر میں سیدھی ایک کیمسٹ کی دکان پر گئی اور اس نے سونورل کی پوری ڈبیا طلب کی۔ قیمت ادا کرنے لگی تو اسے معلوم ہوا کہ افراتفری کے عالم میں وہ اپنا پرس وہیں گھر پر بھول آئی ہے، چنانچہ اس نے کیمسٹ سے کہا کہ میں مسز یوسف غلزئی ہوں۔ پرس ساتھ نہیں لائی۔ بل بھجوا دیجیے گا۔ یوسف صاحب ادا کر دیں گے۔ گھر آ کے اس نے خادمہ کو ڈبیا کی ساری گولیاں دیں اور اس سے کہا اچھی طرح پیس کے لاؤ۔ یہ سفوف اس نے گرم گرم دودھ میں ڈالا اور پی گئی۔

تھوڑی دیر بعد نوکر آیا اور اس نے پرویز سے کہا کہ آپ کی والدہ آئی ہیں، یوسف صاحب آپ کو بلاتے ہیں۔ پرویز کی آنکھیں بالکل خشک تھیں۔ مگر ان میں غنودگی تھی۔ اس لیے کہ زہر کا اثر شروع ہو گیا تھا۔ منہ دھو کر اور بال سنوار کر وہ اندر گئی۔ اپنی ماں سے بغل گیر ہوئی اور یوسف کے ساتھ قالین پر بیٹھ گئی۔ ماں سے باتیں کرتے کرتے ایک دم پرویز کو چکر آیا اور وہ بے ہوش ہو کر ایک طرف لڑھک گئی۔ ماں نے تشویش کا اظہار کیا، اس لیے کہ اس کی بچی کا رنگ نیلا ہو رہا تھا۔ مگر یوسف نے جو نشے میں چور تھا، کسی قسم کے تردد کا اظہار نہ کیا اور بشریٰ سے کہا، ''کچھ بھی نہیں ہوا اسے، بن رہی ہے۔''

پھر اس نے بڑے زور سے پرویز کا شانہ جھنجھوڑا اور حاکمانہ کہا، ''اُٹھ۔ مجھے یہ ایکٹنگ پسند نہیں۔'' بشریٰ نے بھی اس کو آوازیں دیں اس کو ہلایا جلایا۔ آخر ڈاکٹر کو بلایا گیا۔ مگر وہ جب آیا تو پرویز اللہ کو پیاری ہو چکی تھی۔ پرویز کی خودکشی کے متعلق کئی قصے مشہور ہیں۔ لیکن اس کا جو پہلو مجھ پر معتبر ذرائع سے منکشف ہوا، میری سمجھ میں آ گیا تھا۔ اس لیے میں خاموش رہا اور انتظار کرتا رہا کہ اس کی تصدیق کب ہوتی ہے۔ قمر صاحب بشریٰ کو ہسپتال سے واپس لائے تو میں ان سے ملا۔ ان کے پاس اب موٹر نہیں تھی۔ میں نے اس بارے میں استفسار کیا تو انہوں نے شاعرانہ بے اعتنائی اختیار کرتے ہوئے جواب دیا، ''جس کی تھی لے گئی۔'' میں نے پوچھا، ''کیا مطلب؟'' جواب ملا، ''مطلب یہ کہ موٹر میری کب تھی۔ وہ تو

ان محترمہ کی تھی۔ میں نے کچھ عرصے سے اس کا استعمال ترک کر دیا تھا۔ اپنی سائیکل پر دفتر جاتا اور اسی پر واپس آتا تھا۔ جب ان کو ضرورت ہوتی تو میں ڈرائیور کے فرائض ادا کرتا تھا۔ '' میں کچھ کچھ سمجھ گیا،

'' کیا ناچاقی ہو گئی؟ ''

'' ہاں کچھ ایسا ہی سمجھیے۔ میں نے ان کو طلاق دے دی ہے۔ ''

بعد میں جب مجھے قمر صاحب سے مفصل گفتگو کرنے کا موقع ملا تو انہوں نے مجھے بتایا کہ نکاح و کاح کوئی نہیں ہوا تھا۔ طلاق نامہ انہوں نے صرف اس لیے لکھا کہ لوگوں میں اس بات کی تشہیر نہ ہو کہ وہ غیر شرعی طور پر ان کے ساتھ قریب قریب دو برس رہیں۔

میں زیادہ تفصیل میں جانا نہیں چاہتا۔ ان کے درمیان جو فیصلہ کن لڑائی جھگڑا ہوا، اس کی وجہ یہ تھی کہ بقول قمر صاحب، ان کی محترمہ نے حیدر آباد کے ایک ادھیڑ عمر کے مہاجر رئیس سے جسمانی رشتہ قائم کر لیا تھا، اس لیے ان کے لیے قمر صاحب کی ذات میں وہ کشش ختم ہو گئی تھی جو کسی زمانے میں ان کو نظر آتی تھی۔ بلکہ یوں کہیے کہ جس کو دیکھ کر ان کی آنکھیں چندھیا گئی تھیں۔

مجھے افسوس ہوا، اس لیے کہ مجھے بعد میں پتہ چلا کہ قمر صاحب نے اپنی تینوں ہونہار بچیوں کو اسکول سے اُٹھا لیا ہے، خود گولڈ فلیک کے بدلے بگلے کے سستے سگریٹ پیتے ہیں، پہلے تفریح کے اتنے سامان مہیا تھے، پر اب بُشریٰ بے مہار کی طرح بے مطلب اِدھر اُدھر چکر لگاتے رہتے ہیں۔

محترمہ بشریٰ کے متعلق انہوں نے مجھے بہت کچھ بتایا لیکن میں یہ نہ سمجھ سکا کہ جب علیحدگی کا فیصلہ ہو چکا تھا اور حیدر آباد کے مہاجر رئیس صاحب نے بشریٰ کے ساتھ باقاعدہ راتیں گزارنا شروع کر رکھی تھیں تو ان کو سونو رل کی بتیس گولیاں کھا کر خودکشی کی ضرورت کیوں محسوس ہوئی۔ بظاہر خطرناک فعل قمر صاحب کے اس اعتراض کا ردِ عمل معلوم ہوتا ہے جو ان کو بشریٰ کے چال چلن پر تھا۔ لیکن ایمان کی بات ہے کہ مجھے اس کے عقب میں ایسا کوئی دل شکن عنصر نظر نہیں آتا جو انسان کو موت کی گود میں سو جانے پر مجبور کر دے ۔ اس پر قمر صاحب بھی کوئی روشنی ڈالنے سے معذور ہیں۔

ایک دن باتوں باتوں میں ان سے میں نے آخر پوچھ ہی بیٹھا، '' سونو رل کھانے کی روایت جو بشریٰ کی بیٹی پرویز نے قائم کی، آپ نے اور بشریٰ نے جاری رکھی۔ لیکن آپ یہ بتائیے کہ وہ کون سی وجہ تھی جس نے اس غریب کو اتنے خطرناک اقدام کے لیے تیار کر دیا۔ آپ کئی بار مجھے بتا چکے ہیں کہ پرویز اپنے شوہر یوسف غلزئی کی حرام کاریوں کی عادی ہو چکی تھی۔ بلکہ وہ خود اس معاملے میں اس کی معاونت کرتی تھی۔

کوئی عورت جب اس حد تک پہنچ کر داشتہ بن جائے، خرابے کی انتہا کو پہنچ کر تعمیر کی نہایت ہی خوف ناک صورت اختیار کرے، خود کشی کو وہ زبوں ترین فعل سمجھے، اس کو کبھی اس کا خیال تک نہیں آ سکتا۔ میرا اپنا خیال ہے، بلکہ یقین ہے کہ اس کی ماں بشرٰی نے جسے آپ محترمہ کہتے ہیں، یوسف سے ایسے تعلقات پیدا کر لیے تھے جنہیں عام لوگ ناجائز کہتے ہیں، ‘‘ ۔

قمر صاحب نے صرف ان الفاظ میں میری تصدیق کی، ’’ یہ بالکل درست ہے۔ ایک دن شراب کے نشے میں بشرٰی نے اس کا اقرار کیا تھا اور بہت روئی تھی۔ ‘‘

اس دن شام کو معلوم ہوا کہ حیدر آباد کے مہاجر رئیس صاحب نے سونورل کی چوبیس گولیاں کھائی ہیں۔ بشرٰی نے حسبِ معمول بتیس کھائی تھیں۔ دونوں ہسپتال میں بے ہوش پڑے تھے۔ دوسرے روز رئیس صاحب اللہ کو پیارے ہو گئے۔ چوبیس ہی میں ان کا کام تمام ہو گیا مگر بشرٰی بچ گئی۔ آج کل وہ مرحوم کا سوگ منا رہی ہے۔ جس شخص کے پاس اس نے موٹر بیچی تھی وہ دن رات اس کے پاس دل جوئی کے لیے موجود رہتا ہے۔

سونے کی انگوٹھی

’’چھتے کا چھتا ہو گیا آپ کے سر پر۔۔۔میری سمجھ میں نہیں آتا کہ بال نہ کٹوانا کہاں کا فیشن ہے۔۔۔‘‘

’’فیشن ویشن کچھ نہیں۔۔۔تمہیں اگر بال کٹوانے پڑیں تو قدرِ عافیت معلوم ہو جائے۔۔۔‘‘

’’میں کیوں بال کٹواؤں‘‘

’’کیا عورتیں کٹواتی نہیں۔۔۔۔ہزاروں بلکہ لاکھوں ایسی موجود ہیں جو اپنے بال کٹواتی ہیں۔۔۔بلکہ اب تو یہ فیشن بھی چل نکلا ہے کہ عورتیں مردوں کی طرح چھوٹے چھوٹے بال رکھتی ہیں۔۔۔‘‘

’’لعنت ہے ان پر۔۔۔‘‘

’’کس کی۔۔۔‘‘

’’خدا کی اور کس کی۔۔۔بال تو عورت کی زینت ہیں۔۔۔سمجھ میں نہیں آتا کہ یہ عورتیں کیوں اپنے بال مردوں کی مانند بنوا لیتی ہیں، پھر پتلونیں پہنتی ہیں۔۔۔نہ رہے ان کا وجود دنیا کے تختے پر۔۔۔‘‘

’’وجود تو خیر آپ کی اس بد دعا سے ان نیک بخت عورتوں کا دنیا کے اس تختے سے کسی حالت میں بھی غائب نہیں ہو گا۔۔۔ویسے ایک چیز سے مجھے تم سے کلّی اتفاق ہے کہ عورت کو پتلون جسے سلیکس کہتے ہیں، نہیں پہننی چاہیے۔۔۔اور سگریٹ بھی نہ پینی چاہئیں‘‘

’’اور آپ ہیں کہ دن میں پورا ایک ڈبا پھونک ڈالتے ہیں۔۔۔‘‘

’’اس لیے کہ میں مرد ہوں۔۔۔مجھے اس کی اجازت ہے۔۔۔‘‘

’’کس نے دی تھی یہ اجازت آپ کو۔۔۔میں اب آئندہ سے ہر روز صرف ایک ڈبیا منگا کر دیا کروں گی۔۔۔‘‘

’’اور وہ جو تمہاری سہیلیاں آتی ہیں، ان کو سگریٹ کہاں سے ملیں گے؟‘‘

’’وہ کب پیتی ہیں۔۔۔‘‘

’’اتنا سفید جھوٹ نہ بولا کرو۔۔۔ان میں سے جب بھی کوئی آتی ہے تم میرا سگریٹ کا ڈبا اٹھا کر اندر لے جاتی ہو۔۔۔ساتھ ہی ماچس بھی۔۔۔آخر مجھے آواز دے کر تمہیں بلانا پڑتا ہے اور میرا ڈبا مجھے واپس ملتا ہے اس میں سے پانچ چھ سگریٹ غائب ہوتے ہیں۔۔۔‘‘

پانچ چھ سگریٹ۔۔۔جھوٹ تو آپ بول رہے ہیں۔۔۔وہ تو بیچاریاں مشکل سے ایک سگریٹ پیتی ہیں۔۔۔‘‘

’’ایک سگریٹ پینے میں انہیں مشکل کیا محسوس ہوتی ہے۔‘‘

’’میں آپ سے بحث کرنا نہیں چاہتی۔۔۔آپ کو تو اور کوئی کام ہی نہیں، سوائے بحث کرنے کے۔۔۔‘‘

’’ہزاروں کام ہیں۔۔۔تم کون سے ہل چلاتی ہو۔۔۔سارا دن پڑی سوئی رہتی ہو۔‘‘

’’جی ہاں۔۔۔آپ تو چوبیس گھنٹے جاگتے اور وظیفہ کرتے رہتے ہیں۔۔۔‘‘

’’وظیفے کی بات غلط ہے۔۔۔البتہ میں یہ کہہ سکتا ہوں کہ میں صرف رات کو چھ گھنٹے سوتا ہوں۔۔۔‘‘

’’اور دن کو۔۔۔‘‘

’’کبھی نہیں۔۔۔بس آنکھیں بند کر کے تین چار گھنٹے لیٹا رہتا ہوں کہ اس سے آدمی کو بہت آرام ملتا ہے۔۔۔ساری تھکن دور ہو جاتی ہے۔‘‘

’’یہ تھکن کہاں سے پیدا ہوتی ہے۔۔۔آپ کونسی مزدوری کرتے ہیں۔۔۔‘‘

’’مزدوری ہی تو کرتا ہوں۔۔۔صبح سویرے اٹھتا ہوں۔۔۔اخبار پڑھتا ہوں۔۔۔ایک نہیں سپر۔۔۔پھر ناشتا کرتا ہوں۔۔۔نہاتا ہوں اور پھر تمہاری روزمرہ کی چخ چخ کے لیے تیار ہو جاتا ہوں۔۔۔‘‘

’’یہ مزدوری ہوئی۔۔۔اور آپ یہ تو بتائیے کہ روزمرہ کی چخ چخ کا الزام کہاں تک درست ہے۔۔۔‘‘

’’جہاں تک اسے ہونا چاہیے۔۔۔شروع شروع میں۔۔۔میرا مطلب شادی کے بعد دو برس تک بڑے سکون میں زندگی گزر رہی تھی لیکن ایک دم تم پر کوئی ایسا دورہ پڑا کہ تم نے ہر روز مجھ سے لڑنا جھگڑنا اپنا معمول بنا لیا۔۔۔پتہ نہیں اس کی وجہ کیا ہے۔۔۔‘‘

’’وجہ ہی تو مردوں کی سمجھ سے ہمیشہ بالاتر رہتی ہے۔۔۔آپ لوگ سمجھنے کی کوشش ہی نہیں کرتے۔۔۔‘‘

’’مگر تم سمجھنے کی مہلت بھی دو۔۔۔ہر روز کسی نہ کسی بات کا شوشہ چھوڑ دیتی ہو۔۔۔بھلا آج کیا بات تھی

جس پر تم نے اتنا چیخنا چلانا شروع کر دیا۔،،

،، گویا یہ کوئی بات ہی نہیں کہ آپ نے پچھلے چھ مہینوں سے بال نہیں کٹوائے! اپنی اچکنوں کے کالر دیکھیے۔۔۔ میلے چیکٹ ہو رہے ہیں۔۔۔۔،،

،، ڈرائی کلین کرا لوں۔۔۔،،

،، پہلے اپنا سر ڈرائی کلین کرائے۔۔۔ وحشت ہوتی ہے اللہ قسم آپ کے بالوں کو دیکھ کر۔۔۔۔جی چاہتا ہے مٹی کا تیل ڈال کر ان کو آگ لگا دوں۔۔۔،،

،، تا کہ میرا خاتمہ ہی ہو جائے۔۔۔لیکن مجھے تمہاری اس خواہش پر کوئی بھی اعتراض نہیں۔۔۔لاؤ باورچی خانے سے مٹی کے تیل کی بوتل۔۔۔ آہستہ آہستہ میرے سر میں ڈالو اور ماچس کی تیلی جلا کر اس کو آگ دکھا دو۔۔۔خس کم جہاں پاک۔۔۔۔،،

،، یہ کام آپ خود ہی کیجیے۔۔۔ میں نے آگ لگائی تو آپ یقیناً کہیں گے کہ تمہیں کسی کام کا سلیقہ نہیں۔۔۔۔،،

،، یہ تو حقیقت ہے کہ تمہیں کسی بات کا سلیقہ نہیں۔۔۔۔کھانا پکانا نہیں جانتی، سینا پرونا تمہیں نہیں آتا۔۔۔ گھر کی صفائی بھی تم اچھی طرح نہیں کر سکتیں، بچوں کی پرورش ہے تو اس کا تو اللہ ہی حافظ ہے۔۔۔۔،،

،، جی ہاں۔۔۔ بچوں کی پرورش تو اب تک ماشاء اللہ، آپ ہی کرتے آئے ہیں، میں تو بالکل ہی نکمی ہوں۔۔۔۔،،

،، میں اس معاملے میں کچھ اور نہیں کہنا چاہتا۔۔۔تم خدا کے لیے اس بحث کو بند کرو،،

،، میں بحث کہاں کر رہی ہوں۔۔۔ آپ تو معمولی باتوں کو بحث کا نام دے دیتے ہیں،،

،، تمہارے نزدیک یہ معمولی باتیں ہوں گی! تم نے میرا دماغ چاٹ لیا ہے۔۔۔میرے سر پر ہمیشہ اتنے ہی بال رہے ہیں۔۔۔ اور تم اچھی طرح جانتی ہو کہ مجھے اتنی فرصت نصیب نہیں ہوتی کہ حجام کے پاس جاؤں۔۔۔۔،،

،، جی ہاں۔۔۔ آپ کو اپنی عیاشیوں سے فرصت ہی کہاں ملتی ہے۔۔۔۔،،

،، کن عیاشیوں سے۔۔۔۔،،

،، آپ کام کیا کرتے ہیں۔۔۔ کہاں ملازم ہیں۔۔۔ کیا تنخواہ پاتے ہیں۔۔۔آپ کو تو وہ کام بہت بڑی لعنت معلوم ہوتا ہے جس میں آپ کو محنت مشقت کرنی پڑے۔۔،،

’’میں کیا محنت مشقت نہیں کرتا۔۔۔ابھی پچھلے دنوں اینٹیں سپلائی کرنے کا میں نے جو ٹھیکا لیا تھا، جانتی ہو میں نے دن رات ایک کر دیا تھا۔‘‘

’’گدھے کام کر رہے تھے۔ آپ تو سوتے رہے ہوں گے۔‘‘

’’گدھوں کا زمانہ گیا۔۔۔لاریاں کام کر رہی تھیں۔۔۔اور مجھے ان کی نگرانی کرنا پڑتی تھی۔۔۔دس کروڑ اینٹوں کا ٹھیکا تھا۔۔۔مجھے ساری رات جاگنا پڑتا تھا۔۔۔‘‘

’’میں مان ہی نہیں سکتی کہ آپ ایک رات بھی جاگ سکیں۔۔۔‘‘

’’اب اس کا کیا علاج ہے کہ تم نے میرے متعلق ایسی غلط رائے قائم کر لی ہے اور میں جانتا ہوں کہ تم ہزار ثبوت دینے پر بھی مجھ پر یقین نہیں کرو گی۔۔۔‘‘

’’میرا یقین آپ پر سے، عرصہ ہوا اٹھ گیا ہے۔ آپ پرلے درجے کے جھوٹے ہیں۔‘‘

’’بہتان تراشی میں تمہاری ہم پلہ اور کوئی عورت نہیں ہو سکتی۔۔۔میں نے اپنی زندگی میں کبھی جھوٹ نہیں بولا۔۔۔‘‘

’’ٹھہریئے۔۔۔پرسوں آپ نے مجھ سے کہا کہ آپ کسی دوست کے ہاں گئے تھے لیکن جب شام کو آپ نے تھوڑی سی پی۔۔۔تو چہک چہک کر مجھے بتایا کہ آپ ایک ایکٹریس سے مل کر آئے ہیں۔۔۔‘‘

’’وہ ایکٹریس بھی تو اپنی دوست ہے۔۔۔دشمن تو نہیں۔۔۔میرا مطلب ہے اپنے ایک دوست کی بیوی ہے۔۔۔‘‘

’’آپ کے دوستوں کی بیویاں عموماً یا تو ایکٹریس ہوتی ہیں، یا طوائفیں۔‘‘

’’اس میں میرا کیا قصور۔۔۔‘‘

’’قصور تو میرا ہے۔۔۔‘‘

’’وہ کیسے۔۔۔‘‘

’’ایسے کہ میں نے آپ سے شادی کر لی۔۔۔میں ایکٹریس ہوں نہ طوائف۔۔۔‘‘

’’مجھے ایکٹریسوں اور طوائفوں سے سخت نفرت ہے۔۔۔مجھے ان سے کوئی دلچسپی نہیں۔۔۔وہ عورتیں نہیں سلیٹیں ہیں جن پر کوئی بھی چند حروف یا لمبی چوڑی عبارت لکھ کر مِٹا سکتا ہے۔۔۔‘‘

’’تو اس روز آپ کیوں اس ایکٹریس کے پاس گئے۔۔۔‘‘

’’میرے دوست نے بلایا۔۔۔میں چلا گیا۔۔۔اس نے ایک ایکٹریس سے جو پہلے چار شادیاں کر چکی

تھی، نیا نیا بیاہ رچایا تھا مجھے اس سے متعارف کرایا گیا۔''

''چار شادیوں کے بعد بھی وہ خاصی جوان دکھائی دیتی تھی۔۔۔ بلکہ میں تو یہ کہوں گا کہ وہ عام کنواری جوان لڑکیوں کے مقابلے میں ہر لحاظ سے اچھی تھی۔''

''وہ ایکٹریسیس کس طرح خود کو چست اور جوان رکھتی ہیں۔''

''مجھے اس کے متعلق کوئی زیادہ علم نہیں۔۔۔ بس اتنا سنا ہے کہ وہ اپنے جسم اور جان کی حفاظت کرتی ہیں۔۔۔''

''میں نے تو سنا ہے کہ بڑی بد کردار ہوتی ہیں اول درجے کی فاحشہ۔۔۔''

''اللہ بہتر جانتا ہے۔۔ مجھے اس کے بارے میں کوئی علم نہیں۔''

''آپ ایسی باتوں کا جواب ہمیشہ گول کر جاتے ہیں۔۔۔''

''جب مجھے کسی خاص چیز کے متعلق کچھ علم ہی نہ ہو تو میں جواب کیا دوں۔۔۔ میں تمہارے مزاج کے متعلق بھی وثوق سے کچھ نہیں کہہ سکتا گھڑی میں تولہ گھڑی میں ماشہ۔''

''دیکھیے! آپ میرے متعلق کچھ نہ کہا کیجیے۔۔۔ آپ ہمیشہ میری بے عزتی کرتے رہتے ہیں۔۔۔ میں یہ برداشت نہیں کرسکتی۔۔۔''

''میں نے تمہاری بے عزتی کب کی ہے۔''

''یہ بے عزتی نہیں کہ پندرہ برسوں میں آپ میرا مزاج نہیں جان سکے۔ اس کا مطلب یہ ہوا کہ میں مخبوط الحواس ہوں۔ نیم پاگل ہوں، جاہل ہوں اجڈ ہوں۔''

''یہ تو خیر تم نہیں۔۔۔ لیکن تمہیں سمجھنا بہت مشکل ہے۔ ابھی تک میری سمجھ میں نہیں آیا کہ تم نے میرے بالوں کی بات کس غرض سے شروع کی۔۔۔ اس لیے کہ جب بھی تم کوئی بات شروع کرتی ہو اس کے پیچھے کوئی خاص بات ضرور ہوتی ہے۔۔۔''

''خاص بات کیا ہوگی۔۔۔ بس آپ سے صرف یہی کہنا تھا کہ بال اتنے بڑھ گئے ہیں، کٹوا دیجیے۔۔۔ حجام کی دکان یہاں سے کتنی دور ہے، زیادہ سے زیادہ دو سو گز کے فاصلے پر ہوگی۔۔۔ جائیے۔۔۔ میں پانی گرم کرتی ہوں۔''

''جاتا ہوں۔۔۔ ذرا ایک سگریٹ پی لوں۔''

''سگریٹ وگریٹ آپ نہیں پئیں گے۔۔۔ لیجیے اب تک۔۔۔ ٹھہریے، میں ڈبا دیکھ لوں۔۔۔ میرے

’’اللہ۔۔۔بیس سگریٹ پھونک چکے ہیں آپ۔۔۔بیس۔۔۔‘‘

’’یہ تو کچھ زیادہ نہ ہوئے۔۔۔بارہ بجنے والے ہیں۔۔۔‘‘

’’زیادہ باتیں مت کیجیے۔۔۔سیدھے حجام کے پاس جائیے۔۔۔اور یہ اپنے سر کا بوجھ اترواییے۔۔۔‘‘

’’جاتا ہوں۔۔۔کوئی اور کام ہو تو بتا دو۔۔۔‘‘

’’میرا کوئی کام نہیں۔۔۔آپ اس بہانے سے مجھے ٹالنا چاہتے ہیں۔‘‘

’’اچھا تو میں چلا۔۔۔‘‘

’’ٹھہریے۔۔۔‘‘

’’ٹھہر گیا۔۔۔فرماییے۔۔۔‘‘

’’آپ کے بٹوے میں کتنے روپے ہوں گے۔‘‘

’’پانچ سو کے قریب۔۔۔‘‘

’’تو یوں کیجیے۔۔۔بال کٹوانے سے پہلے انار کلی سے سونے کی ایک انگوٹھی لے آییے۔۔۔آج میری ایک سہیلی کی سالگرہ ہے۔۔۔دو ڈھائی سو روپے کی ہو۔۔۔‘‘

’’میری تو وہیں، انار کلی ہی میں حجامت ہو جائے گی۔۔۔میں جاتا ہوں۔۔۔‘‘

شاداں

خان بہادر محمد اسلم خان کے گھر میں خوشیاں کھیلتی تھیں۔۔۔اور صحیح معنوں میں کھیلتی تھیں۔ان کی دولڑ کیاں تھیں، ایک لڑکا۔اگر بڑی لڑکی کی عمر تیرہ برس کی ہوگی تو چھوٹی کی یہی گیارہ ساڑھے گیارہ۔اور جو لڑکا، گوسب سے چھوٹا مگر قد کاٹھ کے لحاظ سے وہ اپنی بڑی بہنوں کے برابر معلوم ہوتا تھا۔

تینوں کی عمر، جیسا کہ ظاہر ہے، اس دور سے گزر رہی تھی، جب کہ ہر اس پاس کی چیز کھلونا معلوم ہوتی ہے۔ حادثے بھی یوں آتے ہیں، جیسے ربڑ کے اڑتے ہوئے غبارے، ان سے بھی کھیلنے کو جی چاہتا ہے۔ خان بہادر محمد اسلم خان کا گھر خوشیوں کا گھر تھا۔۔۔اس میں سب سے بڑی تین خوشیاں، اس کی اولاد تھیں۔ فریدہ، سعیدہ اور نجیب۔ یہ تینوں اسکول جاتے تھے جیسے کھیل کے میدان میں جاتے ہیں ہنسی خوشی جاتے تھے، ہنسی خوشی واپس آتے تھے اور امتحان یوں پاس کرتے تھے جیسے کھیل میں کوئی ایک دوسرے سے بازی لے جائے۔ کبھی فریدہ فرسٹ آتی تھی، کبھی نجیب اور کبھی سعیدہ۔

خان بہادر محمد اسلم خان بچوں سے مطمئن، ریٹائرڈ زندگی بسر کر رہے تھے۔ انہوں نے محکمہ زراعت میں بتیس برس نوکری کی تھی۔ معمولی عہدہ سے بڑھتے بڑھتے وہ بلند ترین مقام پر پہنچ گئے۔ اس دوران میں انہوں نے بڑی محنت کی تھی، بدن رات دفتری کام کیے تھے۔۔۔اب وہ سستا رہے تھے۔ اپنے کمرے میں کتابیں لے کر پڑے رہتے اور ان کے مطالعے میں مصروف رہتے۔ فریدہ، سعیدہ اور نجیب کبھی ماں کا کوئی پیغام لے کر آتے تو وہ اس کا جواب بھجوا دیتے۔

ریٹائر ہونے کے بعد انہوں نے اپنا بستر وہیں اپنے کمرے میں لگوالیا تھا۔ دن کی طرح ان کی رات بھی یہیں گزرتی تھی۔۔۔دنیا کے جھگڑے ٹنٹوں سے بالکل الگ۔ کبھی کبھی ان کی بیوی جو ادھیڑ عمر کی عورت

تھی ان کے پاس آجاتی اور چاہتی کہ وہ اس سے دو گھڑی باتیں کریں مگر وہ جلد ہی اسے کسی بہانے سے ٹال دیتے۔ یہ بہانہ عام طور پر فریدہ اور سعیدہ کے جہیز کے متعلق ہوتا، ''جاؤ، یہ عمر چونچلے بگھارنے کی نہیں۔۔۔ گھر میں دو جوان بیٹیاں ہیں، ان کے دان دہیج کی فکر کرو۔۔۔ سونا دن بدن مہنگا ہو رہا ہے۔۔ دس بیس تولے خرید کر کیوں نہیں رکھ لیتیں۔۔۔ وقت آئے گا تو پھر چیخو گی کہ ہائے اللہ، خالی زیوروں پر اتنا روپیہ اٹھ رہا ہے۔''

یا پھر وہ کبھی اس سے یہ کہتے، ''فرخندہ خانم۔۔۔میری جان! ہم بڈھے ہو چکے ہیں۔۔۔تمہیں اب میری فکر اور مجھے تمہاری فکر ایک بچے کی طرح کرنی چاہیے۔۔۔میری ساری پگڑیاں لیر لیر ہو چکی ہیں مگر تمہیں اتنی توفیق نہیں ہوتی کہ ململ کے دو تھان ہی منگوا لو۔۔۔دو نہیں چار۔۔۔تمہارے اور بچیوں کے دوپٹے بھی بن جائیں گے۔ میری سمجھ میں نہیں آتا کہ تم کیا چاہتی ہو۔۔۔؟ اور ہاں وہ میری مسواکیں ختم ہو گئی ہیں۔''
فرخندہ، خان بہادر کے پلنگ پر بیٹھ جاتی اور بڑے پیار سے کہتی، ''ساری دنیا برش استعمال کرتی ہے۔ آپ ابھی تک پرانی لکیر کے فقیر بنے ہیں۔'' خان بہادر کے لہجے میں نرمی آجاتی، ''نہیں فرخندہ جان۔ ۔۔یہ برش اور ٹوتھ پیسٹ سب واہیات چیزیں ہیں۔'' فرخندہ کے ادھیڑ چہرے پر لکیروں کی کوڑیاں اور مولیاں سی بکھر جاتیں۔۔۔مگر صرف ایک لمحے کے لیے خان بہادر اس کی طرف دیکھتے اور باہر صحن میں بچوں کے کھیل کود کا شور و غل سنتے ہوئے کہتے، ''فرخندہ۔۔۔تو کل ململ کے تھان آجائیں۔۔۔اور لٹھے کے بھی۔'' لیکن فوراً ہی معلوم نہیں کیوں ان کے بدن پر جھر جھری سی دوڑ جاتی اور وہ فرخندہ کو منع کر دیتے۔ ''نہیں نہیں، لٹھا منگوانے کی ابھی ضرورت نہیں۔۔۔!''

باہر صحن میں بچے کھیل کود میں مصروف ہوتے۔ سہ پہر کو شاداں عموماً ان کے ساتھ ہوتی۔ یہ گو نئی نئی آئی تھی لیکن ان میں فوراً ہی گھل مل گئی تھی۔ سعیدہ اور فریدہ تو اس کے انتظار میں رہتی تھیں کہ وہ کب آئے اور سب مل کر ''لکن میٹی'' یا ''کھدو'' کھیلیں۔ شاداں کے ماں باپ عیسائی تھے۔ مگر جب سے شاداں خان بہادر کے گھر میں داخل ہوئی تو فریدہ کی ماں نے اس کا اصلی نام بدل کر شاداں رکھ دیا تھا۔ اس لیے کہ وہ بڑی ہنس مکھ لڑکی تھی اور اس کی بچیاں اس سے پیار کرنے لگی تھیں۔ شاداں صبح سویرے آتی تو فریدہ، سعیدہ اور نجیب اسکول جانے کی تیاریوں میں مصروف ہوتے۔ وہ اس سے باتیں کرنا چاہتے مگر ماں ان سے کہتی، ''بچو جلدی کرو۔۔۔ اسکول کا وقت ہو رہا ہے۔'' اور بچے جلدی جلدی تیاری سے فارغ ہو کر شاداں کو سلام کہتے ہوئے اسکول چلے جاتے۔

سہ پہر کے قریب شاداں جلدی جلدی محلے کے دوسرے کاموں سے فارغ ہو کر آ جاتی اور فریدہ، سعیدہ اور نجیب کھیل میں مشغول ہو جاتے اور اتنا شور مچتا کہ بعض اوقات خان بہادر کو اپنے کمرے سے نوکر کے ذریعے سے کہلوانا پڑتا کہ شور ذرا کم کیا جائے۔۔۔ یہ حکم سن کر شاداں سہم کر الگ ہو جاتی، مگر سعیدہ اور فریدہ اس سے کہتیں، '' کوئی بات نہیں شاداں۔۔۔ ہم اس سے بھی زیادہ شور مچائیں تو وہ اب تو کچھ نہیں کہیں گے۔ ایک سے زیادہ بار وہ کوئی بات نہیں کہا کرتے۔ ''

اور کھیل پھر شروع ہو جاتا۔ کبھی لکن میٹی، کبھی کھدو اور کبھی لوڈو۔ لوڈو، شاداں کو بہت پسند تھی، اس لیے کہ یہ کھیل اس کے لیے نیا تھا۔ چنانچہ جب سے نجیب لوڈو لایا تھا، شاداں اسی کھیل پر مُصِر ہوتی۔ مگر فریدہ، سعیدہ اور نجیب تینوں کو یہ پسند نہیں تھا، اس لیے کہ اس میں کوئی ہنگامہ بر پا نہیں ہوتا۔ بس وہ جو '' چٹو '' سا ہوتا ہے، اس میں پانسا ہلاتے اور پھینکتے رہو اور اپنی گوٹیں آگے پیچھے کرتے رہو۔

شاداں کھلی کھلی رنگت کی درمیانے قد کی لڑکی تھی۔ اس کی عمر فریدہ جتنی ہو گی مگر اس میں جوانی زیادہ نمایاں تھی۔۔۔ جیسے خود جوانی نے اپنی شوخیوں پر لال پنسل کے نشان لگا دیئے ہیں۔۔۔ محض شرارت کے لیے۔ ورنہ فریدہ اور سعیدہ میں وہ تمام رنگ، وہ تمام لکیریں، وہ تمام قوسیں موجود تھیں جو اس عمر کی لڑکیوں میں ہوتی ہیں۔ لیکن فریدہ، سعیدہ اور شاداں جب پاس کھڑی ہوتیں تو شاداں کی جوانی زیرِ لب کچھ گنگناتی معلوم ہوتی۔

کھلی کھلی رنگت، پریشان بال اور دھڑکتا ہوا دوپٹہ جو کس کر اس نے اپنے سینے اور کمر کے ارد گرد باندھا ہوتا۔ ایسی ناک، جس کے نتھنے گویا ہوا میں انجانی خوشبو ڈھونڈنے کے لیے کانپ رہے ہیں۔ کان ایسے جو ذرا سی آہٹ پر چونک کر سننے کے لیے تیار ہوں۔ چہرے کے خد و خال میں کوئی خوبی نہیں تھی۔ اگر کوئی عیب گننے لگتا تو بڑی آسانی سے گن سکتا تھا، صرف اسی صورت میں اگر اس کا چہرہ اس کے جسم سے الگ کر کے رکھ دیا جاتا۔ مگر ایسا کیا جانا ناممکن تھا، اس لیے کہ اس کے چہرے اور اس کے بقایا جسم کا چولی دامن کا ساتھ تھا۔ جس طرح چولی علیحدہ کرنے پر جسم کے آثار اس میں باقی رہ جاتے ہیں، اسی طرح اس کے چہرے پر بھی رہ جاتے اور اس کو پھر اس کی سالمیت ہی میں دیکھنا پڑتا۔

شاداں بے حد پھر تیلی تھی۔ صبح آتی اور یوں منٹا منٹی میں اپنا کام ختم کر کے یہ جا وہ جا۔ سہ پہر کو آتی۔ گھنٹہ ڈیڑھ گھنٹہ کھیل کود میں مصروف رہتی۔ جب خان بہادر کی بیوی آخری بار چلا کر کہتی، '' شاداں، اب خدا کے لیے کام تو کرو۔ '' تو وہ وہیں کھیل بند کر کے اپنے کام میں مشغول ہو جاتی۔ ٹوکرہ اٹھاتی اور

دو دوزینے ایک جست میں ٹے کرتی کوٹھے پر پہنچ جاتی۔ وہاں سے فارغ ہو کر دھڑ دھڑ دھڑ نیچے اترتی اور صحن میں جھاڑو شروع کر دیتی۔

اس کے ہاتھ میں پھرتی اور صفائی دونوں چیزیں تھیں۔ خان بہادر اور اس کی بیوی فرخندہ کو صفائی کا بہت خیال تھا، لیکن مجال ہے جو شاداں نے کبھی ان کو شکایت کا موقع دیا ہو۔ یہی وجہ ہے کہ وہ اس کے کھیل کود پر معترض نہیں ہوتے تھے۔ یوں بھی وہ اس کو پیار کی نظروں سے دیکھتے تھے۔ روشن خیال تھے، اس لیے چھوت چھات ان کے نزدیک بالکل فضول تھی۔

شروع شروع میں تو خان بہادر کی بیوی نے اتنی اجازت دی تھی کہ اگر کوئی شاداں کو چھوئے تو چھوت مٹی میں اگر کوئی شاداں کو چھوئے تو لکڑی استعمال کرے اور اگر وہ چھوئے تو بھی لکڑی کا کوئی ٹکڑا استعمال کرے، لیکن کچھ دیر کے بعد یہ شرط ہٹا دی گئی اور شاداں سے کہا گیا کہ وہ آتے ہی صابن سے اپنا ہاتھ منہ دھو لیا کرے۔ جب شاداں کی ماں کمانے کے لیے آتی تھی تو خان بہادر اپنے کمرے کی کسی چیز اس کو چھونے نہیں دیتے تھے، مگر شاداں کو اجازت تھی کہ وہ صفائی کے وقت چیزوں کی جھاڑ پونچھ بھی کر سکتی ہے۔

صبح سب سے پہلے شاداں، خان بہادر کے کمرے کی صفائی کرتی تھی۔ وہ اخبار پڑھنے میں مشغول ہوتے۔ شاداں ہاتھ میں برش لیے آتی تو ان سے کہتی، ''خان بہادر صاحب۔۔۔ ذرا برآمدے میں چلے جائیے!'' خان بہادر اخبار سے نظریں ہٹا کر اس کی طرف دیکھتے، شاداں فوراً ان کے پلنگ کے نیچے سے ان کے سلیپر اٹھا کر ان کو پہنا دیتی اور وہ برآمدے میں چلے جاتے۔ جب کمرے کی صفائی اور جھاڑ پونچھ ہو جاتی تو شاداں دروازے کی دہلیز کے پاس ہی سے کمرے میں ذرا سا جھانکنے کا خم پیدا کر کے خان بہادر کو پکارتی، ''آ جائیے خان بہادر صاحب۔'' خان بہادر صاحب اخبار اور سلیپر کھڑ کھڑاتے اندر آ جاتے ۔۔۔ اور شاداں دوسرے کاموں میں مشغول ہو جاتی۔

شاداں کو کام پر لگے، دو مہینے ہو گئے تھے۔ یہ گزرے تو خان بہادر کی بیوی نے ایک دن یوں محسوس کیا کہ شاداں میں کچھ تبدیلی آ گئی ہے۔ اس نے سرسری غور کیا تو یہی بات ذہن میں آئی کہ محلے کے کسی نوجوان سے آنکھ لڑ گئی ہو گی۔ اب وہ زیادہ بن ٹھن کے رہتی تھی۔ اگر وہ پہلے کوری ململ تھی، تو اب ایسا لگتا تھا کہ اسے کلف لگا ہوا ہے۔۔۔ مگر یہ کلف بھی کچھ ایسا تھا جو ململ کے ساتھ انگلیوں میں چنا نہیں گیا تھا۔ شاداں دن بدن تبدیل ہو رہی تھی۔ پہلے وہ اترن پہنتی تھی، پر اب اس کے بدن پر نئے جوڑے نظر آتے تھے ۔۔۔ بڑے اچھے فیشن کے بڑے عمدہ سلے ہوئے۔ ایک دن جب وہ سفید لٹھے کی شلوار اور پھولوں

والی جارجٹ کی قمیض پہن کر آئی تو فریدہ کو باریک سفید کپڑے کے نیچے سفید سفید گول چیزیں نظر آئیں ۔ لیکن میلی ہو رہی تھی ۔ شاداں نے دیوار کے ساتھ منہ لگا کر زور سے اپنی آنکھیں میچی ہوئی تھیں ۔ فریدہ نے اس کی قمیض کے نیچے سفید سفید گول چیزیں دیکھی تھیں ۔ وہ بوکھلائی ہوئی تھی ۔ جب شاداں نے پکارا، ''چھپ گئے؟''، تو فریدہ نے سعیدہ کو بازو سے پکڑ اور گھسیٹ کر ایک کمرے میں لے گئی اور دھڑ کتے ہوئے دل سے اس کے کان میں کہا، ''سعیدہ ۔ ۔ تم نے دیکھا، اس نے کیا پہنا ہوا تھا؟''

سعیدہ نے پوچھا، ''کس نے؟''، فریدہ نے اس کے کان ہی میں کہا، ''شاداں نے''، ''کیا پہنا ہوا تھا؟''

فریدہ کی جوابی سرگوشی سعیدہ کے کان میں غراپ سے غوطہ لگا گئی ۔ جب ابھری تو سعیدہ نے اپنے سینے پہ ہاتھ رکھا اور ایک بجھی بجھی حیرت کی ''ہیں''، اس کے لبوں سے خود کو گھسیٹتی ہوئی باہر نکلی ۔ دونوں بہنیں کچھ دیر کھسر پھسر کرتی رہیں ۔ ۔ اتنے میں دھما کا سا ہوا اور شاداں نے ان کو ڈھونڈ لیا ۔ ۔ ۔ اس پر سعیدہ اور فریدہ کی طرف سے قاعدے کے مطابق پھم ڈھاڑ ہونا چاہیے تھی مگر وہ چپ رہیں ۔ شاداں کی خوشی کی مزید چیخیں اس کے حلق میں رک گئیں ۔

فریدہ اور سعیدہ کمرے کے اندھیرے کونے میں کچھ سہمی سہمی کھڑی تھیں، شاداں بھی قدرے خوفزدہ ہو گئی ۔ ماحول کے مطابق اس نے اپنی آواز دبا کر ان سے پوچھا، ''کیا بات ہے؟''، فریدہ نے سعیدہ کے کان میں کچھ کہا، سعیدہ نے فریدہ کے کان میں ۔ دونوں نے ایک دوسری کو کہنیوں سے ٹھوکے دیئے ۔ آخر فریدہ نے کانپتے ہوئے لہجے میں شاداں سے کہا، ''تم نے ۔ ۔ ۔ تم نے قمیض کے نیچے کیا پہن رکھا ہے؟''، شاداں کے حلق سے ہنسی کے گول گول ٹکڑے نکلے سعیدہ نے پوچھا، ''کہاں سے لی تو نے یہ؟'' شاداں نے جواب دیا، ''بازار سے؟'' فریدہ نے بڑے اشتیاق سے پوچھا، ''کتنے میں؟''

''دس روپے میں!''

دونوں بہنیں ایک دم چلاتے چلاتے رک گئیں، ''اتنی مہنگی!''

شاداں نے صرف اتنا کہا، ''کیا ہم غریب دل کو اچھی لگنے والی چیزیں نہیں خرید سکتے؟'' اس بات نے فوراً ہی ساری بات ختم کر دی ۔ ۔ تھوڑی دیر خاموشی رہی اس کے بعد پھر کھیل شروع ہو گیا ۔ کھیل جاری تھا ۔ مگر کہاں جاری تھا ۔ یہ خان بہادر کی بیوی کی سمجھ میں نہیں آتا تھا ۔ ۔ ۔ اب تو شاداں بڑھیا قسم کا تیل بالوں میں لگاتی تھی ۔ پہلے ننگے پاؤں ہوتی تھی، پر اب اس کے پیروں میں اس نے سینڈل دیکھے ۔

کھیل یقیناً جاری تھا۔۔۔ مگر خان بہادر کی بیوی کی سمجھ میں یہ بات نہیں آتی تھی کہ اگر کھیل جاری ہے تو اس کی آواز شاداں کے جسم سے کیوں نہیں آتی۔ ایسے کھیل بے آواز اور بے نشان تو نہیں ہوا کرتے۔ یہ کیسا کھیل ہے جو صرف کپڑے کاغذ بنا ہوا ہے۔ اس نے کچھ دیر اس معاملے کے بارے میں سوچا، لیکن پھر سوچا کہ وہ کیوں بے کار مغز پاشی کرے۔ ایسی لڑکیاں خراب ہوا ہی کرتی ہیں اور کتنی داستانیں ہیں جو ان کی خرابیوں سے وابستہ ہیں اور شہر کے گلی کوچوں میں ان ہی کی طرح رُلتی پھرتی ہیں۔ دن گزرتے رہے اور کھیل جاری رہا۔

فریدہ کی ایک سہیلی کی شادی تھی۔ اس کی ماں خان بہادر کی بیوی کی منہ بولی بہن تھی۔ اس لیے سب کی شرکت لازمی تھی۔ گھر میں صرف خان بہادر رہتے، سردی کا موسم تھا۔ رات کو خان بہادر کی بیوی کو معاً خیال آیا کہ اپنی گرم شال منگوا لے۔ پہلے تو اس نے سوچا کہ نوکر بھیج دے مگر وہ ایسے صندوق میں پڑی تھی جس میں زیورات بھی تھے، اس لیے اس نے نجیب کو ساتھ لیا اور اپنے گھر آئی۔ رات کے دس بج چکے تھے۔ اس کا خیال تھا کہ دروازہ بند ہو گا، چنانچہ اس نے دستک دی۔ جب کسی نے نہ کھولا تو نجیب نے دروازے کو ذرا سا دھکا دیا۔ وہ کھل گیا۔

اندر داخل ہو کر اس نے صندوق سے شال نکالی اور نجیب سے کہا، ''جاؤ، دیکھو تمہارے ابا کیا کر رہے ہیں۔ ان سے کہہ دینا کہ تم تو ابھی تھوڑی دیر کے بعد لوٹ آؤ گے، لیکن ہم سب کل صبح آئیں گے۔۔۔۔ جاؤ بیٹا!'' صندوق میں چیزیں قرینے سے رکھ کر وہ تالا لگا ہی رہی تھی کہ نجیب واپس آیا اور کہنے لگا، ''ابا جی تو اپنے کمرے میں نہیں ہیں۔''

''اپنے کمرے میں نہیں ہیں۔۔۔؟ اپنے کمرے میں نہیں ہیں تو کہاں ہیں؟'' خان بہادر کی بیوی نے تالا بند کیا اور چابی اپنے بیگ میں ڈالی، ''تم یہاں کھڑے رہو، میں ابھی آتی ہوں۔''

یہ کہہ کر وہ اپنے شوہر کے کمرے میں گئی جو کہ خالی تھا مگر بتی جل رہی تھی۔ بستر پر سے چادر غائب تھی۔ فرش دھلا ہوا تھا۔۔۔ ایک عجیب قسم کی بو کمرے میں بسی ہوئی تھی۔ خان بہادر کی بیوی چکرا گئی کہ یہ کیا معاملہ ہے۔۔۔۔ پلنگ کے نیچے جھک کر دیکھا، مگر وہاں کوئی بھی شے نہیں تھا۔۔۔۔ لیکن ایک چیز تھی۔ اس نے رینگ کر اسے پکڑا اور باہر نکال کر دیکھا۔۔۔ خان بہادر کی موٹی مسواک تھی۔۔۔ اتنے میں آہٹ ہوئی۔ خان بہادر کی بیوی نے مسواک چھپائی۔۔۔ خان بہادر اندر داخل ہوئے اور ان کے ساتھ ہی مٹی کے تیل کی بو۔ ان کا رنگ زرد تھا جیسے سارا لہو نچڑ چکا ہے۔

کانپتی ہوئی آواز میں خان بہادر نے اپنی بیوی سے پوچھا، ''تم یہاں کیا کر رہی ہو؟''

'' کچھ نہیں۔۔۔شال لینے آئی تھی۔۔۔میں نے سوچا، آپ کو دیکھتی چلوں۔''

''جاؤ''

خان بہادر کی بیوی چلی گئی۔۔۔چند قدم صحن میں چلی ہو گی کہ اسے دروازہ بند کرنے کی آواز آئی۔ وہ بہت دیر تک اپنے کمرے میں بیٹھی رہی پھر نجیب کو لے کر چلی گئی۔

دوسرے روز فریدہ کی سہیلی کے گھر خان بہادر کی بیوی کو یہ خبر ملی کہ خان بہادر گرفتار ہو گئے ہیں۔۔۔ جب اس نے پتا لیا تو معلوم ہوا کہ جرم بہت سنگین ہے۔ شاداں جب گھر پہنچی تو لہولہان تھی۔ وہاں پہنچتے ہی وہ بے ہوش ہو گئی۔ اس کے ماں باپ اسے ہسپتال لے گئے۔ پولیس ساتھ تھی۔ شاداں کو وہاں ایک لحظے کے لیے ہوش آیا اور اس نے صرف ''خان بہادر'' کہا۔ اس کے بعد وہ ایسی بے ہوش ہوئی کہ ہمیشہ ہمیشہ کے لیے سو گئی۔

جرم بہت سنگین تھا۔ تفتیش ہوئی۔ مقدمہ چلا۔۔۔استغاثے کے پاس کوئی عینی شہادت موجود نہیں تھی۔ ایک صرف شاداں کے لہو میں لتھڑے ہوئے کپڑے تھے اور وہ دو لفظ جو اس نے مرنے سے پہلے اپنے منہ سے ادا کیے تھے۔۔۔لیکن اس کے باوجود استغاثے کو پختہ یقین تھا کہ مجرم خان بہادر ہے، کیونکہ ایک گواہ ایسا تھا جس نے شاداں کو شام کے وقت خان بہادر کے گھر کی طرف جاتے دیکھا تھا۔

صفائی کے گواہ صرف دو تھے۔ خان بہادر کی بیوی اور ایک ڈاکٹر۔ ڈاکٹر نے کہا کہ خان بہادر اس قابل ہی نہیں کہ وہ کسی عورت سے ایسا رشتہ قائم کر سکے۔ شاداں کا تو سوال ہی پیدا نہیں ہوتا کہ وہ نابالغ تھی۔ اس کی بیوی نے اس کی تصدیق کی۔

خان بہادر محمد اسلم خان بری ہو گئے۔۔۔مقدمے میں انہیں بہت کوفت اٹھانی پڑی۔ بری ہو کر جب گھر آئے تو ان کی زندگی کے معمول میں کوئی فرق نہ آیا۔ ایک صرف انہوں نے مسواک کا استعمال چھوڑ دیا۔

شادی

جمیل کو اپنا شیفر لائف ٹائم قلم مرمت کے لیے دینا تھا۔اس نے ٹیلی فون ڈائریکٹری میں شیفر کمپنی کا نمبر تلاش کیا۔فون کرنے سے معلوم ہوا کہ ان کے ایجنٹ میسرز ڈی، جے، سمتوئر ہیں جن کا دفتر گرین ہوٹل کے پاس واقع ہے۔

جمیل نے ٹیکسی لی اور فورٹ کی طرف چل دیا۔گرین ہوٹل پہنچ کر اسے میسرز ڈی، جے، سمتوئر کا دفتر تلاش کرنے میں دِقّت نہ ہوئی۔ بالکل پاس تھا مگر تیسری منزل پر۔لفٹ کے ذریعے جمیل وہاں پہنچا۔ کمرے میں داخل ہوتے ہی چوبی دیوار کی چھوٹی سی کھڑکی کے پیچھے اسے ایک خوش شکل اینگلو انڈین لڑکی نظر آئی، جس کی چھاتیاں غیر معمولی طور پر نمایاں تھیں۔جمیل نے قلم اس کھڑکی کے اندر داخل کر دیا اور منہ سے کچھ نہ بولا۔لڑکی نے قلم اس کے ہاتھ سے لے لیا، کھول کر ایک نظر دیکھا اور ایک چِٹ پر کچھ لکھ کر جمیل کے حوالے کر دیا۔منہ سے وہ بھی کچھ نہ بولی۔

جمیل نے چِٹ دیکھی۔ قلم کی رسید تھی۔ چلنے ہی والا تھا کہ پلٹ کر اس نے لڑکی سے پوچھا، ''دس بارہ روز تک تیار ہو جائے گا، میرا خیال ہے۔''لڑکی بڑے زور سے ہنسی۔جمیل کچھ کھسیانا سا ہو گیا۔ ''میں آپ کی اس ہنسی کا مطلب نہیں سمجھا۔''لڑکی نے کھڑکی کے ساتھ منہ لگا کر کہا، ''مسٹر۔۔۔آج کل وار ہے، وار۔۔۔یہ قلم امریکہ جائے گا۔۔۔تم نو مہینے کے بعد پتا کرنا۔''جمیل بوکھلا گیا، ''نو مہینے!''لڑکی نے اپنے بُریدہ بالوں والا سر ہلایا۔۔۔جمیل نے لفٹ کا رخ کیا۔

یہ نو مہینے کا سلسلہ خوب تھا۔نو مہینے۔۔۔اتنی مدت کے بعد تو عورت گل گوتھنا بچہ پیدا کر کے ایک طرف رکھ دیتی ہے۔۔۔نو مہینے۔۔۔نو مہینے تک اس چھوٹی سی چِٹ کو سنبھالے رکھو۔۔۔اور یہ بھی کون

وثوق سے کہہ سکتا ہے کہ نو مہینے تک آدمی یاد رکھ سکتا ہے کہ اس نے ایک قلم مرمت کے لیے دیا تھا۔۔۔ ہو سکتا ہے اس دوران میں وہ کم بخت مر کھپ ہی جائے۔

جمیل نے سوچا، یہ سب ڈھکوسلا ہے۔۔۔ قلم میں معمولی سی خرابی تھی کہ اس کا فیڈر ضرورت سے زیادہ روشنائی سپلائی کرتا تھا۔ اس کے لیے اسے امریکہ کے ہسپتال میں بھیجنا صریحاً چال بازی تھی۔۔۔ مگر پھر اس نے سوچا، لعنت بھیجو اس قلم پر۔۔۔ امریکہ جائے یا افریقہ۔ اس میں شک نہیں کہ اس نے یہ بلیک مارکیٹ سے ایک سو پچھتر روپے میں خریدا تھا۔۔۔ مگر اس نے ایک برس اسے خوب استعمال بھی تو کیا تھا۔۔۔ ہزاروں صفحے کالے کر ڈالے تھے۔۔۔ چنانچہ وہ قنوطی سے ایک دم رجائی بن گیا۔ اور رجائی بنتے ہی اسے خیال آیا کہ وہ فورٹ میں ہے اور فورٹ میں شراب کی بے شمار دکانیں ہیں۔ وہسکی تو ظاہر ہے نہیں ملے گی لیکن فرانس کی بہترین برانڈی تو نک کو مل جائے گی، چنانچہ اس نے قریب والی شراب کی دکان کا رخ کیا۔

برانڈی کی ایک بوتل خرید کر وہ لوٹ رہا تھا کہ گرین ہوٹل کے پاس آ کے رک گیا۔ ہوٹل کے نیچے قدِ آدم شیشوں کا بنا ہوا قالینوں کا شوروم تھا۔ یہ جمیل کے دوست پیر صاحب کا تھا۔ اس نے سوچا چلو اندر چلیں۔ چنانچہ چند لمحات کے بعد ہی وہ شوروم میں تھا اور اپنے دوست پیر سے، جو عمر میں اس سے کافی بڑا تھا، ہنسی مذاق کی گفتگو کر رہا تھا۔

برانڈی کی بوتل باریک کاغذ میں لپٹی دبیز ایرانی قالین پر لیٹی ہوئی تھی۔ پیر صاحب نے اس کی طرف اشارہ کرتے ہوئے جمیل سے کہا، ''یار اس دلہن کا گھونگٹ تو کھولو۔۔۔ ذرا اس سے چھیڑ خانی تو کرو۔''

جمیل مطلب سمجھ گیا، ''تو پیر صاحب گلاس اور سوڈے منگوائیے۔ پھر دیکھیے کیا رنگ جمتا ہے۔''

فوراً گلاس اور یخ بستہ سوڈے آ گئے۔ پہلا دور ہوا۔ دوسرا دور شروع ہونے ہی والا تھا کہ پیر صاحب کے ایک گجراتی دوست اندر چلے آئے اور بڑی بے تکلفی سے قالین پر بیٹھ گئے۔ اتفاق سے ہوٹل کا چھوکرا دو کے بجائے تین گلاس اٹھا لایا تھا۔ پیر صاحب کے گجراتی دوست نے بڑی صاف اردو میں چند اِدھر اُدھر کی باتیں کیں اور گلاس میں یہ بڑا پیگ ڈال کر اس کو سوڈے سے لبالب بھر دیا۔ تین چار لمبے لمبے گھونٹ لے کر انہوں نے رومال سے اپنا منہ صاف کیا، ''سگریٹ نکالو یار!''

پیر صاحب میں ساتوں عیب شرعی تھے۔ مگر وہ سگریٹ نہیں پیتے تھے۔ جمیل نے جیب سے اپنا سگریٹ کیس نکالا اور قالین پر رکھ دیا۔ ساتھ ہی لائٹر۔۔۔ اس پر پیر صاحب نے جمیل سے اس گجراتی کا تعارف

کرایا، ''مسٹر نٹورلال۔۔۔ آپ موتیوں کی دلالی کرتے ہیں۔'' جمیل نے ایک لحظے کے لیے سوچا، کوئلوں کی دلالی میں تو انسان کا منہ کالا ہوتا ہے۔۔۔ موتیوں کی دلالی میں۔۔۔ پیر صاحب نے جمیل کی طرف دیکھتے ہوئے کہا، ''مسٹر جمیل مشہور سونگ رائٹر۔۔۔'' دونوں نے ہاتھ ملایا اور برانڈی کا نیا دور شروع ہوا اور ایسا شروع ہوا کہ بوتل خالی ہو گئی۔

جمیل نے دل میں سوچا یہ کم بخت موتیوں کا دلال بلا کا پینے والا ہے۔۔۔ میری پیاس اور سرور کی ساری برانڈی چڑھا گیا۔ خدا کرے اسے موتیا بند ہو۔ مگر جونہی آخری دور کے پیگ نے جمیل کے پیٹ میں اپنے قدم جمائے، اس نے نٹورلال کو معاف کر دیا۔ اور آخر میں اس سے کہا، ''مسٹر نٹور! اٹھیے، ایک بوتل اور ہو جائے۔'' نٹورلال فوراً اٹھا۔ اپنے سفید دَگلے کی شکنیں درست کیں۔ دھوتی کی لانگ ٹھیک کی اور کہا، ''چلیے!''

جمیل پیر صاحب سے مخاطب ہوا، ''ہم ابھی حاضر ہوتے ہیں۔'' جمیل اور نٹور نے باہر نکل کر ٹیکسی لی اور شراب کی دکان پر پہنچے۔ جمیل نے ٹیکسی روکی مگر نٹور نے کہا، ''مسٹر جمیل۔۔۔ یہ دکان ٹھیک نہیں۔ ساری چیزیں مہنگی بیچتا ہے۔'' یہ کہہ کر وہ ٹیکسی ڈرائیور سے مخاطب ہوا، ''دیکھو کولابہ چلو!'' کولابہ پہنچ کر نٹور، جمیل کو شراب کی ایک چھوٹی سی دکان میں لے گیا۔ جو برانڈ جمیل نے فورٹ سے لیا، وہ تو نہ مل سکا، ایک دوسرا مل گیا جس کی نٹور نے بہت تعریف کی کہ نمبر ون ہے۔

یہ نمبر ون چیز خرید کر دونوں باہر نکلے۔۔۔ ساتھ ہی بارشی نٹور رک گیا، ''مسٹر جمیل! کیا خیال ہے آپ کا، ایک دو پیگ یہیں سے پی کر چلتے ہیں۔'' جمیل کو کوئی اعتراض نہیں تھا، اس لیے کہ اس کا نشہ حالتِ نَزع میں تھا۔ چنانچہ دونوں بار کے اندر داخل ہوئے۔ معاً جمیل کو خیال آیا کہ بار والے تو کبھی باہر کی شراب پینے کی اجازت نہیں دیا کرتے، ''مسٹر نٹور آپ یہاں کیسے پی سکتے ہیں۔ یہ لوگ اجازت نہیں دیں گے۔'' نٹور نے زور سے آنکھ ماری، ''سب چلتا ہے۔''

اور یہ کہہ کر ایک کیبن کے اندر گھس گیا۔ جمیل بھی اس کے پیچھے ہو لیا۔۔۔ نٹور نے بوتل سنگین تپائی پر رکھی اور بیرے کو آواز دی۔۔۔ جب وہ آیا تو اس کو بھی آنکھ ماری، ''دیکھو! دو سوڈے روجرز۔۔۔ ٹھنڈے۔۔۔ اور دو گلاس۔ ایک دم صاف'' بیرا یہ حکم سن کر چلا گیا اور فوراً سوڈے اور گلاس حاضر کر دیئے۔ اس پر نٹور نے اسے دوسرا حکم دیا۔ ''فسٹ کلاس چپس اور ٹومیٹو سوس۔۔۔ اور فسٹ کلاس کٹلس۔'' بیرا چلا گیا۔ نٹور جمیل کی طرف دیکھ کر ایسے ہی مسکرایا۔ بوتل کا کارک نکالا اور جمیل کے گلاس میں اس سے

پوچھے بغیر ایک ڈبل ڈال دیا۔خود اس سے کچھ زیادہ۔سوڈا حل ہو گیا تو دونوں نے اپنے گلاس ٹکرائے۔ جمیل پیاسا تھا۔ ایک جرعے میں اس نے آدھا گلاس ختم کر دیا۔سوڈا چونکہ بہت ٹھنڈا اور تیز تھا اس لیے پھوں پھوں کرنے لگا۔دس پندرہ منٹ کے بعد چپس اور کٹلس آ گئے۔۔۔جمیل صبح گھر سے ناشتا کر کے نکلا تھا لیکن برانڈی نے اسے بھوک لگا دی۔چپس گرم گرم تھے، کٹلس بھی۔وہ پل پڑا۔۔۔ نٹور نے اس کا ساتھ دیا۔ چنانچہ دو منٹ میں دونوں پلیٹیں صاف!

دو پلیٹیں اور منگوائی گئیں۔جمیل نے اپنے لیے چپس بھی منگوائے۔دو گھنٹے اسی طرح گزر گئے۔ بوتل کی تین چوتھائی غائب ہو چکی تھی۔جمیل نے سوچا کہ اب پیر صاحب کے پاس جانا بے کار ہے۔ نشے خوب جم رہے تھے، سرور خوب گھٹ رہے تھے۔نٹور اور جمیل دونوں ہوا کے گھوڑوں پر سوار تھے۔ایسے سواروں کو عام طور پر ایسی وادیوں میں جانے کی بڑی خواہش ہوتی ہے، جہاں انہیں عریاں بدن حسین عورتیں مل جگتکریں۔ وہ ان کی کمر میں ہاتھ ڈال کر گھوڑے پر بٹھالیں اور یہ جا، وہ جا۔

جمیل کا دل و دماغ اس وقت کسی ایسی وادی کے متعلق سوچ رہا تھا جہاں اس کی کسی ایسی خوبصورت عورت سے مڈبھیڑ ہو جائے جس کو وہ اپنے تپتے ہوئے سینے کے ساتھ بھینچ لے، اس زور سے کہ اس کی ہڈیاں تک چیخ جائیں۔جمیل کو اتنا تو معلوم تھا کہ وہ ایسی جگہ پر ہے۔۔۔مطلب ایسے علاقے میں ہے جو اپنے بروتھلز (قحبہ خانے) کی وجہ سے ساری بمبئی میں مشہور ہے، جنہیں عیاشی کرنا ہوتی ہے وہ اِدھر کا رخ کرتے ہیں۔شہر سے بھی جس لڑکی کو لگ چھپ کر پیشہ کرنا ہوتا ہے، یہیں آتی ہے۔ان معلومات کی بنا پر اس نے نٹور سے کہا، ''میں نے کہا۔۔۔وہ۔۔۔وہ۔۔۔میرا مطلب ہے، ادھر کوئی چھوکری وکری نہیں ملتی؟''

نٹور نے اپنے گلاس میں ایک بڑا پیگ انڈیلا اور ہنسا، ''مسٹر جمیل! ایک نہیں ہزاروں۔۔۔ہزاروں۔۔۔ ہزاروں۔۔۔!'' یہ ہزاروں کی گردان جاری رہتی اگر جمیل نے اس کی بات کاٹی نہ ہوتی، ''ان ہزاروں میں سے آج ایک ہی مل جائے تو ہم سمجھیں کہ نٹور بھائی نے کمال کر دیا۔''نٹور بھائی مزے میں تھے۔جھوم کر کہا، ''جمیل بھائی۔۔۔ایک نہیں ہزاروں۔۔۔چلو، اس کو ختم کرو۔''

دونوں نے بوتل میں جو کچھ بچا تھا، آدھ گھنٹے کے اندر اندر ختم کر دیا۔بل ادا کرنے اور بیرے کو ٹگری ٹِپ دینے کے بعد دونوں باہر نکلے۔اندر اندھیرا تھا۔باہر دھوپ چمک رہی تھی۔جمیل کی آنکھیں چندھیا گئیں۔ایک لحظے کے لیے اسے کچھ نظر نہ آیا۔ آہستہ آہستہ اس کی آنکھیں تیز روشنی کی عادی ہوئیں تو

اس نے نٹور سے کہا، ''چلو بھئ!''

نٹور نے تلاشی لینے والی نگاہوں سے جمیل کی طرف دیکھا، ''مال پانی ہے نا؟'' جمیل کے ہونٹوں پر نشیلی مسکراہٹ نمودار ہوئی۔ نٹور کی پسلیوں میں کہنی سے ٹھوکا دے کر اس نے کہا، ''بہت۔ نٹور بھائی، بہت۔'' اور اس نے جیب سے پانچ نوٹ سو سو کے نکالے۔ ''کیا اتنے کافی نہیں؟'' نٹور کی باچھیں کھل گئیں، ''کافی۔ ۔ ۔؟ بہت زیادہ ہیں۔ ۔ ۔ چلو آؤ، پہلے ایک بوتل خرید لیں، وہاں ضرورت پڑے گی۔''

جمیل نے سوچا بات بالکل ٹھیک ہے، وہاں ضرورت نہیں پڑے گی تو کیا کسی مسجد میں پڑے گی۔ چنانچہ فوراً ایک بوتل خرید لی گئی۔ ٹیکسی کھڑی تھی۔ دونوں اس میں بیٹھ گئے اور اس وادی کی سیاحی کرنے لگے۔ سینکڑوں برو تھلز تھے۔ ان میں سے بیس پچیس کا جائزہ لیا گیا، مگر جمیل کو کوئی عورت پسند نہ آئی۔ سب میک اپ کی موٹی اور شوخ تہوں کے اندر چھپی ہوئی تھیں۔ جمیل چاہتا تھا کہ ایسی لڑکی ملے جو مرمت شدہ مکان معلوم نہ ہو۔ جس کو دیکھ کر یہ احساس نہ ہو کہ جگہ جگہ اکھڑے ہوئے پلستر کے ٹکڑوں پر بڑے اناڑی پن سے سرخی اور چونا لگا یا گیا ہے۔ نٹور تنگ آ گیا۔ اس کے سامنے جو بھی عورت آتی تھی، وہ جمیل کا کندھا پکڑ کر کہتا، ''جمیل بھائی، چلے گی؟'' مگر جمیل بھائی اٹھ کھڑا ہوتا، ''ہاں چلے گی۔ ۔ ۔ اور ہم بھی چلیں گے۔''

دو جگہیں اور دیکھی گئیں مگر جمیل کو مایوسی کا منہ دیکھنا پڑا۔ وہ سوچتا تھا کہ ان عورتوں کے پاس کون آتا ہے جو سؤر کے سوکھے ہوئے گوشت کے ٹکڑوں کی طرح دکھائی دیتی ہیں۔ ان کی ادائیں کتنی مکروہ ہیں۔ اٹھنے بیٹھنے کا انداز کتنا فحش ہے اور کہنے کو یہ پرائیویٹ ہیں یعنی ایسی عورتیں جو در پردہ پیشہ کراتی ہیں۔ ۔ ۔ جمیل کی سمجھ میں نہیں آتا تھا کہ وہ پردہ کہاں ہے جس کے پیچھے یہ دھندہ کراتی ہیں۔ جمیل سوچ ہی رہا تھا کہ اب پروگرام کیا ہونا چاہیے کہ نٹور نے ٹیکسی رکوائی اور اتر کر چلا گیا کہ ایک دم اسے ایک ضروری کام یاد آ گیا تھا۔ اب جمیل اکیلا تھا۔ ٹیکسی تیس میل فی گھنٹہ کی رفتار سے چل رہی تھی۔ اس وقت ساڑھے چار بج چکے تھے۔

اس نے ڈرائیور سے پوچھا، ''یہاں کوئی بھڑ والے گا؟'' ڈرائیور نے جواب دیا، ''ملے گا جناب!''

''تو چلو اس کے پاس۔'' ڈرائیور نے دو تین موڑ گھومے اور ایک پہاڑی بنگلہ نما بلڈنگ کے پاس گاڑی کھڑی کر دی۔ دو تین مرتبہ ہارن بجایا۔ جمیل کا سر نشے کے باعث سخت بوجھل ہو رہا تھا۔ آنکھوں کے سامنے دھند سی چھائی ہوئی تھی۔ ۔ ۔ اسے معلوم نہیں تھا کیسے اور کس طرح، مگر جب اس نے ذرا دماغ کو جھٹکا تو اس نے دیکھا کہ وہ ایک پلنگ پر بیٹھا ہے اور اس کے پاس ہی ایک جوان لڑکی، جس کی ناک کی

پُھننگ پر چھوٹی سی پھنسی تھی، اپنے بریدہ بالوں میں کنگھی کر رہی ہے۔

جمیل نے اس کو غور سے دیکھا سوچنے ہی والا تھا کہ وہ یہاں کیسے پہنچا مگر اس کے شعور نے اس کو مشورہ دیا کہ دیکھو یہ سب عبث ہے۔ جمیل نے سوچا، یہ ٹھیک ہے لیکن پھر بھی اس نے اپنی جیب میں ہاتھ ڈال کر اندر ہی اندر نوٹ گن کر اور پاس پڑی ہوئی تپائی پر برانڈی کی سالم بوتل دیکھ کر اپنی تشفی کر لی کہ سب خیریت ہے۔ اس کا نشہ کسی قدر نیچے اتر گیا۔ اٹھ کر وہ اس گیسو بریدہ لڑکی کے پاس گیا اور کچھ سمجھ میں نہ آیا۔ مسکرا کر اس سے کہا، ''کہیے، مزاج کیسا ہے؟'' اس لڑکی نے کنگھی میز پر رکھی اور کہا، ''کہیے آپ کا کیسا ہے؟''

''ٹھیک ہوں!'' یہ کہہ کر اس نے لڑکی کی کمر میں ہاتھ ڈالا، ''آپ کا نام؟''

''بتا تو چکی ایک دفعہ ۔۔۔ آپ کو میرا خیال ہے یہ بھی یاد نہ رہا ہو گا کہ آپ ٹیکسی میں یہاں آئے ۔۔۔۔ جانے کہاں کہاں گھومتے رہے ہوں گے کہ بل اڑ تیس روپے بنا جو آپ نے ادا کیا اور ایک اور شخص کا نام شاید نٹور تھا، آپ نے اس کو بے شمار گالیاں دیں۔''

جمیل اپنے اندر ڈوب کر سارے معاملے کی تہہ تک پہنچنے کی کوشش کرنے ہی والا تھا کہ اس نے سوچا کہ فی الحال اس کی ضرورت نہیں، میں بھول جایا کرتا ہوں ۔۔۔ یا یوں سمجھیے کہ مجھے بار بار پوچھنے میں مزا آتا ہے ۔۔۔۔ وہ صرف اتنا یاد کر سکا کہ اس نے ٹیکسی والے کا بل جو کہ اڑ تیس روپے بنتا تھا، ادا کیا تھا۔

لڑکی پلنگ پر بیٹھ گئی، ''میرا نام تارہ ہے۔'' جمیل نے اس کو لِٹا دیا اور اس سے مصنوعی پیار کرنے لگا۔

تھوڑی دیر کے بعد اس کو پیاس محسوس ہوئی تو اس نے تارہ سے کہا، ''دو یخ بستہ سوڈے اور گلاس!''

تارہ نے یہ دونوں چیزیں فوراً حاضر کر دیں۔ جمیل نے بوتل کھولی۔ اپنے لیے ایک پیگ ڈال کر اس نے دوسرا تارہ کے لیے ڈالا ۔۔۔ پھر دونوں پینے لگے۔ تین پیگ پینے کے بعد جمیل نے محسوس کیا کہ اس کی حالت بہتر ہو گئی ہے۔ تارہ کو چومنے چاٹنے کے بعد اس نے سوچا کہ اب قصہ مختصر ہو جانا چاہیے، ''کپڑے اتار دو!''

''سارے؟'' ۔۔۔۔۔ ''ہاں سارے!''

تارہ نے کپڑے اتار دیئے اور لیٹ گئی۔ جمیل نے اس کے ننگے جسم کو ایک نظر دیکھا اور یہ رائے قائم کی کہ اچھا ہے۔ اس کے ساتھ ہی خیالات کا ایک تانتا بندھ گیا۔ جمیل کا نکاح ہو چکا تھا۔ اس نے اپنی بیوی کو دو تین مرتبہ دیکھا تھا۔ اس کا بدن کیسا ہو گا ۔۔۔ کیا وہ تارہ کی طرح اس کے ایک مرتبہ کہنے پر اپنے سارے

کپڑے اتار کر اس کے ساتھ لیٹ جائے گی؟ کیا وہ اس کے ساتھ برانڈی پیے گی؟ کیا اس کے بال کٹے ہوئے ہیں؟ پھر فوراً اس کا ضمیر جاگا جس نے اس کو لعنت ملامت شروع کردی۔ نکاح کا یہ مطلب تھا کہ اس کی شادی ہو چکی تھی۔ صرف ایک مرحلہ باقی تھا کہ وہ اپنی سسرال جائے اور لڑکی کا ہاتھ پکڑ کر لے آئے۔ ۔۔ کیا اس کے لیے یہ واجب تھا کہ ایک بازاری عورت کو اپنی آغوش کی زینت بنائے۔۔۔ خم کے خم لنڈھاتا پھرے۔ جمیل بہت خفیف ہوا اور اسی خفت میں اس کی آنکھیں مندنا شروع ہو گئیں اور وہ سو گیا۔ تارہ بھی تھوڑی دیر کے بعد خواب غفلت کے مزے لینے لگی۔ جمیل نے کئی بے ربط، اوٹ پٹانگ خواب دیکھے۔

۔۔ کوئی دو گھنٹے کے بعد جب کہ ایک بہت ہی ڈراؤنا خواب دیکھ رہا تھا، وہ ہڑ بڑا کے اٹھا۔ جب اچھی طرح آنکھیں کھلیں تو اس نے دیکھا کہ وہ ایک اجنبی کمرے میں ہے اور اس کے ساتھ الف ننگی لڑکی لیٹی ہے۔ لیکن تھوڑی ہی دیر کے بعد واقعات آہستہ آہستہ اس کے دماغ کی دھند چیر کر نمودار ہونے لگے۔ وہ خود بھی الف ننگا تھا۔ بوکھلاہٹ میں اس نے الٹا پاجامہ پہن لیا، مگر اس کو احساس نہ ہوا۔ کرتا پہن کر اس نے جیبیں ٹٹولیں۔ نوٹ سب کے سب موجود تھے۔ اس نے سوڈا کھولا اور ایک پیگ بنا کر پیا۔ پھر اس نے تارہ کو ہولے سے جھنجوڑا، ''اٹھو! '' تارہ آنکھیں ملتی اٹھی۔ جمیل نے اس سے کہا، ''کپڑے پہن لو! '' تارہ نے کپڑے پہن لیے۔۔۔ باہر گہری شام رات بننے کی تیاریاں کر رہی تھی۔ جمیل نے سوچا، اب کوچ کرنا چاہیے۔ لیکن وہ تارہ سے کچھ پوچھنا چاہتا تھا، کیونکہ بہت سی باتیں اس کے ذہن سے نکل گئیں تھیں، '' کیوں تارہ جب ہم لیٹے۔۔۔ میرا مطلب ہے جب میں نے تم سے کپڑے اتارنے کو کہا تو اس کے بعد کیا ہوا؟ '' تارہ نے جواب دیا، '' کچھ نہیں۔۔۔ آپ نے اپنے کپڑے اتارے اور میرے بازو پر ہاتھ پھیرتے پھیرتے سو گئے۔ ''

'' بس؟ '' ''۔۔۔ '' ''ہاں۔۔۔ لیکن سونے سے پہلے آپ دو تین مرتبہ بڑ بڑائے اور کہا، '' میں گنہگار ہوں۔۔۔ میں گنہگار ہوں۔ '' یہ کہہ کر تارہ اٹھی اور اپنے بال سنوارنے لگی۔ جمیل بھی اٹھا۔ گناہ کا احساس دبانے کے لیے اس نے ڈبل پیگ اپنے حلق میں جلدی جلدی انڈیلا۔ بوتل کو کاغذ میں لپیٹا اور دروازے کی طرف بڑھا۔ تارہ نے پوچھا، '' چلے؟ ''

'' ہاں، پھر کبھی آؤں گا۔ '' یہ کہہ کر وہ لوہے کی پیچ دار سیڑھیوں سے نیچے اتر گیا۔ بڑے بازار کی طرف اس کے قدم اٹھنے ہی والے تھے کہ ہارن بجا، اس نے مڑ کر دیکھا تو ایک ٹیکسی کھڑی تھی۔ اس نے کہا چلو، اچھا ہوا، یہیں مل گئی۔ پیدل چلنے کی زحمت سے بچ گئے۔ اس نے ڈرائیور سے پوچھا، '' کیوں بھائی خالی

ہے؟'' ڈرائیور نے جواب دیا، ''خالی ہے کا کیا مطلب۔۔۔لگی ہوئی ہے۔''

''تو پھر۔۔۔''، یہ کہہ کر جمیل مڑا، لیکن ڈرائیور نے اس کو پکارا، ''کدھر جاتا ہے سیٹھ؟''، جمیل نے جواب دیا، ''کوئی اور ٹیکسی دیکھتا ہوں۔'' ڈرائیور باہر نکل آیا، ''مستک تو نہیں پھرے لا۔۔۔یہ ٹیکسی تمھیں تو لے رکھی ہے!'' جمیل بوکھلا گیا، ''میں نے؟''، ڈرائیور نے بڑے گنوار لہجے میں اس سے کہا، ''ہاں تو نے۔۔۔سالا داروپی کر سب کچھ بھول گیا۔'' اس پر ٹو ٹو میں مَیں شروع ہوئی۔ اِدھر اُدھر سے لوگ اکٹھے ہو گئے۔ جمیل نے ٹیکسی کا دروازہ کھولا اور اندر بیٹھ گیا، ''چلو!''

ڈرائیور نے ٹیکسی چلائی، ''کدھر؟''، جمیل نے کہا، ''پولیس اسٹیشن!'' ڈرائیور نے اس پر اس جانے کیا وہی تباہی بکی۔۔۔جمیل سوچ میں پڑ گیا۔ جو ٹیکسی اس نے لی تھی، اس کا بل جو اڑ تیس روپے تھا، اس نے ادا کر دیا تھا۔ اب یہ نئی ٹیکسی کہاں سے آن ٹپکی۔ گو وہ نشے کی حالت میں تھا مگر وہ یقینی طور پر کہہ سکتا تھا کہ یہ وہ ٹیکسی نہیں تھی، اور نہ یہ ڈرائیور وہ ڈرائیور جو اسے یہاں لایا تھا۔

پولیس اسٹیشن پہنچے۔ جمیل کے قدم بہت بری طرح لڑ کھڑا رہے تھے۔ سب انسپکٹر جو اس وقت ڈیوٹی پر تھا، فوراً بھانپ گیا کہ معاملہ کیا ہے۔ اس نے جمیل کو کرسی پر بیٹھنے کے لیے کہا۔ ڈرائیور نے اپنی داستان شروع کر دی جو سر تا پا غلط تھی۔ جمیل یقیناً اس کی تردید کرتا مگر اس میں زیادہ بولنے کی ہمت نہیں تھی۔ سب انسپکٹر سے مخاطب ہو کر اس نے کہا، ''جناب! میری سمجھ میں نہیں آتا۔ یہ کیا قصہ ہے، جو ٹیکسی میں نے لی تھی، اس کا کرایہ میں نے اڑ تیس روپے ادا کر دیا تھا۔ اب معلوم نہیں کہ یہ کون ہے اور مجھ سے کیسا کرایہ یہ مانگتا ہے؟''

ڈرائیور نے کہا، ''حضور انسپکٹر بہادر! یہ دارو پئے ہے۔'' اور ثبوت کے طور پر اس نے جمیل کی برانڈی کی بوتل میز پر رکھ دی۔ جمیل جھنجھلا گیا، ''ارے بھئی! کون سؤر کہتا ہے کہ اس نے نہیں پی۔۔۔سوال تو یہ ہے کہ آپ کہاں سے تشریف لے آئے۔'' سب انسپکٹر شریف آدمی تھا۔ کرایہ ڈرائیور کے حساب سے بیالیس روپے بتاتا تھا۔ اس نے پندرہ روپے میں فیصلہ کر دیا۔ ڈرائیور بہت چیخا چلایا مگر سب انسپکٹر نے اس کو ڈانٹ ڈپٹ کر تھانے سے نکلوا دیا۔ پھر اس نے ایک سپاہی سے کہا کہ وہ دوسری ٹیکسی لائے۔ ٹیکسی آئی تو اس نے ایک سپاہی کے ساتھ جمیل کے ساتھ کر دیا کہ وہ اسے گھر چھوڑ آئے۔ جمیل نے لکنت بھرے لہجے میں اس کا بہت بہت شکریہ ادا کیا اور پوچھا، ''جناب کیا یہ گرانٹ روڈ پولیس اسٹیشن ہے؟''

سب انسپکٹر نے زور کا قہقہہ لگایا اور پیٹ پر ہاتھ رکھتے ہوئے کہا، ''مسٹر! اب ثابت ہو گیا کہ تم نے

خوب پی رکھی ہے۔۔۔یہ کولابہ پولیس اسٹیشن ہے۔۔۔جاؤ، اب گھر جاکر سوجاؤ۔ '' جمیل گھر جا کے کھانا کھائے اور کپڑے اتارے بغیر سوگیا۔۔۔برانڈی کی بوتل بھی اس کے ساتھ سوتی رہی۔

دوسرے روز وہ دس بجے کے قریب اٹھا۔ جوڑ جوڑ میں درد تھا۔ سر میں جیسے بڑے بڑے وزنی پتھر تھے۔ منہ کا ذائقہ خراب۔ اس نے اٹھ کر دو تین گلاس فروٹ سالٹ کے پیے، چار پانچ پیالے چائے کے۔ تب کہیں شام کو جاکر طبیعت کسی قدر بحال ہوئی اور اس نے خود کو گزشتہ واقعات کے متعلق سوچنے کے قابل محسوس کیا۔

ان میں سے بعض کڑیاں تو سلامت تھیں مگر بعض غائب۔ واقعات کا تسلسل شروع سے لے کر گرین ہوٹل اور وہاں سے لے کر کولابہ تک بالکل صاف تھا۔ اس کے بعد جب نٹور کے ساتھ خاص وادی کی سیاحی شروع ہوئی تھی، معاملہ گڈمڈ ہو جاتا تھا۔ چند جھلکیاں دکھائی دیتی بڑی واضح، مگر فوراً مبہم پر چھائیوں کا سلسلہ شروع ہو جاتا تھا۔ وہ کیسے اس لڑکی کے گھر پہنچا۔۔۔اس کا نام جمیل کے حافظے سے پھسل کر جانے کس کھڈ میں جا گرا تھا۔ اس کی شکل و صورت اسے البتہ بڑی اچھی طرح یاد تھی۔

وہ اس کے گھر کیسے پہنچا تھا۔۔۔یہ جاننا بہت اہم تھا۔ اگر جمیل کا حافظہ اس کی مدد کرتا تو بہت سی چیزیں صاف ہو جاتیں۔ مگر بصد کوشش وہ کسی نتیجے پر نہ پہنچ سکا۔ اور یہ ٹیکسیوں کا کیا سلسلہ تھا۔ اس نے پہلی کو تو چھوڑ دیا تھا، مگر وہ دوسری کہاں سے ٹپک پڑی تھی؟ سوچ سوچ کے جمیل کا دماغ پاش پاش ہو گیا۔ اس نے محسوس کیا کہ جتنے وزنی پتھر تھے، سب آپس میں ٹکرا ٹکرا کر چور چور ہو گئے ہیں۔ رات کو اس نے برانڈی کے تین پیگ پیے، تھوڑا سا ہلکا کھانا کھایا اور گزشتہ واقعات کے متعلق سوچتا سوچتا سوگیا۔

وہ ٹکڑے جو گم ہو گئے تھے، ان کو تلاش کرنا اب جمیل کا شغل ہو گیا تھا۔ وہ چاہتا تھا کہ جو کچھ اس روز ہوا، من و عن اس کی آنکھوں کے سامنے آجائے اور یہ روز روز کی مغز پاشی دور ہو۔۔۔اس کے علاوہ اس کو اس بات کا بھی بڑا اقلق تھا کہ اس کا گناہ نامکمل رہ گیا۔ وہ سوچتا یہ ادھورا گناہ جائے گا کس کھاتے میں۔ وہ چاہتا تھا کہ بس ایک دفعہ اس کی بھی تکمیل ہو جائے۔ مگر تلاش بسیار کے باوجود وہ پہاڑی بنگلوں جیسا مکان جمیل کی آنکھوں سے اوجھل رہا۔ جب وہ تھک ہار گیا تو اس نے ایک دن سوچا کہ یہ سب خواب ہی تو نہیں تھا! مگر خواب کیسے ہو سکتا تھا۔ خواب میں آدمی اتنے روپے تو خرچ نہیں کرتا۔۔۔اس روز اس کے کم از کم ڈھائی سو روپے خرچ ہوئے تھے۔ پیر صاحب سے اس نے نٹور کے متعلق پوچھا تو انہوں نے بتایا کہ وہ اس روز کے بعد دوسرے دن ہی سمندر پار کہیں چلا گیا ہے۔ غالباً موتیوں کے سلسلے میں۔ جمیل نے اس پر ہزار لعنتیں بھیجیں اور اپنی تلاش شروع کر دی۔

اس نے جب اپنے حافظے پر بہت زور دیا تو اسے بنگلے کی دیوار کے ساتھ پیتل کی ایک پلیٹ نظر آئی۔ ـ ـ اس پر کچھ لکھا تھا۔ ـ ـ غالباً۔ ـ ـ ڈاکٹر۔ ـ ـ ڈاکٹر بیرام جی۔ ـ ـ آگے جانے کیا۔ ـ ـ ایک دن کولابہ کی گلیوں میں چلتے چلتے آخر وہ ایک ایسی گلی میں پہنچا جو اس کو جانی پہچانی معلوم ہوئی۔ دو رویہ اسی قسم کی بنگلہ نما عمارتیں تھیں۔ ہر عمارت کے باہر چھوٹے چھوٹے پیتل کے بورڈ لگے تھے۔ کسی پر چار کسی پر پانچ۔ ـ کسی پر تین۔ وہ اِدھر اُدھر غور سے دیکھتا چلا جا رہا تھا، مگر اس کے دماغ میں وہ خط گھوم رہا تھا جو صبح اس کی ساس کی طرف سے موصول ہوا تھا کہ اب انتظار کی حد ہو گئی ہے ـ میں نے تاریخ مقرر کر دی ہے، آؤ اور اپنی دلہن کو لے جاؤ۔

اور وہ اِدھر ایک ناممکل گناہ کو ممکل بنانے کی کوشش میں مارا مارا پھر رہا تھا۔ جمیل نے کہا، ''ہٹاؤ جی اس وقت۔ ـ ـ ـ پھر نے دو مارا مارا۔ ـ ـ ایک دم اس نے اپنے دائیں ہاتھ پیتل کا ایک چھوٹا سا بورڈ دیکھا۔ ـ ـ اس پر لکھا تھا۔ ـ ـ ڈاکٹر ایم ڈی بیرام جی۔ ـ ـ ایم ڈی۔ جمیل کا دل دھڑکنے لگا۔ یہ وہی بلڈنگ۔ ـ ـ ـ بالکل وہی۔ ـ ـ وہی رنگ، وہی بل کھاتی ہوئی آہنی سیڑھیاں۔ جمیل بے دھڑک اوپر چلا گیا۔ اس کے لیے اب ہر چیز جانی پہچانی تھی۔ کوریڈور سے نکل کر اس نے سامنے والے دروازے پر دستک دی۔

ایک لڑکے نے دروازہ کھولا۔ ـ ـ ـ اسی لڑکے نے جو اس روز سوڈا اور برف لایا تھا۔ جمیل نے ہونٹوں پر مصنوعی مسکراہٹ پیدا کرتے ہوئے اس سے پوچھا، ''بیٹا، بائی جی ہیں؟'' لڑکے نے اثبات میں سر ہلایا، ''جی ہاں!''

''جاؤ، ان سے کہو، صاحب ملنے آئے ہیں۔ ـ ـ'' جمیل کے لہجے میں بے تکلفی تھی۔ لڑکا دروازہ بھیڑ کر اندر چلا گیا۔ تھوڑی دیر کے بعد دروازہ کھلا اور تارا نمودار ہوئی۔ اس کو دیکھتے ہی جمیل نے پہچان لیا کہ وہ وہی لڑکی ہے، مگر اب اس کی ناک پر پھنسی نہیں تھی، ''نمستے!''

''نمستے! کہیے مزاج کیسے ہیں؟'' یہ کہہ کر اس نے اپنے کٹے ہوئے بالوں کو ایک خفیف سا جھٹکا دیا۔ جمیل نے جواب دیا، ''اچھے ہیں۔ ـ ـ میں پچھلے دنوں بہت مصروف رہا، اس لیے آ نہ سکا۔ ـ ـ کہو، پھر کیا ارادہ ہے؟'' تارا نے بڑی سنجیدگی سے کہا، ''معاف کیجیے، میری شادی ہو چکی ہے۔'' جمیل بوکھلا گیا، ''شادی۔ ـ ـ کب؟'' تارا نے اسی سنجیدگی سے جواب دیا، ''جی، آج صبح۔ ـ ـ آیئے میں آپ کو اپنے پتی سے ملاؤں۔''

جمیل چکرا گیا اور کچھ کہے کے سنے بغیر کھٹا کھٹ نیچے اتر گیا۔ ـ ـ سامنے ٹیکسی کھڑی تھی۔ جمیل کا دل ایک

لمحے کے لیے ساکت سا ہو گیا۔ تیز قدم اٹھاتا، وہ بڑے بازار کی طرف نکل گیا۔ معاً جمیل کو جاتے دیکھ کر ڈرائیور نے زور سے کہا، ''سیٹھ صاحب ٹیکسی!''

جمیل نے جھنجھلا کر کہا، ''نہیں کم بخت، شادی!''

شاردا

نذیر بلیک مارکیٹ سے وہسکی کی بوتل لانے گیا۔ بڑک ڈاک خانے سے کچھ آگے بندر گاہ کے پھاٹک سے کچھ ادھر سگریٹ والے کی دکان سے اس کو سکاچ مناسب داموں پر مل جاتی تھی۔ جب اس نے پینتیس روپے ادا کر کے کاغذ میں لپٹی ہوئی بوتل لی تو اس وقت گیارہ بجے تھے دن کے۔ یوں تو وہ رات کو پینے کا عادی تھا مگر اس روز موسم خوش گوار ہونے کے باعث وہ چاہتا تھا کہ صبح ہی سے شروع کر دے اور رات تک پیتا رہے۔

بوتل ہاتھ میں پکڑے وہ خوش خوش گھر کی طرف روانہ ہوا۔ اس کا ارادہ تھا کہ بوری بندر کے اسٹینڈ سے ٹیکسی لے گا۔ ایک پیگ اس میں بیٹھ کر پیے گا اور ہلکے ہلکے سرور میں گھر پہنچ جائے گا۔ بیوی منع کرے گی تو وہ اس سے کہے گا، ''موسم دیکھ کتنا اچھا ہے۔'' پھر وہ اسے وہ بھونڈا سا شعر سنائے گا،

کی فرشتوں کی راہ ابر نے بند

جو گناہ کیجیے ثواب ہے آج

وہ کچھ دیر ضرور چخ کرے گی، لیکن بالآخر خاموش ہو جائے گی اور اس کے کہنے پر قیمے کے پراٹھے بنانا شروع کر دے گی۔

دکان سے بیس پچیس گز دور گیا ہو گا کہ ایک آدمی نے اس کو سلام کیا۔ نذیر کا حافظہ کمزور تھا۔ اس نے سلام کرنے والے آدمی کو نہ پہچانا، لیکن اس پر یہ ظاہر نہ کیا کہ وہ اس کو نہیں جانتا، چنانچہ بڑے اخلاق سے کہا، ''کیوں بھئی کہاں ہوتے ہو۔ کبھی نظر ہی نہیں آئے۔''

اس آدمی نے مسکرا کر کہا، ''حضور، میں تو یہیں ہوتا ہوں۔ آپ ہی کبھی تشریف نہیں لائے۔''

شہید ساز

نذیر نے اس کو پھر بھی نہ پہچانا، ''میں اب جو تشریف لے آیا ہوں۔''

''تو چلیے میرے ساتھ۔''

نذیر اس وقت بڑے اچھے موڈ میں تھا، ''چلو۔'' اس آدمی نے نذیر کے ہاتھ میں بوتل دیکھی اور معنی خیز طریقے پر مسکرایا، ''باقی سامان تو آپ کے پاس موجود ہے۔'' یہ فقرہ سن کر نذیر نے فوراً ہی سوچا کہ وہ دلال ہے، ''تمہارا نام کیا ہے؟''

''کریم۔۔۔آپ بھول گئے تھے!''

نذیر کو یاد آ گیا کہ شادی سے پہلے ایک کریم اس کے لیے اچھی اچھی لڑکیاں لایا کرتا تھا۔ بڑا ایمان دار دلال تھا۔ اس کو غور سے دیکھا تو صورت جانی پہچانی معلوم ہوئی۔ پھر پچھلے تمام واقعات اس کے ذہن میں ابھر آئے۔ کریم نے اس سے معذرت چاہی، ''یار میں نے تمہیں پہچانا نہیں تھا۔ میرا خیال ہے۔ غالباً چھ برس ہو گئے ہیں تم سے ملے ہوئے۔''

''جی ہاں۔''

''تمہارا اڈا تو پہلے گرانٹ روڈ کانا کا ہوا کرتا تھا؟''

کریم نے بیڑی سلگائی اور ذرا فخر سے کہا، ''میں نے وہ چھوڑ دیا ہے۔ آپ کی دعا سے اب یہاں ایک ہوٹل میں دھندا شروع کر رکھا ہے۔'' نذیر نے اس کو داد دی، ''یہ بہت اچھا کیا تم نے؟'' کریم نے اور زیادہ فخریہ لہجے میں کہا، ''دس چھوکریاں ہیں۔۔۔ایک بالکل نئی ہے۔'' نذیر نے اس کو چھیڑنے کے انداز میں کہا، ''تم لوگ یہی کہا کرتے ہو۔''

کریم کو برا لگا، ''قسم قرآن کی، میں نے کبھی جھوٹ نہیں بولا سور کھاؤں اگر وہ چھوکری بالکل نئی نہ ہو۔'' پھر اس نے اپنی آواز دھیمی کی اور نذیر کے کان کے ساتھ منہ لگا کر کہا، ''آٹھ دن ہوئے ہیں جب پہلا پیسینجر آیا تھا۔ جھوٹ بولوں تو میرا منہ کالا ہو۔''

نذیر نے پوچھا، ''کنواری تھی؟''

''جی ہاں۔۔۔دو سو روپے لیے تھے اس پیسینجر سے۔''

نذیر نے کریم کی پسلیوں میں ایک ٹھونکا دیا، ''لو، یہیں بھاؤ پکا کرنے لگے۔''

کریم کو نذیر کی یہ بات پھر بری لگی، ''قسم قرآن کی، سور ہو جو آپ سے بھاؤ کرے آپ تشریف لے چلیے۔ آپ جو بھی دیں گے مجھے قبول ہو گا۔ کریم نے آپ کا بہت نمک کھایا ہے۔'' نذیر کی جیب میں اس

وقت ساڑھے چار سو روپے تھے۔موسم اچھا تھا،موڈ بھی اچھا تھا۔وہ چھ برس پیچھے کے زمانے میں چلا گیا۔ بن بیئے مسرور تھا، ''چلو یار آج تمام عیاشیاں رہیں۔۔۔ایک بوتل کا اور بندوبست ہو جانا چاہیے۔''

کریم نے پوچھا، ''آپ کتنے میں لائے ہیں یہ بوتل؟''

''پینتیس روپے میں۔''

''کون سا برانڈ ہے؟''

''جونی واکر!''

کریم نے چھاتی پر ہاتھ مار کر کہا، ''میں آپ کو تیس میں لا دوں گا۔''

نذیر نے دس دس کے تین نوٹ نکالے اور کریم کے ہاتھ میں دے دیئے، ''نیکی اور پوچھ پوچھ۔۔۔یہ لو۔ مجھے وہاں بٹھا کر تم پہلا کام یہی کرنا تم جانتے ہو، میں ایسے معاملوں میں اکیلا نہیں پیا کرتا۔'' کریم مسکرایا، ''اور آپ کو یاد ہو گا۔ میں ڈیڑھ پیگ سے زیادہ نہیں پیا کرتا۔''نذیر کو یاد آ گیا کہ کریم واقعی آج سے چھ برس پہلے صرف ڈیڑھ پیگ لیا کرتا تھا۔ یہ یاد کر کے نذیر بھی مسکرایا، ''آج دو رہیں۔''

''جی نہیں۔ ڈیڑھ سے زیادہ ایک قطرہ بھی نہیں۔''

کریم ایک تھرڈ کلاس بلڈنگ کے پاس ٹھہر گیا، جس کے ایک کونے میں چھوٹے سے میلے بورڈ پر ''میرینا ہوٹل'' لکھا تھا۔ نام تو خوبصورت تھا مگر عمارت نہایت ہی غلیظ تھی، سیڑھیاں شکستہ۔ نیچے سود خور پٹھان بڑی بڑی شلواریں پہنے کھاٹوں پر لیٹے ہوئے تھے۔ پہلی منزل پر کرسچین آباد تھے۔ دوسری منزل پر جہاز کے بے شمار خلاصی۔ تیسری منزل ہوٹل کے مالک کے پاس تھی۔ چوتھی منزل پر کونے کا ایک کمرہ کریم کے پاس تھا جس میں کئی لڑکیاں مرغیوں کی طرح اپنے ڈربے میں بیٹھی تھیں۔

کریم نے ہوٹل کے مالک سے چابی منگوائی۔ ایک بڑا لیکن بے ہنگم سا کمرہ کھولا جس میں لوہے کی ایک چار پائی، ایک کرسی اور ایک تپائی پڑی تھی۔ تین اطراف سے یہ کمرہ کھلا تھا، یعنی بے شمار کھڑکیاں تھیں، جن کے شیشے ٹوٹے ہوئے تھے اور کچھ نہیں، لیکن ہوا کی بہت افراط تھی۔

کریم نے آرام کرسی جو کہ بے حد میلی تھی، ایک اس سے زیادہ میلے کپڑے سے صاف کی اور نذیر سے کہا، ''تشریف رکھئے، لیکن میں یہ عرض کر دوں، اس کمرے کا کرایہ دس روپے ہو گا۔'' نذیر نے کمرے کو اب ذرا غور سے دیکھا، ''دس روپے زیادہ ہیں یار؟'' کریم نے کہا، ''بہت زیادہ ہیں، لیکن کیا کیا جائے۔ سالا ہوٹل کا مالک ہی بنیا ہے۔ ایک پیسہ کم نہیں کرتا۔ اور نذیر صاحب موج شوق کرنے والے آدمی بھی

زیادہ کی پروا نہیں کرتے۔''نذیر نے کچھ سوچ کر کہا،''تم ٹھیک کہتے ہو۔۔۔کرایہ پیشگی دے دوں؟''
''جی نہیں۔۔۔آپ پہلے چھوکری تو دیکھیے۔''یہ کہہ کر وہ اپنے ڈربے میں چلا گیا۔تھوڑی دیر کے بعد واپس آیا تو اس کے ساتھ ایک نہایت ہی شرمیلی لڑکی تھی۔گھریلو قسم کی ہندو لڑکی کی سفید دھوتی باندھے تھی۔عمر چودہ برس کے لگ بھگ ہوگی۔خوش شکل تو نہیں تھی،لیکن بھولی بھالی تھی۔کریم نے اس سے کہا،''بیٹھ جاؤ۔یہ صاحب میرے دوست ہیں۔بالکل اپنے آدمی ہیں۔''لڑکی نظریں نیچے کیے لوہے کی چارپائی پر بیٹھ گئی۔کریم یہ کہہ کر چلا گیا،''اپنا اطمینان کر لیجیے نذیر صاحب۔۔۔میں گلاس اور سوڈا لاتا ہوں۔''
نذیر آرام کرسی پر سے اٹھ کر لڑکی کے پاس بیٹھ گیا۔وہ سمٹ کر ایک طرف ہٹ گئی۔نذیر نے اس سے چھ برس پہلے کے انداز میں پوچھا،''آپ کا نام؟''لڑکی نے کوئی جواب نہ دیا۔نذیر نے آگے سرک کر اس کے ہاتھ پکڑے اور پھر پوچھا،''آپ کا نام کیا ہے جناب؟''
لڑکی نے ہاتھ چھڑا کر کہا،''شکنتلا۔''اور نذیر کو شکنتلا یاد آ گئی،جس پر راجہ دشنیت عاشق ہوا تھا،''میرا نام دشنیت ہے۔''نذیر مکمل عیاشی پر تلا ہوا تھا۔لڑکی نے اس کی بات سنی اور مسکرا دی۔اتنے میں کریم آ گیا۔اس نے نذیر کو سوڈے کی چار بوتلیں دکھائیں جو ٹھنڈی ہونے کے باعث پسینہ چھوڑ رہی تھیں،''مجھے یاد ہے کہ آپ کو روجر کا سوڈا پسند ہے،برف میں لگا ہوا لے کر آیا ہوں۔''
نذیر بہت خوش ہوا،''تم کمال کرتے ہو۔''پھر وہ لڑکی سے مخاطب ہوا،''جناب آپ بھی شوق فرمائیں گی؟''لڑکی نے کچھ نہ کہا۔کریم نے جواب دیا،''نذیر صاحب۔یہ نہیں پیتی۔آٹھ دن تو ہوئے ہیں اس کو یہاں آئے ہوئے۔''یہ سن کر نذیر کو افسوس سا ہوا،''یہ تو بہت بری بات ہے۔''کریم نے وہسکی کی بوتل کھول کر نذیر کے لیے ایک بڑا پیگ بنایا اور اس کو آنکھ مار کر کہا،''آپ راضی کر لیجیے اسے۔''نذیر نے ایک ہی جرعے میں گلاس ختم کیا۔کریم نے آدھا پیگ پیا۔فوراً ہی اس کی آواز نشہ آلود ہو گئی۔ذرا جھوم کر اس نے نذیر سے پوچھا،''چھوکری پسند ہے نا آپ کو؟''نذیر نے سوچا کہ لڑکی اسے پسند ہے کہ نہیں۔لیکن وہ کوئی فیصلہ نہ کر سکا۔

اس نے شکنتلا کی طرف غور سے دیکھا۔اگر اس کا نام شکنتلا نہ ہوتا تو بہت ممکن ہے وہ اسے پسند کر لیتا۔وہ شکنتلا جس پر راجہ دشنیت شکار کھیلتے کھیلتے عاشق ہوا تھا،بہت ہی خوبصورت تھی۔کم از کم کتابوں میں یہی درج تھا کہ وہ چندے آفتاب چندے ماہتاب تھی۔آہو چشم تھی۔نذیر نے ایک بار پھر اپنی شکنتلا کی طرف دیکھا۔

اس کی آنکھیں بری نہیں تھیں۔ آہو چشم تو نہیں تھی، لیکن اس کی آنکھیں اس کی اپنی آنکھیں تھیں۔ کالی کالی اور بڑی بڑی۔اس نے اور کچھ سوچا اور کریم سے کہا، ''ٹھیک ہے یار ۔۔۔ بولو معاملہ کہاں طے ہوتا ہے؟'' کریم نے آدھا پیگ اپنے لیے انڈیلا اور کہا، ''سو روپے!'' نذیر نے سوچنا بند کر دیا تھا، ''ٹھیک ہے!''

کریم اپنا دوسرا آدھا پیگ پی کر چلا گیا۔ نذیر نے اٹھ کر دروازہ بند کر دیا۔شکنتلا کے پاس بیٹھا تو وہ گھبرا سی گئی۔ نذیر نے اس کا پیار لینا چاہا تو وہ اٹھ کر کھڑی ہوگئی۔ نذیر کو اس کی یہ حرکت ناگوار محسوس ہوئی لیکن اس نے پھر کوشش کی۔ بازو سے پکڑ کر اس کو اپنے پاس بٹھایا۔ زبردستی اس کو چوما۔ بہت ہی بے کیف سلسلہ تھا۔ البتہ وہسکی کا نشہ اچھا تھا۔ وہ اب تک چھ پیگ پی چکا تھا اور اس کو افسوس تھا کہ اتنی مہنگی چیز بالکل بے کار گئی ہے، اس لیے کہ شکنتلا بالکل الھڑ تھی۔اس کو ایسے معاملوں کے آداب کی کوئی واقفیت ہی نہیں تھی۔ نذیر ایک اناڑی تیراک کے ساتھ اِدھر اُدھر بے کار ہاتھ پاؤں مارتا رہا۔ آخرا کتا گیا۔ دروازہ کھول کر اس نے کریم کو آواز دی جو اپنے ڈربے میں مرغیوں کے ساتھ بیٹھا تھا۔ آواز سن کر دوڑا آیا،

''کیا بات ہے نذیر صاحب؟''

نذیر نے بڑی ناامیدی سے کہا، ''کچھ نہیں یار۔ یہ اپنے کام کی نہیں ہے؟''

''کیوں؟''

''کچھ سمجھتی ہی نہیں۔''

کریم نے شکنتلا کو الگ لے جاکر بہت سمجھایا مگر وہ نہ سمجھ سکی۔ شرمائی، لجائی، دھوتی سنبھالتی کمرے سے باہر نکل گئی۔ کریم نے اس پر کہا، ''میں ابھی حاضر کرتا ہوں۔''

نذیر نے اس کو روکا، ''جانے دو ۔۔۔ کوئی اور لے آؤ۔ لیکن اس نے فوراً ہی ارادہ بدل لیا، ''وہ جو تمہیں روپے دیے تھے، اس کی بوتل لے آؤ اور شکنتلا کے سوا جتنی لڑکیاں اس وقت موجود ہیں انہیں یہاں بھیج دو ۔۔۔ میرا مطلب ہے جو پیتی ہیں۔ آج اور کوئی سلسلہ نہیں ہو گا۔ ان کے ساتھ بیٹھ کر باتیں کروں گا اور بس!''

کریم نذیر کو اچھی طرح سمجھتا تھا۔اس نے چار لڑکیاں کمرے میں بھیج دیں۔ نذیر نے ان سب کو سرسری نظر سے دیکھا، کیونکہ وہ اپنے دل میں فیصلہ کر چکا تھا کہ پروگرام صرف پینے کا ہو گا۔ چنانچہ اس نے ان لڑکیوں کے لیے گلاس منگوائے اور ان کے ساتھ پینا شروع کر دیا۔ دوپہر کا کھانا ہوٹل سے منگوا کر کھایا اور

شام کے چھ بجے تک ان لڑکیوں سے باتیں کرتا رہا۔ بڑی فضول قسم کی باتیں، لیکن نذیر خوش تھا۔ جو کوفت شکنتلا نے پیدا کی تھی، دور ہو گئی تھی۔

آدھی بوتل باقی تھی، وہ ساتھ لے کر گھر چلا گیا۔ پندرہ روز کے بعد پھر موسم کی وجہ سے اس کا جی چاہا کہ سارا دن پی جائے۔ سگرٹ والے کی دکان سے خریدنے کے بجائے اس نے سوچا کیوں نہ کریم سے ملوں، وہ تیس میں دے دے گا۔ چنانچہ وہ اس کے ہوٹل میں پہنچا۔ اتفاق سے کریم مل گیا۔ اس نے ملتے ہی بہت ہولے سے کہا، ''نذیر صاحب، شکنتلا کی بڑی بہن آئی ہوئی ہے۔ آج صبح ہی گاڑی سے پہنچی ہے۔ بہت ہٹیلی ہے۔ مگر آپ اس کو ضرور راضی کر لیں گے۔''

نذیر کچھ سوچ نہ سکا۔ اس نے اپنے دل میں اتنا کہا، ''چلو دیکھ لیتے ہیں۔'' لیکن اس نے کریم سے کہا، ''تم پہلے یار وہسکی لے آؤ۔'' یہ کہہ کر اس نے تیس روپے جیب سے نکال کر کریم کو دیئے۔ کریم نے نوٹ لے کر نذیر سے کہا، ''میں لے آتا ہوں۔ آپ اندر کمرے میں بیٹھے۔'' نذیر کے پاس صرف دس روپے تھے، لیکن وہ کمرے کا دروازہ کھلوا کر بیٹھ گیا۔ اس نے سوچا تھا کہ وہ وہسکی کی بوتل لے کر ایک نظر شکنتلا کی بہن کو دیکھ کر چل دے گا۔ جاتے وقت دو روپے کریم کو دے دے گا۔

تین طرف سے کھلے ہوئے ہوا دار کمرے میں نہایت ہی میلی کرسی پر بیٹھ کر اس نے سگریٹ سلگایا اور اپنی ٹانگیں رکھ دیں۔ تھوڑی ہی دیر کے بعد آہٹ ہوئی۔ کریم داخل ہوا۔ اس نے نذیر کے کان کے ساتھ منہ لگا کر ہولے سے کہا، ''نذیر صاحب آ رہی ہے۔ لیکن آپ ہی رام کیجیے گا اسے۔''

یہ کہہ کر وہ چلا گیا۔ پانچ منٹ کے بعد ایک لڑکی جس کی شکل و صورت قریب قریب شکنتلا سے ملتی تھی۔ تیوری چڑھائے، شکنتلا کے سے انداز میں سفید دھوتی پہنے کمرے میں داخل ہوئی۔ بڑی بے پروائی سے اس نے ماتھے کے قریب ہاتھ لے جا کر ''آداب'' کہا اور لوہے کے پلنگ پر بیٹھ گئی۔ نذیر نے یوں محسوس کیا کہ وہ اس سے لڑنے آئی ہے۔ چھ برس پیچھے کے زمانے میں ڈبکی لگا کر وہ اس سے مخاطب ہوا، ''آپ شکنتلا کی بہن ہیں؟''

اس نے بڑے تیکھے اور خفگی آمیز لہجے میں کہا، ''جی ہاں۔'' نذیر تھوڑی دیر کے لیے خاموش ہو گیا۔ اس کے بعد اس لڑکی کو جس کی عمر شکنتلا سے غالباً تین برس بڑی تھی۔ بڑے غور سے دیکھا۔ نذیر کی یہ حرکت اس کو بہت ناگوار محسوس ہوئی۔ وہ بڑے زور سے ٹانگ ہلا کر اس سے مخاطب ہوئی، ''آپ مجھ سے کیا کہنا چاہتے ہیں؟''

نذیر کے ہونٹوں پر چھ برس پیچھے کی مسکراہٹ نمودار ہوئی، ''جناب آپ اس قدر ناراض کیوں ہیں؟'' وہ برس پڑی، ''میں ناراض کیوں نہ ہوں۔۔۔ یہ آپ کا کریم میری بہن کو جے پور سے اڑالایا ہے۔ بتایئے آپ، میرا خون نہیں کھولے گا۔ مجھے معلوم ہوا ہے کہ آپ کو بھی وہ پیش کی گئی تھی؟''

نذیر کی زندگی میں ایسا معاملہ کبھی نہیں آیا تھا۔ کچھ دیر سوچ کر اس نے اس لڑکی سے بڑے خلوص کے ساتھ کہا، ''شکنتلا کو دیکھتے ہی میں نے فیصلہ کر لیا تھا کہ یہ لڑکی میرے کام کی نہیں۔ بہت الھڑ ہے، مجھے ایسی لڑکیاں بالکل پسند نہیں۔ آپ شاید برا مانیں لیکن یہ حقیقت ہے کہ میں ان عورتوں کو بہت زیادہ پسند کرتا ہوں جو مرد کی ضروریات کو سمجھتی ہوں۔''

اس نے کچھ نہ کہا۔ نذیر نے اس سے دریافت کیا، ''آپ کا نام؟''

شکنتلا کی بہن نے مختصراً کہا، ''شاردا۔''

نذیر نے پھر اس سے پوچھا، ''آپ کا وطن؟''

''جے پور۔'' اس کا لہجہ بہت تیکھا اور خفگی آلود تھا۔

نذیر نے مسکرا کر اس سے کہا، ''دیکھیے آپ کو مجھ سے ناراض ہونے کا کوئی حق نہیں۔۔۔ کریم نے اگر کوئی زیادتی کی ہے تو آپ اس کو سزا دے سکتی ہیں، لیکن میرا کوئی قصور نہیں۔'' یہ کہہ کر وہ اٹھا اور اس کو اچانک اپنے بازوؤں میں سمیٹ کر اس کے ہونٹوں کو چوم لیا۔ وہ کچھ کہنے بھی نہ پائی تھی کہ نذیر اس سے مخاطب ہوا، ''یہ قصور البتہ میرا ہے۔ اس کی سزا میں بھگتنے کے لیے تیار ہوں۔''

لڑکی کے ماتھے پر بے شمار تبدیلیاں نمودار ہوئیں۔ اس نے تین چار مرتبہ زمین پر تھوکا۔ غالباً گالیاں دینے والی تھی، لیکن چپ ہو گئی۔ اٹھ کھڑی ہوئی تھی لیکن فوراً ہی بیٹھ گئی۔ نذیر نے چاہا کہ وہ کچھ کہے، ''بتایئے، آپ مجھے کیا سزا دینا چاہتی ہیں۔'' وہ کچھ کہنے والی تھی کہ ڈربے سے کسی بچے کے رونے کی آواز آئی۔ لڑکی اٹھی، نذیر نے اسے روکا، ''کہاں جا رہی ہیں آپ؟'' وہ ایک دم ماں بن گئی، ''منی رو رہی ہے، دودھ کے لیے۔'' یہ کہہ کر وہ چلی گئی۔

نذیر نے اس کے بارے میں سوچنے کی کوشش کی مگر کچھ سوچ نہ سکا۔ اتنے میں کریم وہسکی کی بوتل اور سوڈے لے کر آ گیا۔ اس نے نذیر کے لیے سوڈا ڈالا۔ اپنا گلاس ختم کیا اور نذیر سے رازدارانہ لہجے میں کہا، ''کچھ باتیں ہوئیں شاردا سے؟''

''میں نے تو سمجھا تھا کہ آپ نے پٹا لیا ہو گا؟''

نذیر نے مسکرا کر جواب دیا، ''بڑی غصیلی عورت ہے!''

''جی ہاں۔۔۔صبح آئی ہے، میری جان کھا گئی۔ آپ ذرا اس کو رام کریں۔۔۔شکنتلا خود یہاں آئی تھی۔ اس لیے کہ اس کا باپ اس کی ماں کو چھوڑ چکا ہے اور اس شاردا کا معاملہ بھی ایسا ہی ہے۔ اس کا پتی شادی کے فوراً بعد ہی اس کو چھوڑ کر خدا معلوم کہاں چلا گیا تھا۔۔۔اب اکیلی اپنی بچی کے ساتھ ماں کے پاس رہتی ہے۔۔۔آپ منا لیجیے نا اس کو؟''

نذیر نے اس سے کہا، ''منانے کی کیا بات ہے؟''

کریم نے اس کو آنکھ ماری، ''سالی مجھ سے تو مانتی نہیں۔ جب سے آئی ہے ڈانٹ رہی ہے۔''

اتنے میں شاردا اپنی ایک سال کی بچی کو گود میں اٹھائے اندر کمرے میں آئی۔ کریم کو اس نے غصے سے دیکھا۔ اس نے آدھا پیگ پیا اور باہر چلا گیا۔

منی کو بہت زکام تھا۔ ناک بہت بری طرح بہہ رہی تھی۔ نذیر نے کریم کو بلایا اور اس کو پانچ کا نوٹ دے کر کہا، ''جاؤ، ایک وکس کی بوتل لے آؤ۔'' کریم نے پوچھا، ''وہ کیا ہوتی ہے؟'' نذیر نے اس سے کہا، ''زکام کی دوا ہے۔'' یہ کہہ کر اس نے ایک پرزے پر اس دوا کا نام لکھ دیا، ''کسی بھی اسٹور سے مل جائے گی۔''

''جی اچھا۔'' کہہ کر کریم چلا گیا۔ نذیر منی کی طرف متوجہ ہوا۔ اس کو بچے بہت اچھے لگتے تھے۔ منی خوش شکل نہیں تھی لیکن کم سنی کے باعث نذیر کے لیے دلکش تھی۔ اس نے اس کو گود میں لیا۔ ماں سے وہ نہیں رہی تھی۔ سر میں ہولے ہولے انگلیاں پھیر کر اس کو سلا دیا اور شاردا سے کہا، ''اس کی ماں تو میں ہوں۔''

شاردا مسکرائی، ''لائیے، میں اس کو اندر چھوڑ آؤں۔''

شاردا اس کو اندر لے گئی اور چند منٹ کے بعد واپس آ گئی۔ اب اس کے چہرے پر غصے کے آثار نہیں تھے۔ نذیر اس کے پاس بیٹھ گیا۔ تھوڑی دیر وہ خاموش رہا۔ اس کے بعد اس نے شاردا سے پوچھا، ''کیا آپ مجھے اپنا پتی بننے کی اجازت دے سکتی ہیں؟'' اور اس کے جواب کا انتظار کیے بغیر اس کو اپنے سینے کے ساتھ لگا لیا۔ شاردا نے غصے کا اظہار نہ کیا، ''جواب دیجیے جناب۔''

شاردا خاموش رہی۔ نذیر نے اٹھ کر ایک پیگ پیا، تو شاردا نے ناک سکوڑ کر اس سے کہا، ''مجھے اس چیز سے نفرت ہے۔'' نذیر نے ایک پیگ گلاس میں ڈالا۔ اس میں سوڈا حل کر کے اٹھایا اور شاردا کے پاس بیٹھ گیا، ''آپ کو اس سے نفرت ہے۔۔۔کیوں؟'' شاردا نے مختصر سا جواب دیا، ''بس ہے۔''

''تو آج سے نہیں رہے گی ۔۔۔ یہ لیجیے ۔ '' یہ کہہ کر اس نے گلاس شاردا کی طرف بڑھا دیا۔

''میں ہرگز نہیں پیوں گی ۔''

''میں کہتا ہوں، تم ہرگز انکار نہیں کروگی ۔''

شاردا نے گلاس پکڑ لیا۔ تھوڑی دیر تک اس کو عجیب نگاہوں سے دیکھتی رہی، پھر نذیر کی طرف مظلومانہ نگاہوں سے دیکھا۔ اور ناک انگلیوں سے بند کر کے سارا گلاس گٹاغٹ پی گئی۔ قے آنے کو تھی مگر اس نے روک لی۔ دھوتی کے پلو سے اپنے آنسو پونچھ کے اس نے نذیر سے کہا، ''یہ پہلی اور آخری بار ہے۔''

''لیکن میں نے کیوں پی؟'' نذیر نے اس کے گیلے ہونٹ چومے اور کہا، ''یہ مت پوچھو۔'' یہ کہہ کر اس نے دروازہ بند کر دیا۔ شام کو سات بجے اس نے دروازہ کھولا۔ کریم آیا تو شاردا نظریں جھکائے باہر چلی گئی۔ کریم بہت خوش تھا۔ اس نے نذیر سے کہا، ''آپ نے کمال کر دیا۔۔۔ آپ سے تو نہیں مانگتا، پچاس دے دیجیے۔''

نذیر شاردا سے بے حد مطمئن تھا۔ اس قدر مطمئن کہ وہ گزشتہ تمام عورتوں کو بھول چکا تھا۔ وہ اس کے جنسی سوالات کا سوفی صدی صحیح جواب تھی۔ اس نے کریم سے کہا، ''میں کل ادا کر دوں گا۔۔۔ ہوٹل کا کرایہ بھی کل چکاؤں گا۔ آج میرے پاس وہسکی منگانے کے بعد صرف دس روپے باقی تھے۔''

کریم نے کہا، ''کوئی واندہ نہیں ہے۔۔۔ میں تو اس بات سے بہت خوش ہوں کہ آپ نے شاردا سے معاملے طے کر لیا۔۔۔ حضور، میری جان کھا گئی تھی۔ اب شکنتلا سے وہ کچھ نہیں کہہ سکتی۔'' کریم چلا گیا۔

شاردا آئی۔ اس کی گود میں منی تھی۔ نذیر نے اس کو پانچ روپے دیئے لیکن شاردا نے انکار کر دیا۔ اس پر نذیر نے اس سے مسکرا کر کہا، ''میں اس کا باپ ہوں۔ تم یہ کیا کر رہی ہو۔''

شاردا نے روپے لے لیے۔ بڑی خاموشی کے ساتھ۔ شروع شروع میں وہ بہت باتونی معلوم ہوتی تھی۔ ایسا لگتا تھا کہ باتوں کے دریا بہا دے گی۔ مگر اب وہ بات کرنے سے گریز کرتی تھی۔ نذیر نے اس کی بچی کو گود میں لے کر پیار کیا اور جاتے وقت شاردا سے کہا، ''لو بھئی شاردا، میں چلا۔ کل نہیں تو پرسوں ضرور آؤں گا۔''

لیکن نذیر دوسرے روز ہی آ گیا۔ شاردا کے جسمانی خلوص نے اس پر جادو سا کر دیا تھا۔ اس نے کریم پچھلے روپے ادا کیے۔ ایک بوتل منگوائی اور شاردا کے ساتھ بیٹھ گیا۔ اس کو پینے کے لیے کہا تو وہ بولی، ''میں نے کہہ دیا تھا کہ وہ پہلا اور آخری گلاس تھا۔''

نذیر اکیلا پڑا رہا۔ صبح گیارہ بجے سے وہ شام کے سات بجے تک ہوٹل کے اس کمرے میں شاردا کے ساتھ رہا۔۔۔۔ جب گھر لوٹا تو وہ بے حد مطمئن تھا، پہلے روز سے بھی زیادہ مطمئن۔ شاردا اپنی واجبی شکل و صورت اور کم گوئی کے باوجود اس کے شہوانی حواس پر چھائی گئی تھی۔ نذیر بار بار سوچتا تھا، ''یہ کیسی عورت ہے ۔۔۔۔ میں نے اپنی زندگی میں ایسی خاموش، مگر جسمانی طور پر ایسی پُرگو عورت نہیں دیکھی۔''

نذیر نے ہر دوسرے دن شاردا کے پاس جانا شروع کر دیا۔ اس کو روپے پیسے سے کوئی دلچسپی نہیں تھی۔ نذیر ساٹھ روپے کریم کو دیتا تھا۔ دس روپے ہوٹل والا لے جاتا تھا۔ باقی پچاس میں سے قریباً تیرہ روپے کریم اپنی کمیشن کے وضع کر لیتا تھا مگر شاردا نے اس کے متعلق نذیر سے کبھی ذکر نہیں کیا تھا۔

دو مہینے گزر گئے۔ نذیر کے بجٹ نے جواب دے دیا۔ اس کے علاوہ اس نے بڑی شدت سے محسوس کیا کہ شاردا اس کی ازدواجی زندگی میں بہت بری طرح حائل ہو رہی ہے۔ وہ بیوی کے ساتھ سوتا ہے تو اس کو ایک کمی محسوس ہوتی ہے۔ وہ چاہتا کہ اس کے بجائے شاردا ہو۔ یہ بہت بری بات تھی۔ نذیر کو چونکہ اس کا احساس تھا اس لیے اس نے کوشش کی کہ شاردا کا سلسلہ کسی نہ کسی طرح ختم ہو جائے۔ چنانچہ اس نے شاردا ہی سے کہا، ''شاردا میں شادی شدہ آدمی ہوں۔ میری جتنی جمع پونجی تھی، ختم ہو گئی ہے۔ سمجھ میں نہیں آتا، میں کیا کروں۔ تمہیں چھوڑ بھی نہیں سکتا، حالانکہ میں چاہتا ہوں کہ ادھر کا کبھی رخ نہ کروں۔''

شاردا نے یہ سنا تو خاموش ہو گئی۔ پھر تھوڑی دیر کے بعد کہا، ''جتنے روپے میرے پاس ہیں آپ لے سکتے ہیں۔ صرف مجھے جے پور کا کرایہ دے دیجیے تا کہ میں شکنتلا کو لے کر واپس چلی جاؤں۔''

نذیر نے اس کا پیار لیا اور کہا، ''بکواس نہ کرو۔۔۔ تم میرا مطلب نہیں سمجھیں۔ بات یہ ہے کہ میرا روپیہ بہت خرچ ہو گیا ہے۔ بلکہ یوں کہو کہ ختم ہو گیا ہے۔ میں یہ سوچتا ہوں کہ تمہارے پاس کیسے آ سکوں گا۔''

شاردا نے کوئی جواب نہ دیا۔ نذیر ایک دوست سے قرض لے کر جب دوسرے روز ہوٹل میں پہنچا تو کریم نے بتایا کہ وہ جے پور جانے کے لیے تیار بیٹھی ہے۔ نذیر نے اس کو بلایا مگر وہ نہ آئی۔ کریم کے ہاتھ اس نے بہت سے نوٹ بھجوائے اور یہ کہا، ''آپ یہ روپے لے لیجیے۔۔۔ اور مجھے اپنا ایڈریس دے دیجیے۔''

نذیر نے کریم کو اپنا ایڈریس لکھ کر دے دیا اور روپے واپس کر دیئے۔ شاردا آئی۔ گود میں منی تھی۔ اس نے آداب عرض کیا، اور کہا، ''میں آج شام کو جے پور جا رہی ہوں۔''

نذیر نے پوچھا، ''کیوں؟'' شاردا نے یہ مختصر جواب دیا، ''مجھے معلوم نہیں،'' اور یہ کہہ کر وہ چلی گئی۔

نذیر نے کریم سے کہا اس سے بلا کر لائے۔ مگر وہ نہ آئی۔ نذیر چلا گیا۔ اس کو یوں محسوس ہوا کہ اس کے بدن

کی حرارت چلی گئی ہے۔اس کے سوال کا جواب چلا گیا ہے۔وہ چلی گئی، واقعی چلی گئی۔ کریم کو اس کا بہت افسوس تھا۔اس نے نذیر سے شکایت کے طور پر کہا، ''نذیر صاحب! آپ نے کیوں اس کو جانے دیا؟'' نذیر نے اس سے کہا، ''بھائی، میں کوئی سیٹھ تو ہوں نہیں۔۔۔ ہر دوسرے روز پچاس ایک، دس ہوٹل کے، تیس بوتل، اور اوپر کا خرچ علیحدہ۔میرا تو دیوالہ پٹ گیا۔۔۔ خدا کی قسم مقروض ہو گیا ہوں۔'' یہ سن کر کریم خاموش ہو گیا۔ نذیر نے اس سے کہا، ''بھئی میں مجبور تھا، کہاں تک یہ قصہ چلاتا۔'' کریم نے کہا، ''نذیر صاحب اس کو آپ سے محبت تھی۔''

نذیر کو معلوم نہیں تھا کہ محبت کیا ہوتی ہے۔وہ فقط اتنا جانتا تھا کہ شاردا میں جسمانی خلوص ہے۔وہ اس کے مردانہ سوالات کا بالکل صحیح جواب ہے۔اس کے علاوہ وہ شاردا کے متعلق اور کچھ نہیں جانتا تھا، البتہ اس نے مختصر الفاظ میں اس سے یہ ضرور کہا تھا کہ اس کا خاوند عیاش تھا اور اس کو صرف اس لیے چھوڑ گیا تھا کہ دو برس تک اس کے ہاں اولاد نہیں ہوئی تھی۔لیکن جب وہ اس سے علیحدہ ہوا تو نو مہینے کے بعد منی پیدا ہوئی جو بالکل اپنے باپ پر ہے۔

شکنتلا کو وہ اپنے ساتھ لے گئی۔ وہ اس کا بیاہ کرنا چاہتی تھی۔اس کی خواہش تھی کہ وہ شریفانہ زندگی بسر کرے۔ کریم نے نذیر کو بتایا کہ وہ اس سے بہت محبت کرتی ہے۔ کریم نے بہت کوشش کی تھی کہ شکنتلا سے پیشہ کرائے۔ کئی پیسنجر آئے تھے۔ ایک رات کے دو دو سو روپے دینے کے لیے تیار تھے۔ مگر شاردا نہیں مانتی تھی، کریم سے لڑنا شروع کر دیتی تھی۔ کریم اس سے کہتا تھا، ''تم کیا کر رہی ہو؟'' وہ جواب دیتی، ''اگر تم بیچ میں نہ ہوتے تو میں ایسا کبھی نہ کرتی۔ نذیر صاحب کا ایک پیسہ خرچ نہ ہونے دیتی۔''

شاردا نے نذیر سے ایک بار اس کا فوٹو مانگا تھا۔ جو اس نے گھر سے لا کر اس کو دے دیا تھا۔ یہ وہ اپنے ساتھ جے پور لے گئی تھی۔اس نے نذیر سے کبھی محبت کا اظہار نہیں کیا تھا۔۔۔ جب دونوں بستر پر لیٹے ہوتے تو وہ بالکل خاموش رہتی۔ نذیر اس کو بولنے پر اکساتا مگر وہ کچھ نہ کہتی۔ لیکن نذیر اس کے جسمانی خلوص کا قائل تھا۔ جہاں تک اس بات کا تعلق تھا، وہ اخلاص کا مجسمہ تھی۔

وہ چلی گئی، نذیر کے سینے کا بوجھ ہلکا ہو گیا۔ کیونکہ اس کی گھریلو زندگی میں بہت بری طرح حائل ہو گئی تھی۔ اگر وہ کچھ دیر اور رہتی تو بہت ممکن تھا کہ نذیر اپنی بیوی سے بالکل غافل ہو جاتا۔ کچھ دن گزرے تو وہ اپنی اصلی حالت پر آنے لگا۔ شاردا کا جسمانی لمس اس کے جسم سے آہستہ آہستہ دور ہونے لگا۔ ٹھیک پندرہ دن کے بعد جب کہ نذیر گھر میں بیٹھا دفتر کا کام کر رہا تھا، اس کی بیوی نے صبح کی ڈاک لا کر

اسے دی۔سارے خط وہی کھولا کرتی تھی۔ایک خط اس نے کھولا اور دیر کر کے نذیر سے کہا، ''معلوم نہیں گجراتی ہے یا ہندی۔''نذیر نے خط لے کر دیکھا۔اس کو معلوم نہ ہو سکا کہ ہندی ہے یا گجراتی۔الگ ٹرے میں رکھ دیا اور اپنے کام میں مشغول ہو گیا۔تھوڑی دیر کے بعد نذیر کی بیوی نے اپنی چھوٹی بہن نعیمہ کو آواز دی۔وہ آئی تو وہ خط اٹھا کر اسے دیا، ''ذرا پڑھو تو کیا لکھا ہے؟تم تو ہندی اور گجراتی پڑھ سکتی ہو۔'' نعیمہ نے خط دیکھا اور کہا، ''ہندی ہے،''اور یہ کہہ کر پڑھنا شروع کیا۔

''جے پور۔۔۔ پرے نذیر صاحب۔''اتنا پڑھ کر وہ رک گئی۔ نذیر چونکا۔نعیمہ نے ایک سطر اور پڑھی، ''آداب۔آپ تو مجھے بھول چکے ہوں گے۔مگر جب سے میں یہاں آئی ہوں،آپ کو یاد کرتی رہتی ہوں۔'' نعیمہ کا رنگ سرخ ہو گیا۔اس نے کاغذ کا دوسرا رخ دیکھا، ''کوئی شاردا ہے۔''

نذیر اٹھا۔جلدی سے اس نے نعیمہ کے ہاتھ سے خط لیا اور اپنی بیوی سے کہا، ''خدا معلوم کون ہے۔۔۔۔میں باہر جا رہا ہوں۔اس کو پڑھا کر اردو میں لکھوا لاؤں گا۔''اس نے بیوی کو کچھ کہنے کا موقع ہی نہ دیا اور چلا گیا۔ایک دوست کے پاس جا کر اس نے شاردا کے خط جیسے کاغذ منگوائے اور ہندی میں ویسی ہی روشنائی سے ایک خط لکھوایا۔ پہلے فقرے وہی رکھے۔مضمون یہ تھا کہ بمبئی سنٹرل پر شاردا اس سے ملی تھی۔اس کو اتنے بڑے مصور سے مل کر بہت خوشی ہوئی تھی وغیرہ وغیرہ۔

شام کو گھر آیا۔اس نے نیا خط بیوی کو دیا اور اردو کی نقل پڑھ کر سنا دی۔بیوی نے شاردا کے متعلق اس سے دریافت کیا تو اس نے کہا، ''عرصہ ہوا ہے میں ایک دوست کو چھوڑنے گیا تھا۔شاردا کو یہ دوست جانتا تھا۔وہاں پلیٹ فارم پر میرا تعارف ہوا۔مصوری کا اسے بھی شوق تھا۔''

بات آئی گئی ہو گئی لیکن دوسرے روز شاردا کا ایک اور خط آ گیا۔اس کو بھی نذیر نے اسی طریقے سے گول کیا۔اور فوراً شاردا کو تار دیا کہ وہ خط لکھنا بند کر دے اور اس کے نئے پتے کا انتظار کرے۔ڈاک خانے جا کر اس نے متعلقہ پوسٹ مین کو تاکید کر دی کہ جے پور کا خط وہ اپنے پاس رکھے،صبح آ کر وہ اس سے پوچھ لیا کرے گا۔تین خط اس نے اس طرح وصول کیے۔اس کے بعد شاردا اس کو اس کے دوست کے پتے سے خط بھیجنے لگی۔

شاردا بہت کم گو تھی، لیکن خط بہت لمبے لکھتی تھی۔اس نے نذیر کے سامنے کبھی اپنی محبت کا اظہار نہیں کیا تھا، لیکن اس کے خط اس اظہار سے پر ہوتے تھے۔ گلے شکوے، ہجر و فراق،اس قسم کی عام باتیں جو عشقیہ خطوں میں ہوتی ہیں۔نذیر کو شاردا سے وہ محبت نہیں تھی جس کا ذکر افسانوں اور ناولوں میں ہوتا ہے، اِس

لیے اُس کی سمجھ میں نہیں آتا تھا کہ وہ جواب میں کیا لکھے، اس لیے یہ کام اس کا دوست ہی کرتا تھا۔ ہندی میں جواب لکھ کر وہ نذیر کو سنا دیتا تھا اور نذیر کہہ دیتا تھا، ''ٹھیک ہے۔''

شاردا بمبئی آنے کے لیے بے قرار تھی۔ لیکن وہ کریم کے پاس نہیں ٹھہرنا چاہتی تھی۔ نذیر اس کی رہائش کا اور کہیں بندوبست نہیں کر سکتا تھا۔ کیونکہ مکان ان دنوں ملتے ہی نہیں تھے۔ اس نے ہوٹل کا سوچا۔ مگر خیال آیا، ایسا نہ ہو کہ راز فاش ہو جائے، چنانچہ اس نے شاردا کو لکھوا دیا کہ وہ ابھی کچھ دیر انتظار کرے۔ اتنے میں فرقہ وارانہ فساد شروع ہو گئے۔ بٹوارے سے پہلے عجیب افراتفری مچی تھی۔ اس کی بیوی نے کہا کہ وہ لاہور جانا چاہتی ہے، ''میں کچھ دیر وہاں رہوں گی، اگر حالات ٹھیک ہو گئے تو واپس آ جاؤں گی، ورنہ آپ بھی وہیں چلے آئیے گا۔''

نذیر نے کچھ دیر اسے روکا۔ مگر جب اس کا بھائی لاہور جانے کے لیے تیار ہوا تو وہ اور اس کی بہن اس کے ساتھ چلی گئیں اور وہ اکیلا رہ گیا۔ اس نے شاردا کو سرسری طور پر لکھا کہ وہ اب اکیلا ہے۔ جواب میں اس کا تار آیا کہ وہ آ رہی ہے۔ اس تار کے مضمون کے مطابق وہ جے پور سے چل پڑی تھی۔ نذیر بہت سٹپٹایا۔ مگر اس کا جسم بہت خوش تھا۔ وہ شاردا کے جسم کا خلوص چاہتا تھا۔ وہ دن پھر سے مانگتا تھا جب وہ شاردا کے ساتھ چمٹا ہوتا تھا۔ صبح گیارہ بجے سے لے کر شام کے سات بجے تک۔ اب روپے کے خرچ کا سوال ہی نہیں تھا۔ کریم بھی نہیں تھا۔ ہوٹل بھی نہیں تھا۔ اس نے سوچا، ''میں اپنے نو کر کو راز دار بنا لوں گا۔ سب ٹھیک ہو جائے گا۔ دس پندرہ روپے اس کا منہ بند کر دیں گے۔ میری بیوی واپس آئی تو وہ اس سے کچھ نہیں کہے گا۔''

دوسرے روز وہ اسٹیشن پہنچا۔ فرنٹیر میل آئی مگر شاردا، تلاش کے باوجود اسے نہ ملی۔ اس نے سوچا، شاید کسی وجہ سے رک گئی ہے۔ دوسرا تار بھیجے گی۔ اس سے اگلے روز وہ حسبِ معمول صبح کی ٹرین سے اپنے دفتر روانہ ہوا۔ وہ مہا لکشمی اترتا تھا۔ گاڑی وہاں رکی تو اس نے دیکھا کہ پلیٹ فارم پر شاردا کھڑی ہے۔ اس نے زور سے پکارا، ''شاردا!''

شاردا نے چونک کر اس کی طرف دیکھا، ''نذیر صاحب!''

''تم یہاں کہاں؟''

شاردا نے شکایتاً کہا، ''آپ مجھے لینے نہ آئے تو میں یہاں آپ کے دفتر پہنچی۔ پتا چلا کہ آپ ابھی تک نہیں آئے۔ یہاں پلیٹ فارم پر آپ کا انتظار کر رہی تھی۔'' نذیر نے کچھ دیر سوچ کر اس سے کہا،

’’تم یہاں ٹھہرو۔ میں دفتر سے چھٹی لے کر ابھی آتا ہوں۔‘‘

شاردا کو بنچ پر بٹھا کر جلدی جلدی دفتر گیا۔ ایک عرضی لکھ کر وہاں چپراسی کو دے آیا اور شاردا کو اپنے گھر لے گیا۔ راستے میں دونوں نے کوئی بات نہ کی، لیکن ان کے جسم آپس میں گفتگو کرتے رہے۔ ایک دوسرے کی طرف کھنچتے رہے۔

گھر پہنچ کر نذیر نے شاردا سے کہا، ’’تم نہالو، میں ناشتے کا بندوبست کراتا ہوں۔‘‘ شاردا نہانے لگی۔ نذیر نے نوکر سے کہا، ’’کہ اس کے ایک دوست کی بیوی آئی ہے۔ جلدی ناشتا تیار کر دے۔ اس سے یہ کہہ کر نذیر نے الماری سے بوتل نکالی۔ ایک پیگ جو دو کے برابر تھا گلاس میں انڈیلا اور پانی میں ملا کر پی گیا۔ وہ اسی ہوٹل والے ڈھنگ سے شاردا سے اختلاط چاہتا تھا۔

شاردا نہا دھو کر باہر نکلی اور ناشتا کرنے لگی۔ اس نے اِدھر اُدھر کی بے شمار باتیں کیں۔ نذیر نے محسوس کیا جیسے وہ بدل گئی ہے۔ وہ پہلے بہت کم گو تھی۔ اکثر خاموش رہتی تھی، مگر اب وہ بات بات پر اپنی محبت کا اظہار کرتی تھی۔ نذیر نے سوچا، ’’یہ محبت کیا ہے ۔۔۔ اگر یہ اس کا اظہار نہ کرے تو کتنا اچھا ہے، مجھے اس کی خاموشی زیادہ پسند تھی۔ اس کے ذریعے سے مجھ تک بہت سی باتیں پہنچ جاتی تھیں، مگر اب اس کو جانے کیا ہو گیا ہے۔ باتیں کرتی ہے تو ایسا معلوم ہوتا ہے اپنے عشقیہ خط پڑھ کر سنا رہی ہے۔‘‘

ناشتا ختم ہوا تو نذیر نے ایک پیگ تیار کیا اور شاردا کو پیش کیا لیکن اس نے انکار کر دیا۔ نذیر نے اصرار کیا تو شاردا نے اس کو خوش کرنے کی خاطر، ناک بند کر کے وہ پیگ پی لیا۔ برا سا منہ بنایا۔ پانی لے کر کلی کی۔ نذیر کو افسوس سا ہوا کہ شاردا نے کیوں پی۔ اس کے اصرار پر بھی انکار کیا ہوتا تو زیادہ اچھا تھا۔ مگر اس نے اس کے بارے میں زیادہ غور نہ کیا۔ نوکر کو بہت دور ایک کام پر بھیجا۔ دروازہ بند کیا اور شاردا کے ساتھ بستر پر لیٹ گیا، ’’تم نے لکھا تھا کہ وہ دن پھر کب آئیں گے۔ لو آ گئے ہیں پھر وہی دن، بلکہ راتیں بھی۔ ان دنوں راتیں نہیں ہوتی تھیں صرف دن ہوتے تھے۔ ہوٹل کے میلے کچیلے دن، یہاں ہر چیز اجلی ہے، ہر چیز صاف ہے، ہوٹل کا کرایہ بھی نہیں، کریم بھی نہیں۔ یہاں ہم اپنے مالک آپ ہیں۔

شاردا نے اپنے فراق کی باتیں شروع کر دیں۔ یہ زمانہ اس نے کیسے کاٹا۔ وہی کتابوں اور افسانوں والی فضول باتیں، گلے، شکوے، آہیں، راتیں تارے گن گن کر کاٹنا۔ نذیر نے ایک اور پیگ پیا اور سوچا، ’’کون تارے گنتا ہے۔ گن کیسے سکتا ہے اتنے سارے تاروں کو ۔۔۔ بالکل فضول ہے، بے ہودہ بکواس ہے۔‘‘ یہ سوچتے ہوئے اس نے شاردا کو اپنے ساتھ لگا لیا۔ بستر صاف تھا، شاردا صاف تھی، وہ خود صاف تھا، کمرے

کی فضا بھی صاف تھی، لیکن کیا وجہ تھی، نذیر کے دل و دماغ پر وہ کیفیت طاری نہیں ہوتی تھی جو اس غلیظ ہوٹل میں لوہے کی چارپائی پر شاردا کی قربت میں ہوتی تھی۔

نذیر نے سوچا۔ شاید اس نے کم پی ہے۔ اٹھ کر اس نے ایک پیگ بنایا اور ایک ہی جرعے میں ختم کرکے شاردا کے ساتھ لیٹ گیا۔ شاردا نے پھر وہی لاکھ مرتبہ کہی ہوئی باتیں شروع کر دیں۔ وہی ہجر و فراق کی باتیں، وہی گلے شکوے۔ نذیر اکتا گیا اور اس اکتاہٹ نے اس کے جسم کو کند کر دیا۔ اس کو محسوس ہونے لگا کہ شاردا کی سان گھس کر بے کار ہو گئی ہے۔ اس کے جسم کے جذبات اب وہ تیز نہیں کر سکتی لیکن وہ پھر بھی اس کے ساتھ دیر تک لیٹا رہا۔

فارغ ہوا تو اس کا جی چاہا کہ ٹیکسی پکڑے اور اپنے گھر چلا جائے، اپنی بیوی کے پاس، مگر جب اس نے سوچا کہ وہ تو اپنے گھر میں ہے، اور اس کی بیوی لاہور میں تو دل ہی دل میں بہت جھنجھلایا۔ اس کو یہ خواہش ہوئی کہ اس کا گھر ہوٹل بن جائے۔ وہ دس روپے کرائے کے دے۔ کریم کو پچاس روپے ادا کرے اور چلا جائے۔

شاردا کے جسم کا خلوص بدستور برقرار تھا، مگر وہ فضا نہیں تھی، وہ سودے بازی نہیں تھی۔ یہ سب چیزیں مل ملا کر جو ایک ماحول بناتی تھیں، وہ نہیں تھا۔ نذیر اپنے گھر میں تھا، اس بستر پر تھا جس پر اس کی سادہ لوح بیوی اس کے ساتھ سوتی تھی۔ یہ احساس اس کے تحت الشعور میں تھا، اسی لیے وہ سمجھ نہ سکتا تھا کہ معاملہ کیا ہے۔ کبھی وہ یہ سوچتا تھا کہ وہ ہی سکی خراب ہے، کبھی یہ سوچتا تھا کہ شاردا نے التفات نہیں برتا، اور کبھی یہ خیال کرتا تھا کہ وہ خاموش رہتی تو سب ٹھیک ہوتا۔ پھر وہ یہ سوچتا، اتنی دیر کے بعد ملی ہے۔ دل کی بھڑاس تو نکالنی تھی بے چاری کو۔ ایک دو دن میں ٹھیک ہو جائے گی، وہی پرانی شاردا بن جائے گی۔

پندرہ دن گزر گئے، مگر نذیر کو شاردا وہ پرانی ہوٹل والی شاردا محسوس نہ ہوئی۔ اس کی بچی جے پور میں تھی۔ ہوٹل میں وہ اس کے ساتھ ہوتی تھی۔ نذیر اس کے زکام کے لیے، اس کی چھینکوں کے لیے، اس کے گلے کے لیے دوائیں منگوایا کرتا تھا۔ اب یہ چیز نہیں تھی۔ وہ بالکل اکیلی تھی۔ نذیر اس کو اور اس کی منی کو بالکل ایک سمجھتا تھا۔

ایک بار شاردا کی دودھ سے بھری ہوئی چھاتیوں پر دباؤ ڈالنے کے باعث نذیر کے بالوں بھرے سینے پر دودھ کے کئی قطرے چمٹ گئے تھے اور اس نے ایک عجیب قسم کی لذت محسوس کی تھی۔ اس نے سوچا تھا، ماں بنا کتنا اچھا ہے۔۔۔۔ اور یہ دودھ۔ مردوں میں یہ کتنی بڑی کمی ہے کہ وہ کھا پی کر سب ہضم کر جاتے

ہیں، عورتیں کھاتی ہیں اور کھلاتی بھی ہیں۔۔۔کسی کو پالنا۔۔۔اپنے بچے ہی کو سہی کتنی شان دار چیز ہے۔ اب منی، شاردا کے ساتھ نہیں تھی۔ وہ نامکمل تھی۔ اس کی چھاتیاں بھی نامکمل تھیں، اب ان میں دودھ نہیں تھا۔ وہ سفید سفید آبِ حیات۔ نذیر اب اس کو اپنے سینے کے ساتھ بھینچتا تھا تو وہ اس کو منع نہیں کرتی تھی۔ شاردا، اب وہ شاردا نہیں تھی، لیکن حقیقت یہ ہے کہ شاردا وہی شاردا تھی، بلکہ اس سے کچھ زیادہ تھی۔ یعنی اتنی دیر جدا رہنے کے بعد اس کا جسمانی خلوص تیز ہو گیا تھا۔ وہ روحانی طور پر بھی نذیر کو چاہتی تھی لیکن نذیر کو ایسا محسوس ہوتا تھا کہ شاردا میں اب وہ پہلی سی کشش یا جو کچھ بھی تھا نہیں رہا۔

پندرہ دن لگا تار اس کے ساتھ گزارنے پر وہ اسی نتیجے پر پہنچا تھا۔ پندرہ دن دفتر سے غیر حاضری بہت کافی تھی۔ اس نے اب دفتر جانا شروع کر دیا۔ صبح اٹھ کر دفتر جاتا اور شام کو لوٹتا۔ شاردا نے بالکل بیویوں کی طرح اس کی خدمت شروع کر دی۔ بازار سے اون خرید کر اس کے لیے ایک سویٹر بن دیا۔ شام کو دفتر سے آتا تو اس کے لیے سوڈے منگوا کر رکھے ہوتے۔ برف، تھرموس میں ڈالی ہوتی۔ صبح اٹھ کر اس کا شیو کا سامان میز پر رکھتی، پانی گرم کرا کے اس کو دیتی، وہ شیو کر چکتا تو سارا سامان صاف کر دیتی، گھر کی صفائی کراتی، خود جھاڑو دیتی، نذیر اور بھی زیادہ اکتا گیا۔

رات کو وہ اکٹھے سوتے تھے مگر اب اس نے یہ بہانہ کیا کہ وہ کچھ سوچ رہا ہے، اس لیے اکیلا سونا چاہتا ہے۔ شاردا دوسرے پلنگ پر سونے لگی۔ مگر یہ نذیر کے لیے ایک اور الجھن ہو گئی۔ وہ گہری نیند سوئی ہوتی اور وہ جاگتا رہتا اور سوچتا کہ آخر یہ سب کچھ ہے کیا۔ یہ شاردا یہاں کیوں ہے؟ کریم کے ہوٹل میں اس نے اس کے ساتھ چند دن بڑے اچھے گزارے تھے، مگر یہ اس کے ساتھ کیوں چمٹ گئی ہے۔ آخر اس کا انجام کیا ہو گا۔۔۔محبت وغیرہ سب بکواس ہے۔ جو ایک چھوٹی سی بات تھی وہ اب نہیں رہی۔ اس کو واپس جے پور جانا چاہیے۔

کچھ دنوں کے بعد اس نے یہ محسوس کرنا شروع کر دیا کہ وہ گناہ کر رہا ہے۔ وہ کریم کے ہوٹل میں بھی کرتا تھا۔ اس نے شادی سے پہلے بھی ایسے بے شمار کیے تھے، مگر ان کا اس کو احساس ہی نہیں تھا لیکن اب اس نے بڑی شدت سے محسوس کرنا شروع کیا تھا کہ وہ اپنی بیوی سے بے وفائی کر رہا ہے، اپنی سادہ لوح بیوی سے جس کو اس نے کئی بار شاردا کے خطوں کے سلسلے میں چکمہ دیا تھا۔ شاردا اب اور بھی زیادہ بے کشش ہو گئی۔ وہ اس سے رُوکھا برتاؤ کرنے لگا، مگر اس کے التفات میں کوئی فرق نہ آیا۔ وہ اتنا جانتی تھی کہ آرٹسٹ لوگ موجی ہوتے ہیں، اسی لیے وہ اس سے اس کی بے التفاتی کا گلہ نہیں کرتی تھی۔

پورا ایک مہینہ ہوگیا۔ جب نذیر نے دن گنے تو اس کو بہت الجھن ہوئی، ''یہ عورت کیا پورا ایک مہینہ یہاں رہی ہے۔۔۔ میں کس قدر ذلیل آدمی ہوں۔۔۔ اور ادھر ہر روز میں اپنی بیوی کو خط لکھتا ہوں، جیسے بڑا وفادار شوہر ہوں۔۔۔ جیسے مجھے اس کا بہت خیال ہے۔ جیسے اس کے بغیر میری زندگی اجیرن ہے۔ میں کتنا بڑا افراڈ ہوں۔ اُدھر اپنی بیوی سے غداری کر رہا ہوں، اِدھر شاردا سے۔ میں کیوں اس سے صاف نہیں کہہ دیتا کہ بھئی اب مجھے تم سے لگاؤ نہیں رہا۔ لیکن سوال یہ ہے کہ مجھے لگاؤ نہیں رہا، یا شاردا میں وہ پہلی سی بات نہیں رہی؟''

وہ اس کے متعلق سوچتا مگر اسے کوئی جواب نہ ملتا۔ اس کے ذہن میں عجیب افراتفری پھیلی تھی۔ وہ اب اخلاقیات کے متعلق سوچتا تھا۔ بیوی سے جو وہ غداری کر رہا تھا، اس کا احساس ہر وقت اس پر غالب رہتا تھا۔ کچھ دن اور گزرے تو یہ احساس اور بھی زیادہ شدید ہوگیا۔ اور نذیر کو خود سے نفرت ہونے لگی، ''میں بہت ذلیل ہوں۔ یہ عورت میری دوسری بیوی کیوں بن گئی ہے۔ مجھے اس کی کب ضرورت تھی۔ یہ کیوں میرے ساتھ چپک گئی ہے۔ میں نے کیوں اس کو یہاں آنے کی اجازت دی، جب اس نے تار بھیجا تھا۔ لیکن وہ تار ایسے وقت پر ملا تھا کہ میں اس کو روک ہی نہیں سکتا تھا۔'' پھر وہ سوچتا کہ شاردا جو کچھ کرتی ہے، بناوٹ ہے۔ وہ اس کو اس بناوٹ سے اپنی بیوی سے جدا کرنا چاہتی ہے۔ اس سے اس کی نظروں میں شاردا اور بھی گر گئی۔ اس سے نذیر کا سلوک اور زیادہ روکھا ہوگیا۔ اس روکھے پن کو دیکھ کر شاردا بہت زیادہ ملائم ہوگئی۔ اس نے نذیر کے آرام و آسائش کا زیادہ خیال رکھنا شروع کر دیا۔ لیکن نذیر کو اس کے اس رویے سے بہت الجھن ہوئی۔ وہ اس سے بے حد نفرت کرنے لگا۔

ایک دن اس کی جیب خالی تھی۔ بینک سے روپے نکلوانے اس کو یاد نہیں رہے تھے۔ دفتر بہت دیر سے گیا، اس لیے کہ اس کی طبیعت ٹھیک نہیں تھی۔ جاتے وقت شاردا نے اس سے کچھ کہا تو وہ اس پر برس پڑا، ''بکواس نہ کرو۔ میں ٹھیک ہوں۔ بینک سے روپے نکلوانے بھول گیا ہوں اور سگریٹ میرے سارے ختم ہیں۔''

دفتر کے پاس کی دکان سے اس کو گولڈ فلیک کا ڈبہ ملا۔ یہ سگریٹ اس کو ناپسند تھے مگر ادھار مل گئے تھے۔ اس لیے دو تین مجبوراً پینے پڑے۔ شام کو گھر آیا تو دیکھا تپائی پر اس کا من بھاتا سگریٹ کا ڈبہ پڑا ہے۔ خیال کیا کہ خالی ہے۔ پھر سوچا شاید ایک دو اس میں پڑے ہوں۔ کھول کر دیکھا تو بھرا ہوا تھا۔ شاردا سے پوچھا، ''یہ ڈبہ کہاں سے آیا؟''

شاردا نے مسکرا کر جواب دیا، ''اندر الماری میں پڑا تھا۔''

نذیر نے کچھ نہ کہا۔ اس نے سوچا، شاید میں نے کھول کر اندر الماری میں رکھ دیا تھا اور بھول گیا۔ لیکن دوسرے دن پھر تپائی پر سالم ڈبہ موجود تھا۔ نذیر نے جب شاردا سے اس کی بابت پوچھا تو اس نے مسکرا کر وہی جواب دیا، ''اندر الماری میں پڑا تھا۔''

نذیر نے بڑے غصے کے ساتھ کہا، ''شاردا، تم بکواس کرتی ہو۔ تمہاری یہ حرکت مجھے پسند نہیں۔ میں اپنی چیزیں خود خرید سکتا ہوں۔ میں بھکاری نہیں ہوں جو تم میرے لیے ہر روز سگریٹ خریدا کرو۔'' شاردا نے بڑے پیار سے کہا، ''آپ بھول جاتے ہیں، اسی لیے میں نے دو مرتبہ گستاخی کی۔'' نذیر نے بے وجہ اور زیادہ غصے سے کہا، ''میرا دماغ خراب ہے۔۔۔۔ لیکن مجھے یہ گستاخی ہرگز پسند نہیں۔'' شاردا کا لہجہ بہت ہی ملائم ہو گیا، ''میں آپ سے معافی مانگتی ہوں۔''

نذیر نے ایک لحظے کے لیے خیال کیا کہ شاردا کی کوئی غلطی نہیں۔ اسے آگے بڑھ کر اس کا منہ چوم لینا چاہیے اس لیے کہ وہ اس کا اتنا خیال رکھتی تھی۔ مگر فوراً ہی اس کو اپنی بیوی کا خیال آیا کہ وہ غداری کر رہا تھا، چنانچہ اس نے شاردا سے بڑے نفرت بھرے لہجے میں کہا، ''بکواس نہ کرو۔ میرا خیال ہے کہ تمہیں کل یہاں سے روانہ کر دوں۔ کل صبح تمہیں جتنے روپے درکار ہوں گے، دے دوں گا۔'' لیکن یہ کہہ کر نذیر نے محسوس کیا جیسے وہ بڑا کمینہ اور رذیل ہے۔

شاردا نے کچھ نہ کہا، ''رات کو وہ نذیر کے ساتھ سوئی۔ ساری رات اس سے پیار کرتی رہی۔ نذیر کو اس سے الجھن ہوتی رہی مگر اس نے شاردا پر اس کا اظہار نہ کیا۔ صبح اٹھا تو ناشتے پر بے شمار لذیذ چیزیں تھیں۔ پھر بھی اس نے شاردا سے کوئی بات نہ کی۔ فارغ ہو کر وہ سیدھا بنک گیا۔ جانے سے پہلے اس نے شاردا سے صرف اتنا کہا، ''میں بنک جا رہا ہوں۔ ابھی واپس آتا ہوں۔''

بنک کی وہ شاخ جس میں نذیر کا روپیہ جمع تھا بالکل نزدیک تھا۔ وہ دو سو روپے نکلوا کر فوراً ہی واپس آ گیا۔ اس کا ارادہ تھا کہ وہ سب روپیہ شاردا کے حوالے کر دے گا اور اس کو ٹکٹ وغیرہ لے کر رخصت کر دے گا۔

مگر وہ جب گھر پہنچا تو اس کے نوکر نے بتایا کہ وہ چلی گئی ہے۔ اس نے پوچھا، ''کہاں؟'' نوکر نے بتایا، ''جی مجھ سے انہوں نے کچھ نہیں کہا۔۔۔۔ اپنا ٹرنک اور بستر ساتھ لے گئی ہیں۔''

نذیر اندر کمرے میں آیا تو اس نے دیکھا کہ تپائی پر اس کے پسندیدہ سگریٹوں کا ڈبہ پڑا ہے۔ بھرا ہوا۔

شانتی

دونوں، پیرے زین ڈیری کے باہر، بڑے دھاریوں والے چھاتے کے نیچے، کرسیوں پر بیٹھے چائے پی رہے تھے۔ ادھر سمندر تھا جس کی لہروں کی گنگناہٹ سنائی دے رہی تھی۔ چائے بہت گرم تھی۔ اس لیے دونوں آہستہ آہستہ گھونٹ بھر رہے تھے۔ سامنے موٹی بھنووں والی یہودن کی جانی پہچانی صورت تھی: یہ بڑا گول مٹول چہرہ، تیکھی ناک، موٹے موٹے بہت ہی زیادہ سرخی لگے ہونٹ، شام کو ہمیشہ درمیان والے دروازے کے ساتھ والی کرسی پر بیٹھی دکھائی دیتی تھی۔ مقبول نے ایک نظر اس کی طرف دیکھا اور بلراج سے کہا، ''بیٹھی ہے جال پھینکنے۔''

بلراج، موٹی بھنووں کی طرف دیکھے بغیر بولا، ''پھنس جائے گی کوئی نہ کوئی مچھلی۔''

مقبول نے ایک پیسٹری منہ میں ڈالی، ''یہ کاروبار بھی عجیب کاروبار ہے، کوئی دکان کھول کر بیٹھتی ہے، کوئی چل پھر کے سودا بیچتی ہے، کوئی اس طرح ریستورانوں میں گاہک کے انتظار میں بیٹھی رہتی ہے۔۔۔ جسم بیچنا بھی ایک آرٹ ہے، اور میرا خیال ہے بہت مشکل آرٹ ہے۔۔۔ یہ موٹی بھنووں والی کیسے گاہک کو اپنی طرف متوجہ کرتی ہے۔ کیسے کسی مرد کو یہ بتاتی ہوگی کہ وہ بکاؤ ہے۔''

بلراج مسکرایا، ''کسی روز وقت نکال کر کچھ دیر یہاں بیٹھو۔ تمہیں معلوم ہو جائے گا کہ نگاہوں ہی نگاہوں میں کیونکر سودے ہوتے ہیں، اس جنس کا بھاؤ کیسے چکتا ہے۔'' یہ کہہ کر اس نے ایک دم مقبول کا ہاتھ پکڑا، ''ادھر دیکھو، ادھر۔'' مقبول نے موٹی یہودن کی طرف دیکھا۔ بلراج نے اس کا ہاتھ دبایا۔ ''نہیں یار۔۔۔ ادھر کونے کے چھاتے کے نیچے دیکھو۔'' مقبول نے ادھر دیکھا۔ ایک دبلی پتلی، گوری چٹی لڑکی کرسی پر بیٹھی تھی۔ بال کٹے ہوئے تھے۔ ناک نقشہ ٹھیک تھا۔ ہلکے زرد رنگ کی جارجٹ کی ساڑی میں

ملبوس تھی۔مقبول نے بلراج سے پوچھا، ''کون ہے یہ لڑکی؟''

بلراج نے اس لڑکی کی طرف دیکھتے ہوئے جواب دیا، ''اماں وہی ہے جس کے بارے میں تم سے کہا تھا کہ بڑی عجیب و غریب ہے۔''مقبول نے کچھ دیر سوچا پھر کہا، ''کون سی یار تم،تم تو جس لڑکی سے بھی ملتے ہو عجیب و غریب ہی ہوتی ہے۔''بلراج مسکرایا، ''یہ بڑی خاص الخاص ہے۔۔۔ذرا غور سے دیکھو۔''

مقبول نے غور سے دیکھا۔ بریدہ بالوں کا رنگ بھوسلا تھا، ہلکے بسنتی رنگ کی ساڑی کے نیچے چھوٹی آستینوں والا بلاؤز، پتلی پتلی بہت ہی گوری بانہیں۔ لڑکی نے اپنی گردن موڑی تو مقبول نے دیکھا کہ اس کے باریک ہونٹوں پر سرخی پھیلی ہوئی سی تھی۔

''میں اور تو کچھ نہیں کہہ سکتا مگر تمہاری اس عجیب و غریب لڑکی کو سرخی استعمال کرنے کا سلیقہ نہیں ہے ۔۔۔اب اور غور سے دیکھا ہے تو ساڑی کی پہناوٹ میں بھی خامیاں نظر آئی ہیں۔ بال سنوارنے کا انداز بھی ستھرا نہیں۔''

بلراج ہنسا، ''تم صرف خامیاں ہی دیکھتے ہو۔ اچھائیوں پر تمہاری نگاہ کبھی نہیں پڑتی۔''

مقبول نے کہا، ''جو اچھائیاں ہیں وہ آپ بیان کیجیے، لیکن پہلے یہ بتا دیجیے کہ آپ اس لڑکی کو ذاتی طور پر جانتے ہیں یا۔۔۔''

لڑکی نے جب بلراج کو دیکھا تو مسکرائی۔مقبول رک گیا، ''مجھے جواب مل گیا۔ اب آپ محترمہ کی خوبیاں بتا دیجیے۔''

''سب سے پہلی خوبی اس لڑکی میں یہ ہے کہ بہت صاف گو ہے۔ کبھی جھوٹ نہیں بولتی۔ جو اصول اس نے اپنے لیے بنا رکھے ہیں ان پر بڑی پابندی سے عمل کرتی ہے۔ پرسنل ہائی جین کا بہت خیال رکھتی ہے۔ محبت وحبت کی بالکل قائل نہیں۔ اس معاملے میں دل اس کا برف ہے۔''

بلراج نے چائے کا آخری گھونٹ پیا، ''کہیے کیا خیال ہے؟''

مقبول نے لڑکی کو ایک نظر دیکھا، ''جو خوبیاں تم نے بتائی ہیں ایک ایسی عورت میں نہیں ہونی چاہئیں جس کے پاس مرد صرف اس خیال سے جاتے ہیں کہ وہ ان سے اصلی نہیں تو مصنوعی محبت ضرور کرے گی۔۔۔خود فریبی میں اگر یہ لڑکی کسی مرد کی مدد نہیں کرتی تو میں سمجھتا ہوں بڑی بے وقوف ہے۔''

''یہی میں نے سوچا تھا۔۔۔میں تم سے کیا بیان کروں، روکھے پن کی حد تک صاف گو ہے۔ اس سے باتیں کرو تو کئی بار دھکے سے لگتے ہیں۔۔۔ایک گھنٹہ ہو گیا، تم نے کوئی کام کی بات نہیں کی۔۔۔میں چلی،

اور یہ جاوہ جا۔۔۔تمہارے منہ سے شراب کی بو آتی ہے۔ جاؤ چلے جاؤ۔۔۔ساڑھی کو ہاتھ مت لگاؤ میلی ہو جائے گی۔‘‘ یہ کہہ کر بلراج نے سگریٹ سلگایا، ’’عجیب و غریب لڑکی ہے۔ پہلی دفعہ جب اس سے ملاقات ہوئی تو میں، بائی گوڈ، چکرا گیا۔ چھوٹتے ہی مجھ سے کہا، ’’فِفٹی سے ایک پیسہ کم نہیں ہو گا۔ جیب میں ہیں تو چلو ورنہ مجھے اور کام ہیں۔‘‘

مقبول نے پوچھا، ’’نام کیا ہے اس کا؟‘‘

’’شانتی بتایا اس نے۔۔۔کشمیرن ہے۔‘‘

مقبول کشمیری تھا۔ چونک پڑا، ’’کشمیرن!‘‘

’’تمہاری ہم وطن۔‘‘

مقبول نے لڑکی کی طرف دیکھا۔ ناک نقشہ صاف کشمیریوں کا تھا، ’’یہاں کیسے آئی؟‘‘

’’معلوم نہیں!‘‘

’’کوئی رشتے دار ہے اس کا؟‘‘ مقبول لڑکی میں دلچسپی لینے لگا۔

’’وہاں کشمیر میں کوئی ہو تو میں نہیں کہہ سکتا۔ یہاں بمبئی میں اکیلی رہتی ہے۔‘‘ بلراج نے سگریٹ ایش ٹرے میں دبایا، ’’ہاربنی روڈ پر ایک ہوٹل ہے، وہاں اس نے ایک کمرہ کرائے پر لے رکھا ہے۔۔۔یہ مجھے ایک روز اتفاقاً معلوم ہو گیا ورنہ یہ اپنے ٹھکانے کا پتا کسی کو نہیں دیتی جس کو ملنا ہوتا ہے یہاں پیر ے ژین ڈیری میں چلا آتا ہے۔ شام کو پورے پانچ بجے آتی ہے یہاں!‘‘

مقبول کچھ دیر خاموش رہا پھر بیرے کو اشارے سے بلایا اور اس سے بل لانے کے لیے کہا۔ اس دوران میں ایک خوش پوش نوجوان آیا اور اس لڑکی کے پاس والی کرسی پر بیٹھ گیا۔ دونوں باتیں کرنے لگے۔ مقبول بلراج سے مخاطب ہوا، ’’اس سے کبھی ملاقات کرنی چاہیے۔‘‘

بلراج مسکرایا، ’’ضرور ضرور۔۔۔لیکن اس وقت نہیں مصروف ہے۔ کبھی آ جانا یہاں شام کو۔۔۔اور ساتھ بیٹھ جانا۔‘‘

مقبول نے بل ادا کیا۔ دونوں دوست اٹھ کر چلے گئے۔

دوسرے روز مقبول اکیلا آیا اور چائے کا آرڈر دے کر بیٹھ گیا۔ ٹھیک پانچ بجے وہ لڑکی بس سے اتری اور پرس ہاتھ میں لٹکائے مقبول کے پاس سے گزری۔ چال بھدی تھی۔ جب وہ کچھ دور، کرسی پر بیٹھ گئی تو مقبول نے سوچا، ’’اس میں جنسی کشش تو نام کو بھی نہیں۔ حیرت ہے کہ اس کا کاروبار کیوں کر چلتا ہے۔۔۔

لپ اسٹک کیسے بے ہودہ طریقے سے استعمال کی ہے اس نے۔۔۔ساڑی کی پہناوٹ آج بھی خامیوں سے بھری ہے۔''

پھر اس نے سوچا کہ اس سے کیسے ملے۔اس کی چائے میز پر آ چکی تھی ورنہ اٹھ کر وہ اس لڑکی کے پاس جا بیٹھتا۔اس نے چائے پینا شروع کر دی۔اس دوران میں اس نے ایک ہلکا سا اشارہ کیا۔لڑکی نے دیکھا، کچھ توقف کے بعد اٹھی اور مقبول کے سامنے والی کرسی پر بیٹھ گئی۔مقبول پہلے تو کچھ گھبرایا لیکن فوراً ہی سنبھل کر لڑکی سے مخاطب ہوا، ''چائے شوق فرمائیں گی آپ۔''

''نہیں۔''

اس کے جواب کے اس اختصار میں روکھا پن تھا۔مقبول نے کچھ دیر خاموش رہنے کے بعد کہا، ''کشمیریوں کو تو چائے کا بڑا شوق ہوتا ہے۔''

لڑکی نے بڑے بے ہنگم انداز میں پوچھا، ''تم چلنا چاہتے ہو میرے ساتھ؟''

مقبول کو جیسے کسی نے اوندھے منہ گرا دیا۔گھبراہٹ میں وہ صرف اس قدر کہہ سکا، ''ہا۔۔۔''

لڑکی نے کہا، ''ففٹی روپیز۔۔۔یس اور نو؟''

یہ دوسرا ریلا تھا مگر مقبول نے اپنے قدم جما لیے، ''چلیے!''

مقبول نے چائے کا بل ادا کیا۔دونوں اٹھ کر ٹیکسی اسٹینڈ کی طرف روانہ ہوئے۔راستے میں اس نے کوئی بات نہ کی۔لڑکی بھی خاموش رہی۔ٹیکسی میں بیٹھے تو اس نے مقبول سے پوچھا، ''کہاں جائے گا تم؟''

مقبول نے جواب دیا، ''جہاں تم لے جاؤ گی۔''

''ہم کچھ نہیں جانتا۔۔۔تم بولو کدھر جائے گا؟''

مقبول کو کوئی اور جواب نہ سوجھا تو کہا، ''ہم کچھ نہیں جانتا۔''

لڑکی نے ٹیکسی کا دروازہ کھولنے کے لیے ہاتھ بڑھایا، ''تم کیسا آدمی ہے۔۔۔خالی پیلی جوک کرتا ہے۔''

مقبول نے اس کا ہاتھ پکڑ لیا، ''میں مذاق نہیں کرتا۔۔۔مجھے تم سے صرف باتیں کرنی ہیں۔''

وہ بگڑ کر بولی، ''کیا۔۔۔تم تو بولا تھا ففٹی روپیز یس!''

مقبول نے جیب میں ہاتھ ڈالا اور دس دس کے پانچ نوٹ نکال کر اس کی طرف بڑھا دیئے، ''یہ لو گھبراتی کیوں ہو۔''

اس نے نوٹ لے لیے، ''تم جائے گا کہاں؟''

مقبول نے کہا، ''تمہارے گھر۔''

''نہیں۔''

''کیوں نہیں؟''

''تم کو بولا ہے نہیں۔ ۔ ۔ادھر ایسی بات نہیں ہو گی۔''

مقبول مسکرایا، ''ٹھیک ہے۔ایسی بات ادھر نہیں ہو گی۔''

وہ کچھ متحیر سی ہوئی، ''تم کیسا آدمی ہے۔''

''جیسا میں ہوں تم نے بولا ففٹی روپیز کہ نو۔ ۔ ۔میں نے کہا یس اور نوٹ تمہارے حوالے کر دیئے۔ تم نے بولا ادھر ایسی بات نہیں ہو گی۔ میں نے کہا بالکل نہیں ہو گی۔ ۔ ۔اب اور کیا کہتی ہو۔''

لڑکی سوچنے لگی۔مقبول مسکرایا، ''دیکھو شانتی، بات یہ ہے۔کل تم کو دیکھا۔ایک دوست نے تمہاری کچھ باتیں سنائیں جو مجھے دلچسپ معلوم ہوئیں۔آج میں نے تمہیں پکڑلیا۔اب تمہارے گھر چلتے ہیں۔وہاں کچھ دیر تم سے باتیں کروں گا اور چلا جاؤں گا۔ ۔ ۔کیا تمہیں یہ منظور نہیں۔''

''نہیں۔ ۔ ۔یہ لو اپنے ففٹی روپیز۔'' لڑکی کے چہرے پر جھنجلاہٹ تھی۔

''تمہیں بس ففٹی روپیز کی پڑی ہے۔ ۔ ۔روپے کے علاوہ بھی دنیا میں اور بہت سی چیزیں ہیں۔ ۔چلو، ڈرائیور کو اپنا ایڈریس بتاؤ۔ ۔ ۔میں شریف آدمی ہوں۔تمہارے ساتھ کوئی دھوکا نہیں کروں گا۔'' مقبول کے انداز گفتگو میں صداقت تھی۔لڑکی متاثر ہوئی۔اس نے کچھ دیر سوچا پھر کہا، ''چلو۔ ۔ ۔ڈرائیور، ہاربنی روڈ!''

ٹیکسی چلی تو اس نے نوٹ مقبول کی جیب میں ڈال دیئے، ''یہ میں نہیں لوں گی۔''

مقبول نے اصرار نہ کیا، ''تمہاری مرضی!''

ٹیکسی ایک پانچ منزلہ بلڈنگ کے پاس رکی۔پہلی اور دوسری منزل پر مساس خانے تھے۔تیسری، چوتھی اور پانچویں منزل ہوٹل کے لیے مخصوص تھی۔بڑی تنگ و تار جگہ تھی۔چوتھی منزل پر سیڑھیوں کے سامنے والا کمرہ شانتی کا تھا۔اس نے پرس سے چابی نکال کر دروازہ کھولا۔بہت مختصر سامان تھا۔لوہے کا ایک پلنگ جس پر اجلی چادر بچھی تھی۔کونے میں ڈریسنگ ٹیبل۔ایک اسٹول، اس پر ٹیبل فین۔چار ٹرنک تھے وہ پلنگ کے نیچے دھرے تھے۔

مقبول کمرے کی صفائی سے بہت متاثر ہوا۔ہر چیز صاف ستھری تھی۔تکیے کے غلاف عام طور پر میلے ہوتے

ہیں مگر اس کے دونوں تکیے بے داغ غلافوں میں ملفوف تھے۔مقبول پلنگ پر بیٹھنے لگا تو شانتی نے اسے روکا،''نہیں۔۔۔ادھر بیٹھنے کی اجازت نہیں۔۔۔ہم کسی کو اپنے بستر پر نہیں بیٹھنے دیتا۔کرسی پر بیٹھو۔''

یہ کہہ کر وہ خود پلنگ پر بیٹھ گئی مقبول مسکرا کر کرسی پر ٹک گیا۔

شانتی نے اپنا پرس تکیے کے نیچے رکھا اور مقبول سے پوچھا،''بولو۔۔۔کیا باتیں کرنا چاہتے ہو؟''

مقبول نے شانتی کی طرف غور سے دیکھا،''پہلی بات تو یہ ہے کہ تمہیں ہونٹوں پر لپ اسٹک لگانی بالکل نہیں آتی۔''

شانتی نے برا نہ مانا صرف اتنا کہا،''مجھے معلوم ہے۔''

''اٹھو، مجھے لپ اسٹک دو میں تمہیں سکھاتا ہوں۔'' یہ کہہ کر مقبول نے اپنا رومال نکالا۔

شانتی نے اس سے کہا،''ڈریسنگ ٹیبل پر پڑا ہے، اٹھالو۔''

مقبول نے لپ اسٹک اٹھائی۔ اسے کھول کر دیکھا،''ادھر آؤ، میں تمہارے ہونٹ پونچھوں۔''

''تمہارے رومال سے نہیں۔۔۔میرا لو۔'' یہ کہہ کر اس نے ٹرنک کھولا اور ایک دھلا ہوا رومال مقبول کو دیا۔مقبول نے اس کے ہونٹ پونچھے۔ بڑی نفاست سے نئی سرخی ان پر لگائی۔ پھر کنگھی سے اس کے بال ٹھیک کیے اور کہا،'لو اب آئینہ دیکھو۔''

شانتی اٹھ کر ڈریسنگ ٹیبل کے سامنے کھڑی ہو گئی۔ بڑے غور سے اس نے اپنے ہونٹوں اور بالوں کا معائنہ کیا۔پسندیدہ نظروں سے تبدیلی محسوس کی اور پلٹ کر مقبول سے صرف اتنا کہا،''اب ٹھیک ہے''پھر پلنگ پر بیٹھ کر پوچھا،''تمہارا کوئی بیوی ہے؟''

مقبول نے جواب دیا،''نہیں۔''

کچھ دیر خاموشی رہی۔مقبول چاہتا تھا ہوں باتیں چنانچہ اس نے سلسلہ کلام شروع کیا،''اتنا تو مجھے معلوم ہے کہ تم کشمیر کی رہنے والی ہو۔تمہارا نام شانتی ہے۔یہاں رہتی ہو۔۔۔یہ بتاؤ تم نے فٹی روپیز کا معاملہ کیوں شروع کیا؟''

شانتی نے یہ بے تکلف جواب دیا،''میرا فادر سری نگر میں ڈاکٹر ہے۔۔۔میں وہاں ہوسپیٹل میں نرس تھا۔ایک لڑکے نے مجھ کو خراب کر دیا۔۔۔میں بھاگ کر ادھر کو آ گئی۔یہاں ہم کو ایک آدمی ملا۔وہ ہم کو فٹی روپیز دیا۔۔۔بولا ہمارے ساتھ چلو۔ہم گیا۔بس کام چالو ہو گیا۔۔۔ہم یہاں ہوٹل میں آ گیا۔۔۔پر ہم ادھر کسی سے بات نہیں کرتی۔۔۔سب رنڈی لوگ ہے۔۔۔کسی کو یہاں نہیں آنے دیتی۔''

مقبول نے کرید کرید کر تمام واقعات معلوم کرنا مناسب خیال نہ کیا۔ کچھ اور باتیں ہوئیں جن سے اسے پتا چلا کہ شانتی کو جنسی معاملے سے کوئی دلچسپی نہیں تھی۔ جب اس کا ذکر آیا تو اس نے برا سا منہ بنا کر کہا۔ ‘‘آئی ڈونٹ لائک۔ ڈیٹ از بیڈ۔’’

اس کے نزدیک فِفٹی روپیز کا معاملہ ایک کاروباری معاملہ تھا۔سری نگر کے ہسپتال میں جب کسی لڑکے نے اس کو خراب کیا تو جاتے وقت دس روپے دینا چاہے، شانتی کو بہت غصہ آیا، نوٹ پھاڑ دیا۔اس واقعے کا اس کے دماغ پر یہ اثر ہوا کہ اس نے باقاعدہ کاروبار شروع کر دیا۔ پچاس روپے فیس خود بخود مقرر ہو گئی۔ اب لذت کا سوال ہی کہاں پیدا ہوتا تھا۔۔۔ چونکہ نرس رہ چکی تھی اس لیے بڑی محتاط رہتی تھی۔

ایک برس ہو گیا تھا اسے بمبئی میں آئے ہوئے۔اس دوران میں اس نے دس ہزار روپے بچائے ہوتے مگر اس کو ریس کھیلنے کی لت پڑ گئی۔ پچھلی ریسوں پر اس کے پانچ ہزار اڑ گئے لیکن اس کو یقین تھا کہ وہ نئی ریسوں پر ضرور جیتے گی، ‘‘ہم اپنا لوس پورا کر لے گا۔’’

اس کے پاس کوڑی کوڑی کا حساب موجود تھا۔سو روپے روزانہ کمائی تھی جو فوراً بنک میں جمع کرا دیے جاتے تھے سو سے زیادہ وہ نہیں کمانا چاہتی تھی۔اس کو اپنی صحت کا بہت خیال تھا۔دو گھنٹے گزر گئے تو اس نے اپنی گھڑی دیکھی اور مقبول سے کہا، ‘‘تم اب جاؤ۔۔۔ہم کھانا کھائے گا اور سو جائے گا۔’’ مقبول اٹھ کر جانے لگا تو اس نے کہا، ‘‘باتیں کرنے آؤ تو صبح کے ٹائم آؤ۔شام کے ٹائم ہمارا نقصان ہوتی ہے۔’’

مقبول نے ‘‘اچھا’’ کہا اور چل دیا۔

دوسرے روز صبح دس بجے کے قریب مقبول شانتی کے پاس پہنچا۔اس کا خیال تھا کہ وہ اس کی آمد پسند نہیں کرے گی مگر اس نے کوئی ناگواری ظاہر نہ کی۔مقبول دیر تک اس کے پاس بیٹھا رہا۔اس دوران میں شانتی کو صحیح طریقے پر ساڑی پہننی سکھائی۔لڑکی ذہین تھی، جلدی سیکھ گئی۔

کپڑے اس کے پاس کافی تعداد میں اور اچھے تھے۔ یہ سب کے سب اس نے مقبول کو دکھائے۔اس میں بچپنا تھا نہ بڑھاپا۔شباب بھی نہیں تھا۔وہ جیسے کچھ بنتے بنتے ایک دم رک گئی تھی، ایک ایسے مقام پر ٹھہر گئی تھی جس کے موسم کا تعین نہیں ہو سکتا۔وہ خوبصورت تھی نہ بدصورت، عورت تھی نہ لڑکی۔وہ پھول تھی نہ کلی۔شاخ تھی نہ تنا۔اس کو دیکھ کر بعض اوقات مقبول کو بہت الجھن ہوتی تھی۔وہ اس میں وہ نقطہ دیکھنا چاہتا تھا جہاں اس نے خلط ملط ہونا شروع کیا تھا۔

شانتی کے متعلق اور زیادہ جاننے کے لیے مقبول نے اس سے ہر دوسرے تیسرے روز ملنا شروع کر دیا۔

وہ اس کی کوئی خاطر مدارات نہیں کرتی تھی۔ لیکن اب اس نے اس کو اپنے صاف ستھرے بستر پر بیٹھنے کی اجازت دے دی تھی۔ ایک دن مقبول کو بہت تعجب ہوا جب شانتی نے اس سے کہا، ''تم کوئی لڑکی مانگتا؟'' مقبول لیٹا ہوا تھا چونک کر اٹھا، ''کیا کہا؟''

شانتی نے کہا، ''ہم پوچھتی، تم کوئی لڑکی مانگتا تو ہم لا کر دیتا۔''

مقبول نے اس سے دریافت کیا کہ یہ بیٹھے بیٹھے اسے کیا خیال آیا۔ کیوں اس نے یہ سوال کیا تو وہ خاموش ہو گئی۔ مقبول نے اصرار کیا تو شانتی نے بتایا کہ مقبول اسے ایک بے کار عورت سمجھتا ہے۔ اس کو حیرت ہے کہ مرد اس کے پاس کیوں آتے ہیں جب کہ وہ اتنی ٹھنڈی ہے۔ مقبول اس سے صرف باتیں کرتا ہے اور چلا جاتا ہے۔ وہ اسے کھلونا سمجھتا ہے۔ آج اس نے سوچا، مجھ جیسی ساری عورتیں تو نہیں مقبول کو عورت کی ضرورت ہے، کیوں نہ وہ اسے ایک منگا دے۔

مقبول نے پہلی بار شانتی کی آنکھوں میں آنسو دیکھے۔ ایک دم وہ اٹھی اور چلّانے لگی، ''ہم کچھ بھی نہیں ہے ۔۔۔ جاؤ چلے جاؤ۔۔۔ ہمارے پاس کیوں آتا ہے تم ۔۔۔ جاؤ۔''

مقبول نے کچھ نہ کہا، خاموشی سے اٹھا اور چلا گیا۔

متواتر ایک ہفتہ وہ پیرے ٹرین ڈیری جاتا رہا مگر شانتی دکھائی نہ دی۔ آخر ایک صبح اس نے اس کے ہوٹل کا رخ کیا۔ شانتی نے دروازہ کھول دیا مگر کوئی بات نہ کی۔ مقبول کرسی پر بیٹھ گیا۔۔۔ شانتی کے ہونٹوں پر سرخی پرانے بھدے طریقے پر لگی تھی۔ بالوں کا حال بھی پرانا تھا۔ ساڑی کی پہناوٹ تو اور زیادہ بدزیب تھی۔ مقبول اس سے مخاطب ہوا، ''مجھ سے ناراض ہو تم؟''

شانتی نے جواب نہ دیا اور پلنگ پر بیٹھ گئی۔ مقبول نے تند لہجے میں پوچھا، ''بھول گئیں جو میں نے سکھایا تھا؟'' شانتی خاموش رہی۔ مقبول نے غصے میں کہا، ''جواب دو، ورنہ یاد رکھو ماروں گا۔''

شانتی نے صرف اتنا کہا، ''مارو۔'' مقبول نے اٹھ کر ایک زور کا چانٹا اس کے منہ پر جڑ دیا۔۔۔ شانتی بلبلا اٹھی۔ اس کی حیرت زدہ آنکھوں سے ٹپ ٹپ آنسو گرنے لگے۔ مقبول نے جیب سے اپنا رومال نکالا۔ غصے میں اس کے ہونٹوں کی بھدی سرخی پونچھی۔ اس نے مزاحمت کی لیکن مقبول اپنا کام کرتا رہا۔ لپ اسٹک اٹھا کر نئی سرخی لگائی۔ کنگھے سے اس کے بال سنوارے، پھر اس نے تحکمانہ لہجے میں کہا، ''ساڑی ٹھیک کرو اپنی۔''

شانتی اٹھی اور ساڑی ٹھیک کرنے لگی مگر ایک دم اس نے پھوٹ پھوٹ کر رونا شروع کر دیا اور روتی روتی خود کو بستر پر گرا دیا۔ مقبول تھوڑی دیر خاموش رہا۔ جب شانتی کے رونے کی شدت کچھ کم ہوئی تو اس کے

پاس جاکر کہا، ''شانتی اٹھو۔۔۔ میں جارہا ہوں۔''

شانتی نے تڑپ کر کروٹ بدلی اور چلّائی، ''نہیں نہیں۔۔ تم نہیں جاسکتے۔'' اور دونوں بازو پھیلا کر دروازے کے درمیان میں کھڑی ہوگئی۔ ''تم گیا تو مار ڈالوں گی۔''

وہ ہانپ رہی تھی۔اس کا سینہ جس کے متعلق مقبول نے کبھی غور ہی نہیں کیا تھا جیسے گہری نیند سے اٹھنے کی کوشش کر رہا تھا۔مقبول کی حیرت زدہ آنکھوں کے سامنے، شانتی نے تلے اوپر بڑی سرعت سے کئی رنگ بدلے۔اس کی نمناک آنکھیں چمک رہی تھیں، سرخی لگے باریک ہونٹ ہولے ہولے لرز رہے تھے۔ایک دم آگے بڑھ کر مقبول نے اس کو اپنے سینے کے ساتھ بھینچ لیا۔

دونوں پلنگ پر بیٹھے تو شانتی نے اپنا سر نیو ڑھا کر مقبول کی گود میں ڈال دیا۔اس کے آنسو بند ہونے ہی میں نہ آتے تھے۔مقبول نے اس کو پیار کیا۔رونا بند کرنے کے لیے کہا تو وہ آنسووَں میں اٹک اٹک کر بولی، ''ادھر سری نگر میں۔۔۔ ایک آدمی نے۔۔۔ ہم کو مار دیا تھا۔۔۔ ادھر ایک آدمی نے۔۔۔ ہم کو زندہ کر دیا۔''

دو گھنٹے کے بعد جب مقبول جانے لگا تو اس نے جیب سے پچاس روپے نکال کر شانتی کے پلنگ پر رکھے اور مسکرا کہا، ''یہ لو اپنے ففٹی روپیز!''

شانتی نے بڑے غصے اور بڑی نفرت سے نوٹ اٹھائے اور پھینک دیئے۔

پھر اس نے تیزی سے اپنی ڈریسنگ ٹیبل کا ایک دراز کھولا اور مقبول سے کہا، ''ادھر آوَ۔۔۔ دیکھو یہ کیا ہے؟''

مقبول نے دیکھا۔دراز میں سو سو کے کئی نوٹوں کے ٹکڑے پڑے تھے۔مٹھی بھر کے شانتی نے اٹھائے اور ہوا میں اچھالے، ''ہم اب یہ نہیں مانگتا!''

مقبول مسکرایا۔ہولے سے اس نے شانتی کے گال پر چھوٹی سی چپت لگائی اور پوچھا، ''اب تم کیا مانگتا ہے؟''

شانتی نے جواب دیا، ''تم کو۔'' یہ کہہ کر وہ مقبول کے ساتھ چمٹ گئی اور رونا شروع کر دیا۔

مقبول نے اس کے بال سنوارتے ہوئے بڑے پیار سے کہا، ''روؤ نہیں۔۔۔ تم نے جو مانگا ہے وہ تمہیں مل گیا ہے۔''

شاہ دولے کا چوہا

سلیمہ کی جب شادی ہوئی تو وہ اکیس برس کی تھی۔ پانچ برس ہو گئے مگر اس کے اولاد نہ ہوئی۔ اس کی ماں اور ساس کو بہت فکر تھی۔ ماں کو زیادہ تھی کہ کہیں اس کا نجیب دوسری شادی نہ کر لے۔ چنانچہ کئی ڈاکٹروں سے مشورہ کیا گیا مگر کوئی بات پیدا نہ ہوئی۔

سلیمہ بہت متفکر تھی۔ شادی کے بعد بہت کم لڑکیاں ایسی ہوتی ہیں جو اولاد کی خواہش مند نہ ہوں۔ اس نے اپنی ماں سے کئی بار مشورہ کیا۔ ماں کی ہدایتوں پر بھی عمل کیا مگر نتیجہ صفر تھا۔ ایک دن اس کی ایک سہیلی جو بانجھ قرار دے دی گئی تھی، اس کے پاس آئی۔ سلیمہ کو بڑی حیرت ہوئی کہ اس کی گود میں ایک گل گوتھنا لڑکا تھا۔

سلیمہ نے اس سے بڑے بینڈے انداز میں پوچھا، ''فاطمہ تمہارے یہ لڑکا کیسے پیدا ہو گیا؟''

فاطمہ اس سے پانچ سال بڑی تھی۔ اس نے مسکرا کر کہا، ''یہ شاہ دولے صاحب کی برکت ہے۔ مجھ سے ایک عورت نے کہا کہ اگر تم اولاد چاہتی ہو تو گجرات جا کر شاہ دولے صاحب کے مزار پر منت مانو۔ کہو کہ حضور میرے جو پہلے بچہ ہو گا وہ آپ کی خانقاہ پر چڑھا دوں گی۔'' اس نے یہ بھی سلیمہ کو بتایا کہ جب شاہ دولے صاحب کے مزار پر ایسی منت مانی جائے تو پہلا بچہ ایسا ہوتا ہے جس کا سر بہت چھوٹا ہوتا ہے۔

فاطمہ کی یہ بات سلیمہ کو پسند نہ آئی اور جب اس نے مزید کہا کہ پہلا بچہ اس خانقاہ میں چھوڑ کر آنا پڑتا ہے تو اس کو اور بھی دکھ ہوا۔

اس نے سوچا کون ایسی ماں ہے جو اپنے بچے سے ہمیشہ کے لیے محروم ہو جائے۔ اس کا سر چھوٹا ہو، ناک چپٹی ہو، آنکھیں بھینگی ہوں، لیکن ماں اس کو گھورے میں نہیں پھینک سکتی، وہ کوئی ڈائن ہی ہو سکتی ہے۔ لیکن اسے اولاد چاہیے تھی اس لیے وہ اپنی عمر سے زیادہ سہیلی کی بات مان گئی۔

وہ گجرات کی رہنے والی تو تھی ہی جہاں شاہ دولے کا مزار تھا۔اس نے اپنے خاوند سے کہا، ''فاطمہ مجبور کر رہی ہے کہ میرے ساتھ چلو۔اس لیے آپ مجھے اجازت دے دیجیے۔''اس کے خاوند کو کیا اعتراض ہو سکتا تھا۔اس نے کہا، ''جاؤ مگر جلدی لوٹ آنا۔'' وہ فاطمہ کے ساتھ گجرات چلی گئی۔

شاہ دولہ کا مزار جیسا کہ اس نے سمجھا تھا کوئی عہد عتیق کی عمارت نہیں تھی۔اچھی خاصی جگہ تھی جو سلیمہ کو پسند آئی۔مگر جب اس نے ایک حجرے میں شاہ دولے کے چوہے دیکھے، جن کی ناک سے رینٹھ بہہ رہا تھا اور ان کا دماغ بالکل ماؤف تھا تو کانپ کانپ گئی۔

ایک جوان لڑکی تھی، پورے شباب پر، مگر وہ ایسی حرکتیں کرتی تھی کہ سنجیدہ سے سنجیدہ آدمی کو بھی ہنسی آ سکتی تھی۔سلیمہ اس کو دیکھ کر ایک لمحے کے لیے ہنسی مگر فوراً ہی اس کی آنکھوں میں آنسو آ گئے۔سوچنے لگی اس لڑکی کا کیا ہو گا۔یہاں کے مجاور اسے کسی کے پاس بیچ دیں گے یا بندر بنا کر اُسے شہر بہ شہر پھرائیں گے۔یہ غریب کی روزی کا ٹھیکرا بن جائے گی۔اس کا سر بہت چھوٹا تھا۔لیکن اس نے سوچا کہ اگر سر چھوٹا ہے تو انسانی فطرت تو اتنی چھوٹی نہیں۔۔۔۔وہ تو پاگلوں کے ساتھ بھی چمٹی رہتی ہے۔

اس شاہ دولے کی چوہیا کا جسم بہت خوبصورت تھا۔اس کی ہر قوس اپنی جگہ پر مناسب و موزوں تھی۔مگر اس کی حرکات ایسی تھیں جیسے کسی خاص غرض کے ماتحت اس کے حواس مختل کر دیئے گئے ہیں۔۔۔۔وہ اس طریقے سے کھیلتی پھرتی اور ہنستی تھی جیسے کوئی کوک بھرا کھلونا ہو۔سلیمہ نے محسوس کیا کہ وہ اسی غرض کے لیے بنائی گئی ہے۔لیکن ان تمام احساسات کے باوجود اس نے اپنی سہیلی فاطمہ کے کہنے پر شاہ دولا صاحب کے مزار پر منت مانی کہ اگر اس کے بچہ ہوا تو وہ ان کی نذر کر دے گی۔ڈاکٹری علاج سلیمہ نے جاری رکھا۔دو ماہ بعد بچے کی پیدائش کے آثار پیدا ہو گئے۔وہ بہت خوش ہوئی۔مقررہ وقت پر اس کے ہاں لڑکا ہوا، بڑا ہی خوبصورت۔حمل کے دوران میں چونکہ چاند گرہن ہوا تھا اس لیے اس کے دہنے گال پر ایک چھوٹا سا دھبا تھا جو برا نہیں لگتا تھا۔

فاطمہ آئی تو اُس نے کہا کہ اس بچے کو فوراً شاہ دولے صاحب کے حوالے کر دینا چاہیے۔سلیمہ خود یہی مان چکی تھی۔کئی دنوں تک وہ ٹال مٹول کرتی رہی۔اس کی ممتا نہیں مانتی تھی کہ وہ اپنا لختِ جگر وہاں پھینک آئے۔اس سے کہا گیا تھا کہ شاہ دولے سے جو اولاد مانگتا ہے اس کے پہلے بچے کا سر چھوٹا ہوتا ہے لیکن اس کے لڑکے کا سر کافی بڑا تھا۔فاطمہ نے اس سے کہا، ''یہ کوئی ایسی بات نہیں جو تم بہانے کے طور پر استعمال کر سکو۔تمہارا یہ بچہ شاہ دولے صاحب کی ملکیت ہے تمہارا اس پر کوئی حق نہیں۔اگر تم اپنے وعدہ

سے پھر گئیں تو یاد رکھو تم پر ایسا عذاب نازل ہو گا کہ ساری عمر یاد رکھو گی۔''

بادل ناخواستہ سلیمہ کو اپنا پیارا گل گوتھنا سا بیٹا جس کے دائیں گال پر کالا دھبا تھا۔ گجرات جا کر شاہ دولے کے مزار کے مجاوروں کے حوالے کرنا پڑا۔ وہ اس قدر روئی۔۔۔۔اس کو اتنا صدمہ ہوا کہ بیمار ہو گئی۔ ایک برس تک زندگی اور موت کے درمیان معلق رہی۔ اس کو اپنا بچہ بھولتا ہی نہیں تھا۔ خاص طور پر اس کے دائیں گال پر کالا دھبا جس کو وہ اکثر چوما کرتی تھی۔ چونکہ وہ جہاں بھی تھا بہت اچھا لگتا تھا۔ اس دوران میں اس نے ایک لمحے کے لیے بھی اپنے بچے کو فراموش نہ کیا۔ عجیب عجیب خواب دیکھتی۔ شاہ دولہ اس کے پریشان تصور میں ایک بڑا چوہا بن کر نمودار ہوتا جو اس کے گوشت کو اپنے تیز دانتوں سے کترتا۔ وہ چیختی اور اپنے خاوند سے کہتی، ''مجھے بچائیے! دیکھیے چوہا میرا گوشت کھا رہا ہے۔'' کبھی اس کا مضطرب دماغ یہ سوچتا کہ اس کا بچہ چوہوں کے بل کے اندر داخل ہو رہا ہے۔ وہ اس کی دم کھینچ رہی ہے۔ مگر بل کے اندر جو بڑے بڑے چوہے ہیں انہوں نے اس کی تھتھنی پکڑ لی۔ اس لیے وہ اسے باہر نکال نہیں سکتی۔ کبھی اس کی نظروں کے سامنے وہ لڑکی جو آتی جو پورے شباب پر تھی اور جس کو اس نے شاہ دولے صاحب کے مزار کے ایک حجرے میں دیکھا تھا۔ سلیمہ ہنسنا شروع کر دیتی۔ لیکن تھوڑی دیر کے بعد رونے لگتی۔ اتنا روتی کے اس کے خاوند نجیب کو سمجھ میں نہ آتا کہ اس کے آنسو کیسے خشک کرے۔

سلیمہ کو ہر جگہ چوہے نظر آتے تھے۔ بستر پر، باورچی خانے میں، غسل خانے کے اندر، صوفے پر، دل میں، کانوں میں۔ بعض اوقات تو وہ یہ محسوس کرتی کہ وہ خود چوہیا ہے۔ اس کی ناک سے رینٹھ بہہ رہا ہے۔ وہ شاہ دولے کے مزار کے ایک حجرے میں اپنا چھوٹا بہت چھوٹا سر اپنے ناتواں کندھوں پر اٹھائے ایسی حرکات کر رہی ہے کہ دیکھنے والے ہنس ہنس کر لوٹ پوٹ ہو رہے ہیں۔ اس کی حالت قابل رحم تھی۔ اس کو فضا میں دھبے ہی دھبے نظر آتے۔ جیسے ایک بہت بڑا گال ہے جس پر سورج بجھ کر ٹکڑے ٹکڑے ہو کے جگہ جگہ جم گیا ہے۔

بخار ہلکا ہوا تو سلیمہ کی طبیعت کسی قدر سنبھل گئی۔ نجیب بھی قدرے مطمئن ہوا۔ اس کو معلوم تھا کہ اس کی بیوی کی علالت کا باعث کیا ہے لیکن وہ ضعیف الاعتقاد تھا۔ اس کو اپنی پہلی اولاد کو بھینٹ چڑھائے جانے کا کوئی احساس نہیں تھا۔ جو کچھ کیا گیا تھا وہ اسے مناسب سمجھتا تھا بلکہ وہ تو یہ سوچتا تھا کہ اس کے جو بیٹا ہوا تھا وہ اس کا نہیں شاہ دولے صاحب کا تھا۔

جب سلیمہ کا بخار اتر گیا اور اس کے دل و دماغ کا طوفان ٹھنڈا پڑ گیا تو نجیب نے اس سے کہا، ''میری

جان! اپنے بچے کو بھول جاؤ۔ وہ صدقے کا تھا۔''

سلیمہ نے بڑے زخم خوردہ لہجے میں کہا، ''میں نہیں مانتی۔۔۔ساری عمر اپنی ممتا پر لعنتیں بھیجتی رہوں گی کہ میں نے اتنا بڑا گناہ کیوں کیا کہ اپنا لخت جگر اس کے مجاوروں کے حوالے کر دیا۔ یہ مجاور ماں تو نہیں ہو سکتے۔''

ایک دن وہ غائب ہو گئی۔ سیدھی گجرات پہنچی۔ سات آٹھ روز وہاں رہی۔ اپنے بچے کے متعلق پوچھ پچھ کی۔ مگر کوئی اتا پتہ نہ ملا، مایوس ہو کر واپس آ گئی۔ اپنے خاوند سے کہا، ''میں اب اسے یاد نہیں کروں گی۔'' یاد تو وہ کرتی رہی۔ لیکن دل ہی دل میں اس کے بچے کے داہنے گال کا دھبا اس کے دل کا داغ بن کر رہ گیا تھا۔

ایک برس کے بعد اس کے لڑکی ہوئی۔ اس کی شکل اس کے پہلوٹھی کے بچے سے بہت سے بہت ملتی جلتی تھی۔ اس کے داہنے گال پر داغ نہیں تھا اس کا نام اس نے محبیہ رکھا کیونکہ اپنے بیٹے کا نام اس نے مجیب سوچا تھا۔

جب وہ دو مہینے کی ہوئی تو اس نے اس کو گود میں اٹھایا اور سرمہ دانی سے تھوڑا سا سرمہ نکال کر اس کے داہنے گال پر ایک بڑا سا تل بنا دیا اور مجیب کو یاد کر کے رونے لگی۔ اس کے آنسو بچی کی گالوں پر گرے تو اس نے اپنے دوپٹے سے پونچھے اور ہنسنے لگی۔ وہ کوشش کر نا چاہتی تھی کہ اپنا صدمہ بھول جائے۔ اس کے بعد سلیمہ کے دو لڑکے پیدا ہوئے۔ اس کا خاوند اب بہت خوش تھا۔

ایک بار سلیمہ کو کسی سہیلی کی شادی کے موقع پر گجرات جانا پڑا تو اس نے ایک بار پھر مجیب کے متعلق پوچھ گچھ کی مگر اسے نا کامی ہوئی۔ اس نے سوچا شاید مر گیا ہے۔ چنانچہ اس نے جمعرات کو فاتحہ خوانی بڑے اہتمام سے کرائی۔ ارد و پڑوس کی سب عورتیں حیران تھی کہ یہ کس کی مرگ کے سلسلے میں اتنا تکلف کیا گیا ہے۔ بعض نے سلیمہ سے پوچھا بھی، مگر اس نے کوئی جواب نہ دیا۔ شام کو اس نے اپنی دس برس کی لڑکی محبیہ کا ہاتھ پکڑا۔ اندر کمرے میں لے گئی۔ سرے سے اس کے داہنے گال پر بڑا سا دھبا بنایا اور اس کو دیر تک چومتی رہی۔ وہ محبیہ ہی کو اپنا گم شدہ مجیب سمجھتی تھی۔ اب اس کے متعلق سوچنا چھوڑ دیا، اس لیے کہ اس کی فاتحہ خوانی کرانے کے بعد اس کے دل کا بوجھ ہلکا ہو گیا تھا۔ اس نے اپنے تصور میں ایک قبر بنا لی تھی جس پر وہ تصور ہی میں پھول بھی چڑھایا کرتی۔

اس کے تین بچے اسکول میں پڑھتے تھے۔ ان کو ہر صبح سلیمہ تیار کرتی۔ ان کے لیے ناشتا بنواتی۔ ہر ایک کو بناتی سنوارتی۔ جب وہ چلے جاتے تو ایک لحظہ کے لیے اسے اپنے مجیب کا خیال آتا کہ وہ اس کی فاتحہ خوانی کرا چکی تھی۔ دل کا بوجھ ہلکا ہو گیا تھا۔ پھر بھی اس کو کبھی کبھی ایسا محسوس ہوتا کہ مجیب کے داہنے گال کا سیاہ دھبا اس کے دماغ میں موجود ہے۔

ایک دن اس کے تینوں بچے بھاگے بھاگے آئے اور کہنے لگے، ''امی ہم تماشا دیکھنا چاہتے ہیں۔'' اس نے بڑی شفقت سے پوچھا، ''کیسا تماشا؟''

اس لڑکی نے جو سب سے بڑی تھی کہا، ''امی جان ایک آدمی ہے وہ تماشا دکھاتا ہے۔'' سلیمہ نے کہا، ''جاؤ اُس کو بلا لاؤ۔ مگر گھر کے اندر نہ آئے۔ باہر تماشا کرے۔'' بچے بھاگے ہوئے گئے اور اس آدمی کو بلا لائے اور تماشا دیکھتے رہے۔ جب یہ ختم ہو گیا تو محبیہ اپنی ماں کے پاس گئی کہ پیسے دے دو۔ ماں نے اپنے پرس سے چونی نکالی اور باہر برآمدے میں گئی۔ دروازے کے پاس پہنچی تو شاہ دولہ کا ایک چوہا کھڑا عجیب احمقانہ انداز میں اپنا سر ہلا رہا تھا۔ سلیمہ کو ہنسی آ گئی۔

دس بارہ بچے اس کے گرد جمع تھے جو بے تحاشا ہنس رہے تھے۔ اتنا شور مچا تھا کہ کان پڑی آواز سنائی نہیں دیتی تھی۔ سلیمہ چونی ہاتھ میں لیے آگے بڑھی اور اس نے شاہ دولے کے اس چوہے کو دینا چاہی تو اس کا ہاتھ ایک دم پیچھے ہٹ گیا۔ جیسے بجلی کا کرنٹ چھو گیا۔ اس چوہے کے دہنے گال پر سیاہ داغ تھا۔ سلیمہ نے غور سے اس کی طرف دیکھا۔ اس کی ناک سے رینٹھ بہہ رہا تھا۔ محبیہ نے جو اس کے پاس کھڑی تھی، اپنی ماں سے کہا، ''یہ۔۔۔۔ یہ چوہا۔۔۔۔ امی جان اس کی شکل مجھ سے کیوں ملتی ہے۔۔۔۔ میں بھی کیا چوہیا ہوں؟''

سلیمہ نے اس شاہ دولے کے چوہے کا ہاتھ پکڑا اور اندر لے گئی۔ دروازے بند کر کے اس کو چوما۔ اس کی بلائیں لیں۔ وہ اس کا مجیب تھا۔ لیکن وہ ایسی احمقانہ حرکتیں کرتا تھا کہ سلیمہ کے غم و اندوہ میں ڈوبے ہوئے دل میں بھی ہنسی کے آثار نمودار ہو جاتے۔

اس نے مجیب سے کہا، ''بیٹے میں تیری ماں ہوں۔''

شاہ دولے کا چوہا بڑے بے ہنگم طور پر ہنسا۔ اپنی ناک کی رینٹھ آستین سے پونچھ کر اس نے اپنی ماں کے سامنے ہاتھ پھیلایا، ''ایک پیسہ۔''

ماں نے اپنا پرس کھولا۔ مگر اس کی آنکھیں اپنی ساری نہریں، اس سے پہلے ہی کھول چکی تھیں۔ اس نے سو روپے کا نوٹ نکالا اور باہر جا کر اس آدمی کو دے دیا۔۔۔۔ جو اس کو تماشا بنائے ہوئے تھا۔ اس نے انکار کر دیا کہ اتنی کم قیمت پر اپنی روزی کے ذریعے کو نہیں بیچ سکتا۔ سلیمہ نے اسے بالآخر پانچ سو روپوں پر راضی کر لیا۔ یہ رقم ادا کر کے جب وہ اندر آئی تو مجیب غائب تھا۔ محبیہ نے اس کو بتایا کہ وہ پچھواڑے سے باہر نکل گیا ہے۔ سلیمہ کوکھ پکارتی رہی کہ مجیب واپس آ جا، مگر وہ ایسا گیا کہ پھر نہ آیا۔

شراب

’’آپ کے منہ سے بو کیوں آ رہی ہے؟‘‘

’’کیسی بو؟‘‘

’’جیسی پہلے آیا کرتی تھی۔۔۔ مجھے بنانے کی کوشش نہ کیجیے۔‘‘

’’لاحول ولا، تم بنی بنائی ہو، تمھیں بنا سکتا ہے۔‘‘

’’آپ بات ٹال کیوں رہے ہیں؟

’’میں نے تو آج تک تمھاری کوئی بات نہیں ٹالی۔‘‘

’’لتے بدن پر جھولنے کا زمانہ آ گیا ہے لیکن آپ کو کچھ فکر ہی نہیں۔‘‘

’’یہ تم نے اچھی کہی۔۔۔ تمھارے پاس کم سے کم بارہ ساڑیاں، پندرہ قمیضیں، سولہ بلاؤز، دس شلواریں اور پانچ بنیانیں ہوں گی اور تم کہتی ہو کہ لتے بدن پر جھولنے کا زمانہ آ گیا ہے۔ تم عورتوں کی فطرت ہی یہی ہے کہ ہمیشہ ناشکری رہتی ہو۔‘‘

’’آپ بس مجھے ہر وقت یہی طعنہ دیتے ہیں۔ اب تائیے ان پچھلے چھے مہینوں میں آپ نے مجھے کتنا روپیہ دیا ہے۔‘‘

’’حساب تو میرے پاس نہیں لیکن اندازاً چھے سات ہزار روپے ہوں گے۔‘‘

’’چھے سات ہزار؟ آپ نے ان میں سے کتنے لیے۔‘‘

’’یہ مجھے یاد نہیں۔‘‘

’’آپ کو بھلا یہ کب یاد رہے گا۔ چورا چکے ہیں اول درجے کے۔‘‘

’’یہ تمہاری بڑی مہربانی ہے کہ تم نے مجھے اول درجے کا رتبہ بخشا۔بس اب چپ رہو اور سو جاؤ۔‘‘

’’سو جاؤں؟ نیند کس کم بخت کو آئے گی۔جس کا شوہر ایسا گیا گزرا ہو۔آپ کو کم از کم میرا نہیں تو اپنی ان بچیوں ہی کا کچھ خیال رکھنا چاہیے۔ان کے تن پر بھی کپڑے نہیں۔‘‘

’’ننگی پھرتی ہیں۔ابھی دس روز ہوئے میں نے تمھیں ایک تھان پوپلین کا لا کر دیا تھا۔اس سے تم نے تینوں بچیوں کے معلوم نہیں کتنے فراک بنائے۔اب کہتی ہو کہ ان کے تن پر کپڑے ہی نہیں۔میری سمجھ میں نہیں آتا کہ یہ غلط بیانی کیوں ہوتی ہے۔کل کو تم یہ شکایت کرو گی کہ تمہارے پاس کوئی جوتا کوئی سینڈل نہیں۔حالانکہ تمہاری الماری میں کئی جوتے اور سینڈلیں پڑی ہیں۔ چار روز ہوئے تمہارے لیے واکنگ شو لے کر آیا تھا۔‘‘

’’بڑا احسان کیا تھا آپ نے مجھ پر۔‘‘

’’احسان کی بات نہیں۔میں ایک حقیقت بیان کر رہا ہوں۔‘‘

’’آپ حقیقت بیان کر رہے ہیں، تو اس حقیقت کا انکشاف بھی کر دیجیے کہ آج آپ کے منہ سے بو کیوں آ رہی ہے۔‘‘

’’کیسی بو؟‘‘

’’اوہ۔۔۔تو تمہارا مطلب ہے، میں نے شراب پی ہے۔‘‘

’’مطلب و طلب میں نہیں جانتی، جو بو آپ کے منہ سے میری ناک تک پہنچ رہی ہے صریحاً اسی خبیث چیز کی ہے۔‘‘

’’خواہ مخواہ تو کوئی شک نہیں کرتا۔آپ جھوٹ بول رہے ہیں۔‘‘

’’بھئی کسی کی بھی قسم لے لو۔میں نے نہیں پی۔۔۔نہیں پی۔‘‘

’’آپ کا اکھڑا اکھڑا لہجہ چغلی کھا رہا ہے۔‘‘

’’اس لہجے کو جھونکو جہنم میں۔میں نے نہیں پی۔‘‘

’’خدا کرے ایسا ہی ہو۔لیکن آثار بتا رہے ہیں کہ آپ نے کم از کم آدھی بوتل پی ہے۔‘‘

’’یہ اندازہ تم نے کیسے لگایا؟‘‘

’’پندر برس ہو گئے ہیں آپ کے ساتھ زندگی گزارتے۔کیا میں اتنا بھی نہیں سمجھ سکتی۔آپ کو یاد ہے ایک مرتبہ آپ نے مجھے ٹیلی فون کیا تھا اور میں نے فوراً آپ کی آواز سے اندازہ لگا کر آپ سے کہا تھا کہ اس

وقت آپ چار پیگ پیے ہوئے ہیں۔ کیا یہ جھوٹ تھا؟''

''نہیں۔۔۔اس دن میں نے واقعی چار پیگ پیے تھے۔''

''اب میرا اندازہ یہ ہے کہ آپ نے آدھی بوتل پی رکھی ہے۔اس لیے آپ ہوش میں ہیں۔''

''یہ عجیب منطق ہے۔''

''منطق ونطق میں نہیں جانتی۔ میں نے آپ کے ساتھ پندرہ برس گزارے ہیں۔ میں اس دوران میں یہی دیکھتی رہی ہوں کہ آپ دو تین پیگ پئیں تو بہک جاتے ہیں اگر پوری بوتل یا اس کا نصف چڑھا جائیں تو ہوش مند ہو جاتے ہیں۔''

''تو اس کا مطلب یہ ہوا کہ جب بھی میں پیوں تو آدھے سے کم نہ پیوں۔''

''آپ کو تو مجھے ایک روز زہر پلانا پڑے گا تا کہ یہ قصہ ہی ختم ہو جائے۔''

''کون سا قصہ۔۔۔زلیخا کا؟''

''زلیخا کی ایسی کی تیسی۔۔۔میرا نام کچھ اور ہے۔غالباً آپ اس نشے کے عالم میں بھول گئے ہوں گے۔''

''میں تمہارا نام کیسے بھول سکتا ہوں؟''

''بتائیے کیا نام ہے میرا؟''

''تمہارا نام۔۔۔تمہارا نام۔۔۔؟ لیکن نام میں کیا پڑا ہے، چلو آج سے زلیخا ہی سہی۔''

''اور آپ یوسف!''

''قسم خدا کی، آج تم نے طبیعت صاف کر دی میری۔ لو یہ سو روپے کا نوٹ۔ آج اپنے لیے کوئی چیز خرید لو۔''

''یہ نوٹ آپ پاس ہی رکھیے۔ مجھے اس کی کوئی ضرورت نہیں۔ آپ ایسے لمحات میں بہت فیاض ہو جایا کرتے ہیں۔''

''کون سے لمحات میں؟''

''یہی لمحات جب آپ نے پی رکھی ہو۔''

''یہ پی پی کی رٹ تم نے کیا لگا رکھی ہے، تم سے سو دفعہ کہہ چکا ہوں کہ پچھلے چھے مہینوں سے میں نے ایک قطرہ بھی نہیں پیا لیکن تم مانتی ہی نہیں۔ اب اس کا علاج کیا ہو سکتا ہے؟''

''اس کا علاج یہ ہے کہ آپ اپنا علاج کرائیے۔ کسی اچھے ڈاکٹر سے مشورہ لیجیے تا کہ وہ آپ کی اس بد عادت

کو دور کر سکے۔ آپ کبھی غور و فکر کریں تو آپ کو معلوم ہو کہ آپ کی صحت کتنی گر چکی ہے۔ ہڈیوں کا ڈھانچہ بن کے رہ گئے ہیں۔ میں ساری رات روتی رہتی ہوں۔''

''صرف ایک دو منٹ رونا کافی ہے، ساری رات رونے کی کیا ضرورت ہے اور پھر اتنا پانی آنکھوں میں کہاں سے آ جاتا ہے جو ساری رات تکیوں کو سیراب کرتا ہے۔''

'' آپ مجھ سے مذاق نہ کیجیے۔''

''میں مذاق نہیں کر رہا۔ ساری رات کوئی عورت، کوئی مرد رو نہیں سکتا۔ البتہ اونٹ یہ سلسلہ کر سکتے ہیں کیونکہ ان کے کوہان میں کافی پانی جمع ہوتا ہے، جو آنسو بن کے ان کی آنکھوں سے ٹپک سکتا ہے۔ مگر مجھ ہیں، جن کے آنسو مشہور ہیں۔ یہ پانی میں رہتے ہیں اس لیے ان کو متواتر پانی بہانے میں کوئی دقت محسوس نہیں ہوتی۔ میں آبی حیوان یا جانور نہیں، اور نہ تم ہو۔''

'' آپ تو فلسفہ بکھیرنے لگتے ہیں۔''

'' فلسفہ کوئی اور چیز ہے، جس کے متعلق تمہارے فرشتوں کو بھی علم نہیں ہو گا۔ میں صرف ایسی باتیں بیان کر رہا تھا جو عام آدمی سوچ سکتا ہے، سمجھ سکتا ہے، مگر افسوس ہے کہ تم نے انہیں نہ سمجھا اور ان پر فلسفے کا لیبل لگا دیا۔''

''میں جاہل ہوں۔ بے وقوف ہوں۔ ان پڑھ ہوں۔ مجھے یہ سب کچھ تسلیم ہے۔ جانے میری بلا کہ فلسفہ کیا ہے؟ میں تو صرف اتنا پوچھنا چاہتی تھی کہ آپ کے منہ سے وہ گندی گندی بو کیوں آ رہی ہے؟''

''میں کیا جانوں۔ ہو سکتا ہے، میں نے آج دانت صاف نہ کیے ہوں۔''

''غلط ہے ہم دونوں نے اکٹھے صبح غسل خانے میں دانتوں پر برش کیا تھا۔ ٹوتھ پیسٹ ختم ہو گئی تھی۔ میں نے فوراً نوکر کو بھیجا اور وہ کولی نوس لے کر آیا۔''

'' ہاں، ہاں مجھے یاد آیا۔''

'' آپ ہوش ہی میں نہیں۔ آپ کی یاد کو اب کب تک جگاتی رہوں گی۔''

''یاد کو چھوڑو، کل صبح تم ٹھیک پانچ بجے مجھے جگا دینا۔ مجھے ایک ضروری کام سے جانا ہے۔''

''ضروری کام کیا ہے آپ کو؟ شراب کی بوتل کا بندوبست کرنا ہو گا۔''

'' بھئی، مدت ہوئی میں اس چیز سے نا آشنا ہو چکا ہوں۔''

'' آج تو آپ پوری طرح آشنا ہو کے آئے ہیں۔''

’’یہ سراسر بہتان ہے۔ میں تمہاری قسم کھا کے ۔ ۔ ۔ ‘‘

’’میری قسم آپ نہ کھائیے۔ آپ کیسی بھی قسم کھائیں، مجھے آپ کی کسی بات پر یقین نہیں آئے گا۔ اس لیے کہ شراب پینے کے بعد آپ کی کوئی بات قابلِ اعتماد نہیں ہوتی۔ ‘‘

’’یعنی تم ابھی ۔ ۔ ۔ ‘‘

’’آپ کو یہ ہچکی شروع کیوں ہوگئی؟ ‘‘

’’ہو جاتی ہے۔ اس کی وجہ مجھے معلوم نہیں۔ شاید ڈاکٹروں کو بھی نہ ہو۔ ‘‘

’’پانی لاؤں؟ ‘‘

’’نہیں ۔ ۔ ۔ اندر میری الماری میں گلیسرین پڑی ہے، وہ لے آؤ۔ ‘‘

’’اس سے کیا ہوگا؟ ‘‘

’’وہی ہوگا جو منظورِ خدا ہوگا۔ ‘‘

’’آپ نشے میں ہیں۔ ایسا نہ ہو کہ گلیسرین کا استعمال غلط ہو جائے۔ ‘‘

’’جاؤ۔ اس کے چار قطرے فوراً ہچکی بند کر دیں گے۔ ‘‘

’’لیکن آپ کے منہ سے یہ بو کس چیز کی آ رہی ہے۔ ‘‘

’’میرے پیچھے ۔ ۔ ۔ کیو ۔ ۔ ۔ کیو ۔ ۔ ۔ کیوں پڑی ہو؟ گلیسرین لاؤ۔ ‘‘

’’لاتی ہوں۔ یہ سب شراب پینے کی وجہ سے ہے۔ ‘‘

’’کس کم بخت نے پی ہے۔ اگر پی ہوتی تو یہ حال نہ ہوتا۔ ‘‘

’’لے آئی ہو گلیسرین؟ ‘‘

’’جی نہیں، وہاں آپ کی بوتل پڑی تھی۔ اس میں سے یہ تھوڑی سی گلاس میں ڈال کر لے آئی ہوں۔ پانی کا گلاس بھی ساتھ ہے۔ آپ خود جتنا چاہیں اس میں ملا لیجیے۔ میرا خیال ہے گلیسرین سے آپ کو اتنا فائدہ نہیں پہنچے گا جتنا اس چیز سے ۔ ۔ ۔ ‘‘

شریفن

جب قاسم نے اپنے گھر کا دروازہ کھولا تو اسے صرف ایک گولی کی جلن تھی جو اس کی داہنی پنڈلی میں گڑ گئی تھی۔ لیکن اندر داخل ہو کر جب اس نے اپنی بیوی کی لاش دیکھی تو اس کی آنکھوں میں خون اتر آیا۔ قریب تھا کہ وہ لکڑیاں پھاڑنے والے گنڈاسے کو اٹھا کر دیوانہ وار نکل جائے اور قتل و گری کا بازار گرم کر دے کہ دفعتاً اسے اپنی لڑکی شریفن کا خیال آیا۔

'' شریفن، شریفن! '' اس نے بلند آواز میں پکارنا شروع کیا۔

سامنے دالان کے دونوں دروازے بند تھے۔ قاسم نے سوچا، شاید ڈر کے مارے اندر چھپ گئی ہو گی۔ چنانچہ وہ اس طرف بڑھا اور درز کے ساتھ منہ لگا کر کہا، '' شریفن، شریفن ۔۔۔ میں ہوں تمہارا باپ ۔ '' مگر اندر سے کوئی جواب نہ آیا۔ قاسم نے دونوں ہاتھوں سے کواڑ کو دھکا دیا۔ پَٹ کھلے اور وہ اوندھے منہ دالان میں گر پڑا۔ سنبھل کر جب اس نے اٹھنا چاہا تو اسے محسوس ہوا کہ وہ کسی۔۔۔ قاسم چیخ کے ساتھ بیٹھا۔

ایک گز کے فاصلے پر ایک جوان لڑکی کی لاش پڑی تھی۔ ننگی۔۔۔ بالکل ننگی۔ گورا گورا سڈول جسم، چھت کی طرف اٹھے ہوئے چھوٹے چھوٹے پستان۔۔۔ ایک دم قاسم کا سارا وجود ہل گیا۔ اس کی گہرائیوں سے ایک فلک شگاف چیخ اٹھی لیکن اس کے ہونٹ اس قدر زور سے بھنچے ہوئے تھے کہ باہر نہ نکل سکی۔ اس کی آنکھیں خود بخود بند ہو گئی تھیں۔ پھر بھی اس نے دونوں ہاتھوں سے اپنا چہرہ ڈھانپ لیا۔ مردہ سی آواز اس کے منہ سے نکلی، '' شریفن ۔ '' اور اس نے آنکھیں بند کیے دالان میں اِدھر اُدھر ہاتھ مار کر کچھ کپڑے اٹھائے اور انہیں شریفن کی لاش پر گرا کر وہ یہ دیکھے بغیر ہی باہر نکل گیا کہ وہ اس سے کچھ دور گرے تھے۔

باہر نکل کر اس نے اپنی بیوی کی لاش نہ دیکھی۔ بہت ممکن ہے اسے نظر ہی نہ آئی ہو۔ اس لیے کہ اس کی آنکھیں شریفن کی ننگی لاش سے بھری ہوئی تھیں۔ اس نے کونے میں پڑا ہوا لکڑیاں پھاڑنے والا گنڈاسا اٹھایا اور گھر سے باہر نکل گیا۔ قاسم کی داہنی پنڈلی میں گولی گڑی ہوئی تھی۔ اس کا احساس گھر کے اندر داخل ہوتے ہی اس کے دل و دماغ سے محو ہو گیا تھا۔ اس کی وفادار پیاری بیوی ہلاک ہو چکی تھی۔ اس کا صدمہ بھی اس کے ذہن کے کسی گوشے میں موجود نہیں تھا۔ بار بار اس کی آنکھوں کے سامنے ایک ہی تصویر آتی تھی۔۔۔ شریفن کی۔۔۔ ننگی شریفن کی۔۔۔ اور وہ نیزے کی انی بن بن کر اس کی آنکھوں کو چھیدتی ہوئی اس کی روح میں بھی شگاف ڈال دیتی۔

گنڈاسا ہاتھ میں لیے قاسم سنسان بازاروں میں ابلتے ہوئے لاوے کی طرح بہتا چلا جا رہا تھا۔ چوک کے پاس اس کی مڈ بھیڑ ایک سکھ سے ہوئی۔ بڑا اکڑیل جوان تھا۔ لیکن قاسم نے کچھ ایسے بے تکے پن سے حملہ کیا اور ایسا بھر پور ہاتھ مارا کہ وہ تیز طوفان میں اکھڑے ہوئے درخت کی طرح زمین پر آ رہا۔

قاسم کی رگوں میں اس کا خون اور زیادہ گرم ہو گیا اور بجنے لگا۔ تڑ تڑ تڑ تڑ۔۔۔ جیسے جوش کھاتے ہوئے تیل پر پانی کا ہلکا سا چھینٹا پڑ جائے۔

دور سٹرک کے اس پار اسے چند آدمی نظر آئے۔ تیر کی طرح وہ ان کی طرف بڑھا اسے دیکھ کر ان لوگوں نے، ''ہر ہر مہادیو'' کے نعرے لگائے۔ قاسم نے جواب میں اپنا نعرہ لگانے کے بجائے انہیں ماں باپ کی موٹی موٹی گالیاں دیں اور گنڈاسا تانے ان میں گھس گیا۔

چند منٹوں ہی کے اندر تین لاشیں سٹرک پر تڑپ رہی تھیں۔ دوسرے بھاگ گئے لیکن قاسم کا گنڈاسا دیر تک ہوا میں چلتا رہا۔ اصل میں اس کی آنکھیں بند تھیں۔ گنڈاسا گھماتے گھماتے وہ ایک لاش کے ساتھ ٹکرایا اور گر پڑا۔ اس نے سوچا کہ شاید اسے گرا لیا گیا ہے۔ چنانچہ اس نے گندی گندی گالیاں دے کر چلانا شروع کیا، ''مار ڈالو مجھے، م ار ڈالو مجھے۔''

لیکن جب کوئی ہاتھ اسے گردن پر محسوس نہ ہوا اور کوئی ضرب اس کے بدن پر نہ پڑی تو اس نے اپنی آنکھیں کھولیں اور دیکھا کہ سٹرک پر تین لاشوں اور اس کے سوا اور کوئی بھی نہیں تھا۔ ایک لحظے کے لیے قاسم کو مایوسی ہوئی کیونکہ شاید وہ مر جانا چاہتا تھا لیکن ایک دم شریفن۔۔۔ ننگی شریفن کی تصویر اس کی آنکھوں میں پگھلے ہوئے سیسے کی طرح اتر گئی اور اس کے سارے وجود کو بارود کا جلتا ہوا فلیتہ بنا گئی۔۔۔ وہ فوراً اٹھا۔ ہاتھ میں گنڈاسا لیا اور پھر کھولتے ہوئے لاوے کی طرح سٹرک پر بہنے لگا۔

جتنے بازار قاسم نے طے کیے، سب خالی تھے۔ایک گلی میں وہ داخل ہوالیکن اس میں سب مسلمان تھے۔ اس کو بہت کوفت ہوئی۔چنانچہ اس نے اپنے لاوے کا رخ دوسری طرف پھیر دیا۔ایک بازار میں پہنچ کر اس نے اپنا گنڈا اسا اونچا ہوا میں لہرایا اور ماں بہن کی گالیاں اگلنا شروع کیں۔

لیکن ایک دن اسے بہت ہی تکلیف دہ احساس ہوا کہ اب تک وہ صرف ماں بہن کی گالیاں ہی دیتا رہا تھا۔چنانچہ اس نے فوراً بیٹی کی گالی دینا شروع کی اور ایسی جتنی گالیاں اسے یاد تھیں سب کی سب ایک ہی سانس میں باہر الٹ دیں۔۔۔ پھر بھی اس کی تشفی نہ ہوئی۔جھنجھلا کر وہ ایک مکان کی طرف بڑھا، جس کے دروازے کے اوپر ہندی میں کچھ لکھا تھا۔

دروازہ اندر سے بند تھا۔قاسم نے دیوانہ وار گنڈا اسا چلانا شروع کیا۔تھوڑی ہی دیر میں دونوں کواڑ ریزہ ریزہ ہو گئے۔قاسم اندر داخل ہوا۔

چھوٹا سا گھر تھا۔قاسم نے اپنے سوکھے ہوئے حلق پر زور دے کر پھر گالیاں دینا شروع کیں، ''باہر نکلو۔۔۔ باہر نکلو۔''

سامنے دالان کے دروازے میں چرچراہٹ پیدا ہوئی۔قاسم اپنے سوکھے ہوئے حلق پر زور دے کر گالیاں دیتا رہا۔دروازہ کھلا۔ایک لڑکی نمودار ہوئی۔قاسم کے ہونٹ بھینچ گئے۔گرج کر اس نے پوچھا، ''کون ہو تم؟''، لڑکی نے خشک ہونٹوں پر زبان پھیری اور جواب دیا، ''ہندو۔''

قاسم تن کر کھڑا ہو گیا۔شعلہ بار آنکھوں سے اس نے لڑکی کی طرف دیکھا جس کی عمر چودہ یا پندرہ برس کی تھی اور ہاتھ سے گنڈا اسا گرا دیا۔ پھر وہ عقاب کی طرح جھپٹا اور اس لڑکی کو دھکیل کر اندر دالان میں لے گیا۔دونوں ہاتھوں سے اس نے دیوانہ وار کپڑے نوچنے شروع کیے، دھجیاں اور چندیاں یوں اڑنے لگیں جیسے کوئی روئی دھنک رہا ہے۔

تقریباً آدھ گھنٹہ قاسم اپنا انتقام لینے میں مصروف رہا۔لڑکی نے کوئی مزاحمت نہ کی۔اس لیے کہ وہ فرش پر گرتے ہی بیہوش ہو گئی تھی۔ جب قاسم نے آنکھیں کھولیں تو اس کے دونوں ہاتھ لڑکی کی گردن میں دھنسے ہوئے تھے۔ایک جھٹکے کے ساتھ انہیں علیحدہ کر کے وہ اٹھا۔پسینے میں غرق اس نے ایک نظر اس لڑکی کی طرف دیکھا تا کہ اس کی اور تشفی ہو سکے۔

ایک گز کے فاصلے پر اس جوان لڑکی کی لاش پڑی تھی۔ننگی۔۔۔ بالکل ننگی۔گورا گورا اسٹڈول جسم، چھت کی طرف اٹھے ہوئے چھوٹے چھوٹے پستان۔۔۔ قاسم کی آنکھیں ایک دم بند ہو گئیں۔دونوں ہاتھوں سے اس نے اپنا

چہرہ ڈھانپ لیا۔ بدن پر گرم گرم پسینہ برف ہو گیا اور اس کی رگوں میں کھولتا ہوا لاوا پتھر کی طرح منجمد ہو گیا۔

تھوڑی دیر کے بعد ایک آدمی تلوار سے مسلح مکان کے اندر داخل ہوا۔ اس نے دیکھا کہ دالان میں کوئی شخص آنکھیں بند کیے لرزتے ہاتھوں سے فرش پر پڑی ہوئی چیز پر کمبل ڈال رہا ہے۔ اس نے گرج کر اس سے پوچھا، ''کون ہو تم؟'' قاسم چونکا۔۔۔ اس کی آنکھیں کھل گئیں مگر اسے کچھ نظر نہ آیا۔

مسلح آدمی چلایا، ''قاسم!''

قاسم ایک بار پھر چونکا۔ اس نے اپنے سے کچھ دور کھڑے آدمی کو پہچاننے کی کوشش کی مگر اس کی آنکھوں نے اس کی مدد نہ کی۔ مسلح آدمی نے گھبراتے ہوئے لہجے میں پوچھا، ''کیا کر رہے ہو تم یہاں؟''

قاسم نے لرزتے ہوئے ہاتھ سے فرش پر پڑے ہوئے کمبل کی طرف اشارہ کیا اور کھوکھلی آواز میں صرف اتنا کہا، ''شریفن۔۔۔''

جلدی سے آگے بڑھ کر مسلح آدمی نے کمبل ہٹایا۔ ننگی لاش دیکھ کر پہلے وہ کانپا، پھر ایک دم اس نے اپنی آنکھیں بند کر لیں۔ تلوار اس کے ہاتھ سے گر پڑی۔ آنکھوں پر ہاتھ رکھ کر وہ ''بملا بملا'' کہتا لڑکھڑاتے ہوئے قدموں سے باہر نکل گیا۔

شغل

یہ پچھلے دنوں کی بات ہے جب ہم برسات میں سڑکیں صاف کرکے اپنا پیٹ پال رہے تھے۔ ہم میں سے کچھ کسان تھے اور کچھ مزدوری پیشہ، چونکہ پہاڑی دیہاتوں میں روپے کا منہ دیکھنا بہت کم نصیب ہوتا ہے۔ اس لیے ہم سب خوشی سے چھ آنے روزانہ پر سارا دن پتھر ہٹاتے رہتے تھے۔ جو بارشوں کے زور سے ساتھ والی پہاڑیوں سے لڑھک کر سڑک پر آگرتے تھے۔

پتھروں کو سڑک پر سے پرے ہٹانا تو خیر ایک معمولی بات تھی۔ ہم تو اس اجرت پر ان پہاڑیوں کو ڈھانے پر بھی تیار تھے جو ہمارے گرد و پیش سیاہ اور ڈراؤنے دیوؤں کی طرح اکڑی کھڑی تھیں۔ دراصل ہمارے بازو سخت سے سخت مشقت کے عادی تھے، اس لیے یہ کام ہمارے لیے بالکل معمولی تھا۔ البتہ جب کبھی ہمیں سڑک کو چوڑا کرنے کے لیے پتھر کاٹنا ہوتے، تورات کو ہمیں بہت تکان محسوس ہوتی تھی۔ پٹھے اکڑ جاتے اور صبح کو بیدار ہوتے وقت ایسا محسوس ہوتا کہ وہ تمام پتھر جنہیں ہم گزشتہ روز کاٹتے اور پھوڑتے رہے ہیں، ہمارے جسموں پر بوجھ ڈالے ہوئے ہیں۔ مگر ایسا کبھی کبھی ہوتا تھا۔

ہمارا کام ہر روز صبح سات بجے شروع ہوتا تھا۔ جب طلوع ہوتے ہوئے سورج کی طلائی کرنیں چیڑ کے دراز قد درختوں سے چھن چھن کر ہمارے پاس والے نالے کے خشم آلود پانی سے اٹھکیلیاں کر رہی ہوتیں، اور آس پاس کی جھاڑیوں میں ننھے ننھے پرندے اپنے گلے پھلا پھلا کر چیخ رہے ہوتے۔ یوں کہیے کہ ہم قدرت کو اپنے خواب سے بیدار ہوتا دیکھتے تھے۔ صبح کی ہلکی پھلکی ہوا میں شبنم آلود سبز جھاڑیوں کی دل نواز سرسراہٹ، نالے میں سنگ ریزوں سے کھیلتے ہوئے کف آلود پانی کا شور، اور برسات کے پانی میں بھیگی ہوئی مٹی کی بھینی بھینی خوشبو، چند ایسی چیزیں تھیں، جو ہمارے سنگین سینوں میں ایک ایسی لطافت پیدا کر

دیتی تھیں جو زندگی کے اس دوزخ میں ہمیں بہشت کے خواب دکھانے لگتی۔

ہمیں ہر روز بارہ گھنٹے کام کرنا پڑتا تھا، یعنی سارا دن ہم سڑک کی موریوں اور پتھروں کو صاف کرتے رہتے تھے۔ یہ کام دلچسپ نہ تھا مگر ہم نے اس کی ناخوشگوار یکآہنگی کو دور کرنے کے لیے ایک طریقہ ایجاد کر لیا تھا۔ جب ہم سب اس پہاڑی کے نیچے جمع شدہ ملبے کو اپنے بیلچوں سے ہٹا رہے ہوتے، جس کے سنگ ریزے ہر وقت سڑک پر گرتے رہتے تھے، تو ہم ایک سر میں کوئی پہاڑی گیت شروع کر دیتے، ملبے کے پتھروں سے ٹکرا کر ہمارے بیلچوں کی جھنکار اس گیت کی تال کا کام دیتی تھی۔ یہ گیت اس افسردگی کو دور کر دیتا، جو یہ غیر دلچسپ کام کرنے سے ہمارے دلوں میں پیدا ہو جاتی ہے۔ جب تک اس کے سر ہماری چوڑی چھاتیوں میں سے نکلتے رہتے، ہم محسوس تک نہ کرتے کہ اس دوران ہم نے ملبے کے ایک بہت بڑے ڈھیر کو صاف کر لیا ہے۔

موٹر لاریوں کی آمد و رفت سے بھی ہمارا دل بہلا رہتا تھا۔ جو رنگ برنگ مسافروں کو کشمیر سے واپس یا کشمیر کی طرف لے جاتی رہتی تھیں۔ جب بھی کوئی لاری ہمارے پاس سے گزرتی تو ہم کچھ عرصہ کے لیے اپنی جھکی ہوئی کمریں سیدھی کر کے سڑک کے ایک طرف کھڑے ہو جاتے اور زمین پر اپنے بیلچے ٹیک کر اس کو سامنے والے موڑ کے عقب میں گم ہوتے دیکھتے رہتے۔ ان لاریوں کو اتنی دور تک دیکھتے رہنے کا مقصد یہ تھا کہ ہم تھوڑا سستا لیں۔ مگر بعض اوقات ان لاریوں کی شان دار اسباب سے لدی ہوئی چھتیں اور ان کی کھڑکیوں سے مسافروں کے لہراتے ہوئے ریشمی کپڑوں کی ایک جھلک ہمارے دلوں میں ایک ناقابل بیان تلخی پیدا کر دیتی تھی۔ اور ہم اپنے آپ کو ان پتھروں کی طرح فضول اور ناکارہ تصور کرنے لگتے تھے، جن کو ہمارے بیلچوں کے دھکے ادھر اُدھر پٹکتے رہتے تھے۔ ان مسافروں کے طرح طرح کے لباس دیکھ کر جن پر یقیناً بہت سے روپے صرف آئے ہوں گے، ہم غیر ارادی طور پر اپنے کپڑوں کی طرف دیکھنا شروع کر دیتے تھے۔

ہم میں سے اکثر کا لباس پٹو کے تنگ پاجامے، گاڑھے کی قمیض اور لدھیانے کی صدری پر مشتمل تھا۔ سب کے پاجامے یا تو گھٹنوں پر سے گھس گھس کر اتنے باریک ہو گئے تھے کہ ان میں سے جسم کے بالوں کی پوری نمائش ہوتی تھی یا بالکل پھٹے ہوئے تھے۔ قمیضوں اور صدریوں کی بھی یہی حالت تھی۔ ان پر جگہ جگہ مختلف رنگ کے پیوند لگے ہوئے تھے۔ قریب قریب ہم سب کی قمیضوں کے بٹن غائب تھے۔ اس لیے سینے عام طور پر کھلے رہتے تھے، اور کام کرتے وقت ان پر پسینے کی بوندیں صاف نظر آ سکتی تھیں۔

بارہ بجے کے قریب ہم کام چھوڑ کر کھانے کے لیے سڑک کے نیچے اتر کر پیڑ کے سائے تلے بیٹھ جاتے تھے۔ یہ کھانا ہم صبح کپڑے میں باندھ کر اپنے ساتھ لاتے تھے۔ ''تین ڈھوڈے'' (مکئی کی موٹی روٹیاں) اور عام طور پر سرسوں کا ساگ ہوتا تھا جس کو ہم اپنے بھوکے پیٹ میں ڈالتے تھے۔ کھانے کے بعد ہم پانی عموماً نالے سے پیا کرتے تھے، اور جس روز بارش کی زیادتی کے باعث اس کا پانی زیادہ گدلا ہو جائے تو ہم دور سڑک کے اس پار چلے جایا کرتے تھے جہاں صاف پانی کا ایک چشمہ پھوٹتا ہے۔ کھانے سے فارغ ہو کر ہم فوراً کام شروع کر دیتے تھے۔ مگر ہمارا جی چاہتا تھا کہ نرم نرم گھاس پر لیٹ کر تھوڑی دیر سستالیں اور پھر کام شروع کریں مگر یہ کیونکر ہو سکتا تھا جب کہ ہمیں ہر وقت اس بات کا خیال رہتا تھا کہ پورا کام کیے بغیر اجرت نہ ملے گی۔

ہمارا مطمع نظر کام کرنا اور اس حیلے سے اپنا پیٹ پالنا تھا اور چونکہ ہمیں معلوم تھا کہ ہم میں سے کسی نے اگر اپنے کام میں ذرا سی سست رفتاری یا بے دلی کا اظہار کیا تو تاش کی گڈی سے ناکارہ جوکر کی طرح باہر نکال کر پھینک دیا جائے گا۔ اس لیے ہم دل لگا کر کام کیا کرتے تھے تا کہ ہمارے افسروں کو شکایت کا موقع نہ ملے۔ اس کے یہ معنی نہیں ہیں کہ ہمارے افسر ہم پر بہت خوش تھے۔ یہ کیونکر ہو سکتا ہے۔ وہ بڑے آدمی ٹھہرے اس لیے ان کا جائز و ناجائز طور پر خفا ہونا بھی درست ہوتا ہے۔

کبھی یہ لوگ ایسے ہی ہمارے کام کا معائنہ کرتے وقت اپنی بے اطمینانی کا اظہار کرتے ہوئے ہم پر برس پڑتے تھے۔ لیکن ہم جوان کی بڑائی کو بخوبی سمجھتے تھے، مہاراج، مہاراج کہہ کر ان کا غصہ سرد کر دیا کرتے۔ ہم جانتے تھے، کہ ان کا غصہ بالکل بے جا ہے لیکن یہ احساس ہمارے دلوں میں نفرت کے جذبات پیدا نہیں کرتا تھا۔ شاید اس لیے کہ کونشوں نے ہم کو بالکل مردہ بنا رکھا ہے، یا پھر اس کی وجہ یہ بھی ہو سکتی ہے کہ ہم کو یہ خوف دامن گیر رہتا تھا کہ اگر ہم اپنے موجودہ کام سے ہٹا دیئے گئے تو ہماری روزی بند ہو جائے گی۔ ہم اپنے کام سے مطمئن تھے اور یہی وجہ ہے کہ ہم تھوڑی مزدوری اور زیادہ کام کے مسئلے پر بہت کم غور کرتے تھے۔ اس کی ضرورت بھی کیا ہے۔ اس لیے کہ یہ کام پڑھے لکھے آدمیوں کا ہے، اور ہم بالکل ان پڑھ اور جاہل تھے۔ دراصل بات یہ ہے کہ ہماری دنیا بالکل الگ تھلگ تھی جس کی سرحدیں پتھر توڑنے یا ان کو ہٹانے، بارہ بجے روٹی کھانے اور پھر کام کرنے اور اس کے بعد اپنے اپنے ڈیروں میں سو جانے تک ختم ہو جاتی تھیں۔ ہمیں ان حدود کے باہر کسی شے سے کوئی سروکار نہ تھا۔ دوسرے الفاظ میں اپنا اور اپنے متعلقین کا پیٹ پالنے کے دھندے میں ہم کچھ ایسی بری طرح پھنس کر رہ گئے تھے کہ اس کے باہر نکل کر

ہم کسی اور شے کی خواہش کرنا ہی بھول گئے تھے ۔

ہمارے کام پر سڑکوں کے محکمے کی طرف سے ایک نگراں مقرر تھا، جو دن کا بیشتر حصہ سڑک کے ایک طرف چارپائی بچھا کر بیٹھے رہنے میں وقت گزار دیتا۔ یہ ذات کا پنڈت تھا۔ اونچے طبقے کا امتیازی نشان سیندور کے تلک کی صورت میں ہر وقت اس کی سفید پیشانی پر چمکتا رہتا تھا۔ ہم اپنے نگراں کو احترام اور عزت کی نگاہ سے دیکھتے تھے۔ اوّل اس لیے کہ وہ برہمن تھا اور دوسرے اس لیے کہ ہم اس کے ماتحت تھے۔ چنانچہ اِدھر اُدھر کے دوسرے کاموں کے علاوہ ہم باری باری دن میں کئی بار اس کے پینے کے لیے حقہ تازہ کیا کرتے تھے اور آگ بنا کر اس کی چلمیں بھرا کرتے تھے ۔

پنڈت کا کام صرف یہ تھا کہ صبح چارپائی پر اپنے گیروے رنگ کی کلف لگی پگڑی اور ریشمی کوٹ اتار کر اپنے گنجے سر پر ہاتھ پھیرتے ہوئے ہماری حاضری لگائے، اور پھر ایک بڑے رجسٹر میں کچھ درج کرنے کے بعد اِدھر اُدھر ٹہلتا رہے یا حقہ پیتا رہے۔ وہ اپنے کام میں بہت کم دلچسپی لیتا تھا۔ البتہ جب کبھی معائنے کے لیے کسی افسر کی موٹر اِدھر سے گزرتی تھی تو وہ اپنی چارپائی اٹھوا کر ہمارے پاس کھڑا ہو جایا کرتا تھا۔ اس کی اس چالاکی پر ہم دل ہی دل میں بہت ہنسا کرتے تھے ۔

ایک روز جب کہ صبح سے ہلکی ہلکی پھوار پڑ رہی تھی، اور ہم بارہ بجے کھانے سے فارغ ہو کر حسبِ معمول اپنے کام میں مشغول تھے، موٹر کے ہارن نے ہمیں چونکا دیا۔ لاریوں کی نسبت ہم موٹروں کے دیکھنے کے بہت شائق تھے۔ اس لیے کہ ان میں ہماری بھوکی نظروں کے دیکھنے کے لیے عجیب و غریب چیزیں نظر آتی تھیں۔ ہم کمریں سیدھی کر کے کھڑے ہو گئے۔ اتنے میں موٹر کے عقب سے سبز رنگ کی ایک چھوٹی موٹر نمودار ہوئی، جب یہ ہمارے قریب پہنچی، تو ہم نے دیکھا کہ اس کی باڈی بارش کے ننھے ننھے قطروں کے نیچے چمک رہی ہے اور بہت آہستہ آہستہ چل رہی تھی۔ شاید اس لیے کہ پچھلی سیٹ پر جو دو صاحب بیٹھے ہوئے تھے، ان میں ایک اپنی رانوں پر گرامو فون رکھے بجا رہے تھے۔ جب یہ موٹر ہمارے مقابل آئی تو ریکارڈ کی آواز سڑک کے ساتھ والی پہاڑی کے پتھروں سے ٹکرا کر فضا میں گونجی۔ کوئی گا رہا تھا۔

نہ میں کسی کا، نہ کوئی میرا چھایا چاروں اور اندھیرا

اب کچھ سو جھت ناہیں، مو ہے اب کچھ

آواز میں بے حد درد تھا۔ ایک لمحے کے لیے ایسا معلوم ہوا کہ ہم شاید بحرِ ظلمات میں ڈوب گئے ہیں۔ جب موٹر اپنی نیم وا کھڑکیوں سے اس گیت کے دردناک سر بکھیرتی ہوئی ہماری نظروں سے اوجھل ہو گئی تو ہم

___

سب نے ایک آہ بھر کر اپنا کام شروع کر دیا۔

شام کے قریب جب سورج کی سرخ اور گرم ٹکیا پگھلے ہوئے تانبے کا رنگ اختیار کر کے ایک سیاہ پہاڑی کے پیچھے چھپ رہی تھی۔ اور اس کی عنابی کرنیں دراز قد درختوں کی چوٹیوں سے کھیل رہی تھیں۔ سبز رنگ کی وہی موٹر اُس طرف سے واپس آتی دکھائی دی جدھر وہ دوپہر کو گئی تھی۔ جب ہم نے اس کے ہارن کی آواز سنی تو کام چھوڑ کر اس کو دیکھنے لگے۔ آہستہ آہستہ چلتی ہوئی وہ ہمارے آگے سے گزر گئی۔ اور پھر دفعتاً ہم سے آدھی جریب کے فاصلے پر کھڑی ہوگئی۔ وہ باجا جو اس میں بج رہا تھا، خاموش ہوگیا۔ تھوڑی دیر کے بعد پچھلی سیٹ سے ایک نوجوان دروازہ کھول کر باہر نکلا، اور اپنی پتلون کو کمر پر سے درست کرتا ہوا ہمارے پاس سے گزرا، اور آہستہ آہستہ اس پل کی طرف روانہ ہوگیا، جو سامنے نالے پر بندھا ہوا تھا۔ یہ خیال کر کے کہ وہ نالے کے پانی کا نظارہ کرنے کے لیے گیا ہے، جیسا کہ عام طور پر اُدھر سے گزرنے والے مسافر کیا کرتے تھے، ہم اپنے کام میں مصروف ہو گئے۔

ابھی ہمیں اپنا کام شروع کیے پانچ منٹ سے زیادہ عرصہ نہ گزرا ہو گا کہ پل کی طرف سے تالی کی آواز بلند ہوئی۔ ہم نے مڑ کر دیکھا، پتلون پوش نوجوان سڑک کے ساتھ پتھروں سے چنی ہوئی دیوار کے پاس کھڑا غالباً موٹر میں اپنے ساتھیوں کو متوجہ کر رہا تھا۔ سنگین منڈیر پر اس نوجوان سے کچھ دور ایک لڑکی بیٹھی ہوئی تھی۔

ہم میں سے ایک نے اپنے بیلچے کو بڑے زور سے موری کی گیلی مٹی میں گاڑتے ہوئے کہا، ''یہ رام دئی ہے۔'' کالو نے جو اس کے پاس کھڑا تھا، دریافت کیا، رام دئی؟''

''سنتو چمار کی لڑکی اور کون؟'' اس کے لہجے میں بیلچے کے لوہے کی ایسی سختی تھی۔

ہم باقی چار حیران تھے کہ اس گفتگو کا مطلب کیا ہے۔ اگر وہ لڑکی جو منڈیر پر بیٹھی ہے، سنتو چمار کی لڑکی ہے، تو کون سی اہم بات ہے کہ ہمارا ساتھی اس قدر تیز بول رہا ہے۔ ہم غور کر رہے تھے کہ فضل نے، جو ہم سب سے عمر میں بڑا تھا اور نماز روزے کا بہت پابند تھا، اپنی داڑھی کھجلاتے ہوئے نہایت ہی مفکرانہ لہجے میں کہا، ''دنیا میں ایک اندھیر مچا ہے۔ ۔ ۔ خدا معلوم لوگوں کو کیا ہو گیا ہے۔'' یہ سن کر ہم باقی تین اصل معاملے سے آگاہ ہو کر سب کچھ سمجھ گئے، اور اس احساس نے ہمارے دلوں پر غم اور غصّے کی ایک عجیب کیفیت طاری کر دی۔

تالی کی آواز سن کر موٹر کی پچھلی نشست سے پتلون پوش کے ساتھی نے اپنا سر باہر نکالا، اور یہ دیکھ کر کہ

اس کا دوست اسے بلا رہا ہے، دروازہ کھول کر باہر نکلا اور ہمارے قریب سے گزرتا ہوا اپنی جانب کی جانب روانہ ہو گیا۔ ۔ ۔ ہم بے وقوف بکریوں کی طرح اسے اپنے دوست کے پاس جاتا دیکھتے رہے۔ جب پتلون پوش نوجوان کا دوست اس کے پاس پہنچ گیا تو وہ دونوں لڑکی کی طرف بڑھے۔ اور اس سے باتیں کرنا شروع کر دیں۔ یہ دیکھ کر کالو پیچ و تاب کھا کر رہ گیا اور خشم آلود لہجے میں بولا، ''بدمعاش!''

فضل نے سرد آہ بھری اور مغموم لہجے میں کہنے لگا، ''جب سے یہ سڑک بنی ہے، اور ایسے بابوؤں کی آمد و رفت زیادہ ہو گئی ہے۔ یہاں کے تمام علاقوں میں گندگی پھیل گئی ہے۔ لوگ کہتے ہیں کہ یہ سڑک بننے سے بہت آرام ہو گیا ہے۔ ہو گا مگر اس قسم کی بے شرمی کے نظارے پہلے کبھی دیکھنے میں نہ آتے تھے ۔ ۔ ۔ خدا بچائے!''

اس دوران میں پتلون پوش کے ساتھی نے لڑکی کو بازو سے پکڑ لیا۔ اور غالباً اس کو اٹھ کر چلنے کے لیے کہا۔ مگر وہ اپنی جگہ پر بیٹھی رہی۔ یہ دیکھ کر کالو سے نہ رہا گیا اور اس نے رام پرشاد سے کہا، '' آؤ یہ لوگ تو اب دست درازی کر رہے ہیں۔ ''

کالو یہ کہہ کر اکیلا ہی اس جانب بڑھنے کو تھا۔ کہ ہم نے اسے روک دیا، اور یہ مشورہ دیا، کہ تمام معاملہ پنڈت کے گوش گزار کر دیا جائے۔ جو چارپائی پر سو رہا ہے اور پھر جو وہ کہے اس پر عمل کیا جائے۔ اس تجویز کو معقول خیال کر کے ہم سب پنڈت کے پاس گئے اور اسے جگا کر سارا قصّہ سنا دیا۔ اس نے ہماری گفتگو کو بڑی بے پروائی سے سنا۔ جیسے کوئی بات ہی نہیں۔ اور ان دو نوجوانوں کی طرف دیکھ کر جواب رام دئی کو خدا معلوم کس طریقے سے منا کر اپنے ساتھ لا رہے تھے، ''جاؤ تم اپنا کام کرو۔ میں ان سے خود دریافت کر لوں گا۔''

یہ جواب سن کر ہم بے چارگی کی حالت میں اپنے کام پر آ گئے۔ لیکن ہم سب کی نگاہیں رام دئی اور ان دو نوجوانوں پر جمی ہوئی تھی جو اب پل مٹے کر کے پنڈت کی چارپائی کے قریب پہنچ رہے تھے۔ لڑکے آگے تھے اور رام دئی تھکی ہوئی گھوڑی کی طرح ان کے پیچھے پیچھے چل رہی تھی۔ جب وہ سب پنڈت کے آگے سے گزرنے لگے تو وہ چارپائی پر سے اٹھا۔ ۔ ۔ دو تین منٹ تک ان سے کچھ باتیں کرنے کے بعد وہ بھی ان کے ساتھ ہو لیا۔

جب پنڈت، رام دئی اور وہ نوجوان ہمارے پاس سے گزرے تو ہم نے دیکھا کہ نوجوانوں کے چہروں پر ایک حیوانی جھلک ناچ رہی ہے، اور پنڈت بڑے ادب سے ان کے ساتھ چل رہا ہے۔ ۔ رام دئی کی نظریں

جھکی ہوئی تھیں۔۔۔ موٹر کے پاس پہنچ کر پنڈت نے آگے بڑھ کر اس کا دروازہ کھولا۔ پہلے پتلون پوش پھر رام دئی اور اس کے بعد دوسرا نوجوان موٹر میں داخل ہو گئے۔ ہمارے دیکھتے دیکھتے موٹر چلی اور نظروں سے اوجھل ہو گئی اور ہم آنکھیں جھپکتے رہ گئے۔

’’شیطان، مردود!!‘‘ کالو نے بڑے اضطراب سے یہ دو لفظ ادا کیے۔

اتنے میں پنڈت آ گیا اور ہم کو مضطرب دیکھ کر ایک مصنوعی آواز میں کہنے لگا، ’’میں نے ان سے دریافت کیا ہے، کوئی بات نہیں۔ وہ لڑکی کو ذرا موٹر کی سیر کرانا چاہتے تھے۔ انسپکٹر صاحب کے مہمان ہیں اور ڈاک بنگلے میں ٹھہرے ہوئے ہیں۔ تھوڑی دور لے جا کر اسے چھوڑ دیں گے۔۔۔ امیر آدمی ہیں۔ ان کے شغل اسی قسم کے ہوتے ہیں۔‘‘

یہ کہہ کر پنڈت چلا گیا۔

ہم دیر تک خدا معلوم کن گہرائیوں میں غرق رہے کہ دفعتاً فضل کی آواز نے ہمیں چونکا دیا۔ دو مرتبہ زور سے تھوک کر اس نے اپنے ہاتھوں کو گیلا کیا اور بیلچے کو سنگ ریزوں کے ڈھیر میں گاڑتے ہوئے کہا، ’’اگر امیر آدمیوں کے یہی شغل ہیں تو ہم غریبوں کی بہو بیٹیوں کا اللہ بیلی ہے!‘‘

شکاری عورتیں

میں آج آپ کو چند شکاری عورتوں کے قصّے سناؤں گا۔ میرا خیال ہے کہ آپ کو بھی کبھی ان سے واسطہ پڑا ہو گا۔ میں بمبئی میں تھا۔فلمستان سے عام طور پر برقی ٹرین سے چھ بجے گھر پہنچ جایا کرتا تھا لیکن اُس روز مجھے دیر ہو گئی، اِس لیے کہ ''شکاری'' کی کہانی پر بحث مباحثہ ہوتا رہا۔

میں جب بمبئے سنٹرل کے اسٹیشن پر اترا تو میں نے ایک لڑکی کو دیکھا جو تھرڈ کلاس کمپارٹمنٹ سے باہر نکلی۔ اُس کا رنگ گہرا سانولا تھا۔ ناک نقشہ ٹھیک تھا۔ جوان تھی۔ اُس کی چال بڑی انوکھی سی تھی۔ ایسا لگتا تھا کہ وہ فلم کا منظر نامہ لکھ رہی ہے۔ میں اسٹیشن سے باہر آیا اور پل پر وکٹوریا گاڑی کا انتظار کرنے لگا۔ میں تیز چلنے کا عادی ہوں اِس لیے میں دوسرے مسافروں سے بہت پہلے باہر نکل آیا تھا۔

وکٹوریا آئی اور میں اُس میں بیٹھ گیا۔ میں نے کوچوان سے کہا کہ آہستہ آہستہ چلے اِس لیے کہ فلمستان میں کہانی پر بحث کرتے کرتے میری طبیعت مکدّر ہو گئی تھی۔موسم خوش گوار تھا۔ وکٹوریا والا آہستہ آہستہ پل پر سے اترنے لگا۔ جب ہم سیدھی سڑک پر پہنچے تو ایک آدمی سر پر ٹاٹ سے ڈھکا ہوا مٹکا اٹھائے صدا لگا رہا تھا۔ ''قلفی۔۔۔قلفی''!

جانے کیوں میں نے کوچوان سے وکٹوریا روک لینے کے لیے کہا اور اُس قلفی بیچنے والے سے کہا ایک قلفی دو۔۔۔۔ میں اصل میں اپنی طبیعت کا تکدّر کسی نہ کسی طرح دور کرنا چاہتا تھا۔ اس نے مجھے ایک دونے (پتوں کا پیالہ) میں قلفی دی۔ میں کھانے ہی والا تھا کہ اچانک کوئی دھم سے وکٹوریا میں آن گھسا۔ کافی اندھیرا تھا۔ میں نے دیکھا تو وہی گہرے رنگ کی سانولی لڑکی تھی۔ میں بہت گھبرایا۔۔۔ وہ مسکرا رہی تھی۔ دونے میں میری قلفی پگھلنا شروع ہو گئی۔

اس نے قلفی والے سے بڑے بے تکلّف انداز میں کہا، ''ایک مجھے بھی دو۔'' اُس نے دے دی۔ گہرے سانولے رنگ کی لڑکی نے اُسے ایک منٹ میں چَٹ کر دیا اور وکٹوریا والے سے کہا، ''چلو۔''

میں نے اس سے پوچھا، ''کہاں؟''

''جہاں بھی تم چاہتے ہو۔''

''مجھے تو اپنے گھر جانا ہے۔''

''تو گھر ہی چلو۔''

''تم ہو کون؟''

''کتنے بھولے بنتے ہو۔''

میں سمجھ گیا کہ وہ کس قماش کی لڑکی ہے۔ چنانچہ میں نے اُس سے کہا، ''گھر جانا ٹھیک نہیں۔۔۔ اور یہ وکٹوریا بھی غلط ہے۔۔۔کوئی ٹیکسی لے لیتے ہیں۔'' وہ میرے اِس مشورے سے بہت خوش ہوئی۔۔۔ میری سمجھ میں نہیں آتا تھا کہ اُس سے نجات کیسے حاصل کروں۔۔۔ اُسے دھکا دے کر باہر نکالتا تو اُودھم مچ جاتا۔ پھر میں نے یہ سوچا کہ عورت ذات ہے اس سے فائدہ اٹھا کر کہیں وہ یہ واویلا نہ مچا دے کہ میں نے اس سے ناشائستہ مذاق کیا ہے۔

وکٹوریا چلتی رہی اور میں سوچتا رہا کہ یہ مصیبت کیسے ٹل سکتی ہے۔ آخر ہم بے بی ہسپتال کے پاس پہنچ گئے۔ وہاں ٹیکسیوں کا اڈا تھا۔ میں نے وکٹوریا والے کو اُس کا کرایہ ادا کیا اور ایک ٹیکسی لے لی۔ ہم دونوں اُس پر بیٹھ گئے۔

ڈرائیور نے پوچھا، ''کدھر جانا ہے صاحب؟''

میں اگلی سیٹ پر بیٹھا تھا۔ تھوڑی دیر سوچنے کے بعد میں نے اُس سے زیرِ لب کہا، ''مجھے کہیں بھی نہیں جانا ہے۔۔۔ یہ لو دس روپے۔۔۔ اس لڑکی کو تم جہاں بھی لے جانا چاہو لے جاؤ۔'' وہ بہت خوش ہوا۔ دوسرے موڑ پر اُس نے گاڑی ٹھہرائی اور مجھ سے کہا، ''صاحب آپ کو سگریٹ لینے تھے۔۔۔ اُس ایرانی کے ہوٹل سے سستے مل جائیں گے۔'' میں فوراً دروازہ کھول کر باہر نکلا۔ گہرے رنگ کی لڑکی نے کہا، ''دو پیکٹ لانا۔'' ڈرائیور اُس سے مخاطب ہوا، ''تین لے آئیں گے۔'' اور اس نے موٹر اسٹارٹ کی اور یہ جا وہ جا۔

بمبئی ہی کا واقعہ ہے، میں اپنے فلیٹ میں اکیلا بیٹھا تھا۔ میری بیوی شاپنگ کے لیے گئی ہوئی تھی کہ ایک گھاٹن جو بڑے تیکھے نقشوں والی تھی، بے دھڑک اندر چلی آئی۔ میں نے سوچا شاید نوکری کی تلاش میں آئی ہے۔ مگر وہ آتے ہی کرسی پر بیٹھ گئی۔۔۔ میرے سگریٹ کیس سے ایک سگریٹ نکالا اور اسے سلگا کر مسکرانے لگی۔

میں نے اُس سے پوچھا، '' کون ہو تم؟ ''

'' تم پہچانتے نہیں۔ ''

'' میں نے آج پہلی دفعہ تمہیں دیکھا ہے۔ ''

'' سالا جھوٹ مت بولو۔۔۔ روز روز دیکھتا ہے۔ ''

میں بڑی الجھن میں گرفتار ہو گیا۔۔۔ لیکن تھوڑی دیر کے بعد میرا نوکر فضل دین آ گیا۔۔۔ اُس نے اُس تیکھے نقشوں والی گھاٹن کو اپنی تحویل میں لے لیا۔

یہ واقعہ لاہور کا ہے ۔

میں اور میرا ایک دوست ریڈیو اسٹیشن جا رہے تھے۔ جب ہمارا تانگہ اسمبلی ہال کے پاس پہنچا تو ایک تانگہ ہمارے عقب سے نکل کر آگے آ گیا۔ اُس میں ایک برقع پوش عورت تھی جس کی نقاب نیم وا تھی۔ میں نے اُس کی طرف دیکھا تو اس کی آنکھوں میں عجیب قسم کی شرارت ناچنے لگی۔ میں نے اپنے دوست سے جو پچھلی نشست پر بیٹھا تھا، کہا، '' یہ عورت بد چلن معلوم ہوتی ہے۔ ''

'' تم ایسے فیصلے ایک دم مت دیا کرو۔ ''

'' بہت اچھا جناب۔۔۔ میں آئندہ احتیاط سے کام لوں گا۔ ''

برقع والی عورت کا تانگا ہمارے تانگے کے آگے آگے تھا۔ وہ ٹکٹکی لگائے ہمیں دیکھ رہی تھی۔ میں بڑا بزدل ہوں، لیکن اُس وقت مجھے شرارت سوجھی اور میں نے اسے ہاتھ کے اشارے سے آداب عرض کر دیا۔ اُس کے ادھ ڈھکے چہرے پر مجھے کوئی ردِّ عمل نظر نہ آیا جس سے مجھے بڑی مایوسی ہوئی۔ میرا دوست کٹنے لگا۔ اس کو میری اس ناکامی سے بڑی مسرَّت ہوئی لیکن جب ہمارا تانگہ شملہ پہاڑی کے پاس پہنچ رہا تھا تو برقع پوش عورت نے اپنا تانگہ ٹھہرا لیا اور (میں زیادہ تفصیل میں نہیں جانا چاہتا) وہ نیم اٹھی ہوئی نقاب کے اندر مسکراتی ہوئی آئی اور ہمارے تانگے میں بیٹھ گئی۔۔۔ میرے دوست کے ساتھ ۔

میری سمجھ میں نہ آیا کیا کیا جائے۔ میں نے اس برقع پوش عورت سے کوئی بات نہ کی، اور ٹانگے والے سے کہا کہ وہ ریڈیو اسٹیشن کا رخ کرے۔

میں اسے اندر لے گیا۔۔۔ ڈائریکٹر صاحب سے میرے دوستانہ مَراسِم تھے۔ میں نے اُن سے کہا، ''یہ خاتون ہمیں رستے میں پڑی ہوئی مل گئی۔ آپ کے پاس لے آیا ہوں، اور درخواست کرتا ہوں کہ اِنہیں یہاں کوئی کام دلوا دیجیے۔''

انہوں نے اُس کی آواز کا امتحان کرایا جو کافی اطمینان بخش تھا۔ جب وہ آڈیشن دے کر آئی تو اُس نے برقع اتارا ہوا تھا۔ میں نے اُسے غور سے دیکھا۔ اُس کی عمر پچیس کے قریب ہو گی۔ رنگ گورا، آنکھیں بڑی بڑی۔ لیکن اُس کا جسم ایسا معلوم ہوتا تھا جیسے شکر قندی کی طرح بُھوبل میں ڈال کر باہر نکالا گیا ہے۔

ہم باتیں کر رہے تھے کہ اِتنے میں چپراسی آیا۔ اُس نے کہا کہ باہر ایک تانگے والا کھڑا ہے، وہ کرایہ مانگتا ہے۔ میں نے سوچا شاید زیادہ عرصہ گزرنے پر وہ تنگ آ گیا ہے، چنانچہ میں باہر نکلا۔ میں نے اپنے تانگے والے سے پوچھا، ''بھئی کیا بات ہے۔ ہم کہیں بھاگ تو نہیں گئے۔''

وہ بڑا حیران ہوا ''کیا بات ہے سرکار؟''

''تم نے کہلا بھیجا ہے کہ میرا کرایہ ادا کرو۔''

''میں نے جناب کسی سے کچھ بھی نہیں کہا۔''

اُس کے تانگے کے ساتھ ہی ایک دوسرا تانگہ کھڑا تھا۔ اُس کا کوچوان جو گھوڑے کو گھاس کِھلا رہا تھا، میرے پاس آیا اور کہا، ''وہ عورت جو آپ کے ساتھ گئی تھی، کہاں ہے؟''

''اندر ہے۔۔۔ کیوں؟''

''جی اُس نے دو گھنٹے مجھے خراب کیا ہے۔۔۔ کبھی اِدھر جاتی تھی، کبھی اُدھر۔۔۔ میں تو سمجھتا ہوں کہ اس کو معلوم ہی نہیں کہ اُسے کہاں جانا ہے۔''

''اب تم کیا چاہتے ہو؟''

''جی میں اپنا کرایہ چاہتا ہوں۔''

''میں اُسے لے کر آتا ہوں۔''

میں اندر گیا۔۔۔ اُس برقع پوش عورت سے جو اپنا برقع اتار چکی تھی، کہا، ''تمہارا تانگے والا کرایہ مانگتا ہے۔''

وہ مسکرائی، ''میں دے دوں گی۔''

میں نے اُس کا پرس جو صوفے پر پڑا تھا، اٹھایا۔ اُس کو کھولا۔۔۔مگر اُس میں ایک پیسہ بھی نہیں تھا۔بس کے چند ٹکٹ تھے اور دو بالوں کی پِنیں۔۔۔اور ایک واہیات قسم کی لپ اسٹک۔ میں نے وہاں ڈائریکٹر کے دفتر میں کچھ کہنا مناسب نہ سمجھا۔اِن سے رخصت طلب کی۔ باہر آ کر اس کے تانگے والے کو دو گھنٹوں کا کرایہ ادا کیا، اور اُس عورت کو اپنے دوست کی موجودگی میں کہا، ''تمہیں اتنا تو خیال ہونا چاہیے تھا کہ تم نے تانگہ لے لیا ہے اور تمہارے پاس ایک کوڑی بھی نہیں۔''

وہ کھسیانی ہو گئی، ''میں۔۔۔مَیں۔۔۔آپ بڑے اچھے آدمی ہیں۔''

''میں بہت برا ہوں۔۔۔تم بڑی اچھی ہو۔۔۔کل سے ریڈیو اسٹیشن آنا شروع کر دو۔۔۔تمہاری آمدنی کی صورت پیدا ہو جائے گی۔ یہ بکواس جو تم نے شروع کر رکھی ہے، اسے ترک کر دو۔''

میں نے اُسے مزنگ کے پاس چھوڑ دیا۔۔۔میرا دوست واپس چلا گیا۔۔۔اتفاقاً مجھے ایک کام سے وہاں جانا پڑا۔ دیکھا کہ میرا دوست اور وہ عورت اکٹھے جا رہے تھے۔

یہ بھی لاہور ہی کا واقعہ ہے۔

چند روز ہوئے، میں نے اپنے دوست کو مجبور کیا کہ وہ مجھے دس روپے دے۔ اس دن بنک بند تھے۔ اُس نے معذوری کا اظہار کیا۔ لیکن جب میں نے اُس پر زور دیا کہ وہ کسی نہ کسی طرح یہ دس روپے پیدا کرے۔ اِس لیے کہ مجھے اپنی ایک علَّت پوری کرنی ہے، جس سے تم بخوبی واقف ہو، تو اس نے کہا، ''اچھا، میرا ایک دوست ہے وہ غالباً اس وقت کافی ہاؤس میں ہو گا۔ وہاں چلتے ہیں امید ہے کام بن جائے گا۔''

ہم دونوں تانگے میں بیٹھ کر کافی ہاؤس پہنچے۔ مال روڈ پر بڑے ڈاک خانے کے قریب ایک تانگہ جا رہا تھا۔ اُس میں ایک نسواری رنگ کا برقع پہنے ایک عورت بیٹھی تھی۔ اُس کی نقاب پوری کی پوری اٹھی ہوئی تھی۔۔۔وہ تانگے والے سے بڑے بے تکلف انداز میں گفتگو کر رہی تھی۔ ہمیں اس کے الفاظ سنائی نہیں دیئے۔ لیکن اس کے ہونٹوں کی جنبش سے جو کچھ مجھے معلوم ہونا تھا ہو گیا۔

ہم کافی ہاؤس پہنچے تو عورت کا تانگہ بھی وہیں رک گیا۔ میرے دوست نے اندر جا کے دس روپوں کا بند و بست کیا اور باہر نکلا۔۔۔وہ عورت نسواری برقعے میں جانے کس کی مُنتَظِر تھی۔

ہم واپس گھر آنے لگے تو رستے میں خربوزوں کے ڈھیر نظر آئے۔ ہم دونوں تانگے سے اتر کر خربوزے

پَرَکھنے لگے۔ہم نے باہم فیصلہ کیا کہ اچھے نہیں نکلیں گے کیونکہ اُن کی شکل وصورت بڑی بے ڈھنگی تھی۔۔۔ جب اُٹھے تو کیا دیکھتے ہیں کہ وہ نَسواری برقع تانگے میں بیٹھا خربوزے دیکھ رہا ہے۔ میں نے اپنے دوست سے کہا، ''خربوزہ خربوزے کو دیکھ کر رنگ پکڑتا ہے۔۔۔ آپ نے ابھی تک یہ نَسواری رنگ نہیں پکڑا۔'' اُس نے کہا، ''ہٹاؤ جی۔۔۔ یہ سب بکواس ہے۔''

ہم وہاں سے اُٹھ کر تانگے میں بیٹھے۔میرے دوست کو قریب ہی ایک کیمسٹ کے ہاں جانا تھا۔وہاں دس منٹ لگے۔ باہر نکلے تو دیکھا کہ نَسواری برقع اسی تانگے میں بیٹھا جا رہا تھا۔

میرے دوست کو بڑی حیرت ہوئی، ''یہ کیا بات ہے۔۔۔؟ یہ عورت کیوں بے کار گھوم رہی ہے؟'' میں نے کہا، ''کوئی نہ کوئی بات تو ضرور ہو گی۔''

ہمارا تانگہ مال روڈ کو مُڑنے ہی والا تھا کہ وہ نَسواری برقع پھر نظر آیا۔میرے دوست گو کنوارے ہیں، لیکن بڑے زاہد۔ان کو جانے کیوں اُکساہٹ پیدا ہوئی کہ اُس نَسواری برقعے سے بڑی بلند آواز میں کہا، ''آپ کیوں آوارہ پھر رہی ہیں۔۔۔ آیئے ہمارے ساتھ۔''

اُس کے تانگے نے فوراً اُرخ بدلا اور میرا دوست سخت پریشان ہو گیا۔ جب وہ نَسواری برقع ہم کلام ہوا تو اُس نے اُس سے کہا، ''آپ کو تانگے میں آوارہ گردی کرنے کی کیا ضرورت ہے۔میں آپ سے شادی کرنے کے لیے تیار ہوں۔''

میرے دوست نے اس نَسواری برقعے سے شادی کر لی۔

شلجم

’’کھانا بھجوا دو میرا۔ بہت بھوک لگ رہی ہے۔‘‘

’’تین بج چکے ہیں، اس وقت آپ کو کھانا کہاں ملے گا؟‘‘

’’تین بج چکے ہیں تو کیا ہوا۔ کھانا تو بہر حال ملنا ہی چاہیے۔ آخر میرا حصہ بھی تو اس گھر میں کسی قدر ہے۔‘‘

’’کس قدر ہے۔‘‘

’’تو اب تم حساب داں بن گئیں، جمع تفریق کے سوال کرنے لگیں مجھ سے۔‘‘

’’جمع تفریق کے سوال نہ کروں تو یہ گھر کب کا اجڑ گیا ہوتا۔‘‘

’’کیا بات ہے آپ کی۔۔۔لیکن سوال یہ ہے کہ مجھے کھانا ملے گا یا نہیں؟‘‘

’’آپ ہر روز تین بجے آئیں تو کھانا خاک ملے گا۔ میں تو یہ سمجھتی ہوں کہ اگر آپ اس وقت کسی ہوٹل میں جائیں تو وہاں سے بھی آپ کو دال روٹی نہیں مل سکے گی، مجھے آپ کا یہ وتیرہ ہرگز پسند نہیں۔‘‘

’’کون سا وتیرہ؟‘‘

’’یہی کہ آپ تین بجے تشریف لائے ہیں، کھانا پڑا جھک مارتا رہتا ہے، میں الگ انتظار کرتی رہتی ہوں مگر آنجناب خدا معلوم کہاں غائب رہتے ہیں۔‘‘

’’بھئی دنیا میں انسان کو کئی کام ہوتے ہیں۔ میں صرف دو دن ہی تو ذرا دیر سے آیا۔‘‘

’’ذرا دیر سے؟ ہر خاوند کو چاہیے کہ وہ گھر میں بارہ بجے موجود ہوتا کہ اسے 1 بجے تک کھانا مل جائے، اس کے علاوہ اسے اپنی بیوی کا تابع فرمان ہونا چاہیے۔‘‘

’’اس سے تو یہی بہتر ہے کہ وہ کسی ہوٹل میں جا رہے جہاں کے تمام نو کر اور بیرے اس کے تابع فرمان

ہوں۔‘‘

’’آپ کا ارادہ تو یہی ہے، جب ہی تو آپ کئی دن سے پر تول رہے ہیں، میں آپ سے کہتی ہوں ابھی چلے جایئے۔‘‘

’’کھانا کھائے بغیر۔۔۔‘‘

’’جایئے ہوٹل میں آپ کو مل جائے گا۔‘‘

’’لیکن تم نے تو ابھی کہا تھا کہ اس وقت کسی ہوٹل میں بھی دال روٹی نہیں ملے گی۔ بات کر کے بھول جاتی ہو۔‘‘

’’میرا دماغ خراب ہو چکا ہے بلکہ کر دیا گیا ہے۔‘‘

’’یہ تو صحیح ہے کہ تمہارا دماغ خراب ہے لیکن یہ خرابی کس نے پیدا کی؟‘‘

’’آپ نے اور کس نے، میری جان کا روگ بنے ہوئے ہیں، مجھے نہ رات کا چین نصیب ہے نہ دن کا۔‘‘

’’دن کا تم چھوڑو۔۔۔رات کا چین آپ کو نصیب کیوں نہیں۔ بڑے اطمینان سے سوئی رہتی ہیں جیسے محاورے ۔۔۔ کے مطابق کوئی گھوڑے بیچ کر سو رہا ہو۔‘‘

اپنے گھوڑے بیچ کر آدمی کیسے سو سکتا ہے ۔۔۔ کتنا واہیات محاورہ ہے۔‘‘

’’واہیات ہی سہی لیکن ابھی چند روز ہوئے تم نے گھوڑا اور اس کے ساتھ تانگہ بھی بیچ ڈالا تھا اور اس دن تم رات بھر خراٹے لیتی رہی تھیں۔‘‘

’’مجھے تانگہ رکھنے کی کیا ضرورت تھی، جب کہ آپ نے مجھے موٹر لے دی تھی اور خراٹے بھرنے کا الزام بھی غلط ہے۔‘‘

’’محترمہ جب آپ خواب خرگوش میں تھیں تو آپ کو کیسے پتہ چلتا کہ آپ خراٹے لیتی ہیں، بخدا اس رات میں بالکل نہ سو سکا۔‘‘

’’اس کا اوّل جھوٹ اور اس کا آخر جھوٹ۔‘‘

’’چلیے تمہاری خاطر اب مان لی۔۔۔اب کھانا دو۔‘‘

’’کھانا نہیں ملے گا آج۔۔۔آپ کسی ہوٹل میں جایئے اور میں یہ چاہتی ہوں کہ آپ وہیں بسیرا کر لیجیے۔‘‘

’’تم کیا کرو گی؟‘‘

’’میں۔۔۔میں مر تو نہیں جاؤں گی آپ کے بغیر۔۔۔‘‘

’’خدا نہ کرے تم مرو۔۔۔لیکن مجھے یہ تو بتاؤ، میرے بغیر تمہارا گزارہ کیسے ہو گا۔‘‘

’’میں اپنی موٹر بیچ لوں گی۔‘‘

’’اس سے تمہیں کتنا روپیہ مل جائے گا۔‘‘

’’چھ سات ہزار تو مل ہی جائیں گے۔‘‘

’’ان چھ سات ہزار روپوں میں تم کتنے عرصہ تک اپنا اور اپنے بال بچوں کا پیٹ پال سکو گی۔‘‘

’’میں آپ کی طرح لکھ لُٹ اور فضول خرچ نہیں۔ آپ دیکھیے گا میں ان روپوں میں ساری عمر گزار دوں گی۔ میرے بال بچے اسی طرح پلیں گے جس طرح اب پل رہے ہیں یہ۔‘‘

’’یہ ترکیب مجھے بھی بتا دو، مجھے یقین ہے کہ تمہیں کوئی ایسا منتر ہاتھ آ گیا ہے جس سے تم نوٹ دگنے بنا سکتی ہو۔ ہر روز بٹوے سے نوٹ نکالے ان پر منتر پھونکا اور وہ دگنے ہو گئے۔‘‘

’’آپ میرا مذاق اڑاتے ہیں۔ شرم آنی چاہیے آپ کو۔‘‘

’’چلو ہٹاؤ اس قصے کو۔ کھانا دو مجھے۔‘‘

’’کھانا آپ کو نہیں ملے گا۔‘‘

’’بھئی آخر کیوں۔۔۔میرا قصور کیا ہے؟‘‘

’’آپ کے قصور اور آپ کی خطائیں اگر میں گنوانا شروع کروں تو میری ساری عمر بیت جائے۔‘‘

’’دیکھو بیگم اب پانی سر سے گزر چکا ہے۔ اگر تم نے کھانا نہ دیا تو میں اس گھر کو آگ لگا دوں گا۔ غضب خدا کا میرے پیٹ کا بھوک کے مارے برا حال ہو گیا ہے اور تم واہی تباہی بک رہی ہو۔ مجھے کل اور آج ایک ضروری کام تھا اس لیے مجھے دیر ہو گئی اور تم نے مجھ پر الزام دھر دیا کہ میں ہر روز دیر سے آتا ہوں کھانا دو مجھے ورنہ۔۔۔۔‘‘

’’آپ مجھے ایسی دھونس نہ دیں، کھانا نہیں ملے گا آپ کو۔‘‘

’’یہ میرا گھر ہے میں جب چاہوں آؤں جب چاہوں جاؤں تم کون ہو کہ مجھ پر ایسی سختیاں کرو میں تم سے کہے دیتا ہوں کہ تمہارا یہ مزاج تمہارے حق میں اچھا ثابت نہیں ہو گا۔‘‘

’’آپ کا مزاج میرے حق میں تو بڑا اچھا ثابت ہوا ہے۔ دن رات کڑھ کڑھ کے میرا یہ حال ہو گیا ہے۔‘‘

’’دس پاؤنڈ وزن اور بڑھ گیا ہے بس یہی حال ہوا ہے تمہارا۔ اور میں تمہاری زود رنج اور چڑ چڑی طبیعت کے باعث بیمار ہو گیا ہوں۔‘‘

'' کیا بیماری ہے آپ کو؟ ''

'' تم نے کبھی پوچھا ہے کہ میں اس قدر تھکا تھکا سا کیوں رہتا ہوں، کبھی تم نے غور کیا کہ سیڑھیاں چڑھتے وقت میرا سانس کیوں پھول جاتا ہے، کبھی تم کو اتنی توفیق ہوئی کہ میری سر ہی دباتیں جو اکثر درد کے باعث پھٹنے کے قریب ہوتا ہے تم عجیب قسم کی رفیقۂ حیات ہو۔ ''

'' اور مجھے اگر معلوم ہوتا کہ آپ ایسا خاوند میرے پلے باندھ دیا جائے گا تو میں نے وہیں اپنے گھر پر ہی زہر پھانک لیا ہوتا۔ ''

'' زہر تم بھی پھانک سکتی ہو۔ کہو تو میں ابھی لا دوں۔ ''

'' لے آیئے۔ ''

'' لیکن مجھے پہلے کھانا کھلا دو۔ ''

'' میں کہہ چکی ہوں وہ نہیں ملے گا آپ کو آج۔ ''

'' کل سے تو خیر مل ہی جائے گا۔ اس لیے کہ تم یہاں سے عدم آباد پہنچ چکی ہو گی، بہر حال میں بھوک کے پیٹ کے ساتھ تمہارے لیے زہر لینے باہر نہیں جا سکتا۔ بہت ممکن ہے ۔ ۔ ۔ موٹر چلاتے چلاتے ہی مجھے غش آ جائے اور میں غفر اللہ ہو جاؤں، اس لیے میں خود ہی کوشش کرتا ہوں۔ ''

'' آپ کیا کوشش کیجیے گا۔ ''

'' خانساماں کو بلاتا ہوں۔ ''

'' آپ اسے نہیں بلا سکتے۔ ''

'' کیوں؟ ''

'' بس میں نے کہہ دیا کہ آپ کو ان معاملوں میں دخل دینے کا کوئی حق نہیں۔ ''

'' حد ہو گئی۔ اپنے گھر میں اپنے خانساماں کو بھی نہیں بلا سکتا۔ ۔ ۔ ''

'' نوکر کہاں ہے؟ ''

'' جہنم میں۔ ''

'' اس وقت میں بھی اسی جگہ ہوں لیکن میں اس کو دیکھ نہیں پاتا، اِدھر ہٹو ذرا میں اسے تلاش کروں شاید مل جائے۔ ''

'' اس سے کیا کہنا ہے آپ کو؟ ''

" کچھ نہیں ۔ ۔ صرف اتنا کہوں گا کہ تم علیحدہ ہو جاؤ تمہارے بدلے میں اس گھر کی نوکری خود کیا کروں گا۔ "

" آپ کر چکے۔ "

" سلام حضور۔ ۔ ۔ بیگم صاحب سالن تیار ہے صاحب لگا دوں ٹیبل پر۔ ۔ ۔ "

" تم دور دفان ہو جاؤ یہاں سے ۔ "

" لیکن بیگم صاحب آپ نے صبح جب خود باورچی خانے میں شلجم پکائے تو وہ سب کے سب جل گئے کہ آنچ تیز تھی اس کے بعد آپ نے آرڈر دیا کہ صاحب دیر سے آئیں گے اس لیے تم جلدی کوئی اور سالن تیار کر لو سو میں نے آپ کے حکم کے مطابق دو گھنٹوں کے اندر اندر دو سالن تیار کر لیے ہیں۔ اب فرمائیں ٹیبل لگا دوں۔ دونوں انگیٹھیوں پر دھرے ہیں۔ ایسا نہ ہو آپ کے شلجموں کی طرح جل کر کوئلہ ہو جائیں۔ میں جاتا ہوں آپ جب بھی آرڈر دیں گی خادم ٹیبل لگا دے گا۔ "

" تو یہ بات تھی۔ "

" کیا بات تھی۔ ۔ میں اتنی دیر تک باورچی خانے کی گرمی میں جھلستی رہی، اس کا آپ کو کچھ خیال ہی نہیں۔ ۔ ۔ آپ کو شلجم پسند ہیں تو میں نے سوچا خود اپنے ہاتھ سے پکاؤں، کتاب ہاتھ میں تھی جس میں ساری ترکیب لکھی ہوئی تھی۔ کتاب پڑھتے پڑھتے میں سو گئی اور وہ کم بخت شلجم جل بھن کر کوئلہ بن گئے۔ اب اس میں میرا کیا قصور ہے۔ "

" کوئی قصور نہیں۔ ۔ ۔ "

" چلیے میرے پیٹ میں چوہے دوڑ رہے ہیں۔ "

" یہاں تو بڑے بڑے مگر مچھ دوڑ رہے ہیں۔ "

" ہر بات میں مذاق۔ ۔ ۔ "

" مذاق برطرف ۔ ۔ ۔ ذرا ادھر آؤ ۔ ۔ ۔ میں تمہارے شلجم دیکھنا چاہتا ہوں ۔ ۔ ۔ کہیں وہ بھی کوئلہ تو نہیں بن گئے۔ ۔ ۔ "

" کھانا کھانے کے بعد دیکھا جائے گا۔ "

شہ نشین پر

وہ سفید سلمہ لگی ساڑی میں شہ نشین پر آئی اور ایسا معلوم ہوا کہ کسی نے نقرئی تاروں والا انار چھوڑ دیا ہے۔ ساڑی کے تھرکتے ہوئے ریشمی کپڑے پر جب جگہ جگہ سلمہ کا کام ٹمٹمانے لگتا تو مجھے جسم پر وہ تمام ٹمٹماہٹیں گدگدی کرتی محسوس ہوتیں۔۔۔ وہ خود ایک عرصہ سے میرے لیے گدگدی بنی ہوئی تھی۔

میں اس کو تقریباً دوسو مرتبہ دیکھ چکا ہوں، اور ان تمام درشنوں کے نقوش علیحدہ علیحدہ میرے دل و دماغ پر مرتسم ہیں۔ ایک بار میں نے اسے صحن میں تیتری کے پیچھے دوڑتے دیکھا تھا۔ ایک لمحے کے لیے وہ میری نگاہوں کے سامنے آئی اور گزر گئی۔ اور جب کبھی میں اس واقعہ کو یاد کرتا ہوں تو مجھے اپنے دل میں ایک ایسے پرندے کی پھڑ پھڑاہٹ سنائی دیتی ہے جو ڈر کر ایکا ایکی اڑ جائے۔ اسی طرح ایک روز میں نے اسے شہ نشین پر دھوپ میں اپنے گیلے بال جھٹکتے دیکھا تھا، اور اب، میں جس وقت اس تصویر کو اپنے ذہن کے پردے پر کھینچتا ہوں تو مجھے کبھی سیاہی نظر آتی ہے اور کبھی اجالا۔ میں اس کو اتنا دیکھ چکا ہوں کہ اب میں اس کے سامنے آئے بغیر اسے جب چاہوں دیکھ سکتا ہوں۔ پہلے پہل مجھے اس کام میں دقّت محسوس ہوئی تھی مگر اب کوئی مشکل پیش نہیں آتی۔ ابھی کل شام کو جب مجھے ایک دوست کے یہاں بیٹھے بیٹھے اسے دیکھنے کی خواہش پیدا ہوئی تھی تو میں نے آنکھیں بند کیے بغیر اسے اپنے سامنے لا کھڑا کیا۔ وہ ہو بہو ویسی تھی جیسی کہ وہ ہے اور اس بات کا نہ میرے دوست کو پتہ چلا اور نہ اس کی بہن کو جو میرے سامنے کرسی پر بیٹھی تھی۔ میں نے ایک لمحے کے لیے اسے اپنے ذہن کی ڈبیا میں سے نکال کر دیکھا۔ اور فوراً ہی وہیں بند کر دیا۔ کسی کو معلوم تک نہ ہوا کہ میں نے کیا کر دیا ہے۔ اس کو دیکھنے کے بعد میں نے یوں سلسلہ کلام شروع کیا، گویا میرا ذہن ایک لمحے کے لیے بھی غیر حاضر نہ ہوا تھا، ''جی ہاں سوکھی ہوئی مچھلیوں سے سخت

بو آتی ہے۔ نہ جانے یہ لوگ انہیں کھاتے کس طرح ہیں۔ میری تو ناک ۔ ۔ ۔ '' اور اس کے بعد مختلف قسم کی ناکوں پر گفتگو شروع ہو گئی تھی۔

اس کی ناک مجھے بہت پسند ہے۔ میرے پاس ہلکے گلابی رنگ کا ٹی سیٹ ہے جو مجھے صرف اس لیے عزیز ہے کہ اس کی پیالیوں کی دستی اس کی ناک سے ملتی جلتی ہے۔ آپ ہنسیں گے ۔ مگر ۔ ۔ ۔ ایک روز صبح کو جب میں نے اسے قریب سے دیکھا تو میرے دل میں عجیب و غریب خواہش پیدا ہوئی کہ اس کی ناک پکڑ کر اس کے ہونٹوں کا رس پی لوں۔

اس کے ہونٹ مجھے پیارے لگتے تھے۔ شاید اس لیے کہ وہ ہر وقت نم آلود رہتے تھے۔ یہ نمی ان میں سنگترے کی لڑیوں کی ماند چمک پیدا کر دیتی تھی۔ ان کے چومنے کی خواہش اگر میرے دل میں پیدا ہوتی تھی تو اس کا باعث یہ نہ تھا کہ میں نے کتابوں میں پڑھا تھا اور لوگوں سے سنا تھا کہ عورتوں کے ہونٹ چومے جاتے ہیں۔ ۔ ۔ اگر مجھے یہ علم نہ ہوتا تو بھی میرے دل میں ان کو چومنے کی خواہش پیدا ہوتی، اس کے ہونٹ ہی کچھ اس قسم کے تھے کہ وہ ایک نامکمل بوسہ معلوم ہوتے تھے۔

وہ میرے ہمسائے ڈاکٹر کی اکلوتی لڑکی تھی۔ سارا دن وہ نیچے اپنے باپ کی ڈسپنسری میں بیٹھی رہتی۔ کبھی کبھی جب میں اسے بازار سے گزرتے ہوئے شیشوں میں سے دوائیوں کی الماری کے پاس کھڑی دیکھتا تو مجھے وہ ایک لمبی گردن والی بوتل دکھائی دیتی جس میں کوئی خوش رنگ سیال مادہ ابل رہا ہو۔ ایک روز میں ڈسپنسری میں ڈاکٹر صاحب سے دوا لینے کے لیے گیا۔ مجھے زکام کی شکایت تھی۔ ڈاکٹر صاحب نے اس سے کہا، ''بیٹا! ان کے رومال پر یوکلپٹس آئل کے چند قطرے ٹپکا دو۔''

اس نے میرا رومال لیا اور الماری میں سے ایک چھوٹی سی بوتل نکال کر دوا کے قطرے ٹپکانے لگی۔ اس وقت میرے جی میں آئی کہ اٹھ کر اس کا ہاتھ تھام لوں اور کہوں، ''اس شیشی کو بند کر دیجیے اگر آپ اپنی آنکھوں کا ایک آنسو مجھے عنایت فرما دیں تو میری بہت سی بیماریاں دور ہو جائیں۔'' لیکن میں خاموش بیٹھا دوا کے ان سفید قطروں کی طرف دیکھتا رہا جو میرے رومال میں جذب ہو رہے تھے۔

جب سے میں نے اسے دیکھنا شروع کیا ہے، میری دلی خواہش رہی ہے کہ وہ روئے اور میں اس کی آنکھوں میں آنسو تیرتے ہوئے دیکھوں۔ میں نے تصور میں کئی مرتبہ اس کی آنکھوں کو نمناک دیکھا ہے اور غالباً یہی وجہ ہے کہ میں اسے سچ مچ روتا دیکھنا چاہتا ہوں۔ اس کی گھنی پلکوں میں پھنسے ہوئے آنسو بہت اچھے معلوم ہوں گے۔ چت پر سے جب بارش کے قطرے رک رک کر نیچے پھسل رہے ہوں تو کتنے دل

فریب دکھائی دیا کرتے ہیں۔

ممکن ہے عورت کی آنکھوں میں آپ آنسو ضروری خیال نہ کریں، پر میں آنسوؤں کو ہٹاکر عورت کی آنکھوں کا تصور ہی نہیں کرسکتا۔ آنسو آنکھوں کا پسینہ ہے اور مزدور کی پیشانی صرف اسی صورت میں مزدور کی پیشانی ہوسکتی ہے جب اس پر پسینے کے قطرے چمک رہے ہوں، اور عورت کی آنکھیں صرف اسی صورت میں عورت کی آنکھیں ہوسکتی ہیں جب آنسوؤں سے ڈبڈبائی رہتی ہوں۔

وہ سفید سلمہ لگی ساڑی میں شہ نشین پر آئی اور ایسا معلوم ہوا کہ کسی نے نقرئی تاروں والا انار چھوڑ دیا ہے۔ ساڑی کے تھرکتے ہوئے ریشمی کپڑے پر جگہ جگہ سلمے کا کام ٹمٹما رہا تھا، اور مجھے اپنے جسم پر گدگدی محسوس ہورہی تھی۔ اس نے ایکا ایکی پلٹ کر میری طرف دیکھا، گویا اس کو فوراً ہی اس بات کا احساس ہوا کہ اس کے علاوہ رات کی خاموشی میں کوٹھے پر کوئی اور متنفس بھی ہے۔ ۔ ۔ اس کی آنکھیں۔ ۔ ۔ اس کی آنکھیں دو موتی رول رہی تھیں۔ ۔ ۔ وہ رو رہی تھی۔ ۔ ۔ وہ۔ ۔ ۔ وہ رو رہی تھی۔ ۔ ۔ میرے دیکھتے دیکھتے اور قبل اس کے کہ میں کچھ کرسکوں، اس کی آنکھوں سے اس کے شباب کے پہلے پسینے کے قطرے چھلکے اور ۔ ۔ ۔ سنگین فرش پر پھسل گئے۔ وہ میری خلل انداز نگاہوں کی تاب نہ لاسکے۔

وہ دراصل چپ چاپ دوسروں کو خبر کیے بغیر نوزائیدہ بچوں کے ماند تھوڑی دیر ان دو نرم و نازک پنگوڑوں میں لیٹے رہنا چاہتے تھے۔ مگر میری نگاہوں کے شور سے مچل گئے۔ وہ رو رہی تھی پر میں خوش تھا۔ اس کی نم آلود آنکھیں گہرے میں لپٹی ہوئی جھیلیں معلوم ہوتی تھیں۔ بڑی پُراَسرار، بڑی فکرخیز، پانی کی پتلی سی تہہ کے نیچے اس کی آنکھوں کی سفیدی اور سیاہی ان ننھی ننھی مچھلیوں کی ماند جھلملا رہی تھیں۔ جو پانی کے اوپر آنے سے ڈرتی ہوں۔

میں نے اس کو دیکھنا چھوڑ کر اس کی آنکھوں کو دیکھنا شروع کر دیا۔ جس طرح دسمبر کی سرد اور گیلی رات میں کھلی فضا کے اندر دو دِیے جل رہے ہوں۔ اس کی آنکھیں دور سے بہت دور سے مجھے دیکھتی رہیں۔ میں نے ان کی طرف بڑھنا شروع کیا۔ ۔ ۔ دو آنسو بنے، گھنی پلکوں میں تھوڑی دیر پھنسے رہے۔ پھر آہستہ آہستہ اس کے زرد گالوں پر ڈھلک گئے۔ دائمی آنکھ میں ایک اور آنسو بنا، باہر نکلا۔ ۔ ۔ گال کی ہڈی پر تھوڑی دیر کے لیے اس مسافر کی طرح جس کی منزل قریب ہو، ایک لحظے کے لیے سستایا اور پھسل کر تیزی سے اس کے لبوں کے ایک گوشے کے قریب سے ہو کر آگے دوڑنے والا ہی تھا کہ ہونٹوں کی نمی نے اسے اپنی طرف کھینچ لیا، اور وہ ایک پتلی سی دھار بن کر پھیل گیا۔

دُھلی ہوئی آنکھوں سے اس نے میری طرف غور سے دیکھا۔اور پوچھا، ''تم کون ہو؟''وہ جانتی تھی کہ میں کون ہوں۔اور یہ پوچھتے ہوئے کہ میں کون ہوں۔وہ میرے بارے میں کچھ دریافت نہ کر رہی تھی۔بلکہ وہ یہ پوچھ رہی تھی کہ وہ خود کون ہے۔میں نے جواب دیا، ''تم شیلا ہو۔''

اس کے بھنچے ہوئے ہونٹ ایک خفیف ارتعاش کے ساتھ کھلے اور وہ سسکیوں میں کہنے لگی، ''شیلا۔۔۔ شیلا۔۔۔شی۔''وہ شہ نشین پر بیٹھ گئی۔وہ تھکی ہوئی معلوم ہوتی تھی، لیکن ایکا ایکی اسے کچھ خیال آیا اور جو خواب وہ دیکھ رہی تھی، اسے اپنے دماغ سے جھٹک کر اٹھ کھڑی ہوئی اور گھبرائے لہجے میں کہنے لگی۔''۔۔میں۔۔۔میں۔۔۔کیا کہہ رہی تھی۔۔۔؟مجھے کچھ نہیں ہوا۔۔۔میں اچھی ہوں۔۔۔اور میں یہاں کیسے چلی آئی؟''میں نے اسے بڑے تسلی آمیز لہجے میں کہا، ''گھبراؤ نہیں شیلا۔۔۔تم نے مجھ سے کچھ نہیں کہا۔۔۔ایسی باتیں نہ کہی جاتی ہیں اور نہ سنی جاتی ہیں۔''

شیلا نے اس انداز سے میری جانب دیکھا گویا میں نے اس کی کوئی چوری پکڑ لی ہے، ''کیسی باتیں۔۔۔؟کیسی باتیں۔۔۔؟کوئی بات بھی تو ہو!''میں نے اس سے کہا، ''پرسوں جب تم نیچے ڈسپنسری میں لال لال جیب نکال کر طوطے سے کھیل رہی تھیں، اور تمہاری بلّوریں انگلیاں بوتلوں سے ٹکرا کر ایک عجیب قسم کی جھنکار پیدا کر رہی تھیں، اس وقت تم ایک نامکمل عورت تھیں۔پر آج جب کہ تمہاری آنکھیں رو رہی ہیں، تم مکمل عورت بن گئی ہو۔

کیا تمہیں یہ فرق محسوس نہیں ہوتا؟ہوتا ہے، ضرور ہوتا ہے۔وہ چیز جو کل تھی، آج تم میں نہیں ہے اور جو آج ہے کل نہ رہے گی۔پر وہ داغ جو مسرت کا گرم لوہا تمہارے دل پر لگا گیا ہے۔ہمیشہ ویسے کا ویسا رہے گا۔۔۔یہ کتنی اچھی بات ہے۔۔۔تمہاری زندگی میں ایک ایسی چیز تو ہو گی جو ساری کی ساری تمہاری ہو گی۔۔۔ایک ایسی چیز جس کی ملکیت پر کسی کو رشک نہیں ہو سکتا۔۔۔کاش میرا دل تمہارا دل ہوتا۔۔۔کسی عورت کا دل ہوتا۔۔۔جو ایک ہی داغ کو کافی سمجھتا ہے۔۔۔عورت کے دل کی آبادی میں کئی ویرانے سما سکتے ہیں۔۔۔ویرانوں کا یہ ہجوم بجائے خود ایک آبادی ہے۔۔۔تم خوش قسمت ہو۔۔۔وہ دن جس کے لیے تمہیں انتظار کرنا پڑتا، تم نے بہت جلد دیکھ لیا۔۔۔تم خوش قسمت ہو۔''

وہ میری طرف اس مرغی کی طرح حیرت سے دیکھنے لگی جس نے پہلی بار انڈا دیا ہو۔وہ اپنے کو ٹٹولنے لگی، ''خوش قسمت۔۔۔!میں خوش قسمت۔۔۔وہ کیسے۔۔۔؟آپ کو کیسے معلوم ہوا؟''میں نے جواب دیا، ''جب پتنگ کٹ جائے اور کوٹھوں پر چڑھے ہوئے لونڈے ڈور لوٹنے کے لیے شور مچانا شروع کر دیں

تو کسی کے بتانے کی حاجت نہیں رہتی کہ پتنگ کٹ گیا ہے۔۔۔۔جو پتنگ تم نے ہوا کی بلندیوں میں اڑایا تھا کہاں ہے۔۔۔؟ کل تک اس کی ڈور تمہارے ہاتھ میں تھی، پر آج نظر نہیں آتی!‘‘

اس کی آنکھوں سے ٹپ ٹپ آنسو گرنے لگے۔

‘‘۔۔۔میں خوش قسمت ہوں۔۔۔‘‘ آنسوؤں میں بھیگے ہوئے لفظ اس کے منہ سے نکلے، ‘‘میں خوش قسمت ہوں۔۔۔آپ ان لونڈوں سے، جو ڈور لوٹنے کے لیے کوٹھوں پر چڑھے رہتے ہیں، کم شور نہیں مچا رہے۔۔۔‘‘ آنسو زیادہ تیزی سے بہنے لگے۔ اس نے میری طرف اس بارش میں سے دیکھا اور کہا، ‘‘میری آنکھوں سے آنسو نکال کر آپ کس کا حلق تر کرنا چاہتے ہیں۔۔۔میں سب جانتی ہوں۔ یہ سوئیاں آپ مجھے کیوں چبھو رہے ہیں۔‘‘ اس نے نفرت سے منہ پھیر لیا۔ اس کی عقل اس وقت اس چاقو کے پھل کی مانند تھی، جسے ضرورت سے زیادہ سان پر لگایا گیا ہو۔

میں نے اس سے بڑے اطمینان سے کہا، ‘‘جو کچھ ہو چکا ہے۔ اس کا مجھے علم ہے۔ اور اگر اس وقت میں تم سے یہ سب بھول جانے کے لیے کہتا۔ تم سے مصنوعی الفاظ میں ہمدردی کرتا۔ مداریوں کے مانند ایک ہاتھ میں تمہارا درد، تمہارا سارا غم لے کر چھومنتر کے ذریعے سے غائب کر دیتا۔ تو تم یقیناً مجھے اپنا دوست مانتیں، پر میں ایسا نہیں کر سکتا۔۔۔دل تمہارا ہے اور جو بھی اس پر گزرا ہے وہ بھی تمہارا ہے۔ میں کیوں تمہارے دل کو اس نعمت سے محروم کروں، کیوں تمہیں اس درد کو بھول جانے کے لیے کہوں جو تمہارا سرمایۂ حیات ہے۔ اسی درد پر اسی دکھ دینے والے واقعہ پر جو بیت چکا ہے تمہیں اپنی زندگی کے آنے والے دنوں کی بنیادیں استوار کرنا ہوں گی۔۔۔میں جھوٹ نہیں بولنا چاہتا شیلا، پر اگر تم چاہتی ہو تو تمہاری تسکین کے لیے میں یہ بھی کر سکتا ہوں۔ بولو میں کیا کہوں؟‘‘ یہ سن کر اس نے تیزی سے کہا، ‘‘مجھے کسی کی ہمدردی کی ضرورت نہیں!‘‘

‘‘میں جانتا ہوں۔۔۔ایسے حالات میں کسی کی ہمدردی کی ضرورت نہیں ہوا کرتی۔۔۔آگ کے اندر کودنے والے کھیل میں ہدایت دینے والے کی کیا ضرورت۔۔۔؟ پریم کی ارتھی کو دوسرے کے کاندھوں سے کیا سروکار، یہ لاش تو زندگی کی بھر ہمیں اپنے ہی کاندھوں پر اٹھائے پھرنا ہو گی۔۔۔‘‘

وہ بیچ میں بول اٹھی، ‘‘اٹھاؤں گی۔۔۔آپ کو اس بات سے کیا۔۔۔ایسی ایسی بھیانک باتیں سنا کر آپ مجھے کس لیے ڈرانا چاہتے ہیں۔۔۔! میں نے اس سے محبت کی۔۔۔اور کیا میں اب بھی اس سے محبت نہیں کرتی۔۔۔! اس نے مجھے دھوکا دیا ہے۔ میرے ساتھ فریب کیا ہے، پر یہ فریب اور دھوکا بھی تو اسی

نے دیا ہے جس سے میں محبت کرتی ہوں۔۔۔ میں جانتی ہوں کہ اس نے میری زندگی برباد کردی ہے ۔ مجھے کہیں کا نہیں رکھا۔ لیکن پھر کیا ہوا۔۔۔ میں نے ایک بازی کھیلی اور ہار گئی۔۔۔ آپ مجھے ڈرانا چاہتے ہیں، مجھے طعنے دینا چاہتے ہیں۔۔۔ مجھے۔۔۔ مجھے، جسے اب موت تک کی پروا نہیں رہی۔۔۔ میں نے موت کا نام لیا ہے اور۔۔۔ دیکھیے آپ کے بدن پر کپکپی دوڑ گئی ہے، آپ موت سے ڈرتے ہیں۔ مگر میری طرف دیکھیے، میں موت سے نہیں ڈرتی!''

میں نے اس کی طرف دیکھا، اس کے لبوں پر ایک زبردستی کی مسکراہٹ ناچ رہی تھی۔ اس کی آنکھوں میں آنسوؤں کی پتلی تہ کے نیچے ایک عجیب قسم کی روشنی جھلملا رہی تھی، اور وہ خود کانپ رہی تھی ہو لے ہو لے۔ میں نے دوبارہ اس کو غور سے دیکھا اور کہا، ''میں موت سے ڈرتا ہوں۔ اس لیے کہ میں زندہ رہنا چاہتا ہوں۔ تم موت سے نہیں ڈرتی، اس لیے کہ تمھیں زندہ رہنا نہیں آتا۔ جو شخص زندہ رہنے کا سلیقہ نہیں جانتا، اس کے لیے زندہ رہنا بھی موت کے برابر ہے۔۔۔ اگر تم مرنا چاہتی ہو تو بڑے شوق سے مر جاؤ۔''

وہ حیرت سے میرا منہ تکنے لگی۔ میں نے کہنا شروع کیا، ''تم مرنا چاہتی ہو۔ اس لیے کہ تم سمجھتی ہو کہ دکھ کے اس پہاڑ کا بوجھ جو اِکا اِکی تم پر ٹوٹ پڑا ہے، تم سے اٹھایا نہ جائے گا۔۔۔ یہ غلط ہے ۔۔۔ جب تم محبت کرنے کی طاقت رکھتی ہو تو اس کی شکست کے صدمے برداشت کرنے کی بھی قوت رکھتی ہو۔۔۔ وہ لذّت، وہ حظ و مسرت جو تم نے اس سے محبت کر کے حاصل کی، تمہاری زندگی کا عرق ہے، اسے سنبھال کر رکھو۔ اور باقی تمام عمر ان چند گھونٹوں پر بسر کرو۔۔۔

وہ مرد جس سے تم نے محبت کی، اتنا ضروری، اتنا اہم نہیں ہے، جتنی کہ تمہاری محبت ہے، جو اس سے تم کو ہے۔۔۔ اس مرد کو بھول جاؤ، لیکن اپنی محبت کو یاد رکھو، اس کی یاد پر جیو۔۔۔ ان لمحات کی یاد پر جن کو حاصل کرنے کے لیے تم نے اپنی زندگی کی سب سے قیمتی شے تو ڑ ڈالی۔۔۔ کیا تم ان لمحات کو بھول سکتی ہو، جس کی قیمت میں تم نے ایک بیش بہا موتی دیا ہے ۔۔۔ ہرگز نہیں۔۔۔ مرد ایسے لمحات کو بھول سکتا ہے، بھول جاتا ہے۔ اس لیے کہ اسے کوئی قیمت ادا نہیں کرنا پڑتی۔۔۔ پر عورتیں نہیں بھول سکتیں۔ جنہیں چند گھڑیوں کی فرصت کے لیے اپنی ساری زندگی چکنا چور کر دینا پڑتی ہے۔۔۔ تم مرنا چاہتی ہو۔ ۔۔! کیا تم اس سرائے میں اتنے مہنگے داموں پر کمرہ اٹھا کر بھی اس کو چھوڑ دینا چاہتی ہو۔۔۔ زندہ رہو۔ نہیں نہیں، اس زندگی کو استعمال کرو۔ ہمیں مرنا ضرور ہے، اسی لیے تو زندہ رہنا بھی ضروری ہے ۔۔۔ ''میری باتوں نے اس پر تھکان سی طاری کر دی۔ وہ نڈھال ہو کر شہ نشین پر بیٹھ گئی اور کہنے لگی، ''میں

تھک گئی ہوں۔۔۔‘‘

’’جاؤ، سو جاؤ۔۔ آرام کرو اور دوسری مصیبتوں کا مقابلہ کرنے کے لیے خود میں ہمت پیدا کرو۔۔۔‘‘ یہ کہہ کر میں چلنے ہی کو تھا کہ مجھے دفعتاً ایک خیال آیا اور اس خیال کے آتے ہی تھوڑی دیر کے لیے میرا دل بیٹھ سا گیا۔ میں نے سوچا اگر اس نے اپنے آپ کو مار لیا تو۔۔۔ اور یہ سوچتے ہوئے مجھے یہ خدشہ پیدا ہوا کہ مجھ میں ایک چیز کی کمی ہو جائے گی۔ چنانچہ میں پلٹا اور اس کے قریب جا کر اس سے التجائیہ لہجے میں کہا، ’’شیلا! میں تم سے ایک درخواست کرنا چاہتا ہوں۔۔۔‘‘

شیلا نے گردن اٹھا کر میری طرف دیکھا۔

’’دیکھو شیلا، میں تم سے التجا کرتا ہوں کہ خودکشی کے خیال سے باز آؤ۔۔ تم زندہ رہو، ضرور زندہ رہو۔۔‘‘

اس نے میری بات سنی اور پوچھا، ’’کیوں؟‘‘

’’کیوں۔۔۔؟ یہ تم مجھ سے کیوں پوچھتی ہو شیلا؟ تمہارا دل اچھی طرح جانتا ہے کہ میں تم سے یہ التجا کیوں کر رہا ہوں۔۔۔ چھوڑو ان باتوں کو۔۔۔ مجھے تم سے کوئی شکایت نہیں ہے اور نہ مجھے اپنے آپ سے کوئی شکایت ہے۔۔۔ بات یہ ہے کہ میں نے جو چیز شروع کی تھی، اب اسے اختتام تک پہنچانا چاہتا ہوں۔۔ میں خود غرض ہوں۔۔ ہر انسان خود غرض ہے۔۔۔ میں تم سے التجا کر رہا ہوں کہ تم نہ مرو، جیو، یہ خود غرضی ہے۔۔ تم زندہ ہو گی تو میری محبت جوان رہے گی۔۔۔ تمہاری زندگی کے ہر دور کے ساتھ میں اپنی محبت کو وابستہ دیکھنا چاہتا ہوں۔۔۔ پر تمہاری اجازت سے۔۔۔‘‘

وہ دیر تک سوچتی رہی۔ وہ اب زیادہ سنجیدہ ہو گئی تھی۔ تھوڑی دیر کے بعد اس نے بڑے دھیمے لہجے میں کہا، ’’مجھے زندہ رہنا ہو گا!‘‘ اس کے اس دھیمے لہجے میں عزم کے آثار تھے۔ اس تھکی ہوئی جوانی کو اور تھکی ہوئی چاندنی میں چھوڑ کر میں نیچے اپنے فلیٹ پر چلا آیا اور سو گیا۔

شہید ساز

میں گجرات کاٹھیاواڑ کا رہنے والا ہوں۔ ذات کا بنیا ہوں۔ پچھلے برس جب تقسیم ہندوستان پر منٹا ہوا تو میں بالکل بے کار تھا۔ معاف کیجیے گا میں نے لفظ منٹا استعمال کیا مگر اس کا کوئی ہرج نہیں۔ اس لیے کہ اردو زبان میں باہر کے الفاظ آنے ہی چاہئیں۔ چاہے وہ گجراتی ہی کیوں نہ ہوں۔

جی ہاں، میں بالکل بے کار تھا۔ لیکن کوکین کا تھوڑا سا کاروبار چل رہا تھا جس سے کچھ آمدن کی صورت ہو جاتی تھی۔ جب بٹوارہ ہوا اور اِدھر کے آدمی اُدھر اور اُدھر کے اِدھر ہزاروں کی تعداد میں آنے جانے لگے تو میں نے سوچا چلو پاکستان چلیں۔ کوکین کا نہ سہی کوئی اور کاروبار شروع کر دوں گا۔ چنانچہ وہاں سے چل پڑا اور راستے میں مختلف قسم کے چھوٹے چھوٹے دھندے کرتا پاکستان پہنچ گیا۔

میں تو چلا ہی اس نیت سے تھا کہ کوئی موٹا کاروبار کروں گا۔ چنانچہ پاکستان پہنچتے ہی میں نے حالات کو اچھی طرح جانچا اور الاٹ منٹوں کا سلسلہ شروع کر دیا۔ مسکہ پالش مجھے آتا ہی تھا۔ چکنی چپڑی باتیں کیں۔ ایک دو آدمیوں کے ساتھ یارانہ گانٹھا اور ایک چھوٹا سا مکان الاٹ کرا لیا۔ اس سے کافی منافع ہوا تو میں مختلف شہروں میں پھر کر مکان اور دکانیں الاٹ کرانے کا دھندا کرانے لگا۔

کام کوئی بھی ہو، انسان کو محنت کرنا پڑتی ہے۔ مجھے بھی چنانچہ الاٹ منٹوں کے سلسلے میں کافی تگ و دو کرنا پڑی۔ کسی کے مسکہ لگایا، کسی کی مٹھی گرم کی، کسی کو کھانے کی دعوت دی، کسی کو ناچ رنگ کی، غرض کہ بے شمار بکھیڑے تھے۔ دن بھر خاک چھانتا، بڑی بڑی کوٹھیوں کے پھیرے کرتا اور شہر کا چپہ چپہ دیکھ کر ایسا سا مکان تلاش کرتا جس کے الاٹ کرانے سے زیادہ منافع ہو۔

انسان کی محنت کبھی خالی نہیں جاتی۔ چنانچہ ایک برس کے اندر اندر میں نے لاکھوں روپے پیدا کر لیے۔

اب خدا کا دیا سب کچھ تھا۔ رہنے کو بہترین کوٹھی۔ بینک میں بے اندازہ مال پانی۔ ۔ ۔معاف کیجیے گا۔ میں کاٹھیاواڑ گجرات کا روز مرہ استعمال کر گیا۔ مگر کوئی واندہ نہیں۔ اردو زبان میں باہر کے الفاظ بھی شامل ہونے چاہئیں۔ ۔ ۔جی ہاں، اللہ کا دیا سب کچھ تھا۔ رہنے کو بہترین کوٹھی، نو کر چار، پیکارڈ موٹر بینک میں ڈھائی لاکھ روپے۔ کارخانے اور دکانیں الگ۔ ۔ ۔ ۔یہ سب کچھ تھا۔ لیکن میرے دل کا چین جانے کہاں اڑ گیا۔ یوں تو کوکین کا دھندا کرتے ہوئے بھی دل پر کبھی کبھی بوجھ محسوس ہوتا تھا۔ لیکن اب تو جیسے دل رہا ہی نہیں تھا۔ یا پھر یوں کہیے کہ بوجھ اتنا آن پڑا کہ دل اس کے نیچے دب گیا۔ پر یہ بوجھ کس بات کا تھا؟ آدمی ذہین ہوں، دماغ میں کوئی سوال پیدا ہو جائے تو اس کا جواب ڈھونڈھ ہی نکالتا ہوں۔ ٹھنڈے دل سے (حالانکہ دل کا کچھ پتا ہی نہیں تھا) میں نے غور کرنا شروع کیا کہ اس گڑبڑ گھوٹالے کی وجہ کیا ہے؟ عورت۔ ۔ ۔ ؟ ہو سکتی ہے۔ میری اپنی تو کوئی تھی نہیں۔ جو تھی وہ کاٹھیاواڑ گجرات ہی میں اللہ کو پیاری ہو گئی تھی۔ لیکن دوسروں کی عورتیں موجود تھیں۔ مثال کے طور پر اپنے مالی ہی کی تھی۔ اپنا اپنا ٹیسٹ ہے۔ سچ پوچھیے تو عورت جوان ہونی چاہیے اور یہ ضروری نہیں کہ پڑھی لکھی ہو، ڈانس کرنا جانتی ہو۔ اپن کو تو ساری جوان عورتیں چلتی ہیں (کاٹھیاواڑ گجرات کا محاورہ ہے جس کا اردو میں نعم البدل موجود نہیں) عورت کا تو سوال ہی اٹھ گیا اور دولت کا پیدا ہی نہیں ہو سکتا۔ اس لیے کہ بندہ زیادہ لالچی نہیں، جو کچھ ہے اسی پر قناعت ہے۔ لیکن پھر یہ دل والی بات کیوں پیدا ہو گئی تھی۔ آدمی ذہین ہوں۔ کوئی مسئلہ سامنے آ جائے تو اس کی تہہ تک پہنچنے کی کوشش کرتا ہوں۔ کارخانے چل رہے تھے۔ دکانیں بھی چل رہی تھیں۔ روپیہ اپنے آپ پیدا ہو رہا تھا۔ میں نے الگ تھلگ ہو کر سوچنا شروع کیا اور بہت دیر کے بعد اس نتیجے پر پہنچا کہ دل کی گڑبڑ صرف اس لیے ہے کہ میں نے کوئی نیک کام نہیں کیا۔

کاٹھیاواڑ گجرات میں تو میں نے بیسیوں نیک کام کیے تھے۔ مثال کے طور پر جب میرا دوست پانڈورنگ مر گیا تو میں نے اس کی رانڈ کو اپنے گھر ڈال لیا اور دو برس تک اس کو دھندا کرنے سے روکے رکھا۔ ونائک کی لکڑی کی ٹانگ ٹوٹ گئی تو اسے نئی خرید دی۔ تقریباً چالیس روپے اس پر اٹھ گئے تھے۔ جمنا بائی کو گرمی ہو گئی۔ سالی کو (معاف کیجیے گا) کچھ پتا ہی نہیں۔ میں اسے ڈاکٹر کے پاس لے گیا۔ چھ مہینے برابر اس کا علاج کراتا رہا۔ ۔ ۔ لیکن پاکستان آ کر میں نے کوئی نیک کام نہیں کیا تھا اور دل کی گڑبڑ کی یہی وجہ تھی۔ ورنہ اور سب ٹھیک تھا۔

میں نے سوچا۔ کیا کروں۔ ۔ ۔ ؟ خیرات دینے کا خیال آیا۔ لیکن ایک روز شہر میں گھوما تو دیکھا کہ قریب

قریب ہر شخص بھکاری ہے۔ کوئی بھوکا ہے کوئی ننگا۔ کس کس کا پیٹ بھروں، کس کس کا انگ ڈھانکوں۔۔۔ ؟ سوچا ایک لنگر خانہ کھول دوں لیکن ایک لنگر خانے سے کیا ہوتا اور پھر اناج کہاں سے لاتا؟ بلیک مارکیٹ سے خریدنے کا خیال پیدا ہوا تو یہ سوال بھی ساتھ ہی پیدا ہو گیا کہ ایک طرف گناہ کر کے دوسری طرف کارِ ثواب کا مطلب ہی کیا ہے؟

گھنٹوں بیٹھے بیٹھ کر میں نے لوگوں کے دکھ درد سنے۔ سچ پوچھیے تو ہر شخص دکھی تھا۔ وہ بھی جو دکانوں کے تھڑوں پر سوتے ہیں اور وہ بھی جو اونچی اونچی حویلیوں میں رہتے ہیں۔ پیدل چلنے والے کو یہ دکھ تھا کہ اس کے پاس کام کا کوئی جوتا نہیں۔ موٹر میں بیٹھنے والے کو یہ دکھ تھا کہ اس کے پاس کار کا نیا ماڈل نہیں۔ ہر شخص کی شکایت اپنی اپنی جگہ درست تھی۔ ہر شخص کی حاجت اپنی اپنی جگہ معقول تھی۔

میں نے غالب کی ایک غزل، اللہ بخشے شولاپور کی امینہ بائی چتلے کر سے سنی تھی۔ ایک شعر یاد رہ گیا ہے

؎ کِس کی حاجت روا کرے کوئی۔۔۔ ۔

معاف کیجیے گا یہ اس کا دوسرا مصرع ہے اور ہو سکتا ہے پہلا ہی ہو۔

جی ہاں، میں کس کس کی حاجت روا کرتا جب سو میں سے سو ہی حاجت مند تھے۔ میں نے پھر یہ بھی سوچا کہ خیرات دینا کوئی اچھا کام نہیں۔ ممکن ہے آپ مجھ سے اتفاق نہ کریں۔ لیکن میں نے مہاجرین کے کیمپوں میں جا کر جب حالات کا اچھی طرح جائزہ لیا تو مجھے معلوم ہوا کہ خیرات نے بہت سے مہاجرین کو بالکل ہی نکما بنا دیا ہے۔ دن بھر ہاتھ پر ہاتھ دھرے بیٹھے ہیں، تاش کھیل رہے ہیں۔ جگار ہو رہی ہے (معاف کیجیے گا جُگار کا مطلب ہے جوا یعنی قمار بازی) گالیاں بک رہے ہیں اور فوکٹ یعنی مفت کی روٹیاں توڑ رہے ہیں۔۔۔ ۔ ایسے لوگ بھلا پاکستان کو مضبوط بنانے میں کیا مدد دے سکتے ہیں۔ چنانچہ میں اسی نتیجہ پر پہنچا کہ بھیک دینا ہر گز ہر گز نیکی کا کام نہیں۔ لیکن پھر نیکی کے کام کے لیے اور کون سا رستہ ہے؟

کیمپوں میں دھڑا دھڑ آدمی مر رہے تھے۔ کبھی ہیضہ پھوٹ تا تھا کبھی پلیگ۔ ہسپتالوں میں تل دھرنے کو جگہ نہیں تھی۔ مجھے بہت بہت ترس آیا۔ قریب تھا کہ ایک ہسپتال بنوا دوں مگر سوچنے پر ارادہ ترک کر دیا۔ پوری اسکیم تیار کر چکا تھا۔ عمارت کے لیے ٹینڈر طلب کرتا۔ داخلے کی فیسوں کا روپیہ جمع ہو جاتا۔ اپنی ہی ایک کمپنی کھڑی کر دیتا اور ٹینڈر اس کے نام نکال دیتا۔ خیال تھا ایک لاکھ روپے عمارت پر صرف کروں گا۔ ظاہر ہے کہ ستر ہزار روپے میں بلڈنگ کھڑی کر دیتا اور پورے تیس ہزار بچا لیتا مگر یہ ساری اسکیم دھری کی دھری رہ گئی۔ جب میں نے سوچا کہ اگر مرنے والوں کو بچا لیا تو یہ جو زائد آبادی ہے وہ کیسے کم ہو گی۔

غور کیا جائے تو یہ سارا لفڑا ہی فالتو آبادی کا ہے۔ لفڑا کا مطلب ہے جھگڑا، وہ جھگڑا جس میں فضیحتا بھی ہو۔ لیکن اس سے بھی اس لفظ کی پوری معنویت میں بیان نہیں کر سکا۔ جی ہاں غور کیا جائے تو یہ سارا لفڑا ہی اس فالتو آبادی کا ہے۔ اب لوگ بڑھتے جائیں گے تو اس کا یہ مطلب نہیں کہ زمینیں بھی ساتھ ساتھ بڑھتی جائیں گی۔ آسمان بھی ساتھ ساتھ پھیلتا جائے گا۔ بارشیں زیادہ ہوں گی۔ اناج زیادہ اگے گا۔ اس لیے میں اس نتیجے پر پہنچا۔۔ کہ ہسپتال بنانا ہرگز ہرگز نیک کام نہیں۔

پھر سوچا مسجد بنوادوں۔ لیکن اللہ بخشے شولا پور کی آئینہ بائی چھتلے کر کا گایا ہوا ایک شعر یاد آ گیا

نام منظور ہے تو فیض کے اسباب بنا۔۔۔

وہ منظور کو منجور اور فیض کو فیج کہا کرتی تھی۔

نام منظور ہے تو فیض کے اسباب بنا۔

پل بنا چاہ بنا مسجد و تالاب نبنا۔ کس کم بخت کو نام و نمود کی خواہش ہے۔ وہ جو نام اچھالنے کے لیے پل بناتے ہیں۔ نیکی کا کیا کام کرتے ہیں۔۔۔؟ خاک! میں نے کہا نہیں یہ مسجد بنوانے کا خیال بالکل غلط ہے۔ بہت سی الگ الگ مسجدوں کا ہونا بھی قوم کے حق میں ہرگز مفید نہیں ہو سکتا۔ اس لیے کہ عوام بٹ جاتے ہیں۔

تھک ہار کر میں حج کی تیاریاں کر رہا تھا کہ اللہ میاں نے مجھے خود ہی ایک راستہ بتا دیا۔ شہر میں ایک جلسہ ہوا۔ جب ختم ہوا تو لوگوں میں بدنظمی پھیل گئی۔ اتنی بھگدڑ مچی کہ تیس آدمی ہلاک ہو گئے۔ اس حادثے کی خبر دوسرے روز اخباروں میں چھپی تو معلوم ہوا کہ وہ ہلاک نہیں بلکہ شہید ہوئے تھے۔

میں نے سوچنا شروع کیا۔ سوچنے کے علاوہ میں کئی مولویوں سے ملا۔ معلوم ہوا کہ وہ لوگ جو اچانک حادثوں کا شکار ہوتے ہیں۔ انہیں شہادت کا رتبہ ملتا ہے یعنی وہ رتبہ جس سے بڑا کوئی اور رتبہ ہی نہیں۔ میں نے سوچا کہ اگر لوگ مرنے کی بجائے شہید ہوا کریں تو کتنا اچھا ہے۔ وہ جو عام موت مرتے ہیں۔ ظاہر ہے کہ ان کی موت بالکل اکارت جاتی ہے۔ اگر وہ شہید ہو جاتے تو کوئی بات بنتی۔

میں نے اس باریک بات پر اور غور کرنا شروع کیا۔ چاروں طرف جدھر دیکھو خستہ حال انسان تھے۔ چہرے زرد، فکر و تردد اور غم روزگار کے بوجھ تلے پسے ہوئے۔ دھنسی ہوئی آنکھیں، بے جان چال۔ کپڑے تار تار، ریل گاڑی کے کنڈم مال کی طرح یا تو کسی ٹوٹے پھوٹے جھونپڑے میں پڑے ہیں یا بازاروں میں بے مالک مویشیوں کی طرح منہ اٹھائے بے مطلب گھوم رہے ہیں۔ کیوں جی رہے ہیں۔ کس کے لیے جی رہے ہیں اور کیسے جی رہے ہیں۔ اس کا کچھ پتہ نہیں۔ کوئی وبا پھیلی۔ ہزاروں لوگ مر گئے اور کچھ نہیں

تو بھوک اور پیاس ہی سے گھل گھل مرے۔ سردیوں میں اکڑ گئے۔ گرمیوں میں سوکھ گئے۔ کسی کی موت پر کسی نے دو آنسو بہا دیئے، اکثریت کی موت خشک ہی رہی۔

زندگی سمجھ میں نہ آئی، ٹھیک ہے۔ اس سے حظ نہ اٹھایا، یہ بھی ٹھیک ہے۔ ۔ ۔ وہ کس کا شعر ہے۔ اللہ بخشے شولاپور کی امینہ بائی چتلے کر کیا درد بھری آواز میں گایا کرتی تھی ۔ ۔ ۔

مر کے بھی چین نہ پایا تو کدھر جائیں گے۔

میرا مطلب ہے اگر مرنے کے بعد بھی زندگی نہ سدھری تو لعنت ہے سسری پر۔

میں نے سوچا کیوں نہ بیچارے، قسمت کے مارے، درد کے ٹھکرائے ہوئے انسان جو اس دنیا میں ہر اچھی چیز کے لیے ترستے ہیں، اس دنیا میں ایسا رتبہ حاصل کریں کہ وہ جو یہاں ان کی طرف نگاہ اٹھانا پسند نہیں کرتے، وہاں ان کو دیکھیں اور رشک کریں۔ اس کی ایک ہی صورت تھی کہ وہ عام موت نہ مریں بلکہ شہید ہوں۔

اب سوال یہ تھا کہ یہ لوگ شہید ہونے کے لیے راضی ہوں گے۔ میں نے سوچا، کیوں نہیں۔ وہ کون مسلمان ہے جس میں ذوقِ شہادت نہیں۔ مسلمانوں کی دیکھا دیکھی تو ہندوؤں اور سکھوں میں بھی یہ رتبہ پیدا کر دیا گیا ہے۔ لیکن مجھے سخت ناامیدی ہوئی جب میں نے ایک مریل سے آدمی سے پوچھا، ''کیا تم شہید ہونا چاہتے ہو؟''، تو اس نے جواب دیا، ''نہیں۔''

سمجھ میں نہ آیا کہ وہ شخص جی کر کیا کرے گا۔ میں نے اسے بہت سمجھایا کہ دیکھو بڑے میاں، زیادہ سے زیادہ تم ڈیڑھ مہینہ اور جیو گے، چلنے کی تم میں سکت نہیں۔ کھانستے کھانستے غوطے میں جاتے ہو تو ایسا لگتا ہے کہ بس دم نکل گیا۔ پھوٹی کوڑی تک تمہارے پاس نہیں۔ زندگی بھر تم نے سکھ نہیں دیکھا۔ مستقبل کا تو سوال ہی پیدا نہیں ہوتا پھر اور جی کر کیا کرو گے۔ فوج میں تم بھرتی نہیں ہو سکتے۔ اس لیے محاذ پر اپنے وطن کی خاطر لڑتے جان دینے کا خیال بھی عبث ہے۔ اس لیے کیا یہ بہتر نہیں کہ تم کوشش کر کے یہیں بازار میں یا ڈیرے میں جہاں تم رات کو سوتے ہو، اپنی شہادت کا بندوبست کر لو۔ اس نے پوچھا، ''یہ کیسے ہو سکتا ہے؟''

میں نے جواب دیا، ''یہ سامنے کیلے کا چھلکا پڑا ہے۔ فرض کر لیا جائے کہ تم اس پر سے پھسل جاؤ۔ ۔ ۔ ظاہر ہے کہ تم مر جاؤ گے اور شہادت کا رتبہ پاؤ گے۔'' یہ بات اس کی سمجھ میں نہ آئی۔ کہنے لگا۔ ''میں کیوں آنکھوں دیکھے کیلے کے چھلکے پر پاؤں دھرنے لگا۔ ۔ ۔ کیا مجھے اپنی جان عزیز نہیں۔'' اللہ اللہ کیا جان

تھی۔ ہڈیوں کا ڈھانچا جھریوں کی گٹھری!

مجھے بہت افسوس ہوا اور اس وقت اور بھی زیادہ ہوا، جب میں نے سنا کہ وہ کم بخت جو بڑی آسانی سے شہادت کا رتبہ اختیار کر سکتا تھا، خیراتی ہسپتال میں لوہے کی چارپائی پر کھانستا کھنکارتا مر گیا۔ ایک بڑھیا تھی منہ میں دانت نہ پیٹ میں آنت۔ آخری سانس لے رہی تھی، مجھے بہت ترس آیا۔ ساری عمر غریب کی مفلسی اور رنج و غم میں گزری تھی۔ میں اسے اٹھا کر ریل کے پاٹے پر لے گیا۔ معاف کیجیے گا، ہمارے یہاں پٹری کو پاٹا کہتے ہیں۔ لیکن جناب جونہی اس نے ٹرین کی آواز سنی۔ ہوش میں آ گئی اور کوک بھرے کھلونے کی طرح اٹھ کر بھاگ گئی۔

میرا دل ٹوٹ گیا۔ لیکن پھر بھی میں نے ہمت نہ ہاری۔ مینے کا بیٹا اپنی دھن کا پکا ہوتا ہے۔ نیکی کا جو صاف اور سیدھا راستہ مجھے نظر آیا تھا، میں نے اس کو اپنی آنکھ سے اوجھل نہ ہونے دیا۔ مغلوں کے وقت کا ایک بہت بڑا احاطہ خالی پڑا تھا۔ اس میں ایک سوا کان چھوٹے چھوٹے کمرے تھے۔ بہت ہی خستہ حالت میں۔ میری تجربہ کار آنکھوں نے اندازہ لگا لیا کہ پہلی ہی بڑی بارش میں سب کی چھتیں ڈھے جائیں گی۔ چنانچہ میں نے اس احاطے کو ساڑھے دس ہزار روپے میں خرید لیا اور اس میں ایک ہزار مفلوک الحال آدمی بسا دیئے۔ دو مہینے کرایہ وصول کیا۔ ایک روپیہ ماہوار کے حساب سے۔ تیسرے مہینے جیسا کہ میرا اندازہ تھا، پہلی ہی بڑی بارش میں سب کمروں کی چھتیں نیچے آ رہیں اور رسات سو آدمی جن میں بچے بوڑھے سبھی شامل تھے، شہید ہو گئے۔

وہ جو میرے دل پر بوجھ سا تھا، کسی قدر ہلکا ہو گیا۔ آبادی میں سے سات سو آدمی کم بھی ہو گئے۔ لیکن انہیں شہادت کا رتبہ بھی مل گیا۔۔۔ ادھر کا پلڑا بھاری ہی رہا۔ جب سے میں یہی کام کر رہا ہوں۔ ہر روز حسبِ توفیق دو تین آدمیوں کو جامِ شہادت پلا دیتا ہوں۔ جیسا کہ میں عرض کر چکا ہوں۔ کام کوئی بھی ہو انسان کو محنت کرنا ہی پڑتی ہے۔ اللہ بخشے شولاپور کی امینہ بائی جٹلے کر کو، ایک شعر گایا کرتی تھی۔ لیکن معاف کیجیے گا وہ شعر یہاں ٹھیک نہیں بیٹھتا۔ کچھ بھی ہو، کہنا یہ ہے کہ مجھے کافی محنت کرنا پڑتی ہے۔ مثال کے طور پر ایک آدمی کو جس کا وجود چھکڑے کے پانچویں پہیے کی طرح بے معنی اور بے کار تھا۔ جامِ شہادت پلانے کے لیے مجھے پورے دس دن جگہ جگہ کیلے کے چھلکے گرانے پڑے لیکن موت کی طرح جہاں تک میں سمجھتا ہوں شہادت کا بھی ایک دن مقرر ہے۔ دسویں روز جا کر وہ پتھریلے فرش پر کیلے کے چھلکے سے پھسلا اور شہید ہوا۔

آج کل میں ایک بہت بڑی عمارت بنوا رہا ہوں۔ ٹھیکا میری ہی کمپنی کے پاس ہے، دو لاکھ کا ہے۔ اس میں سے پچھتر ہزار تو میں صاف اپنی جیب میں ڈال لوں گا۔ بیمہ بھی کرا لیا ہے۔ میرا اندازہ ہے کہ جب تیسری منزل کھڑی کی جائے گی تو ساری بلڈنگ دھڑام سے گر پڑے گی۔ کیونکہ مصالحہ ہی میں نے ایسا لگوایا ہے۔ اُس وقت تین سو مزدور کام پر لگے ہوں گے۔ خدا کے گھر سے مجھے پوری پوری امید ہے کہ یہ سب کے سب شہید ہو جائیں گے۔ لیکن اگر کوئی بچ گیا تو اس کا یہ مطلب ہو گا کہ پرلے درجے کا گناہ گار ہے جس کی شہادت اللہ تبارک و تعالیٰ کو منظور نہیں تھی۔

شو شو

گھر میں بڑی چہل پہل تھی۔ تمام کمرے لڑکے لڑکیوں، بچے بچیوں اور عورتوں سے بھرے تھے۔ اور وہ شور برپا ہو رہا تھا کہ کان پڑی آواز سنائی نہ دیتی تھی۔ اگر اس کمرے میں دو تین بچے اپنی ماؤں سے لپٹے دودھ پینے کے لیے بلبلا رہے ہیں تو دوسرے کمرے میں چھوٹی چھوٹی لڑکیاں ڈھولکی لیے بے سُری تانیں اڑا رہی ہیں۔ نہ تال کی خبر ہے نہ لَے کی۔ بس گائے جا رہے ہیں۔ نیچے ڈیوڑھی سے لے کر بالائی منزل کے شہ نشینوں تک مکان مہمانوں سے کھچا کھچ بھرا تھا۔ ایک مکان میں دو بیاہ رچے تھے۔ میرے دونوں بھائی اپنی چاند سی دلہنیں بیاہ کر لائے تھے۔

رات کے گیارہ بجے کے لگ بھگ دونوں ڈولیاں آئیں، اور گلی میں اس قدر شور برپا ہوا کہ الامان، مگر وہ نظارہ بڑا روح افزا تھا۔ جب گلی کی سب شوخ و شنگ لڑکیاں باہر نکل آئیں اور تیتریوں کی طرح اِدھر اُدھر پھر پھرانے لگیں۔

ساڑیوں کی ریشمی سرسراہٹ، کلف لگی شلواروں کی کھٹر کھٹر اہٹ اور چوڑیوں کی کھنکھناہٹ ہوا میں تیرنے لگی۔ تمتماتے ہوئے مکھڑوں پر بار بار گرتی ہوئی لٹیں، ننھے ننھے سینوں پر زور دے کر نکالی ہوئی بلند آوازیں، اونچی ایڑی کے بوٹوں پر تھرکتی ہوئی ٹانگیں، لچکتی ہوئی انگلیاں، دھڑکتے ہوئے لہجے، پھڑکتی ہوئی رگیں اور پھر ان البیلی لڑکیوں کی آپس کی سرگوشیاں۔۔۔! یہ سب کچھ دیکھ کر ایسا لگتا تھا کہ گلی کے پتھریلے فرش پر حسن و شباب اپنے قلم سے معانی لکھ رہا ہے!

عباس میرے پاس کھڑا تھا۔ ہم دونوں عورتوں کے ہجوم میں گھرے ہوئے تھے۔ دفعتاً عباس نے گلی کے نکڑ پر نظریں گاڑ کر کہا، ''شو شو کہاں ہے؟'' میں نے جواب دیا، ''مجھے اس وقت تمہارے سوال

کا جواب دینے کی فرصت نہیں ہے۔،، میں اس ہجوم میں اس بھونرے کے مانند کھڑا تھا جو پھولوں بھری کیاری دیکھ کر یہ فیصلہ نہیں کر سکتا کہ کس پھول پر بیٹھے۔ عباس نے رونی آواز میں کہا، ،وہ نہیں آئی!،،

،، تو کیا ہوا۔ ۔۔ باقی تو سب موجود ہیں۔ ۔۔ ارے ۔۔ ۔۔ دیکھو تو وہ نیلی ساڑی میں کون ہے ۔۔ ۔؟ شو شو۔،، میں نے عباس کا ہاتھ دبایا۔ عباس نے غور سے دیکھا۔ نیلی ساڑی میں۔ ۔۔ یہ کہہ کر اس نے اپنے مخصوص انداز میں میری طرف قہر آلود نگاہوں سے دیکھ کر کہا۔ ،علاج کراؤ اپنی آنکھوں کا۔ ۔۔ چغد کہیں کے، یہ شو شو ہے؟،،

،، کیوں وہ نہیں ہے کیا؟،، میں نے پھر نیلی ساڑی کی طرف غور سے دیکھا اور ایسا کرتے ہوئے میری نگاہیں ایکا ایکی اس لڑکی کی نگاہوں سے ٹکرائیں کچھ اس طور اس کو ایک دھکا سا لگا۔ وہ سنبھلی اور فوراً منہ سے لال بِچھ نکال کر میرا منہ چڑایا۔ اپنی سہیلی کے کان میں کچھ کہا۔ ۔۔ اس سہیلی نے کنکھیوں سے میری طرف دیکھا۔ ۔۔ میرے ماتھے پر پسینہ آ گیا۔

عباس نے جو اپنا اطمینان کرنے کے لیے ایک بار پھر اس کی طرف دیکھ رہا تھا بلند آواز میں کہا، ،بخدا تم اس کی توہین کر رہے ہو۔ ۔ گدھے کہیں کے۔ ۔۔ عورت کے معاملے میں نرے احمق ہو۔ ۔۔ کاٹھ کی کوئی تپلی نیلے رنگ میں لپیٹ لپاٹ کر تمہارے سامنے رکھ دی جائے تم اسی کی بلائیں لینا شروع کر دو گے۔،، یہ الفاظ اتنی اونچی آواز میں ادا کیے گئے تھے کہ اس نیلی ساڑی والی نے سن لیے، جب وہ ہمارے پاس سے گزرنے لگی تو خود بخود ٹھٹک گئی۔ ایک لحظے کے لیے اس کے قدم رکے، گویا ہم میں سے کسی نے اس کو مخاطب کیا ہے۔ پھر فوراً اس کو اپنی غلطی کا احساس ہوا۔ اور اس احساس کی پیدا کی ہوئی خفت دور کرنے کے لیے اس نے یونہی پیچھے مڑ کر دیکھا اور کہا، ،ارے ۔۔ ۔۔ امینہ تو کہاں اڑ گئی؟،،

مجھے موقع ملا۔ میں نے جھٹ سے عباس کا ہاتھ اپنے ہاتھ میں لے لیا۔ اور اسے اچھی طرح دبا کر اس سے کہا، ،آپ سے مل کر بہت خوشی حاصل ہوئی۔ مگر میرا نام محمد امین ہے ۔۔ ۔ مجھے نیل کنٹھ بھی کہتے ہیں۔ ۔۔،،

جل ہی تو گئی۔ مگر ہم زیرِ لب مسکراتے آگے بڑھ گئے۔ چند ہی قدم چلے ہوں گے کہ عباس نے اضطراب بھرے لہجے میں کہا، ،شو شو ابھی تک نہیں آئی۔،،

،، تو میں کیا کروں۔ ۔۔ میرے سر پر نمدہ باندھ دیجیے۔ تو میں ابھی سرکار کے لیے اسے تلاش کر کے لے آتا ہوں۔ ۔۔ آخر یہ کیا حماقت ہے بھئی تم تماشا بھی دیکھو گے یا کہ نہیں۔ ۔۔ ؟ اور پھر جناب یہ تو

بتایئے۔اگر وہ یہاں موجود بھی ہو تو آپ اس سے ملاقات کیونکر کر سکتے ہیں۔۔۔آپ کوئی امریکی ناول نہیں پڑھ رہے۔کوئی خواب تو نہیں دیکھ رہے۔''

عباس میری بات فوراً سمجھ گیا۔ وہ اتنا بے وقوف نہیں تھا۔ چنانچہ ہم دونوں آہستہ آہستہ قدم اٹھائے گلی سے نکل کر بازار میں چلے گئے۔موڑ پر رام بھروسے پنواڑی کی دکان کھلی تھی جو بجلی کے قمقمے کے نیچے سر جھکائے اونگھ رہا تھا۔ہم نے اس سے دو پان بنوائے اور وہیں بازار میں کرسیوں پر بیٹھ کر باتیں کرنے میں مشغول ہو گئے۔دیر تک ہم ہندوستان میں مرد و عورت کے درمیان جو اجنبیت چلی آ رہی ہے،اس کے بارے میں گفتگو کرتے رہے۔ جب ایک نبج گیا تو عباس جمائی لے کر اٹھا اور کہنے لگا،''بھئی اب نیند آ رہی ہے۔۔۔اس حسرت کو ساتھ لیے جا رہا ہوں کہ شو شو کو نہ دیکھ سکا۔ سچ کہتا ہوں امین وہ لڑکی۔۔۔میں اب تمہیں کیا بتاؤں کہ وہ کیا ہے؟''

عباس نے اپنے گھر کا رخ کیا اور میں نے اپنے گھر کا۔ راستے میں سوچتا رہا کہ عباس نے شو شو جیسی معمولی لڑکی میں ایسی کون سی غیر معمولی چیز دیکھی ہے جو ہر وقت اسی کا ذکر کرتا رہتا ہے۔عباس کے مذاق کے متعلق میں یقین کے ساتھ کہہ سکتا ہوں کہ بڑا اونچا ہے۔مگر یہاں اسے کیا ہو گیا تھا۔۔۔؟ شو شو۔۔۔شو شو۔۔۔ارے یہ کیا۔۔۔؟ دو تین بار اس کا نام میری زبان پر آیا تو میں نے یوں محسوس کیا کہ پیپرمنٹ کی گولیاں چوس رہا ہوں۔۔۔شو شو۔۔۔ایک دو مرتبہ آپ بھی اسے دہرائیے۔ ذرا جلدی جلدی۔۔۔کیا آپ کو لذّت محسوس ہوئی۔۔۔؟ ضرور ہوئی ہو گی مگر کیوں۔۔۔؟ سمجھ میں نہیں آتا تھا کہ میں عباس کی محبوبہ شو شو کے بارے میں خواہ مخواہ کیوں غور کرنے لگا ہوں؟ اس میں ایسی کوئی چیز ہے ہی نہیں جو غور افروز ہو مگر۔۔۔مگر۔۔۔یہ شو شو نام میں دلچسپی ضرور تھی، اور کیا کہا میں نے۔۔۔لذت بھی۔''

شو شو میں بانجو کے تھرکتے ہوئے تاروں کی جھنکار سی پائی جاتی ہے۔ آپ یہ نام پکاریئے تو ایسا معلوم ہو گا کہ آپ نے کسی ساز کے تنے ہوئے تاروں پر زور سے گز پھیر دیا ہے۔شو شو۔۔۔سُشیلا کا دوسرا نام ہے۔یعنی اس کی بگڑی ہوئی شکل مگر اس کے باوجود اس میں کتنی موسیقی ہے۔۔۔سوشیلا۔۔۔شو شو۔۔۔سوشیلا۔۔۔غلط۔۔۔سُشیلا میں شو شو کی سی موسیقیت ہرگز نہیں ہو سکتی! فرنگی شاعر بائرن شکیل تھا مگر اس میں وہ کون سی شے تھی جو عورتوں کے سینے میں ہیجان برپا کر دیتی تھی۔۔۔؟ اس کا لنگڑا کر چلنا۔گریٹا گاربو قطعاً خوش شکل نہیں ہے مگر اس میں کون سی چیز ہے جو فلمی تماشائیوں پر جادو کا کام کرتی ہے۔۔۔؟ اس کا ذرا بگڑے ہوئے انگریزی لہجے میں باتیں کرنا۔۔۔یہ کیا بات ہے کہ

بعض اوقات اچھی بھلی شے کو بگاڑنے سے اس میں حسن پیدا ہو جاتا ہے ۔ ۔ ۔ ؟

سُشیلا پندرہ برس کی ایک معمولی لڑکی ہے جو ہمارے پڑوس میں رہتی ہے۔ اس عمر میں ان تمام چیزوں کی مالک ہے جو عام نوجوانوں کے سینے میں ہلچل پیدا کرنے کے لیے کافی ہوتی ہیں۔ مگر عباس کی نظروں میں یہ کوئی خوبی نہ تھی۔ عام نوجوانوں کی طرح عباس کا دل گھاس کی پتی کے ماند نہیں تھا جو ہوا کے ہلکے سے جھونکے کے ساتھ ہی کانپنا شروع کر دیتی ہے ۔ ۔ ۔ خدا جانے وہ اس کی کس ادا پر مرتا تھا۔ جو میرے ذہن سے بالا تر تھی۔

میں نے سُشیلا کی شکل و صورت اور اس کی صناعانہ قدر و قیمت کے متعلق کبھی غور نہیں کیا تھا۔ مگر نہ جانے میں اس روز اس کے متعلق کیوں سوچتا رہا۔ بار بار وہ میرے ذہن میں آ رہی تھی۔ اور ہر بار میں سُشیلا کو چھوڑ کر اس کے مختصر نام شوشو کی موسیقی میں گم ہو جاتا تھا۔ انہی خیالات میں غرق گلی کے موڑ پر پہنچ گیا، اور مجھے اس چیز کا احساس اس وقت ہوا جب میں نے دفعتاً وہاں کی فضا کو غیر معمولی طور پر خاموش پایا۔ مکان میری نظروں کے سامنے تھا۔ اس کے باہر گلی کی دیوار کے ساتھ ایک برقی قمقمہ لٹک رہا تھا جس کی چُند ھیا دینے والی روشنی ساری گلی میں بکھری ہوئی تھی ۔ ۔ ۔ مجھے اس قمقمے کے ''تجرد'' پر بڑا ترس آیا۔ گلی بالکل سنسان تھی اور وہ قمقمہ متحیر معلوم ہوتا تھا۔

گھر میں داخل ہوا تو وہاں بھی خاموشی تھی۔ البتہ کبھی کبھار کسی بچے کے رونے کی لرزاں صدا اور پھر ساتھ ہی اس کی ماں کی خواب آلود آواز سنائی دیتی تھی۔ ڈیوڑھی کے ساتھ والا کمرہ کھول کر میں صوفے پر بیٹھ گیا۔ پاس ہی تپائی پر ''رومان'' پڑا تھا۔ اس کو اٹھا کر میں نے ورق گردانی شروع کی۔ ورق الٹتے الٹتے اختر کی غزل پر نظریں جم گئیں۔ مطلع کس قدر حسین تھا۔

نہ بھولے گا تاراتوں کو شرماتے ہوئے آنا

رسیلی انکھڑیوں سے نیند برساتے ہوئے آنا

مجھے نیند آ گئی۔ کلاک کی طرف دیکھا تو چھوٹی سوئی دو کے ہندسے کے پاس پہنچ چکی تھی، اور اس کا اعلان کرنے کے لیے الارم میں ارتعاش پیدا ہو رہا تھا ۔ ۔ ٹن نن نن ۔ ۔ ۔ ٹن نن نن ۔ ۔ ۔ ن! دو بج گئے ۔ ۔ ۔ میں اٹھا اور سونے کے ارادے سے سیڑھیاں طے کر کے اپنی خواب گاہ میں پہنچا۔ بہار کے دن تھے اور موسم خنک۔ میری خواب گاہ کی ایک کھڑکی باہر کی گلی میں کھلتی ہے۔ جس کے پیازی رنگ کے ریشمی پردے میں ہوا کے ہلکے ہلکے جھونکے بڑی پیاری لہریں پیدا کر رہے تھے۔ میں نے شب خوابی کا لباس پہنا اور سبز

رنگ کا قمقمہ روشن کر کے بستر پر لیٹ گیا۔

میری پلکیں آپس میں ملنے لگیں۔ایسا محسوس ہونے لگا کہ میں دھنکی ہوئی روئی کے بہت بڑے انبار میں دھنسا جا رہا ہوں۔نیند اور بیداری کے درمیان ایک لحظہ باقی رہ گیا تھا کہ اچانک میرے کانوں میں کسی کے بولنے کی گنگناہٹ آئی۔اس پر ملتی ہوئی پلکیں کھل گئیں۔اور میں نے غنودگی دور کرتے ہوئے غور سے سننا شروع کیا۔ساتھ والے کمرے میں کوئی بول رہا تھا۔یکایک کسی کی دلکش ہنسی کی مترنم آواز بلند ہوئی اور پھلجھڑی کے نورانی تاروں کے مانند پُرسکوت فضا میں بکھر گئی۔میں بستر پر سے اٹھا اور دروازے کے ساتھ کان لگا کر کھڑا ہو گیا۔

’’دونوں دلہنیں ماشاء اللہ بڑی خوبصورت ہیں۔‘‘

’’چندے آفتاب چندے ماہتاب‘‘

غالباً دو لڑکیاں آپس میں باتیں کر رہی تھیں۔ان کے موضوع نے میری دلچسپی کو بڑھا دیا اور میں نے زیادہ غور سے سننا شروع کیا، ’’تلے والی سرخ ساڑی میں نرگس کتنی بھلی معلوم ہوتی تھی۔۔۔گورے گورے گالوں پر بکھری ہوئی مقیش۔۔۔جی چاہتا تھا بڑھ کر بلائیں لے لوں۔‘‘

’’بے چاری سمٹی جا رہی تھی۔‘‘

’’سر تو اٹھایا ہی نہیں اس نے ۔۔۔پر۔۔۔‘‘

’’پر یہ شرم و حیا کب تک رہے گی ۔۔۔آج رات۔۔۔‘‘

’’آج رات۔۔۔!‘‘

’’اوئی اللہ۔۔۔تو کیسی باتیں کر رہی ہے شو شو۔اس کے ساتھ ہی کپڑے کی سرسراہٹ سنائی دی۔میرے جسم میں بجلی سی دوڑ گئی۔۔۔شو شو۔۔۔تو ان میں سے ایک سُشیلا بھی تھی۔میری دلچسپی اور بھی بڑھ گئی اور میں نے دروازے میں کوئی دراڑ تلاش کرنا شروع کی، کہ ان کی گفتگو کے ساتھ ساتھ ان کو دیکھ بھی سکوں۔ایک کواڑ کے نچلے تختے سے چھوٹی سی گانٹھ نکل گئی تھی، اور اس طرح چونی کے برابر سوراخ پیدا ہو گیا تھا۔گھٹنوں کے بل بیٹھ کر میں نے اس پر آنکھ جما دی شو شو قالین پر بیٹھی بسکٹی رنگ کی ساڑی سے اپنی ننگی پنڈلی کو ڈھانک رہی تھی۔اس کے پاس عفّت شرمائی ہوئی سی گاؤ تکیے پر دونوں کہنیاں ٹیکے لیٹی تھی۔

’’اس وقت ان گوری چٹی دلہنوں پر کیا بیت رہی ہو گی؟‘‘ شو شو یہ کہہ کر رک گئی اور اپنی آواز دبا کر اس نے عفّت کی چوڑیوں کو چھیڑ کر ان میں کھنکھناہٹ پیدا کرتے ہوئے کہا، ’’ذرا سوچو تو؟‘‘ عفت کے

گال ایک لمحے کے لیے تھرتھرائے، ''کیسی بہکی بہکی باتیں کر رہی ہو شو شو۔''

''جی ہاں۔۔۔ گویا ان باتوں سے دلچسپی نہیں میری بنّو کو۔ بس میں ہو تو ابھی سے ابھی اپنی شادی رچا لو۔'' عفّت نے سشیلا کی بات کاٹ دی، ''پر یہ دلہنوں کو کہاں لے گئے ہیں شو شو؟''

''کہاں لے گئے ہیں؟'' شو شو مسکرائی، ''سمندر کی تہہ میں جہاں جل پریوں کا راج ہے۔۔۔ کوہِ قاف کے غاروں میں جہاں سینگوں والے جن رہتے ہیں۔۔۔'' چند لمحات کے لیے ایک پراسرار سکوت طاری رہا۔ اس کے بعد شو شو پھر بولی، ''کہاں لے گئے ہیں۔۔۔؟ لے گئے ہوں گے اپنے اپنے کمروں میں!''

''بیچاریوں کو نیند کیسے آئے گی؟'' ایک لڑکی نے جو ابھی تک خاموش بیٹھی تھی اور جس کا نام میں نہیں جانتا تھا، اپنا اندیشہ ظاہر کیا۔ شو شو کہنے لگی، ''بے چاریاں۔۔۔! کوئی ذرا ان کے دل سے جا کر پوچھے کہ ان کی آنکھیں اس رت جگے کے لیے کتنی بے قرار تھیں؟''

''تو بہت خوش ہوں گی؟''

''اور کیا؟''

''پر میں نے یہ سنا ہے کہ یہ لوگ بہت ستایا کرتے ہیں؟'' عفّت سشیلا کے پاس سرک آئی۔

''میں پوچھتی ہوں، تمہیں اندیشہ کس بات کا ہو رہا ہے۔۔۔؟ جب تمہارے وہ ستانے لگیں گے تو نہ ستانے دینا انہیں۔۔۔ ہاتھ پیر باندھ دینا ان کے۔۔۔ ابھی سے فکر میں کیوں گھلی جا رہی ہو۔''

''ہائیں ہائیں۔'' عفّت نے تیزی سے کہا، ''تم کیسی باتیں کر رہی ہو شو شو۔ دیکھو تو میرا دل کتنے زور سے دھڑکنے لگا ہے؟'' عفّت نے سشیلا کا ہاتھ اٹھا کر دل کے مقام پر رکھ دیا، ''کیوں؟'' شو شو نے عفّت کے دل کی دھڑکنیں غور سے سنیں اور بڑے پراسرار لہجے میں کہا، ''جانتی ہو کیا کہہ رہا ہے؟'' عفت نے جواب دیا، ''نہیں تو؟''

''یہ کہتا ہے عفت بانو غزنوی دلہن بننا چاہتی ہے۔۔۔!''

''ہٹاؤ جی، لاج تو نہیں آتی تمہیں۔'' عفت نے مسکرا کر کروٹ بدلی، ''دل اپنا چاہتا ہے تمہارا اور خواہ مخواہ یہ سب کچھ میرے سر منڈھ رہی ہو۔'' پھر یکا یک اٹھ کھڑی ہوئی اور سشیلا سے پوچھنے لگی، ''ہاں، یہ تو بتاؤ شو شو تم بھلا کیسے آدمی سے شادی کرنا پسند کرو گی۔۔۔؟ میرے سر کی قسم، سچ سچ بتاؤ، مجھ کو ہائے ہائے کرو، اگر جھوٹ بولو!''

’’میں کیوں بتاؤں۔‘‘ یہ کہہ کر سُشیلا نے تیزی سے اپنے سر کو حرکت دی اور اس کا چہرہ (جو میری نگاہوں سے پوشیدہ تھا، سامنے آ گیا، میں نے غور سے دیکھا وہ مجھے بے حد حسین معلوم ہوئی۔ آنکھیں مست تھیں اور ہونٹ تلوار کے تازہ زخم کے مانند کھلے ہوئے تھے۔ سر کے چند پریشان بال برقی روشنی سے مَنّور فضا میں ناچ رہے تھے۔ چہرے کا گندمی رنگ نکھرا ہوا تھا اور سینہ پر سے ساری کا پلّو نیچے ڈھلک گیا تھا، ہولے ہولے دھڑک رہا تھا۔ چوڑے ماتھے پر سرخ بندیا بڑی پیاری معلوم ہوتی تھی۔

عفّت نے اصرار کیا، ’’تمہیں میرے سر کی قسم بتاؤ؟‘‘ شوشو نے کہا، ’’پہلے تم بتاؤ۔‘‘

’’تو سنو، مگر کسی سے کہو گی تو نہیں۔‘‘ یہ کہہ کر عفّت کچھ شرما سی گئی، ’’میں چاہتی ہوں۔ ـ ـ میں چاہتی ہوں کہ میری شادی ایک ایسے نوجوان سے ہو۔ ـ ـ ایسے۔ ـ ـ۔‘‘ شوشو بولی، ’’توبہ اب بھی کہہ دو۔‘‘ عفّت نے پیشانی پر سے بال ہٹائے اور کہا، ’’ایسے نوجوان سے ہو جس کا قد لمبا ہو جسم بڑے بھائی کی طرح سڈول ہو، انگلینڈ ریٹرنڈ ہو، انگریزی فر فر بولتا ہو۔ ـ ـ رنگ گورا اور نقش تیکھے ہوں، موٹر چلانا جانتا ہو اور بیڈمنٹن بھی کھیلتا ہو۔ ـ ـ۔‘‘

شوشو نے پوچھا، ’’بس کہہ چکیں؟‘‘

’’ہاں،‘‘ عفّت نے نیم وا لبوں سے سُشیلا کی طرف غور سے دیکھنا شروع کیا۔

’’میری دعا ہے کہ پرماتما تمہیں ایسا ہی پتی عطا فرمائیں۔‘‘ سُشیلا کا چہرہ بڑا سنجیدہ تھا، اور لہجہ ایسا تھا جیسے مندر میں کوئی مقدس منتر پڑھ رہی ہے۔ وہ لڑکی جو گفتگو میں بہت کم حصّہ لیتی تھی، بولی، ’’عفّت! اب شوشو کی باری ہے۔‘‘ عفّت جو شوشو کی ساری کا ایک کنارہ پکڑ کر اپنی انگلی کے گرد لپیٹ رہی تھی کہنے لگی، ’’بھئی اب تم بتاؤ ہم نے تو اپنے دل کی بات تم سے کہہ دی۔‘‘ شوشو نے جواب دیا، ’’سن کے کیا کرو گی۔ ـ ـ؟ میرے خیالات تم سے بالکل مختلف ہیں۔‘‘

’’مختلف ہوں یا ملتے ہوں، پر ہم سنے بغیر تمہیں نہیں چھوڑیں گے۔‘‘

’’میں۔ ـ ـ۔‘‘ سُشیلا نے چھت کی طرف دیکھا۔ اور کچھ دیر خاموش رہنے کے بعد کہنے لگی، ’’میں۔ ـ ـ پر تم مذاق اڑاؤ گی عفّت!‘‘

’’ارے۔ ـ ـ تم سناؤ تو؟‘‘

سُشیلا نے ایک آہ بھری، ’’میرے سپنے عجیب و غریب ہیں عفّت۔ ـ ـ۔‘‘ یہ میرے دماغ میں صابن کے رنگ برنگے بلبلوں کی طرح پیدا ہوتے ہیں اور آنکھوں کے سامنے ناچ کر غائب ہو جاتے ہیں۔ ـ ـ۔

میں سوچتی ہوں۔۔۔اور پھر سوچتی ہوں کہ میں کیوں سوچا کرتی ہوں۔ انسان جو کچھ چاہتا ہے اگر ہو جایا کرے تو کتنی اچھی بات ہے۔۔۔لیکن پھر زندگی میں کیا رہ جائے گا۔۔۔خواہشیں اور تمنائیں کہاں سے پیدا ہوں گی۔۔۔ہم جس طرح جی رہے ہیں ٹھیک ہے۔۔۔جانتی ہوں کہ جو کچھ مانگ رہی ہوں، نہیں ملے گا۔ مگر دل میں مانگ تو رہے گی۔۔۔کیا زندہ رہنے کے لیے یہی کافی نہیں؟''

عفّت اور دوسری لڑکی خاموش بیٹھی تھیں۔

شوشو نے پھر کہنا شروع کیا، ''میں اپنا جیون ساتھی ایک ایسے نوجوان کو بنانا چاہتی ہوں جو صرف عمر کے لحاظ سے ہی جوان نہ ہو، بلکہ اس کا دل، اس کا دماغ۔۔۔اس کا رواں رواں جوان ہو۔۔۔وہ شاعر ہو۔ ۔۔میں شکل و صورت کی قائل نہیں۔۔۔مجھے شاعر چاہیے جو میری محبت میں گرفتار ہو کر سراپا محبت بن جائے، جس کو میری ہر بات میں حسنِ نظر آئے۔۔۔جس کے ہر شعر میں میری اور صرف میری تصویر ہو۔ ۔۔جو میری محبت کی گہرائیوں میں گم ہو جائے۔۔۔میں اسے ان تمام چیزوں کے بدلے میں اپنی نسوانیت کا وہ تحفہ دوں گی جو آج تک کوئی عورت نہیں دے سکی۔''

وہ خاموش ہو گئی۔ عفّت حیرت کے مارے اس کا منہ تکنے لگی۔ اس کے چہرے سے معلوم ہوتا تھا کہ وہ سُشیلا کی گفتگو کا کوئی مطلب نہیں سمجھ سکی۔ میں خود متحیر تھا کہ پندرہ سولہ برس کی اس دبلی پتلی لڑکی کے سینے میں کیسے کیسے خیالات کروٹیں لے رہے ہیں۔ اس کا ایک ایک لفظ دماغ میں گونج رہا تھا۔

''اگر وہ مجھے نظر آجائے''، یہ کہہ کر سُشیلا آگے بڑھی اور عفت کے چہرے کو اپنے دونوں ہاتھوں میں لے کر کہنے لگی، ''تو میں اس کے استقبال کے لیے بڑھوں اور اس کے ہونٹوں پر وہ بوسہ دوں۔ جو ایک زمانے سے میرے ہونٹوں کے نیچے جل رہا ہے۔'' اور شوشو نے عفّت کے حیرت سے کھلے ہوئے ہونٹوں پر اپنے ہونٹ جما دیئے۔۔۔اور دیر تک ان کو جمائے رکھا۔ تعجب ہے کہ عفّت بالکل ساکت بیٹھی رہی اور معترض نہ ہوئی۔

جب دونوں کے لب ایک مدھم آواز کے ساتھ جدا ہوئے اور ان کے چہرے مجھے نظر آئے تو ایک عجیب و غریب نظارہ دیکھنے میں آیا جس کو الفاظ بیان ہی نہیں کر سکتے۔ عفّت اس شہد کی مکھی کی طرح مسرور و متعجب معلوم ہوتی تھی جس نے پہلی مرتبہ پھول کی نازک پتیوں پر بیٹھ کر اس کا رس چوسنے کی لذت محسوس کی ہو۔۔۔اور سُشیلا۔۔۔وہ اور زیادہ پراسرار ہو گئی تھی۔

''آؤ اب سوئیں۔''

یہ خواب آلود اور دھیمی آواز عفت کی تھی۔اس کے ساتھ ہی کپڑوں کی سرسراہٹ بھی سنائی دی اور میں خیالات کے گہرے سمندر میں غوطہ لگا گیا۔گندمی رنگ کی ننھی سی گڑیا، اپنے چھوٹے سے دماغ میں کیسے کیسے انوکھے خیالات کی پرورش کر رہی تھی۔ ۔ ۔اور وہ کون سا تحفہ اپنے دامنِ نسوانیت میں چھپائے بیٹھی تھی۔ جو آج تک کوئی عورت مرد کو پیش نہیں کر سکی۔ ۔ ۔؟

میں نے سوراخ میں سے دیکھا شو شو اور عفت دونوں ایک دوسری کے گلے میں بانہیں ڈالے سو رہی تھیں۔ شو شو کے چہرے پر بال بکھرے ہوئے تھے اور اس کے سانس سے ان میں خفیف سا ارتعاش پیدا ہو رہا تھا۔وہ کس قدر تر و تازہ معلوم ہوتی تھی۔ ۔ ۔واقعی وہ اس قابل تھی کہ اس پر شعر کہے جائیں۔ ۔ ۔لیکن عباس تو شاعر نہیں تھا۔ ۔ ۔؟ پھر پھر۔ ۔ ۔!

شیدا

شیدے کے متعلق امرتسر میں یہ مشہور تھا کہ وہ چٹان سے بھی ٹکر لے سکتا ہے۔ اس میں بلا کی پھرتی اور طاقت تھی۔ گو، تن و توش کے لحاظ سے وہ ایک کمزور انسان دکھائی دیتا تھا لیکن امرتسر کے سارے غنڈے اس سے خوف کھاتے اور اس کو احترام کی نظروں سے دیکھتے تھے۔

فرید کا چوک، معلوم نہیں فسادات کے بعد اس کی کیا حالت ہے، عجیب و غریب جگہ تھی۔ یہاں شاعر بھی تھے، ڈاکٹر اور حکیم بھی، موچی اور جلاہے، جواری اور بدمعاش، نیک اور پرہیز گار بھی یہاں بستے تھے۔ ہر وقت گہماگہمی رہتی تھی۔ شیدے کی سرگرمیاں چوک سے باہر ہوتی تھیں، یعنی وہ اپنے علاقے میں کوئی ایسی حرکت نہیں کرتا تھا جس پر اس کے محلے والوں کو اعتراض ہو۔۔۔۔ اس نے جتنی لڑائیاں لڑیں، دوسرے غنڈوں کے محلے میں۔ وہ کہتا تھا اپنے محلے میں کسی دوسرے محلے کے غنڈے سے لڑنا، نامردی کی نشانی ہے ۔۔۔۔ مزا تو یہ ہے کہ دشمن کو اس کی اپنی جگہ پر مارا جائے۔

اور یہ صحیح تھا۔ ایک بار پٹرنگوں سے اس کی ٹھن گئی۔ وہ کئی مرتبہ چوک فرید سے گزرے ۔۔۔۔ بڑکیں مارتے، نعرے لگاتے، شیدے کو گالیاں دیتے۔ وہ یہ سب سن رہا تھا مگر اس نے ان سے بھڑنا مناسب نہ سمجھا اور خاموش رحمان تاندرو کی دکان میں بیٹھا رہا۔ لیکن دو گھنٹوں کے بعد وہ پٹرنگوں کے محلے کی طرف روانہ ہوا۔ اکیلا۔۔۔۔ بالکل اکیلا اور پھر غیر مسلح۔ وہاں جا کر اس نے ایک فلک شگاف نعرہ بلند کیا اور پٹرنگوں کو جو اپنے کام میں مصروف تھے للکارا، ''نکلو باہر ۔۔۔۔ تمہاری ۔۔۔۔ ''

دس پندرہ پٹرنگ لاٹھیاں لے کر باہر نکل آئے اور جنگ شروع ہو گئی۔ میرا خیال ہے شیدا گتکے اور نبوٹ کا ماہر تھا۔ اس پر لاٹھیاں برسائی گئیں لیکن اس نے ایک بھی ضرب اپنے پر نہ لگنے دی، ایسے پینترے بدلتا

رہا کہ پتڑنگوں کی سٹی گم ہوگئی۔ آخر اس نے ایک پٹرنگ سے بڑی چابک دستی سے لاٹھی چھینی اور حملہ آوروں کو مار مار کو ادھ موا کر دیا۔ دوسرے روز اسے گرفتار کر لیا گیا۔ دو برس قید بامشقت کی سزا ہوئی۔ وہ جیل چلا گیا جیسے وہ اس کا اپنا گھر ہے۔ اس دوران میں اس کی بوڑھی ماں وقتاً فوقتاً ملاقات کے لیے آتی رہی۔ وہ مشقت کرتا تھا لیکن اسے کوئی کوفت نہیں ہوتی تھی۔ وہ سوچتا تھا کہ چلو ورزش ہو رہی ہے صحت ٹھیک رہے گی۔ اس کی صحت باوجود اس کے کہ کھانا بڑا واہیات ہوتا تھا، پہلے سے بہتر تھی۔ اس کا وزن بڑھ گیا تھا لیکن وہ بعض اوقات مغموم ہو جاتا اور اپنی کوٹھری میں ساری رات جاگتا رہتا۔ اس کے ہونٹوں پر پنجابی کی یہ بولی ہوتی:

۔ کی کیجے تیری یاری

مہتاں مہتا نہو کے ٹُٹ گئی

ایک برس گزر گیا مشقت کرتے کرتے ۔۔۔ اب اس کی افسردگی کا دور شروع ہوا۔ اس نے مختلف بولیاں گانا شروع کر دیں مجھے ایک قیدی نے بتایا جو اس کے ساتھ والی کوٹھری میں تھا کہ وہ بولیاں گایا کرتا تھا۔

لبھ جان گے یار گوا چے

ٹھیکے لے لے پتناں دے

اس کا مطلب یہ ہے کہ تجھے اپنا گُم شدہ محبوب مل جائے گا اگر تو دریا کے ساحل پر کشتیاں چلانے کا ٹھیکا لے لے۔

گُڈی کٹ جاندی جنہاں دی پریم والی

مُنڈے لے جاندے او نہاں دی ڈور لُٹ کے

یعنی جن کی محبت کا پتنگ کٹ جاتا ہے تو لڑکے بالے بڑا شور مچاتے ہیں اور ان کی ڈور لوٹ کر لے جاتے ہیں۔ میں اب اور بولیوں کا ذکر نہیں کروں گا۔ کیونکہ ان سب کا جو شیدے کے ہونٹوں پر ہوتی تھیں، ایک ہی قسم کا مفہوم ہے۔

اس قیدی نے مجھ سے کہا ہم سمجھ گئے تھے کہ شیدا کسی کے عشق میں گرفتار ہے ۔۔۔ کیونکہ ہم نے کئی مرتبہ اسے آہیں بھرتے بھی دیکھا۔۔۔ مشقت کے دوران میں وہ بالکل خاموش رہتا، ایسا معلوم ہوتا تھا جیسے وہ کسی اور دنیا کی سیر کر رہا ہے ۔۔۔ تھوڑے تھوڑے وقفوں کے بعد ایک لمبی آہ بھرتا اور پھر اپنے خیالات میں کھو جاتا۔

ڈیڑھ برس کے بعد جب شیدا خودکشی کا ارادہ کر چکا تھا اور کوئی ایسی ترکیب سوچ رہا تھا کہ اپنی زندگی ختم کر دے کہ اسے اطلاع ملی کہ ایک جوان لڑکی تم سے ملنے آئی ہے۔ اس کو یہ بڑی حیرت ہوئی کہ یہ جوان لڑکی کون ہوسکتی ہے۔ اس کی تو صرف ماں تھی جو اس سے اپنی ممتا کے باعث ملنے آ جایا کرتی تھی۔ ملاقات کا انتظام ہوا۔ شیدا سلاخوں کے پیچھے کھڑا تھا، اس کے ساتھ مسلح سپاہی۔ لڑکی کو بلایا گیا، شیدا نے سلاخوں میں سے دیکھا کہ ایک برقع پوش عورت آہنی پنجرے کی طرف بڑھ رہی ہے۔ اس کو ابھی تک یہ حیرت تھی کہ یہ عورت یا لڑکی کون ہوسکتی ہے۔ سفید برقع تھا جب وہ پاس آئی تو اس نے نقاب اٹھائی۔ ۔ شیدا چیخا، ''تم۔ ۔ تم کیسے ۔ ۔ ؟''

زلیخا جو کہ پٹر نگوں کی لڑکی تھی زار و قطار رونے لگی، اس کے حلق میں لفظ اٹک اٹک گئے، ''میں تم سے ملنے آئی ہوں۔ ۔ ۔ لیکن۔ ۔ ۔ لیکن مجھے۔ ۔ ۔ معاف کر دینا اتنی دیر کے بعد آئی ہوں۔ ۔ تم خدا معلوم۔ ۔ اپنے دل میں میرے متعلق کیا سوچتے ہو گے۔ '' شیدے نے سلاخوں کے ساتھ سر لگا کر کہا، ''نہیں میری جان۔ ۔ ۔ میں تمہارے متعلق سوچتا ضرور رہا۔ ۔ لیکن میں جانتا تھا کہ تم مجبور ہو۔ ۔ زلیخا نے روتے ہوئے کہا، ''میں واقعی مجبور تھی۔ ۔ لیکن آج مجھے موقع ملا تو میں آ گئی۔ سچ کہتی ہوں میرا دل کسی چیز میں نہیں لگتا تھا۔''

''یہ موقع تمھیں کیسے مل گیا؟''

زلیخا کی آنکھوں سے آنسو رواں تھے، ''میرے ابا کا انتقال ہو گیا ہے۔ کل ان کا چالیسواں تھا۔'' شیدا مرحوم سے اپنی ساری مخاصمت بھول گیا، ''خدا انہیں جنت بخشے ۔ ۔ ۔ مجھے یہ خبر سن کر بڑا افسوس ہوا۔'' یہ کہتے ہوئے اس کی آنکھوں میں آنسو آ گئے، ''صبر کرو زلیخا۔ ۔ اس کے سوا اور کوئی چارہ نہیں۔'' زلیخا نے اپنے سفید برقع سے آنسو پونچھے، ''میں نے بہت صبر کیا ہے شیدے، اب اور کتنی دیر کرنا پڑے گا۔ ۔ تم یہاں سے کب نکلو گے؟''

بس چھ مہینے رہ گئے ہیں لیکن میرا خیال ہے کہ مجھے بہت پہلے ہی چھوڑ دیں گے۔ یہاں کے سب افسر مجھ پر مہربان ہیں۔ زلیخا کی آواز میں محبت کا بے پناہ جذبہ پیدا ہو گیا، ''جلدی آؤ پیارے ۔ ۔ ۔ مجھے اب تمہاری ہونے سے روکنے والا کوئی نہیں۔ خدا کی قسم اگر کسی نے تمہاری طرف آنکھ اٹھا کر بھی دیکھا تو میں خود اس سے نپٹ لوں گی۔ ۔ ۔ میں نہیں چاہتی کہ تم پھر اسی مصیبت میں گرفتار ہو جاؤ۔'' سنتری نے کہا کہ وقت ختم ہو گیا۔ چنانچہ ان کی ملاقات بھی ختم ہو گئی۔ زلیخا روتی چلی گئی اور شیدا دل میں مسرت اور آنکھوں میں آنسو

لیے جیل کے اندر چلا گیا، جہاں اس کو مشقت کرنا تھی۔ اس دن اس نے اتنا کام کیا کہ جیلر دنگ رہ گئے۔ دو مہینوں کے بعد اسے رہا کر دیا گیا۔ اس دوران میں زلیخا دو مرتبہ اس سے ملاقات کرنے آئی تھی۔ اس نے آخری ملاقات میں اس کو بتا دیا تھا کہ وہ کس تاریخ کو جیل سے باہر نکلے گا چنانچہ وہ گیٹ کے پاس برقع پہنے کھڑی تھی۔ دونوں فرطِ محبت میں آنسو بہانے لگے۔ شیدے نے تانگہ لیا دونوں اس میں سوار ہوئے اور شہر کی جانب چلے۔ لیکن شیدے کی سمجھ میں نہیں آتا تھا کہ وہ زلیخا کو کہاں لے جائے گا، ''زلیخا تمہیں کہاں جانا ہے؟'' زلیخا نے جواب دیا، ''مجھے معلوم نہیں۔۔۔ تم جہاں لے جاؤ گے، وہیں چلی جاؤں گی۔''

شیدے نے کچھ دیر سوچا اور زلیخا سے کہا، ''نہیں۔۔۔ یہ ٹھیک نہیں تم اپنے گھر جاؤ۔۔۔ دنیا مجھے غنڈہ کہتی ہے لیکن میں تمہیں جائز طریقے پر حاصل کرنا چاہتا ہوں۔۔۔ تم سے باقاعدہ شادی کروں گا۔''

زلیخا نے پوچھا، ''کب؟''

''بس ایک دو مہینے لگ جائیں گے۔۔۔ میں اپنی جوئے کی بیٹھک پھر سے قائم کر لوں اس عرصے میں اتنا روپیہ اکٹھا ہو جائے گا کہ میں تمہارے لیے زیور کپڑے خرید سکوں۔۔۔'' زلیخا بہت متاثر ہوئی، ''تم کتنے اچھے ہو شیدے۔۔۔ جتنی دیر تم کہو گے میں اس گھڑی کے لیے انتظار کروں گی جب میں تمہاری ہو جاؤں گی۔''

شیدا ذرا جذباتی ہو گیا، ''جانی، تم اب بھی میری ہو۔۔۔ میں بھی تمہارا ہوں۔۔۔ لیکن میں چاہتا ہوں جو کام ہو طور طریقے سے ہو۔۔۔ میں ان لوگوں سے نہیں جو دوسروں کی جوان کنواری کو ورغلا کر خراب کرتے ہیں۔۔۔ مجھے تم سے محبت ہے جس کا سب سے بڑا ثبوت یہ ہے کہ تمہاری خاطر میں نے مار کھائی اور قریب دو برس جیل میں کاٹے۔۔۔ خداوند پاک کی قسم کھا کے کہتا ہوں ہر وقت میرے ہونٹوں پر تمہارا نام رہتا تھا۔''

زلیخا نے کہا، ''میں نے کبھی نماز نہیں پڑھی تھی لیکن تمہارے لیے میں نے ایک ہمسائی سے سیکھی اور بلا ناغہ پانچوں وقت پڑھتی رہی۔۔۔ ہر نماز کے بعد دعا مانگتی کہ خدا تمہیں ہر آفت سے محفوظ رکھے۔''

شیدے نے شہر پہنچتے ہی دوسرا تانگہ لے لیا اور زلیخا سے جدا ہو گیا تا کہ وہ اپنے گھر جائے اور وہ اپنے۔ شیدے نے ڈیڑھ ماہ کے اندر ایک ہزار روپے پیدا کر لیے۔ ان سے اس نے زلیخا کے لیے سونے کی چوڑیاں اور انگوٹھیاں بنوائیں۔ گلے کے لیے ایک نکلس بھی لیا۔۔۔ اب وہ پوری طرح لیس تھا۔ ایک دن وہ اپنے گھر میں اوپر پیڑھی پر بیٹھا کھانا کھانے لگا تھا کہ نیچے سے کسی عورت کے بین کرنے جیسی

آواز آئی۔ وہ اسے پکار رہی تھی اور ساتھ ساتھ کو سننے بھی دے رہی تھی۔ شیدے نے اٹھ کر کھڑکی میں سے نیچے جھانکا تو ایک بڑھیا تھی جو اس کے محلے کی نہیں تھی۔ اس نے گردن اٹھا کر اوپر دیکھا اور پوچھا،

’’کیا تم ہی شیدے ہو؟‘‘

’’ہاں ہاں!‘‘

’’خدا کرے نہ رہو اس دنیا کے تختے پر۔۔۔تمہاری جوانی ٹوٹے۔۔۔تم پر بجلی گرے۔۔۔‘‘ شیدے نے کسی قدر غصے میں بڑھیا سے پوچھا، ’’بات کیا ہے؟‘‘ بڑھیا کا لہجہ اور زیادہ تلخ ہو گیا، ’’میری بچی تم پر جان چھڑکے اور تمہیں کچھ پتا ہی نہیں۔‘‘ شیدے نے حیرت سے اس بڑھیا سے سوال کیا، ’’کون ہے تمہاری بچی؟‘‘

’’زلیخا اور کون!‘‘

’’کیوں کیا ہوا اس کو؟‘‘

بڑھیا رونے لگی، ’’وہ تم سے ملتی تھی، تم غنڈے ہو، اس لیے ایک تھانے دار نے زبردستی اس کے ساتھ اپنا منہ کالا کیا۔‘‘ شیدے کے ہوش و حواس ایک لحظے کے لیے غائب ہو گئے۔ مگر سنبھل کر اس نے بڑھیا سے پوچھا، ’’کیا نام ہے اس تھانے دار کا؟‘‘ بڑھیا کانپ رہی تھی، ’’کرم داد۔۔۔تم یہاں اوپر مزے میں بیٹھے ہو، بہت بڑے غنڈے بنے پھرتے ہو۔۔۔اگر تم میں تھوڑی سی غیرت ہے تو جاؤ اور اس تھانے دار کا سر گنڈاسے سے کاٹ کے رکھ دو۔‘‘ شیدے نے کچھ نہ کہا۔ کھڑکی سے ہٹ کر اس نے بڑے اطمینان سے کھانا کھایا۔ پیٹ بھر کے دو گلاس پانی کے پیے اور ایک کونے میں رکھی ہوئی کلہاڑی لے کر باہر چلا گیا۔

ایک گھنٹے کے بعد اس نے زلیخا کے گھر دروازے پر دستک دی۔ وہی بڑھیا باہر نکلی۔۔۔شیدے کے ہاتھ میں خون آلود کلہاڑی تھی۔ اس نے بڑے پرسکون لہجے میں اس سے کہا، ’’ماں۔۔۔جو کام تم نے مجھ سے کہا تھا کر آیا ہوں۔۔۔زلیخا سے میرا اسلام کہنا۔۔۔میں اب چلتا ہوں۔‘‘

یہ کہہ کر وہ سیدھا کوتوالی گیا اور خود کو پولیس کے حوالے کر دیا۔

شیر آیا شیر آیا دوڑنا

اونچے ٹیلے پر گڈریے کا لڑکا کھڑا، دور گھنے جنگلوں کی طرف منہ کیے چلّا رہا تھا، ''شیر آیا شیر آیا دوڑنا۔''
بہت دیر تک وہ اپنا گلا پھاڑتا رہا۔ اس کی جوان بلند آواز بہت دیر تک فضاؤں میں گونجتی رہی۔ جب چلّا
چلّا کر اس کا حلق سوکھ گیا تو بستی سے دو تین بوڑھے لاٹھیاں ٹیکتے ہوئے آئے اور گڈریے کے لڑکے کو
کان سے پکڑ کر لے گئے۔

پنچایت بلائی گئی بستی کے سارے عقل مند جمع ہوئے اور گڈریے کے لڑکے کا مقدمہ شروع ہوا۔ فردِ جرم
یہ تھی کہ اس نے غلط خبر دی اور بستی کے امن میں خلل ڈالا۔ لڑکے نے کہا، ''میرے بزرگو، تم غلط سمجھتے
ہو۔۔۔شیر آیا نہیں تھا۔ لیکن اس کا یہ مطلب نہیں ہے کہ وہ آنہیں سکتا؟'' جواب ملا، ''وہ نہیں آ سکتا۔''
لڑکے نے پوچھا، ''کیوں؟'' جواب ملا، ''محکمہ جنگلات کے افسر نے ہمیں چٹھی بھیجی تھی کہ شیر بوڑھا
ہو چکا ہے۔'' لڑکے نے کہا، ''لیکن آپ کو یہ معلوم نہیں کہ اس نے تھوڑے ہی روز ہوئے کایا کلپ
کرایا تھا۔'' جواب ملا، ''یہ افواہ تھی۔ ہم نے محکمہ جنگلات سے پوچھا تھا اور ہمیں یہ جواب آیا تھا کہ کایا
کلپ کرانے کی بجائے شیر نے تو اپنے سارے دانت نکلوا دیئے ہیں۔ کیونکہ وہ اپنی زندگی کے بقایا دن
اَہِنسا میں گزارنا چاہتا ہے۔''

لڑکے نے جوش کے ساتھ کہا، ''میرے بزرگو! کیا یہ جواب جھوٹا نہیں ہو سکتا۔'' سب نے بیک زبان ہو
کر کہا، ''قطعاً نہیں۔ ہمیں محکمہ جنگلات کے افسر پر پورا بھروسا ہے۔ اس لیے کہ وہ سچ بولنے کا حلف اٹھا
چکا ہے۔'' لڑکے نے پوچھا، ''کیا یہ حلف جھوٹا نہیں ہو سکتا؟'' جواب ملا، ''ہرگز نہیں۔۔۔تم سازشی
ہو، فِتّہ کالمنسٹ ہو، کمیونسٹ ہو، غدار ہو، ترقی پسند ہو۔۔۔''۔۔۔سعادت حسن منٹو ہو۔'' لڑکا مسکرایا،

’’خدا کا شکر ہے کہ میں وہ شیر نہیں جو آنے والا ہے۔۔۔محکمہ جنگلات کا سچ بولنے والا افسر نہیں میں۔۔۔‘‘

پنچایت کے ایک بوڑھے آدمی نے لڑکے کی بات کاٹ کر کہا، ’’تم اسی گڈریے کے لڑکے کی اولاد ہو، جس کی کہانی سالہا سال سے اسکولوں کی ابتدائی جماعتوں میں پڑھائی جا رہی ہے۔۔۔تمہارا حشر بھی وہی ہو گا جو اس کا ہوا تھا۔۔۔شیر آئے گا تو تمہاری ہی تکا بوٹی اڑا دے گا۔‘‘

گڈریے کا لڑکا مسکرایا، ’’میں تو اس سے لڑوں گا۔ مجھے تو ہر گھڑی اس کے آنے کا کھٹکا لگا رہتا ہے۔۔۔تم کیوں نہیں سمجھتے ہو کہ شیر آیا شیر آیا والی کہانی جو تم اپنے بچوں کو پڑھاتے ہو آج کی کہانی نہیں۔۔۔آج کی کہانی میں تو شیر آیا شیر آیا کا مطلب یہ ہے کہ خبردار رہو۔ ہوشیار رہو۔ بہت ممکن ہے شیر کے بجائے کوئی گیدڑ ہی اِدھر چلا آئے، مگر اس حیوان کو بھی تو روکنا چاہیے۔‘‘ سب لوگ کھلکھلا کر ہنس پڑے، ’’گیدڑ سے ڈرتے ہو؟‘‘ گڈریے کے لڑکے نے کہا، ’’میں شیر اور گیدڑ دونوں سے نہیں ڈرتا، لیکن ان کی حیوانیت سے البتہ ضرور خائف رہتا ہوں اور اس حیوانیت کا مقابلہ کرنے کے لیے خود کو ہمیشہ تیار رکھتا ہوں۔۔۔میرے بزرگو، اسکولوں میں سے وہ کتاب اٹھا لو، جس میں شیر آیا شیر آیا والی پرانی کہانی چھپی ہے۔۔۔اس کی جگہ یہ نئی کہانی پڑھاؤ۔‘‘

ایک بوڑھے نے کھانستے کھنکارتے ہوئے کہا، ’’یہ لونڈا ہمیں گمراہ کرنا چاہتا ہے۔ یہ ہمیں راہِ مستقیم سے ہٹانا چاہتا ہے۔‘‘ لڑکے نے مسکرا کر کہا، ’’زندگی خطِ مستقیم نہیں ہے میرے بزرگو۔‘‘ دوسرے بڈھے نے فرطِ جذبات سے لرزتے ہوئے کہا، ’’یہ ملحد ہے، یہ بے دین ہے، فتنہ پردازوں کا ایجنٹ ہے۔ اس کو فوراً زندان میں ڈال دو۔‘‘ گڈریے کے لڑکے کو زندان میں ڈال دیا گیا۔

اسی رات بستی میں شیر داخل ہوا۔ بھگدڑ مچ گئی۔ کچھ بستی چھوڑ کر بھاگ گئے۔ باقی شیر نے شکار کر لیے۔ مونچھوں کے ساتھ لگا ہوا خون چوستا جب شیر زندان کے پاس سے گزرا تو اس نے مضبوط آہنی سلاخوں کے پیچھے گڈریے کے لڑکے کو دیکھا اور دانت پیس کر رہ گیا۔ گڈریے کا لڑکا مسکرایا، ’’دوست یہ میرے بزرگوں کی غلطی ہے ورنہ تم میرے لہو کا ذائقہ بھی چکھ لیتے۔‘‘

شیرو

چیڑ اور دیودار کے ناہموار تختوں کا بنا ہوا ایک چھوٹا سا مکان تھا جسے چوبی جھونپڑا کہنا بجا ہے۔ دو منزلیں تھیں۔ نیچے بھٹیار خانہ تھا جہاں کھانا پکایا اور کھایا جاتا تھا اور بالائی منزل مسافروں کی رہائش کے لیے مخصوص تھی۔ یہ منزل دو کمروں پر مشتمل تھی۔ ان میں سے ایک کافی کشادہ تھا جس کا دروازہ سڑک کی دوسری طرف کھلتا تھا۔ دوسرا کمرہ جو طول و عرض میں اس سے نصف تھا بھٹیار خانے کے عین اوپر واقع تھا۔

یہ میں نے کچھ عرصے کے لیے کرایہ پر لے رکھا تھا۔ چونکہ ساتھ والے حلوائی کے مکان کی ساخت بھی بالکل اسی مکان جیسی تھی اور ان دونوں جگہوں کے لیے ایک ہی سیڑھی بنائی گئی تھی۔ اس لیے اکثر اوقات حلوائی کی کتیا اپنے گھر جانے کے بجائے میرے کمرے میں چلی آتی تھی۔

اس عمارت کے تختوں کو آپس میں بہت ہی بھونڈے طریقے سے جوڑا گیا تھا۔ پیچ بہت کم استعمال کیے گئے تھے۔ شاید اس لیے کہ ان کو لکڑی میں داخل کرنے میں وقت صرف ہوتا ہے، کیلیں کچھ اس بے ربطی سے ٹھونکی گئی تھیں کہ معلوم ہوتا تھا اس مکان کو بنانے والا بالکل اناڑی تھا۔ کیلوں کے درمیان فاصلہ کی یکسانی کا کوئی لحاظ نہ رکھا گیا تھا۔ جہاں ہاتھ ٹھہر گیا وہیں پر کیل ایک ہی ضرب میں چت کر دی گئی تھی۔ یہ بھی نہ دیکھا گیا تھا کہ لکڑی پھٹ رہی ہے یا کیل ہی بالکل ٹیڑھی ہو گئی ہے۔

چھت ٹین سے پائی ہوئی تھی، جس کی قینچی میں چڑیوں نے گھونسلے بنا رکھے تھے۔ کمرے کے باقی تختوں کی طرح چھت کی کڑیاں بھی رنگ اور روغن سے بے نیاز تھیں البتہ ان پر کہیں کہیں چڑیوں کی سفید بیٹیں سفیدی کے چھینٹوں کے مانند نظر آتی تھیں۔ میرے کمرے میں تین کھڑکیاں تھیں۔ درمیانی کھڑکی، طول و عرض میں دروازے کے برابر تھی۔ باقی دو کھڑکیاں چھوٹی تھیں، ان کے کواڑوں کو دیکھ کر معلوم ہوتا

کہ مالک مکان کا کبھی ارادہ تھا کہ ان میں شیشے جڑائے، پر اب ان کے بجائے ٹین کے ٹکڑے اور لکڑی کے موٹے موٹے ناہموار ٹکڑے جڑے تھے۔ کہیں کہیں لندن ٹائمز اور ٹریبیون اخبار کے ٹکڑے بھی لگے ہوئے تھے۔ جن کارنگ دھوئیں اور بارش کی وجہ سے خستہ بسکٹوں کی طرح بھوسلا ہو گیا تھا۔ یہ کھڑکیاں جن کی کنڈیاں ٹوٹی ہوئیں تھیں، بازار کی طرف کھلتی تھیں اور ہمیشہ کھلی رہتی تھیں۔ اس لیے کہ ان کو بند کرنے کے لیے کافی وقت اور محنت کی ضرورت تھی۔

کھڑکیوں میں سے دور نظر ڈالنے پر پہاڑیوں کے بیچوں بیچ ٹیڑھی بنگی مانگ کی طرح '' کشتواڑ'' اور ''بھدروا'' جانے والی سٹرک بل کھاتی ہوئی چلی گئی اور آخر میں آسمان کی نیلاہٹ میں گھل مل گئی تھی۔ کمرے کا فرش خالص مٹی کا تھا جو کپڑوں کو چمٹ جاتی تھی اور دھوبی کی کوششوں کے باوجود اپنا گیروا رنگ نہ چھوڑتی تھی۔ فرش پر پان کی پیک کے داغ جا بجا بکھرے ہوئے تھے۔ کہیں کہیں کونوں میں چچوڑی ہوئی ہڈیاں بھی پڑی رہتی تھیں جو ہر روز جھاڑو سے کسی نہ کسی طرح بچاؤ حاصل کر لیتی تھیں۔ اس کمرے کے ایک کونے میں میری چارپائی بچھی تھی جو بیک وقت میز، کرسی اور بستر کا کام دیتی تھی۔ اس کے ساتھ والی دیوار پر چند کیلیں ٹھنکی ہوئی تھیں، ان پر میں نے اپنے کپڑے وغیرہ لٹکا دیئے تھے۔ دن میں پانچ چھ مرتبہ میں ان کو لٹکاتا رہتا تھا اس لیے کہ ہوا کی تیزی سے یہ اکثر گرتے رہتے تھے۔ کشمیر جانے یا وہاں سے آنے والے کئی مسافر اس کمرے میں ٹھہرے ہوں گے۔ بعض نے آتے جاتے وقت تختوں پر چاک کی ڈلی یا پنسل سے کچھ نشانی کے طور پر لکھ دیا تھا۔ سامنے کھڑکی کے ساتھ والے تختے پر کسی صاحب نے یاد داشت کے طور پر پنسل سے یہ عبارت لکھی ہوئی تھی 25/5/4ء سے دودھ شروع کیا اور ایک روپیہ پیشگی دیا گیا۔

اس طرح ایک اور تختے پر یہ مندرج تھا:۔ دھوبی کو کل پندرہ کپڑے دیئے گئے تھے جن میں سے وہ دو کم لایا۔

میرے سرہانے کے قریب ایک تختے پر یہ شعر لکھا تھا۔

در و دیوار پہ حسرت سے نظر کرتے ہیں
خوش رہو اہل وطن ہم تو سفر کرتے ہیں

اس کے نیچے '' علیم پٹر'' لکھا تھا۔ ظاہر ہے کہ یہ نویسندہ کا نام ہو گا۔ یہی شعر کمرے کے ایک اور تختے پر لکھا تھا۔ مگر زرد چاک سے، اس کے اوپر تاریخ بھی لکھ دی گئی تھی۔ ایک اور تختے پر یہ شعر مرقوم تھا۔

میرے گھر آئے عنایت آپ نے مجھ پر یہ کی
میرے سر آنکھوں پر آؤ، تھی یہ کب قسمت میری

اس سے دور ایک کونے میں یہ مصرع لکھا تھا۔

ایک ہی شب گور ہے لیکن گلوں میں ہم رہے

اس مصرعے کے پاس ہی اسی خط میں پنجابی کے یہ شعر مرقوم تھے ۔

تیرے باہجہ نہ آسی قرار دل نوں، جذبہ پریم والا بے پناہ رہے گا
لکھ اکھیاں تو ہوسیں دور بانو اے پر دلاں نوں دلاں دا راہ رہے گا
تیرے میرے پیار دا رب جانے، مگونالے دا نیر گواہ رہے گا

ترجمہ : تیرے بغیر میرے دل کو کبھی قرار نہیں آئے گا۔ جذبۂ محبت بے پناہ رہے گا تو
لاکھ میری آنکھوں سے دور ہو لیکن دل کو دل کی راہ رہے گی۔ تیرے اور میرے پریم کو
صرف خدا جانتا ہے ۔ لیکن ''مگونالہ'' کا پانی بھی اس کا گواہ رہے گا۔

میں نے ان اشعار کو غور سے پڑھا۔ ایک بار نہیں کئی بار پڑھا، نہ معلوم ان میں کیا جاذبیت تھی کہ پڑھتے
پڑھتے میں نے ''ہیر'' کی دل نواز دھن میں انہیں گانا شروع کر دیا۔ لفظوں کا روکھا پن یوں بالکل دور ہو
گیا اور مجھے ایسا محسوس ہوا کہ لفظ پگھل کر اس دھن میں حل ہو گئے ہیں۔

یہ شعر کسی خاص واقعہ کے تاثرات تھے۔ مگونالہ ہوٹل سے ایک میل کے فاصلہ پر شہتوتوں اور اخروٹ
کے درختوں کے بیچوں بیچ بہتا تھا۔ میں یہاں کئی بار ہو آیا تھا۔ اس کے ٹھنڈے پانی میں غوطے لگا چکا تھا۔
اس کے ننھے ننھے پتھروں سے گھنٹوں کھیل چکا تھا لیکن یہ بانو کون تھی۔۔۔؟ یہ بانو جس کا نام کشمیر کے بگو
گوشے کی یاد تازہ کرتا تھا۔

میں نے اس بانو کو اس پہاڑی گاؤں میں ہر جگہ تلاش کیا مگر ناکام رہا۔ اگر شاعر نے اس کی کوئی نشانی بتا دی
ہوتی تو بہت ممکن ہے مگونالے ہی کے پاس اس کی اور میری مڈ بھیٹر ہو جاتی۔ اس مگونالے کے پاس جس کا
پانی میرے بدن میں جھر جھری پیدا کر دیتا تھا۔

میں نے ہر جگہ بانو کو ڈھونڈا مگر وہ نہ ملی۔ اس موہوم جستجو میں اکثر اوقات مجھے اپنی بیوقوفی پر بہت ہنسی آئی،
کیونکہ بہت ممکن تھا کہ وہ اشعار سرے ہی سے مہمل ہوں اور کسی نوجوان شاعر نے اپنا مان پر چانے کے
لیے گھر دیئے ہوں مگر خدا معلوم کیوں مجھے اس بات کا دلی یقین تھا کہ بانو۔۔۔ وہ بانو جو آنکھوں سے

دور ہونے پر بھی اس شاعر کے دل میں موجود ہے، ضرور اس پہاڑی گاؤں میں سانس لے رہی ہے۔ سچ پوچھے تو میرا یقین اس حد تک بڑھ چکا تھا کہ بعض اوقات مجھے فضا میں اس کا تنفس گھلا ہوا محسوس ہوتا تھا۔

مگو نالے کے پتھروں پر بیٹھ کر میں نے اس کا انتظار کیا کہ شاید وہ ادھر آ نکلے اور میں اسے پہچان جاؤں لیکن وہ نہ آئی۔ کئی لڑکیاں خوبصورت اور بدصورت میری نظروں سے گزریں مگر بانو مجھے دکھائی نہ دی۔ مگو نالے کے ساتھ ساتھ اگے ہوئے ناشپاتی کے درختوں کی ٹھنڈی ٹھنڈی چھاؤں، اخروٹ کے گھنے درختوں میں پرندوں کی نغمہ ریزیاں اور گیلی زمین پر سبز اور ریشمیں گھاس، میرے دل و دماغ پر ایک خوش گو ارتکان پیدا کر دیتی تھی اور میں بانو کے حسین تصور میں کھو جاتا تھا۔

ایک روز شام کو مگو نالے کے ایک چوڑے چکلے پتھر پر لیٹا تھا۔ خنک ہوا جنگلی بوٹیوں کی سوندھی سوندھی خوشبو میں بسی ہوئی چل رہی تھی۔ فضا کا ہر ذرّہ ایک عظیم الشان اور ناقابل بیان محبت میں ڈوبا ہوا معلوم ہوتا تھا۔ آسمان پر اڑتی ہوئی ابابیلیں زمین پر رہنے والوں کو گویا یہ پیغام دے رہی تھیں، ''اٹھو، تم بھی ان بلندیوں میں پرواز کرو۔''

میں نیچر کی ان سحر کاریوں کا لیٹے لیٹے تماشا کر رہا تھا کہ مجھے اپنے پیچھے خشک ٹہنیوں کے ٹوٹنے کی آواز آئی۔ میں نے لیٹے ہی لیٹے مڑ کر دیکھا۔ جھاڑیوں کے پیچھے کوئی بیٹھا خشک ٹہنیاں توڑ رہا تھا۔ میں اٹھ کھڑا ہوا، اور سلیپر پہن کر اس طرف روانہ ہو گیا کہ دیکھوں کون ہے۔

ایک لڑکی تھی جو خشک لکڑیوں کا ایک گٹھا بنا کر باندھ رہی تھی اور ساتھ ہی ساتھ بھدی اور کن سری آواز میں ''ماہیا'' گا رہی تھی۔ میرے جی میں آئی کہ آگے بڑھوں اور اس کے منہ پر ہاتھ رکھ کے کہوں، ''کہ خدا کے لیے نہ گاؤ۔۔۔لکڑیوں کا گٹھا اٹھاؤ اور جاؤ۔ مجھے اذّیت پہنچ رہی ہے۔'' لیکن مجھے یہ کہنے کی ضرورت نہ ہوئی، کیونکہ اس نے خود بخود گانا بند کر دیا۔

گٹھا اٹھانے کی خاطر جب وہ مڑی تو میں نے اسے دیکھا اور پہچان لیا یہ وہی لڑکی تھی جو بھٹیار خانے کے لیے ہر روز شام کو ایندھن لایا کرتی تھی۔ معمولی شکل و صورت تھی۔ ہاتھ پاؤں بے حد غلیظ تھے۔ سر کے بالوں میں بھی کافی میل جم رہا تھا۔ اس نے میری طرف دیکھا اور دیکھ کر اپنے کام میں مشغول ہو گئی۔ میں جب اٹھ کر دیکھنے آیا تھا تو دل میں آئی کہ چلو اس سے کچھ باتیں ہی کر لیں۔ چنانچہ میں نے اس سے کہا، ''یہ ایندھن جو تم نے اکٹھا کیا ہے! اس کا تمہیں جمّا کیا دے گا؟''

جمّا اس بھٹیار خانے کے مالک کا نام تھا۔

اس نے میری طرف دیکھے بغیر جواب دیا، ''ایک آنہ''

''صرف ایک آنہ۔''

''کبھی کبھی پانچ پیسے بھی دے دیتا ہے۔''

''تو سارا دن محنت کر کے تم ایک آنہ یا پانچ پیسے کماتی ہو۔''

اس نے گٹھے کی خشک لکڑیوں کو درست کرتے ہوئے کہا، ''نہیں، دن میں ایسے دو گٹھے تیار ہو جاتے ہیں۔''

''تو دو آنے ہو گئے۔''

''کافی ہیں۔''

''تمہاری عمر کیا ہے؟''

اس نے اپنی موٹی موٹی آنکھوں سے مجھے گھور کر دیکھا، ''تم وہی ہو نا جو بھٹیار خانے کے اوپر رہتے ہو۔''

میں نے جواب دیا، ''ہاں وہی ہوں۔ تم مجھے کئی بار وہاں دیکھ چکی ہو۔''

''یہ تم نے کیسے جانا؟''

''اس لیے کہ میں نے تمہیں کئی بار دیکھا ہے۔''

''دیکھا ہو گا۔''

یہ کہہ وہ زمین پر بیٹھ کر گٹھا اٹھانے لگی۔ میں آگے بڑھا، ''ٹھہرو میں اٹھوا دیتا ہوں۔'' گٹھا اٹھواتے ہوئے لکڑی کا ایک نوکیلا ٹکڑا اس زور سے میری انگلی میں چبھا کہ میں نے دونوں ہاتھ ہٹا لیے۔ وہ سر پر سی کو اٹکا کر گٹھے کو قریب قریب اٹھا چکی تھی۔ میرے ہاتھ ہٹانے سے اس کا توازن قائم نہ رہا اور وہ لڑکھڑائی۔ میں نے فوراً اسے تھام لیا۔ ایسا کرتے ہوئے میرا ہاتھ اس کی کمر سے لے کر اٹھے ہوئے بازو کی بغل تک گھسٹتا چلا گیا، وہ تڑپ کر ایک طرف ہٹ گئی۔ سر پر سی کو اچھی طرح جمانے کے بعد اس نے میری طرف کچھ عجیب نظروں سے دیکھا اور چلی گئی۔

میری انگلی سے خون جاری تھا۔ میں نے جیب سے رومال نکال کر اس پر باندھا اور مگو نالے کی طرف روانہ ہو گیا۔ اس پتھر پر بیٹھ کر میں نے اپنی زخمی انگلی کو پانی سے دھو کر صاف کیا اور اس پر رومال باندھ کر سوچنے لگا، ''یہ بھی اچھی رہی، بیٹھے بٹھائے اپنی انگلی لہو لہان کر لی ۔۔۔ خود ہی اٹھالیتی، میں نے بھلا یہ تکلیف کیوں کیا۔''

یہاں سے میں اپنے ہوٹل، معاف کیجیے گا، بھٹیار خانے پہنچا اور کھانا وانا کھا کر اپنے کمرے میں چلا گیا۔ دیر تک، کھانا ہضم کرنے کی غرض سے کمرے میں مَیں ادھر ادھر ٹہلتا رہا۔ پھر کچھ دیر تک لالٹین کی اندھی روشنی میں ایک واہیات کتاب پڑھتا رہا۔ سچ پوچھیے تو وارد گرد ہر شے واہیات تھی۔ لال مٹی جو کپڑے کے ساتھ ایک دفعہ لگتی تھی تو دھوبی کے پاس جا کر بھی الگ نہ ہوتی تھی اور وہ آپس میں نہایت ہی بھونڈے طریقے پر جوڑے ہوئے تختے اور ان پر لکھے ہوئے غلط اشعار اور چُوڑی ہوئی ہڈیاں جو ہر روز جھاڑو کی زد سے کسی نہ کسی طرح بچ کر میری چارپائی کے پاس نظر آتی تھیں۔

کتاب ایک طرف رکھ کر میں نے لالٹین کی طرف دیکھا۔ مجھے اس میں اور اس لکڑیاں چننے والی میں ایک گونہ مماثلت نظر آئی۔ کیونکہ لالٹین کی چمنی کی طرح اس لڑکی کا لباس بھی بے حد غلیظ تھا۔ مجھے اس کو بجھانے کی ضرورت محسوس نہ ہوئی کیونکہ میں نے سوچا، تھوڑی ہی دیر میں دھوئیں کی وجہ سے یہ اس قدر اندھی ہو جائے گی کہ خود بخود اندھیرا ہو جائے گا۔

کھڑکیاں خود بخود بند ہو گئی تھیں۔ میں نے ان کو بھی نہ کھولا اور چارپائی پر لیٹ گیا۔ رات کے نو یا دس بج چکے تھے سونے ہی والا تھا کہ بازار میں ایک کتا زور سے بھونکا جیسے اس کی پسلی میں یکایک درد اٹھ کھڑا ہوا ہے۔ میں نے دل ہی دل میں اس پر لعنتیں بھیجیں اور کروٹ بدل کر لیٹ گیا مگر فوراً ہی نزدیک و دور سے کئی کتوں کے بھونکنے کی آوازیں آنے لگیں۔ ایک عجیب و غریب سبتک قائم ہو گیا۔ اگر کوئی کتا ایک سر چھیڑتا تو سبتک کے سارے سر فضا میں گونجنے لگتے۔ میری نیند حرام ہو گئی۔

دیر تک میں نے صبر کیا۔ لیکن مجھ سے نہ رہا گیا تو میں اٹھا، دوسرے کمرے میں گیا اور اس کا دروازہ کھول کر باہر نکل گیا۔ نیچے بازار میں اترا اور جو پتھر میرے ہاتھ میں آیا مارنا شروع کر دیا۔ ایک دو کتوں کو لگے کیونکہ نہایت ہی مکروہ آوازیں بلند ہوئیں۔ میں نے اس کامیابی پر اور زیادہ پتھر پھینکنے شروع کیے۔ دفعتاً کسی انسان کے ’’اُف‘‘ کرنے کی آواز سنائی دی۔ میرا ہاتھ وہیں پتھر بن گیا۔

آواز کسی عورت کی تھی۔ سڑک کے دائیں ہاتھ ڈھلوان تھی، ادھر تیز قدمی سے میں گیا تو میں نے دیکھا کہ نیچے ایک لڑکی دوہری ہو کر اہ کر رہی تھی۔ میرے قدموں کی چاپ سن کر وہ کھڑی ہو گئی۔۔۔۔ بدلی کے پیچھے چھپے ہوئے چاند کی دھندلی روشنی میں مجھے اپنے سامنے وہی ایندھن چننے والی لڑکی نظر آئی۔ اس کے ماتھے سے خون نکل رہا تھا۔ مجھے بہت افسوس ہوا کہ میری غفلت کے باعث اسے اتنی تکلیف ہوئی۔ چنانچہ میں نے اس سے کہا، ’’مجھے معاف کر دینا۔۔۔ لیکن تم یہاں کیا کر رہی تھیں؟‘‘

اس نے جواب دیا، ''میں اوپر چڑھ رہی تھی۔''

''رات کو اس وقت تمہیں کیا کام تھا؟''

اس نے کرتے کی آستین سے ماتھے کا خون صاف کیا اور کہا، ''اپنے کتے شیرو کو ڈھونڈ رہی تھی۔'' بے اختیار مجھے ہنسی آ گئی، ''اور میں تمام کتوں کا خون کر دینے کا تہیہ کر کے گھر سے نکلا تھا۔'' وہ بھی ہنس دی۔

''کہاں ہے تمہارا شیرو؟''

''اللہ جانے کہاں گیا ہے۔ یوں ہی سارا دن مارا مارا پھرتا ہے۔''

''تو اب کیسے تلاش کرو گی؟''

''یہیں سٹرک پر مل جائے گا کہیں۔''

''میں بھی تمہارے ساتھ اسے تلاش کروں؟''

نیند میری آنکھوں سے بالکل اڑ چکی تھی، اس لیے میں نے کہا کہ چلو کچھ دیر شغل رہے گا لیکن اس نے سر ہلا کر کہا، ''نہیں میں اسے آپ ہی ڈھونڈ لوں گی۔ مجھے معلوم ہے وہ کہاں ہو گا۔''

''ابھی ابھی تو تم کہہ رہی تھیں کہ تمہیں کچھ معلوم ہی نہیں۔''

''میرا خیال ہے کہ تمہارے مکان کے پچھواڑے ہو گا۔''

''تو چلو، مجھے بھی ادھر ہی جانا ہے کیونکہ میں پچھلا دروازہ کھول کر باہر نکلا تھا۔''

ہم دونوں بھٹیار خانے کے پچھواڑے کی جانب روانہ ہوئے۔ ٹھنڈی ٹھنڈی ہوا چل رہی تھی جو کبھی کبھی بدن پر خوش گوار کپکپی طاری کر دیتی تھی۔ چاند ابھی تک بادل کے پیچھے چھپا ہوا تھا۔ روشنی تھی مگر بہت ہی دھندلی جو رات کی خنکی میں بڑی پراسرار معلوم ہوتی تھی۔ جی چاہتا تھا کہ آدمی کمبل اوڑھ کے لیٹ جائے اور اوٹ پٹانگ باتیں سوچے۔

سٹرک طے کر کے ہم اوپر چڑھے اور بھٹیار خانے کے عقب میں پہنچ گئے۔ وہ میرے آگے تھی۔ ایک دم وہ ٹھٹکی اور منہ پھیر کر عجیب و غریب لہجے میں اس نے کہا، ''دور دفان ہونا مراد!'' ایک موٹا تازہ کتا نمودار ہوا اور اپنے ساتھ حلوائی کی کتیا کو گھسیٹتا ہوا ہمارے پاس سے گزر گیا۔ دروازہ کھلا تھا میں اسے اندر اپنے کمرے میں لے گیا۔

لالٹین کی چمنی بھی مکمل طور پر سیاہ نہیں ہوئی تھی، کیونکہ ایک کونے سے جو اس کالک سے بچ گیا تھا، تھوڑی تھوڑی روشنی باہر نکل رہی تھی۔ دو ڈھائی گھنٹے کے بعد ہم باہر نکلے۔ چاند اب بادل میں سے نکل آیا تھا۔ میں

نے دیکھا کہ نیچے سٹرک پر اس کا کتا شیرو بڑے سے پتھر کے پاس بیٹھا اپنا بدن صاف کر رہا تھا۔ اس سے کچھ دور حلوائی کی کتیا کھڑی تھی۔

جب وہ جانے لگی تو میں نے اس سے پوچھا، ''تمہارا نام کیا ہے؟''

اس نے جواب دیا، ''بانو۔''

''بانو!'' میں اس سے زیادہ کچھ نہ کہہ سکا۔

اب اس نے پوچھا، ''تمہارا نام کیا ہے؟''

میں نے جواب دیا، ''شیرو۔''

صاحب کرامات

چودھری موجُو بوڑھے برگد کی گھنی چھاؤں کے نیچے کھُری چارپائی پر بڑے اطمینان سے بیٹھا اپنا چمُوڑا پی رہا تھا۔ دھوئیں کے ہلکے ہلکے بقچے اس کے منہ سے نکلتے تھے اور دوپہر کی ٹھہری ہوئی ہوا میں ہولے ہولے گم ہو جاتے تھے۔

وہ صبح سے اپنے چھوٹے سے کھیت میں ہل چلاتا رہا تھا اور اب تھک گیا تھا۔ دھوپ اس قدر تیز تھی کہ چیل بھی اپنا انڈا چھوڑ دے مگر اب وہ اطمینان سے بیٹھا اپنے چمُوڑے کا مزہ لے رہا تھا جو چٹکیوں میں اس کی تھکن دور کر دیتا تھا۔ اس کا پسینہ خشک ہو گیا تھا۔ اس لیے ٹھہری ہوا اسے کوئی ٹھنڈک نہیں پہنچا رہی تھی مگر چمُوڑے کا ٹھنڈا ٹھنڈا لذیذ دھواں اس کے دل و دماغ میں ناقابل بیان سرور کی لہریں پیدا کر رہا تھا۔ اب وقت ہو چکا تھا کہ گھر سے اس کی اکلوتی لڑکی جیناں روٹی لسی لے کر آ جائے۔ وہ ٹھیک وقت پر پہنچ جاتی تھی۔ حالانکہ گھر میں اس کا ہاتھ بٹانے والا اور کوئی بھی نہیں تھا۔ اس کی ماں تھی جس کو دو سال ہوئے موجُو نے ایک طویل جھگڑے کے بعد انتہائی غصے میں طلاق دے دی تھی۔ اس کی جوان اکلوتی بیٹی جیناں بڑی فرماں بردار لڑکی تھی۔ وہ اپنے باپ کا بہت خیال رکھتی تھی۔ گھر کا کاج جو اتنا زیادہ نہیں تھا، بڑی مستعدی سے کرتی تھی کہ جو خالی وقت ملے اس میں چرخہ چلائے اور پونیاں کاتے۔ یا اپنی سہیلیوں کے ساتھ جو گنتی کی تھیں اِدھر اُدھر کی خوش گپیوں میں گزار دے۔

چودھری موجُو کی زمین واجبی تھی مگر اس کے گزارے کے لیے کافی تھی۔ گاؤں بہت چھوٹا تھا۔ ایک دور افتادہ جگہ پر جہاں سے ریل کا گزر نہیں تھا۔ ایک کچی سڑک تھی جو اسے دور ایک بڑے گاؤں کے ساتھ ملاتی تھی۔ چودھری موجُو ہر مہینے دو مرتبہ اپنی گھوڑی پر سوار ہو کر اس گاؤں میں جاتا تھا جس میں دو تین دکانیں

تھیں اور ضرورت کی چیزیں لے آتا تھا۔

پہلے وہ بہت خوش تھا۔ اس کو کوئی غم نہیں تھا۔ دو تین برس اس کو اس خیال نے البتہ ضرور ستایا تھا کہ اس کے کوئی نرینہ اولاد نہیں ہوتی، مگر پھر وہ یہ سوچ کر شاکر ہو گیا کہ جو اللہ کو منظور ہوتا ہے وہی ہوتا ہے ۔۔۔ مگر اب جس دن سے اس نے اپنی بیوی کو طلاق دے کر میکے رخصت کر دیا تھا۔ اس کی زندگی سوکھا ہوا نبیچہ سی بن کے رہ گئی تھی۔ ساری طراوت جیسے اس کی بیوی اپنے ساتھ لے گئی تھی۔

چوہدری موجُو مذہبی آدمی تھا۔ حالانکہ اسے اپنے مذہب کے متعلق صرف دو تین چیزوں ہی کا پتہ تھا کہ خدا ایک ہے جس کی پرستش لازمی ہے۔ محمدؐ اس کے رسول ہیں، جن کے احکام ماننا فرض ہے اور قرآن پاک خدا کا کلام ہے جو محمدؐ پر نازل ہوا اور بس۔ نماز روزے سے وہ بے نیاز تھا۔ گاؤں بہت چھوٹا تھا جس میں کوئی مسجد نہیں تھی۔ دس پندرہ گھر تھے۔ وہ بھی ایک دوسرے سے دور دور۔ لوگ اللہ اللہ کرتے تھے۔ ان کے دل میں اس ذات پاک کا خوف تھا مگر اس سے زیادہ اور کچھ نہیں تھا۔ قریب قریب ہر گھر میں قرآن موجود تھا مگر پڑھنا کوئی بھی نہیں جانتا تھا۔ سب نے اسے احتراماً جُزدان میں لپیٹ کر کسی اونچے طاق میں رکھ چھوڑا تھا۔ اس کی ضرورت صرف اسی وقت پیش آتی تھی جب کسی سے کوئی سچی بات کہلوانی ہوتی تھی یا کسی کام کے لیے حلف اٹھانا ہوتا تھا۔

گاؤں میں مولوی کی شکل اسی وقت دکھائی دیتی تھی جب کسی لڑکے یا لڑکی کی شادی ہوتی تھی۔ مرگ پر جنازہ وغیرہ وہ خود ہی پڑھ لیتے تھے، اپنی زبان میں۔ چوہدری موجُو ایسے موقعوں پر زیادہ کام آتا تھا۔ اس کی زبان میں اثر تھا۔ جس انداز سے وہ مرحوم کی خوبیاں بیان کرتا تھا اور اس کی مغفرت کے لیے دعا کرتا تھا، وہ کچھ اسی کا حصہ تھا۔

پچھلے برس جب اس کے دوست دینو کا جوان لڑکا مر گیا تو اس کو قبر میں اتار کر اس نے بڑے مؤثر انداز میں یہ کہا تھا۔ ہائے، کیا حسین جوان لڑکا تھا۔ تھوک پھینکتا تھا تو بیس گز دور جا کے گرتی تھی۔ اس کی پیشاب کی دھار کا تو اس پاس کے کسی گاؤں کے کھیڑے میں بھی مقابلہ کرنے والا موجود نہیں تھا اور پینی پکڑنے میں تو جواب نہیں تھا اس کا۔۔۔ ہے گھسی کا نعرہ مارتا اور دو انگلیوں سے یوں پینی کھولتا جیسے کابٹن کھولتے ہیں۔۔۔ دینو یار، تجھ پر آج قیامت کا دن ہے۔۔۔ تو کبھی یہ صدمہ نہیں برداشت کرے گا۔۔۔ یارو اسے مر جانا چاہیے تھا۔۔۔ ایسا حسین جوان لڑکا۔۔۔ ایسا خوبصورت گبرو جوان۔۔۔ نیتی سنیاری جیسی سندر اور مٹیلی ناری اس کو قابو کرنے کے لیے تعویذ دھاگے کراتی رہی۔۔۔ مگر بھی مرحبا ہے دینو، تیرا لڑکا لنگوٹ

کا پکار رہا۔۔۔ خدا کرے اس کو جنت میں سب سے خوبصورت حور ملے اور وہاں بھی وہ لنگوٹ کا پکار ہے۔ اللہ میاں خوش ہو کر اس پر اپنی اور رحمتیں نازل کرے گا۔۔۔ آمین۔،،

یہ چھوٹی سی تقریر سن کر دس بیس آدمی جن میں دینو بھی شامل تھا، دھاڑیں مار مار کر رو پڑے تھے۔ خود چوہدری موجو کی آنکھوں سے آنسو رواں تھے۔ موجو نے جب اپنی بیوی کو طلاق دینا چاہی تھی تو اس نے مولوی بلانے کی ضرورت نہیں سمجھی تھی۔ اس نے بڑے بوڑھوں سے سن رکھا تھا کہ تین مرتبہ طلاق، طلاق، طلاق کہہ دو تو قصہ ختم ہو جاتا ہے۔ چنانچہ اس نے یہ قصہ اس طرح ختم کیا تھا۔ مگر دوسرے ہی دن اس کو بہت افسوس ہوا تھا۔ بڑی ندامت ہوئی تھی کہ اس نے یہ کیا غلطی کی۔ میاں بیوی میں جھگڑے ہوتے ہی رہتے ہیں مگر طلاق تک نوبت نہیں آتی۔ اس کو درگزر کرنا چاہیے تھا۔

پھاتاں اس کو پسند تھی۔ گو وہ اب جوان نہیں تھی، لیکن پھر بھی اس کو اس کا جسم پسند تھا۔ اس کی باتیں پسند تھیں۔۔۔ اور پھر وہ اس کی جیناں کی ماں تھی۔۔۔ مگر اب تیر کمان سے نکل چکا تھا جو واپس نہیں آ سکتا تھا۔ چوہدری موجو جب بھی اس کے متعلق سوچتا تو اس کے چہیتے چھوڑے کا دھواں اس کے حلق میں تلخ گھونٹ بن بن کے جانے لگتا۔

جیناں خوبصورت تھی۔ اپنی ماں کی طرح ان دو برسوں میں اس نے ایک دم بڑھنا شروع کر دیا تھا اور دیکھتے دیکھتے جوان مٹیار بن گئی تھی جس کے انگ انگ سے جوانی پھوٹ پھوٹ کے نکل رہی تھی۔ چوہدری موجو کو اب اس کے ہاتھ پیلے کرنے کی فکر بھی تھی۔ یہاں پھر اس کو پھاتاں یاد آتی۔ یہ کام وہ کتنی آسانی سے کر سکتی تھی۔

کھری کھاٹ پر چوہدری موجو نے اپنی نشست اور اپنا تہمد درست کرتے ہوئے چھوڑے سے غیر معمولی لمبا کش لیا اور کھانسنے لگا۔ کھانسنے کے دوران میں کسی کی آواز آئی، ''السلام علیکم ورحمتہ اللہ وبرکاتہ۔،،

چوہدری موجو نے پلٹ کر دیکھا تو اسے سفید کپڑوں میں ایک دراز ریش بزرگ نظر آئے۔ اس نے سلام کا جواب دیا اور سوچنے لگا کہ یہ شخص کہاں سے آ گیا ہے۔ دراز ریش بزرگ کی آنکھیں بڑی بڑی اور بارعب تھیں جن میں سرمہ لگا ہوا تھا۔ لمبے لمبے پٹے تھے۔ داڑھی کے بال کھچڑی تھے۔ سفید زیادہ اور سیاہ کم۔ سر پر سفید عمامہ تھا۔ کاندھے پر ریشم کا کاڑھا ہوا بسنتی رومال۔ ہاتھ میں چاندی کی موٹھ والا موٹا عصا تھا۔ پاؤں میں لال کھال کا نرم و نازک جوتا۔ چوہدری موجو نے جب اس بزرگ کا سراپا غور سے دیکھا تو اس کے دل میں فوراً ہی اس کا احترام پیدا ہو گیا۔ چارپائی پر سے جلدی جلدی اٹھ کر وہ اس سے مخاطب ہوا،

'' آپ کہاں سے آئے؟ کب آئے؟ ''

بزرگ کی کتری ہوئی شرعی لبوں میں مسکراہٹ پیدا ہوئی، '' فقیر کہاں سے آئیں گے، ان کا کوئی گھر نہیں ہوتا، ان کے آنے کا کوئی وقت مقرر نہیں، ان کے جانے کا کوئی وقت مقرر نہیں، اللہ تبارک تعالیٰ نے جدھر حکم دیا چل پڑے ۔۔۔ جہاں ٹھہرنے کا حکم ہوا وہیں ٹھہر گئے۔ ''

چوہدری موجُو پر ان الفاظ کا بہت اثر ہوا۔ اس نے آگے بڑھ کر بزرگ کا ہاتھ بڑے احترام سے اپنے ہاتھوں میں لیا۔ چوما، آنکھوں سے لگایا، '' چوہدری موجُو کا گھر آپ کا اپنا گھر ہے۔ '' بزرگ مسکراتا ہوا کھاٹ پر بیٹھ گیا اور اپنے چاندی کی موٹھ والے عصا کو دونوں ہاتھوں میں تھام کر اس پر اپنا سر جھکا دیا، '' اللہ جل شانہ کو جانے تیری کون سی ادا پسند آ گئی کہ اپنے اس حقیر اور عاصی بندے کو تیرے پاس بھیج دیا۔ '' چوہدری موجُو نے خوش ہو کر پوچھا، '' تو مولوی صاحب آپ اس کے حکم سے آئے ہیں؟ ''

مولوی صاحب نے اپنا جھکا ہوا سر اٹھایا اور کسی قدر خشم آلود لہجے میں کہا، '' تو کیا ہم تیرے حکم سے آئے ہیں۔۔۔ ہم تیرے بندے ہیں یا اس کے، جس کی عبادت میں ہم نے پورے چالیس برس گزار کر یہ تھوڑا بہت رتبہ حاصل کیا ہے۔ ''

چوہدری موجُو کانپ گیا۔ اپنے مخصوص گنوار لیکن پُرخلوص انداز میں اس نے مولوی صاحب سے اپنی تقصیر معاف کرائی اور کہا، '' مولوی صاحب، ہم جیسے انسانوں سے جن کو نماز پڑھنی بھی نہیں آتی ایسی غلطیاں ہو جاتی ہیں۔۔۔ ہم گنہگار ہیں، ہمیں بخشوانا اور بخشنا آپ کا کام ہے۔ ''

مولوی صاحب نے اپنی بڑی بڑی سرمہ لگی آنکھیں بند کیں اور کہا، '' ہم اسی لیے آئے ہیں۔ '' چوہدری موجُو زمین پر بیٹھ گیا اور مولوی صاحب کے پاؤں دبانے لگا۔ اتنے میں اس کی لڑکی جیناں آ گئی۔ اس نے مولوی صاحب کو دیکھا تو گھونگھٹ چھوڑ لیا۔

مولوی صاحب نے مندی آنکھوں سے پوچھا، '' کون ہے چوہدری موجُو؟ ''

'' میری بیٹی مولوی صاحب ۔۔۔ جیناں! ''

مولوی صاحب نے نیم وا آنکھوں سے جیناں کو دیکھا اور موجُو سے کہا، '' ہم فقیروں سے کیا پردہ ہے ۔۔۔ اس سے پوچھو۔ ''

'' کوئی پردہ نہیں مولوی صاحب ۔۔۔ پردہ کیسا ہو گا۔ '' پھر موجُو جیناں سے مخاطب ہوا۔ '' یہ مولوی صاحب جیناں۔ اللہ کے خاص بندے ۔۔۔ ان سے پردہ کیسا، اٹھا لے اپنا گھونگھٹ۔ '' جیناں نے اپنا

گھونگھٹ اٹھالیا۔مولوی صاحب نے اپنی سرمہ لگی نظریں بھر کے اس کی طرف دیکھا اور موجُو سے کہا،
’’تیری بیٹی خوبصورت ہے چوہدری موجُو!‘‘

جیناں شرما گئی۔موجُو نے کہا، ’’اپنی ماں پر ہے مولوی صاحب!‘‘

’’کہاں ہے اس کی ماں؟‘‘ مولوی صاحب نے ایک بار پھر جیناں کی جوانی کی طرف دیکھا۔ چوہدری موجُو ٹپٹا گیا کہ جواب کیا دے۔مولوی صاحب نے پھر پوچھا، ’’اس کی ماں کہاں ہے چوہدری موجُو؟‘‘

موجُو نے جلدی سے کہا، ’’مر چکی ہے جی!‘‘ مولوی صاحب کی نظریں جیناں پر گڑی تھیں۔اس کارِد عمل بھانپ کر انہوں نے موجُو سے کڑک کر کہا، ’’تو جھوٹ بولتا ہے۔‘‘ موجُو نے مولوی صاحب کے پاؤں پکڑ لیے اور ندامت بھری آواز میں کہا، ’’جی ہاں۔۔۔جی ہاں۔۔۔میں نے جھوٹ بولا تھا۔۔۔مجھے معاف کر دیجیے۔۔۔میں بڑا جھوٹا آدمی ہوں۔۔۔میں نے اس کو طلاق دے دی تھی مولوی صاحب۔‘‘

مولوی صاحب نے ایک لمبی ’ہوں‘ کی اور نظریں جیناں کی چدریا سے ہٹا لیں اور موجُو سے مخاطب ہوئے، ’’تو بہت بڑا گناہگار ہے۔۔۔کیا قصور تھا اس بے زبان کا؟‘‘ موجُو ندامت میں غرق تھا، ’’کچھ نہیں معلوم مولوی صاحب۔۔۔معمولی سی بات تھی جو بڑھتے بڑھتے طلاق تک پہنچ گئی۔۔۔میں واقعی گنہگار ہوں۔۔۔طلاق دینے کے دوسرے دن ہی میں نے سوچا تھا کہ موجُو تو نے یہ کیا جھک ماری۔۔۔پر اس وقت کیا ہو سکتا تھا۔۔۔چڑیاں کھیت چگ چکی تھیں۔۔۔پچھتاوے سے کیا ہو سکتا تھا مولوی صاحب۔‘‘

مولوی صاحب نے چاندی کی موٹھ والا عصا موجُو کے کاندھے پر رکھ دیا، ’’اللہ تبارک تعالیٰ کی ذات بہت بڑی ہے۔وہ بڑا رحیم ہے، بڑا کریم ہے۔۔۔وہ چاہے تو ہر بگڑی بنا سکتا ہے۔۔۔اس کا حکم ہوا تو یہ حقیر فقیر ہی تیری نجات کے لیے کوئی راستہ ڈھونڈ نکالے گا۔‘‘ ممنون و متشکر چوہدری موجُو مولوی صاحب کی ٹانگوں کے ساتھ لپٹ گیا اور رونے لگا۔مولوی صاحب نے جیناں کی طرف دیکھا۔اس کی آنکھوں سے بھی اشک رواں تھے، ’’اِدھر آ لڑکی۔‘‘

مولوی صاحب کے لہجے میں ایسا حکم تھا جس کو رد کرنا جیناں کے لیے ناممکن تھا۔ روٹی اور لسی ایک طرف رکھ کر وہ کھاٹ کے پاس چلی گئی۔مولوی صاحب نے اس کو بازو سے پکڑا اور کہا، ’’بیٹھ جا۔‘‘ جیناں زمین پر بیٹھنے لگی تو مولوی صاحب نے اس کا بازو اور پر کھینچا، ’’اِدھر میرے پاس بیٹھ۔‘‘ جیناں سمٹ کر مولوی صاحب کے پاس بیٹھ گئی۔مولوی صاحب نے اس کی کمر میں ہاتھ دے کر اس کو اپنے قریب کر لیا اور ذرا دبا کر پوچھا، ’’کیا لائی ہے تو ہمارے کھانے کے لیے؟‘‘ جیناں نے ایک طرف ہٹنا چاہا مگر گرفت مضبوط

تھی۔اس کو جواب دینا پڑا، ''جی۔۔۔جی روٹیاں ہیں۔ساگ ہے اورلسی۔''مولوی صاحب نے جیناں کی پتلی مضبوط کمراپنے ہاتھ سے ایک بار پھر دبائی، ''چل کھول کھانا اورہمیں کھلا۔''

جیناں اٹھ کر چلی گئی تو مولوی صاحب نے موجُو کے کندھے سے اپنا چاندی کی موٹھ والا عصا ننھی سی ضرب کے بعد اٹھالیا، ''اٹھ موجُو۔۔۔ہمارے ہاتھ دھلا۔''موجُو فوراً اٹھا۔ پاس ہی کنواں تھا۔ پانی لایا اور مولوی صاحب کے ہاتھ بڑے مریدانہ طور پر دھلائے، جیناں نے چارپائی پر کھانا رکھ دیا۔مولوی صاحب سب کا سب کھا گئے اور جیناں کو حکم دیا کہ وہ ان کے ہاتھ دھلائے۔جیناں عدول حکمی نہیں کرسکتی تھی۔کیونکہ مولوی صاحب کی شکل وصورت اور ان کی گفتگو کا انداز ہی کچھ ایسا تحکم بھرا تھا۔مولوی صاحب نے ڈکار لے کر بڑے زور سے الحمدللہ کہا۔ داڑھی پر گیلا ہاتھ پھیرا۔ایک اور ڈکار لی اور چارپائی پر لیٹ گئے اور ایک آنکھ بند کر کے دوسری آنکھ سے جیناں کی ڈھلکی ہوئی چدریا کی طرف دیکھتے رہے۔اس نے جلدی جلدی برتن سمیٹے اور چلی گئی مولوی صاحب نے آنکھ بند کی اور موجُو سے کہا، ''چوہدری اب ہم سوئیں گے۔''

چوہدری کچھ دیران کے پاؤں دابتارہا۔ جب اس نے دیکھا کہ وہ سوگئے ہیں تو ایک طرف جاکر اس نے اپلے سلگائے اور چلم میں تمبا کو بھر کے بھوکے پیٹ چموٹڑا پینا شروع کر دیا۔مگر وہ خوش تھا۔اس کو ایسا لگتا تھا کہ اس کی زندگی کا کوئی بہت بڑا بوجھ دور ہوگیا ہے۔اس نے دل ہی دل میں اپنے مخصوص گنوار مگر مخلص انداز میں اللہ تعالیٰ کا شکر ادا کیا جس نے اپنی جانب سے مولوی صاحب کی شکل میں فرشتہ رحمت بھیج دیا۔پہلے اس نے سوچا کہ مولوی صاحب کے پاس ہی بیٹھا رہے کہ شایدان کو کسی خدمت کی ضرورت ہو، مگر جب دیر ہوگئی اور وہ سوتے رہے تو وہ اٹھ کر اپنے کھیت میں چلا گیا اور اپنے کام میں مشغول ہوگیا۔اس کو اس بات کا قطعاً خیال نہیں تھا کہ وہ بھوکا ہے۔اس کو بلکہ اس بات کی بے حد مسرت تھی کہ اس کا کھانا مولوی صاحب نے کھایا اور اس کو اتنی بڑی سعادت ہوئی۔

شام سے پہلے پہلے جب وہ کھیت سے واپس اس کو یہ دیکھ کر بڑا دکھ ہوا کہ مولوی صاحب موجود نہیں۔ اس نے خود کو بڑی لعنت ملامت کی کہ وہ کیوں چلا گیا۔ان کے حضور بیٹھا رہتا۔شاید وہ ناراض ہو کر چلے گئے ہیں اور کوئی بد دعا بھی دے گئے ہوں۔جب چوہدری موجُو نے یہ سوچا تو اس کی سادہ روح لرز گئی۔ اس کی آنکھوں میں آنسو آگئے۔

اس نے اِدھر اُدھر مولوی صاحب کو تلاش کیا مگر وہ نہ ملے۔ گہری شام ہوگئی پھر بھی ان کا کوئی سراغ نہ ملا۔ تھک ہار کر اپنے دل ہی دل میں کو ستا اور لعنت ملامت کرتا۔ وہ گردن جھکائے گھر کی طرف جا رہا تھا

کہ اسے دو جوان لڑکے گھبرائے ہوئے ملے۔ چوہدری موجو نے ان سے گھبراہٹ کی وجہ پوچھی تو انہوں نے پہلے تو ٹالنا چاہا، مگر پھر اصل بات بتادی کہ وہ گھرے میں دبا ہوا شراب کا گھڑا نکال کر پینے والے تھے کہ ایک نورانی صورت والے بزرگ ایک دم وہاں نمودار ہوئے اور بڑی غضب ناک نگاہوں سے ان کو دیکھ کر پوچھا کہ وہ یہ کیا حرام کاری کر رہے ہیں۔ جس چیز کو اللہ تبارک تعالیٰ نے حرام قرار دیا ہے وہ اسے پی کر اتنا بڑا گناہ کر رہے ہیں جس کا کوئی کفارہ ہی نہیں، ان لوگوں کو اتنی جرات نہ ہوئی کہ کچھ بولیں۔ بس سر پر پاؤں رکھ کے بھاگے اور یہاں آ کے دم لیا۔

چوہدری موجو نے ان دونوں کو بتایا کہ وہ نورانی صورت والے واقعی اللہ کو پہنچے ہوئے بزرگ تھے۔ پھر اس نے اندیشہ ظاہر کیا کہ اب جانے اس گاؤں پر کیا قہر نازل ہو گا۔ ایک اس نے ان کو چھوڑ چلے جانے کی بری حرکت کی، ایک انہوں نے کہ حرام شے نکال کر پی رہے تھے۔ ''اب اللہ ہی بچائے ۔۔۔۔ اب اللہ ہی بچائے میرے بچو۔'' یہ بڑ بڑاتا چوہدری موجو گھر کی جانب روانہ ہوا۔ جیناں موجود تھی، پر اس نے اس سے کوئی بات نہ کی اور خاموش کھاٹ پر بیٹھ کر حقہ پینے لگا۔ اس کے دل و دماغ میں ایک طوفان برپا تھا۔ اس کو یقین تھا کہ اس پر اور گاؤں پر ضرور کوئی خدائی آفت آئے گی۔

شام کا کھانا تیار تھا، جیناں نے مولوی صاحب کے لیے بھی پکار کھا تھا۔ جب اس نے اپنے باپ سے پوچھا کہ مولوی صاحب کہاں ہیں تو اس نے بڑے دکھ بھرے لہجے میں کہا، ''گئے ۔۔۔۔ چلے گئے۔ ان کا ہم گنہگاروں کے ہاں کیا کام!'' جیناں کو افسوس ہوا کیونکہ مولوی صاحب نے کہا تھا کہ وہ کوئی ایسا راستہ ڈھونڈ نکالیں گے جس سے اس کی ماں واپس آ جائے گی۔۔۔۔ پر وہ جا چکے تھے ۔۔۔۔ اب وہ راستہ ڈھونڈے والا کون تھا۔ جیناں خاموشی سے پیڑھی پر بیٹھ گئی ۔۔۔۔ کھانا ٹھنڈا ہوتا رہا۔

تھوڑی دیر کے بعد ڈیوڑھی میں آہٹ ہوئی۔ باپ بیٹی دونوں چونکے موجو اٹھ کے باہر گیا اور چند لمحات میں مولوی صاحب اور وہ دونوں اندر صحن میں تھے۔ دیے کی دھندلی روشنی میں جیناں نے دیکھا کہ مولوی صاحب لڑ کھڑا رہے ہیں۔ ان کے ہاتھ میں ایک چھوٹا سا مٹکا ہے۔ موجو نے ان کو سہارا دے کر چارپائی پر بٹھایا۔ مولوی صاحب نے گھڑا موجو کو دیا اور لکنت بھرے لہجے میں کہا، ''آج خدا نے ہمارا بہت کڑا امتحان لیا۔۔۔۔ تمہارے گاؤں کے دو لڑکے شراب کا گھڑا نکال کر پینے والے تھے کہ ہم پہنچ گئے ۔۔۔۔ وہ ہمیں دیکھتے ہی بھاگ گئے۔ ہم کو بہت صدمہ ہوا کہ اتنی چھوٹی عمر اور اتنا بڑا گناہ ۔۔۔۔ لیکن ہم نے سوچا کہ اسی عمر میں تو انسان رستے سے بھٹکتا ہے۔ چنانچہ ہم نے ان کے لیے اللہ تبارک تعالیٰ کے حضور میں گڑ

گڑ اکر دعا مانگی کہ ان کا گناہ معاف کیا جائے ۔۔۔ جواب ملا۔۔۔ جانتے ہو کیا جواب ملا؟''

موجُو نے لرزتے ہوئے کہا۔ ''جی نہیں!''

''جواب ملا۔۔۔ کیا تو ان کا گناہ اپنے سر لیتا ہے۔ میں نے عرض کی۔ ہاں باری تعالیٰ۔۔۔ آواز آئی، تو جا یہ سارا گھڑا شراب کا تو پی۔۔۔ ہم نے ان لڑکوں کو بخشا۔'' موجُو ایک ایسی دنیا میں چلا گیا جو اس کے اپنے تخیل کی پیدا وار تھی۔ اس کے رونگٹے کھڑے ہو گئے، ''تو آپ نے پی؟'' مولوی صاحب کا لہجہ اور زیادہ لکنت بھرا ہو گیا، ''ہاں پی۔۔۔ پی۔۔۔ان کا گناہ اپنے سر لینے کے لیے پی۔۔۔ رب العزت کی آنکھوں میں سرخرو ہونے کے لیے پی۔۔۔ گھڑے میں اور بھی پڑی ہے ۔۔۔ یہ بھی ہمیں پینی ہے ۔۔۔ رکھ دے اسے سنبھال کے، اور دیکھ اس کی ایک بوند اِدھر اُدھر نہ ہو۔''

موجُو نے گھڑا اٹھا کر اندر کوٹھری میں رکھ دیا اور اس کے منہ پر کپڑا باندھ دیا۔ واپس صحن میں آیا تو مولوی صاحب جیناں سے اپنا سر دیوار ہے تھے اور اس سے کہہ رہے تھے، ''جو آدمی دوسروں کے لیے کچھ کرتا ہے، اللہ جل شانہ اس سے بہت خوش ہوتا ہے۔۔۔ وہ اس وقت تجھ سے بھی خوش ہے ۔۔۔ہم بھی تجھ سے خوش ہیں۔'' اور اسی خوشی میں مولوی صاحب نے جیناں کو اپنے پاس بٹھا کر اس کی پیشانی چوم لی۔ اس نے اٹھنا چاہا مگر ان کی گرفت مضبوط تھی۔ مولوی صاحب نے اس کو اپنے گلے سے لگا لیا اور موجُو سے کہا، ''چوہدری تیری بیٹی کا نصیبا جاگ اٹھا ہے۔'' چوہدری سر تا پا ممنون و متشکر تھا، ''یہ سب آپ کی دعا ہے ۔۔۔ آپ کی مہربانی ہے۔'' مولوی صاحب نے جیناں کو ایک مرتبہ پھر اپنے سینے کے ساتھ بھینچا، ''اللہ مہربان سو کل مہربان۔۔۔ جیناں ہم تجھے ایک وظیفہ بتائیں گے، وہ پڑھا کرنا۔ اللہ ہمیشہ مہربان رہے گا۔''

دوسرے دن مولوی صاحب بہت دیر سے اٹھے۔ موجُو ڈر کے مارے کھیتوں پر نہ گیا۔ صحن میں ان کی چارپائی کے پاس بیٹھا رہا۔ جب وہ اٹھے تو ان کو مسواک کرائی، نہلایا دھلایا۔۔۔ اور ان کے ارشاد کے مطابق شراب کا گھڑا لا کر ان کے پاس رکھ دیا۔ مولوی صاحب نے کچھ پڑھا۔ گھڑے کا منہ کھول کر اس میں تین بار پھونکا اور دو تین کٹورے چڑھا گئے۔ اوپر آسمان کی طرف دیکھا۔ کچھ پڑھا اور بلند آواز میں کہا، ''ہم تیرے ہر امتحان میں پورے اتریں گے مولا۔'' پھر وہ چوہدری سے مخاطب ہوئے، ''موجُو جا۔۔۔ حکم ملا ہے ابھی جا اور اپنی بیوی کو لے آ۔۔۔ راستہ مل گیا ہے ہمیں۔''

موجُو بہت خوش ہوا۔ جلدی جلدی اس نے گھوڑی پر زین کسی اور کہا کہ وہ دوسرے روز صبح سویرے پہنچ

جائے گا۔ پھر اس نے جیناں سے کہا کہ وہ مولوی صاحب کی ہر آسائش کا خیال رکھے اور خدمت گزاری میں کوئی کسر اٹھا نہ رکھے۔

جیناں برتن مانجھنے میں مشغول ہوگئی۔ مولوی صاحب چارپائی پر بیٹھے اسے گھورتے اور شراب کے کٹورے پیتے رہے۔ اس کے بعد انہوں نے جیب سے موٹے موٹے دانوں والی تسبیح اٹھائی اور پھیرنا شروع کر دی۔ جب جیناں کام سے فارغ ہوگئی تو انہوں نے اس سے کہا، ''جیناں دیکھو۔۔۔ وضو کرو۔'' جیناں نے بڑے بھولپن سے جواب دیا، ''مجھے نہیں آتا مولوی جی۔'' مولوی صاحب نے بڑے پیار سے اس کو سرزنش کی، ''وضو کرنا نہیں آتا۔۔۔ کیا جواب دے گی اللہ کو۔'' یہ کہہ کر وہ اٹھے اور اس کو وضو کرایا اور ساتھ ساتھ اس انداز سے سمجھاتے رہے کہ وہ اس کے بدن کے ایک ایک کونے کو کھدرے کو جھانک جھانک کر دیکھ سکیں۔

وضو کرانے کے بعد مولوی صاحب نے جانماز مانگی۔ وہ نہ ملی تو پھر ڈانٹا، مگر اسی انداز میں۔ کھیس منگوایا، اس کو اندر کی کوٹھری میں بچھایا اور جیناں سے کہا کہ باہر کی کنڈی لگا دے۔ جب کنڈی لگ گئی تو اس سے کہا کہ گھڑا اور کٹورا اٹھا کے اندر لے آئے۔ وہ لے آئی۔ مولوی صاحب نے آدھا کٹورا پیا اور آدھا اپنے سامنے رکھ لیا اور تسبیح پھیرنا شروع کر دی۔ جیناں ان کے پاس خاموش بیٹھی رہی۔ بہت دیر تک مولوی صاحب آنکھیں بند کیے اسی طرح وظیفہ کرتے رہے، پھر انہوں نے آنکھیں کھولیں۔ کٹورا جو آدھا بھرا تھا، اس میں تین پھونکیں ماریں اور جیناں کی طرف بڑھا دیا، ''پی جاؤ اسے۔''

جیناں نے کٹورا پکڑ لیا مگر اس کے ہاتھ کانپنے لگے۔ مولوی صاحب نے بڑے جلال بھرے انداز میں اس کی طرف دیکھا، ''ہم کہتے ہیں، پی جاؤ۔۔۔ تمہارے سارے دَلِدّر دور ہو جائیں گے۔'' جیناں پی گئی، مولوی صاحب اپنی تِلی لبوں میں مسکرائے اور اس سے کہا، ''ہم پھر اپنا وظیفہ شروع کرتے ہیں۔۔۔ جب شہادت کی انگلی سے اشارہ کریں تو آدھا کٹورا گھڑے سے نکال کر فوراً پی جانا۔۔۔ سمجھ گئیں۔''

مولوی صاحب نے اس کو جواب کا موقع ہی نہ دیا اور آنکھیں بند کر کے مراقبے میں چلے گئے۔۔۔ جیناں کے منہ کا ذائقہ بے حد خراب ہو گیا تھا۔ ایسا لگتا تھا کہ سینے میں آگ سی لگ گئی ہے۔ وہ چاہتی تھی کہ اٹھ کر ٹھنڈا ٹھنڈا پانی پیے۔ پر وہ کیسے اٹھ سکتی تھی۔ جلن کو حلق اور سینے میں لیے دیر تک بیٹھی رہی۔ اس کے بعد ایک دم مولوی صاحب کی شہادت کی انگلی زور سے اٹھی۔ جیناں کو جیسے کسی نے ہپناٹزم کر دیا تھا۔ فوراً اس نے آدھا کٹورا بھرا اور پی گئی۔ تھوکنا چاہا مگر نہ سکی۔ مولوی صاحب اسی طرح آنکھیں بند کیے تسبیح

کے دانے کھٹا کھٹ پھیرتے رہے۔ جیناں نے محسوس کیا کہ اس کا سر چکرا رہا ہے اور جیسے اس کو نیند آ رہی ہے، پھر اس نے نیم بے ہوشی کے عالم میں یوں محسوس کیا کہ وہ کسی بے داڑھی مونچھ والے جوان مرد کی گود میں ہے اور وہ اسے جنت دکھانے لے جا رہا ہے۔

جیناں نے جب آنکھیں کھولیں تو وہ کھیس پر لیٹی تھی۔ اس نے نیم و مخمور آنکھوں سے اِدھر اُدھر دیکھا۔ اور یہاں کیوں لیٹی تھی، کب لیٹی تھی کے متعلق سوچنا شروع کیا تو اسے سب کچھ دھند میں لپٹا نظر آیا۔ وہ پھر سونے لگی۔ لیکن ایک دم اٹھ بیٹھی مولوی صاحب کہاں تھے ۔۔۔؟ اور وہ جنت؟ کوئی بھی نہیں ۔ وہ باہر صحن میں نکلی تو دیکھا کہ دن ڈھل رہا ہے اور مولوی صاحب کھرے بیٹھے کے پاس بیٹھے وضو کر رہے ہیں۔ آہٹ سن کر انہوں نے پلٹ کر جیناں کی طرف دیکھا اور مسکرائے۔ جیناں واپس کوٹھری میں چلی گئی اور کھیس پر بیٹھ کر اپنی ماں کے متعلق سوچنے لگی جس کو لانے اس کا باپ گیا ہوا تھا۔۔۔ پوری ایک رات باقی تھی ان کی واپسی میں اور سخت بھوک لگ رہی تھی۔ اس نے کچھ پکایا بھی نہیں تھا۔۔۔ اس کے چھوٹے سے مضطرب دماغ میں بے شمار باتیں آ رہی تھیں۔ کچھ دیر کے بعد مولوی صاحب نمودار ہوئے اور یہ کہہ کر چلے گئے، ''مجھے تمہارے باپ کے لیے ایک وظیفہ کرنا ہے ۔۔۔ ساری رات کسی قبر کے پاس بیٹھنا ہو گا۔۔۔ صبح آ جاؤں گا۔۔۔ تمہارے لیے بھی دعا مانگوں گا۔''

مولوی صاحب صبح سویرے نمودار ہوئے۔ ان کی بڑی بڑی آنکھیں جن میں سرمے کی تحریر غائب تھی، بے حد سرخ تھیں۔ ان کے لہجے میں لکنت تھی اور قدموں میں لڑکھڑاہٹ۔ صحن میں آتے ہی انہوں نے مسکرا کر جیناں کی طرف دیکھا، آگے بڑھ کر اس کو گلے سے لگایا۔ اس کو چوما اور چارپائی پر بیٹھ گئے۔ جیناں ایک طرف کونے میں پیڑھی پر بیٹھ گئی اور گزشتہ دھندلے واقعات کے متعلق سوچنے لگی۔ اس کو اپنے باپ کا بھی انتظار تھا جس کو اس وقت تک پہنچ جانا چاہیے تھا۔

ماں سے بچھڑے ہوئے اس کو دو برس ہو چکے تھے ۔۔۔ اور جنت ۔۔۔ وہ جنت ۔۔۔ کیسی تھی وہ جنت!! ۔۔۔ کیا وہ مولوی صاحب تھے ۔۔۔؟ مولوی صاحب تھوڑی دیر کے بعد اس سے مخاطب ہوئے ''جیناں، ابھی تک موجو نہیں آیا۔'' جیناں خاموش رہی مولوی صاحب پھر اس سے مخاطب ہوئے، ''اور میں ساری رات ایک ٹوٹی پھوٹی قبر پر سر نیوڑھائے سنسان رات میں اس کے لیے وظیفہ پڑھتا رہا۔۔۔ کب آئے گا وہ؟ ۔۔۔ کیا وہ لے آئے گا تمہاری ماں کو؟'' جیناں نے صرف اس قدر کہا، ''جی معلوم نہیں ۔۔۔ شاید آتے ہی ہوں ۔۔۔ آ جائیں گے ۔۔۔ اماں بھی آ جائے گی ۔۔۔ پر ٹھیک پتا نہیں ۔''

اتنے میں آہٹ ہوئی۔۔۔ جیناں اٹھی۔ اس کی ماں نمودار ہوئی۔ وہ اسے دیکھتے ہی اس سے لپٹ گئی اور رونے لگی۔موجو آیا تو اس نے مولوی صاحب کو بڑے ادب اور احترام کے ساتھ سلام کیا۔ پھر اس نے اپنی بیوی سے کہا، ''پھاتاں۔۔۔ سلام کرو مولوی صاحب کو۔'' پھاتاں اپنی بیٹی سے الگ ہوئی۔ آنسو پونچھتے ہوئے آگے بڑھی اور مولوی صاحب کو سلام کیا۔ مولوی صاحب نے اپنی لال لال آنکھوں سے اس کو گھور کے دیکھا اور موجو سے کہا، ''ساری رات قبر کے پاس تمہارے لیے وظیفہ کرتا رہا۔۔۔ ابھی ابھی اٹھ کے آیا ہوں۔۔۔ اللہ نے میری سن لی ہے ۔۔۔ سب ٹھیک ہو جائے گا۔''

چوہدری موجو نے فرش پر بیٹھ کر مولوی صاحب کے پاؤں دابنے شروع کر دیئے وہ اتنا ممنون و متشکر تھا کہ کچھ نہ کہہ سکا۔ البتہ بیوی سے مخاطب ہو کر اس نے آنسوؤں بھری آواز میں کہا، ''اِدھر آ پھاتاں۔۔۔ تو ہی مولوی صاحب کا شکریہ ادا کر ۔۔۔ مجھے تو نہیں آتا۔'' پھاتاں اپنے خاوند کے پاس بیٹھ گئی۔ پر وہ صرف اتنا کہہ سکی، ''ہم غریب کیا ادا کر سکتے ہیں۔'' مولوی صاحب نے غور سے پھاتاں کو دیکھا، ''موجو چوہدری، تم ٹھیک کہتے تھے۔ تمہاری بیوی خوبصورت ہے ۔۔۔ اس عمر میں بھی جوان معلوم ہوتی ہے۔ بالکل دوسری جیناں۔۔۔ اس سے بھی اچھی۔۔۔ ہم سب ٹھیک کر دیں گے پھاتاں۔۔۔ اللہ کا فضل و کرم ہو گیا ہے۔'' میاں بیوی دونوں خاموش رہے۔موجو مولوی صاحب کے پاؤں دباتا رہا۔ جیناں چولہا سلگانے میں مصروف ہو گئی تھی۔

تھوڑی دیر کے بعد مولوی صاحب اٹھے۔ پھاتاں کے سر پر ہاتھ سے پیار کیا اور موجو سے مخاطب ہوئے، ''اللہ تعالیٰ کا حکم ہے کہ جب کوئی آدمی اپنی بیوی کو طلاق دے اور پھر اس کو اپنے گھر بسانا چاہے تو اس کی سزا یہ ہے کہ پہلے وہ عورت کسی اور مرد سے شادی کرے۔ اس سے طلاق لے، پھر جائز ہے۔'' موجو نے ہولے سے کہا، ''میں سن چکا ہوں مولوی صاحب۔'' مولوی صاحب نے موجو کو اٹھایا اور اس کے کندھے پر ہاتھ رکھا، ''لیکن ہم نے خدا کے حضور گڑ گڑا کر دعا مانگی کہ ایسی کڑی سزا نہ دی جائے غریب کو۔ اس سے بھول ہو گئی ہے ۔۔۔ آواز آئی۔۔۔ ہم ہر روز سفارشیں کب تک سنیں گے تو اپنے لیے جو بھی مانگ ہم دینے کے لیے تیار ہیں۔۔۔ میں نے عرض کی، میرے شہنشاہ۔۔۔ بحر و بر کے مالک۔۔۔ میں اپنے لیے کچھ نہیں مانگتا۔۔۔ تیرا دیا میرے پاس بہت کچھ ہے ۔۔۔ موجو چوہدری کو اپنی بیوی سے محبت ہے ۔۔۔ تو ہم اس کی محبت اور تیرے ایمان کا امتحان لینا چاہتے ہیں۔۔۔ ایک دن کے لیے تو اس سے نکاح کر لے۔ دوسرے دن طلاق دے کر موجو کے حوالے کر دے ۔۔۔ ہم تیرے لیے بس

صرف یہی کر سکتے ہیں کہ تو نے چالیس برس دل سے ہماری عبادت کی ہے ۔ ''
موجُو بہت خوش ہوا۔ ''مجھے منظور ہے مولوی صاحب۔۔۔مجھے منظور ہے۔ '' اور پھاتاں کی طرف اس
نے تمنائی آنکھوں سے دیکھا، ''کیوں پھاتاں؟'' مگر اس نے پھاتاں کے جواب کا انتظار نہ کیا، ''ہم
دونوں کو منظور ہے۔'' مولوی صاحب نے آنکھیں بند کیں۔ کچھ پڑھا۔ دونوں کے پھونک ماری اور
آسمان کی طرف نظریں اٹھائیں، ''اللہ تبارک تعالیٰ ہم سب کو اس امتحان میں پورا اتارے ۔'' پھر وہ
موجُو سے مخاطب ہوا، ''اچھا موجُو۔۔۔میں اب چلتا ہوں۔۔۔تم اور جیناں آج کی رات کہیں چلے جانا، صبح
سویرے آ جانا۔ '' یہ کہہ کر مولوی صاحب چلے گئے۔

جیناں اور موجُو تیار تھے۔ جب شام کو مولوی صاحب واپس آئے تو انہوں نے ان سے بہت مختصر باتیں
کیں۔ وہ کچھ پڑھ رہے تھے ۔ آخر میں انہوں نے اشارہ کیا۔ جیناں اور موجُو فوراً چلے گئے۔ مولوی
صاحب نے کنڈی بند کر دی اور پھاتاں سے کہا، ''تم آج کی رات میری بیوی ہو۔۔۔ جاؤ اندر سے بستر
لاؤ اور چارپائی پر بچھاؤ، ہم سوئیں گے۔ '' پھاتاں نے اندر کوٹھری سے بستر لا کر چارپائی پر بڑے سلیقے
سے لگا دیا۔ مولوی صاحب نے کہا، ''بی بی تم بیٹھو، ہم ابھی آتے ہیں۔ '' یہ کہہ کر وہ کوٹھری میں چلے گئے۔
اندر دیا روشن تھا۔ کونے میں برتنوں کے منارے کے پاس ان کا گھڑا رکھا تھا۔ انہوں نے اسے ہلا کر دیکھا۔
تھوڑی سی باقی تھی۔ گھڑے کے ساتھ ہی منہ لگا کر انہوں نے کئی بڑے بڑے گھونٹ پیے۔ کاندھے
سے ریشمی پھولوں والا البسنتی رومال اتار کر منہ پونچھیں اور ہونٹ صاف کیے اور دروازہ بھیڑ دیا۔

پھاتاں چارپائی پر بیٹھی تھی۔ کافی دیر کے بعد مولوی صاحب نکلے۔ ان کے ہاتھ میں کٹورا تھا۔ اس میں تین
دفعہ پھونک کر انہوں نے پھاتاں کو پیش کیا، ''لو اسے پی جاؤ۔ '' پھاتاں پی گئی۔ قے آنے لگی تو مولوی
صاحب نے اس کی پیٹھ تھپتھپائی اور کہا، ''ٹھیک ہو جاؤ گی فوراً۔ '' پھاتاں نے کوشش کی اور کسی قدر ٹھیک
ہو گئی۔ مولوی صاحب لیٹ گئے ۔

صبح سویرے جیناں اور موجُو آئے تو انہوں نے دیکھا کہ صحن میں پھاتاں سو رہی ہے مگر مولوی صاحب
موجود نہیں۔ موجُو نے سوچا۔ باہر گئے ہوں گے کھیتوں میں۔ اس نے پھاتاں کو جگایا۔ پھاتاں نے غوں غوں
کر کے آہستہ آہستہ آنکھیں کھولیں۔ پھر بڑبڑائی، ''جنت۔۔۔جنت۔ '' لیکن جب اس نے موجُو کو
دیکھا تو پوری آنکھیں کھول کر بستر میں بیٹھ گئی۔ موجُو نے پوچھا، ''مولوی صاحب کہاں ہیں؟'' پھاتاں
ابھی تک پورے ہوش میں نہیں تھی، ''مولوی صاحب۔۔۔کون مولوی صاحب۔۔۔وہ تو۔۔۔ پتا نہیں

کہاں گئے ۔۔۔ یہاں نہیں ہیں؟ ''

'' نہیں۔ '' موجو نے کہا، '' میں دیکھتا ہوں انہیں باہر۔ '' وہ جا رہا تھا کہ اسے پھاتاں کی ہلکی سی چیخ سنائی دی۔ پلٹ کر اس نے دیکھا تکیے کے نیچے سے وہ کوئی کالی چیز نکال رہی تھی۔۔۔ جب پوری نکل آئی تو اس نے کہا، '' یہ کیا ہے؟ '' موجو نے کہا، '' بال۔ '' پھاتاں نے بالوں کا وہ گُچھا فرش پر پھینک دیا۔ موجو نے اسے اٹھا لیا اور غور سے دیکھا، '' داڑھی اور پٹے۔ '' جیناں پاس ہی کھڑی تھی۔ وہ بولی، '' مولوی صاحب کی داڑھی اور پٹے۔ '' پھاتاں نے وہیں چارپائی سے کہا، '' ہاں۔۔ مولوی صاحب کی داڑھی اور پٹے۔ ''

موجو عجیب چکر میں پڑ گیا، '' اور مولوی صاحب کہاں ہیں؟ '' لیکن فوراً ہی اس کے سادہ اور بے لوث دماغ میں ایک خیال آیا، '' جیناں۔۔۔ پھاتاں، تم نہیں سمجھیں۔۔۔ وہ کوئی کرامات والے بزرگ تھے ۔ ہمارا کام کر گئے اور یہ نشانی چھوڑ گئے۔ '' اس نے ان بالوں کو چوما۔ آنکھوں سے لگایا اور ان کو جیناں کے حوالے کر کے کہا، '' جاؤ، ان کو کسی صاف کپڑے میں لپیٹ کر بڑے صندوق میں رکھ دو۔۔۔ خدا کے حکم سے گھر میں برکت ہی برکت رہے گی۔ ''

جیناں اندر کوٹھری میں گئی تو وہ پھاتاں کے پاس بیٹھ گیا اور بڑے پیار سے کہنے لگا، '' میں اب نماز پڑھنا سیکھوں گا اور اس بزرگ کے لیے دعا کیا کروں گا جس نے ہم دونوں کو پھر سے ملا دیا۔ '' پھاتاں خاموش رہی۔

عزت کے لیے

چونی لال نے اپنی موٹرسائیکل اسٹال کے ساتھ روک کی اور گدی پر بیٹھے بیٹھے صبح کے تازہ اخباروں کی سرخیوں پر نظر ڈالی۔ سائیکل رکتے ہی اسٹال پر بیٹھے ہوئے دونوں ملازموں نے اسے نمستے کہی تھی جس کا جواب چونی لال نے اپنے سر کی خفیف جنبش سے دے دیا تھا۔ سرخیوں پر سرسری نظر ڈال کر چونی لال نے ایک بندھے ہوئے بنڈل کی طرف ہاتھ بڑھایا جو اسے فوراً دے دیا گیا۔ اس کے بعد اس نے اپنی بی ایس اے موٹرسائیکل کا انجن اسٹارٹ کیا اور یہ جا وہ جا۔

موڈرن نیوز ایجنسی قائم ہوئے پورے چار برس ہو چلے تھے۔ چونی لال اس کا مالک تھا لیکن ان چار برسوں میں وہ ایک دن بھی اسٹال پر نہیں بیٹھا تھا۔ وہ ہر روز صبح اپنی موٹرسائیکل پر آتا، ملازموں کی نمستے کا جواب سر کی خفیف جنبش سے دیتا۔ تازہ اخباروں کی سرخیاں ایک نظر دیکھتا، ہاتھ بڑھا کر بندھا ہوا بنڈل لیتا اور چلا جاتا۔

چونی لال کا اسٹال معمولی اسٹال نہیں تھا۔ حالانکہ امرتسر میں لوگوں کو انگریزی اور امریکی رسالوں اور پرچوں سے کوئی اتنی دلچسپی نہیں تھی۔ لیکن موڈرن نیوز ایجنسی ہر اچھا انگریزی اور امریکی رسالہ منگواتی تھی بلکہ یوں کہنا چاہیے کہ چونی لال منگواتا تھا۔ حالانکہ اسے پڑھنے وڑھنے کا بالکل شوق نہیں تھا۔

شہر میں بہت کم آدمی جانتے تھے کہ موڈرن نیوز ایجنسی کھولنے سے چونی لال کا اصل مقصد کیا تھا۔ یوں تو اس سے چونی لال کو خاصی آمدن ہو جاتی تھی اس لیے کہ وہ قریب قریب ہر بڑے اخبار کا ایجنٹ تھا لیکن سمندر پار سے جو اخبار اور رسالے آتے بہت ہی کم بکتے، پھر بھی ہر ہفتے ولائت کی ڈاک سے موڈرن نیوز ایجنسی کے نام سے کئی خوبصورت بنڈل اور پیکٹ آتے ہی رہتے۔ اصل میں چونی لال یہ پرچے اور رسالے بیچنے کے لیے نہیں بلکہ مفت بانٹنے کے لیے منگواتا تھا چنانچہ ہر روز صبح سویرے وہ ان ہی پرچوں کا

بنڈل لینے آتا تھا جو اس کے ملازموں نے باندھ کر الگ چھوڑے ہوتے تھے۔
شہر کے جتنے بڑے افسر تھے سب چونی لال کے واقف تھے۔ بعض کی واقفیت صرف یہیں تک محدود تھی کہ ہر ہفتے ان کے یہاں جو انگریزی اور امریکی پرچے آتے ہیں، شہر میں کوئی ایک موڈرن نیوز ایجنسی ہے، اس کا مالک چونی لال ہے، وہ بھیجتا ہے اور بل کبھی روانہ نہیں کرتا۔ بعض ایسے بھی تھے جو اس کو بہت اچھی طرح جانتے تھے۔ مثال کے طور پر ان کو معلوم تھا کہ چونی لال کا گھر بہت ہی خوبصورت ہے۔ ہے تو چھوٹا سا مگر بہت ہی نفیس طریقے پر سجا ہے۔ ایک نوکر ہے راما، بڑا صاف ستھرا اور سوفی صدی نوکر۔ سمجھدار، معمولی سا اشارہ سمجھنے والا جس کو صرف اپنے کام سے غرض ہے۔ دوسرے کیا کرتے ہیں کیا نہیں کرتے اس سے اس کو دلچسپی نہیں۔ چونی لال گھر پر موجود ہو جب بھی ایک بات ہے، موجود نہ ہو جب بھی ایک بات ہے۔ مہمان کس غرض سے آیا ہے۔۔۔۔ یہ اس کو اس کی شکل دیکھتے ہی معلوم ہو جاتا ہے۔ کبھی ضرورت محسوس نہیں ہو گی کہ اس سے سوڈے برف کے لیے کہا جائے یا پانوں کا آرڈر دیا جائے۔ ہر چیز خود بخود وقت پر مل جائے گی اور پھر تاک جھانک کا کوئی خدشہ نہیں۔ اس بات کا بھی کوئی کھٹکا نہیں کہ بات کہیں باہر نکل جائے گی۔ چونی لال اور اس کا نوکر راما دونوں کے ہونٹ دریا کے دریا پینے پر بھی خشک رہتے تھے۔

مکان بہت ہی چھوٹا تھا۔ بمبئی اسٹائل کا۔ یہ چونی لال نے خود بنوایا تھا۔ باپ کی وفات پر اسے دس ہزار روپیہ ملا تھا۔ جس میں سے پانچ ہزار اس نے اپنی چھوٹی بہن روپا کو دے دیئے تھے اور جدی مکان بھی اور خود علیحدہ ہو گیا تھا۔ روپا اپنی ماں کے ساتھ اس میں رہتی تھی اور چونی لال اپنے بمبئی اسٹائل کے مکان میں۔ شروع شروع میں ماں بہن نے بہت کوشش کی کہ وہ ان کے ساتھ رہے۔ ساتھ نہ رہے تو کم از کم ان سے ملتا ہی رہے مگر چونی لال کو ان دونوں سے کوئی دلچسپی نہیں تھی۔ اس کا یہ مطلب نہیں کہ اسے اپنی ماں اور بہن سے نفرت تھی۔ دراصل اسے شروع ہی سے ان دونوں سے کوئی دلچسپی نہیں تھی۔ البتہ باپ سے ضرور تھی کہ وہ تھانیدار تھا۔ لیکن جب وہ ریٹائر ہوا تو چونی لال کو اس سے بھی کوئی دلچسپی نہ رہی۔ جس وقت اسے کالج میں کسی سے کہنا پڑتا کہ اس کے والد ریٹائرڈ پولیس انسپکٹر ہیں تو اسے بہت کوفت ہوتی۔

چونی لال کو اچھی پوشش اور اچھے کھانے کا بہت شوق تھا۔ طبیعت میں نفاست تھی۔ چنانچہ وہ لوگ جو اس کے مکان میں ایک دفعہ بھی گئے، اس کے سلیقے کی تعریف اب تک کرتے ہیں۔ این ڈبلیو آر کے ایک نیلام میں اس نے ریل کے ڈبے کی ایک سیٹ خریدی تھی۔ اس کو اس نے اپنے دماغ سے بہت ہی عمدہ دیوان میں تبدیل کروا لیا تھا۔ چونی لال کو یہ اس قدر پسند تھا کہ اسے اپنی خوابگاہ میں رکھوایا ہوا تھا۔

شراب اس نے کبھی چھوئی نہیں تھی لیکن دوسروں کو پلانے کا بہت شوق تھا۔ایرے غیرے کو نہیں، خاص الخاص آدمیوں کو، جن کی سوسائٹی میں اونچی پوزیشن ہو، جو کوئی مرتبہ رکھتے ہوں، چنانچہ ایسے لوگوں کی وہ اکثر دعوت کرتا۔کسی ہوٹل یا قہوہ خانے میں نہیں، اپنے گھر میں جو اس نے خاص اپنے لیے بنوایا تھا۔ زیادہ پینے پر اگر کسی کی طبیعت خراب ہو جائے تو اسے کسی تُردُّد کی ضرورت نہ ہوتی کیونکہ چونی لال کے پاس ایسی چیزیں ہر وقت موجود رہتی تھیں۔جن سے نشہ کم ہو جاتا تھا۔ڈر کے مارے کوئی گھر نہ جانا چاہے تو علیحدہ سجائے دو کمرے موجود تھے۔۔۔چھوٹا سا ہال تھا۔اس میں کبھی کبھی مجرے بھی ہوتے تھے۔

اکثر ایسا بھی ہوا کہ چونی لال کے اس مکان میں اس کے دوست کئی کئی دن اور کئی کئی راتیں اپنی سہیلیوں سمیت رہے۔لیکن اس نے ان کو مُطلق خبر نہ ہونے دی کہ وہ سب کچھ جانتا ہے۔البتہ جب اس کا کوئی دوست ان کی ان نوازشوں کا شکریہ ادا کرتا تو چونی لال غیر متوقع طور پر بے تکلف ہو کر کہتا، ''کیا کہتے ہو یار۔۔۔مکان تمہارا اپنا ہے۔''عام گفتگو میں وہ اپنے دوستوں کے اونچے مرتبے کے پیشِ نظر ایسا تکلف کبھی نہیں برتتا تھا۔

چونی لال کا باپ لالہ گرد دھاری لال عین اس وقت ریٹائر ہوا جب چونی لال تھرڈ ڈویژن میں انٹرنس پاس کر کے کالج میں داخل ہوا۔پہلے تو یہ تھا کہ صبح شام گھر پہ ملنے والوں کا تانتا بندھا رہتا تھا۔ڈالیوں پر ڈالیاں آ رہی ہیں۔رشوت کا بازار گرم ہے۔تنخواہ بونس سیدھی بنک میں چلی جاتی تھی۔لیکن ریٹائر ہونے پر کچھ ایسا پانسا پلٹا کہ لالہ گرد دھاری لال کا نام جیسے بڑے آدمیوں کے رجسٹر سے کٹ گیا۔یوں تو جمع پونجی کافی تھی لیکن لالہ گرد دھاری لال نے، بے کار مَباش کچھ کیا کر، مکانوں کا سٹہ کھیلنا شروع کر دیا اور دو برسوں ہی میں آدھی سے زیادہ جائداد گنوا دی، پھر لمبی بیماری نے آ گھیرا۔ان تمام واقعات کا چونی لال پر عجیب و غریب اثر ہوا۔لالہ گرد دھاری لال کا حال پتلا ہونے کے ساتھ چونی لال کے دل میں اپنا پرانا ٹھاٹھ اور اپنی پرانی ساکھ قائم رکھنے کی خواہش بڑھتی گئی اور آخر میں اس کے ذہن نے آہستہ آہستہ کچھ ایسی کروٹ بدلی کہ وہ بڑے بڑے آدمیوں کا بظاہر ہم جلیس تھا، ہم پیالہ و ہم نوالہ تھا لیکن اصل میں وہ ان سے بہت دور تھا۔ان کے رتبے سے، ان کی جاہ و منزلت سے البتہ اس کا وہی رشتہ تھا جو ایک بت سے پجاری کا ہو سکتا ہے یا ایک آقا سے ایک غلام کا۔

ہو سکتا ہے کہ چونی لال کے وجود کے کسی گوشے میں بہت ہی بڑا آدمی بننے کی خواہش تھی جو وَیِس کی وَیِس دب گئی اور یہ صورت اختیار کر گئی جو اب اس کے دل و دماغ میں تھی۔لیکن یہ ضرور ہے کہ جو کچھ

بھی وہ کرتا، اس میں انتہائی درجے کا خلوص تھا۔ کوئی بڑا آدمی اس سے نہ ملے نہ ملے یہی کافی تھا کہ وہ اس کے دیئے ہوئے امریکی اور انگریزی پرچے پر ایک نظر دیکھ لیتا ہے۔

فسادات ابھی شروع نہیں ہوئے تھے بلکہ یوں کہنا چاہیے کہ تقسیم کی بات بھی ابھی نہیں چلی تھی کہ چونی لال کی بہت دنوں کی مراد پوری ہوتی نظر آئی۔ ایک بہت ہی بڑے افسر تھے جس سے چونی لال کی جان پہچان نہ ہو سکی تھی۔ ایک دفعہ اس کے مکان پر شہر کی سب سے خوبصورت طوائف کا مجرا ہوا۔ چند دوستوں کے ہمراہ اُس بڑے افسر کا شر میلا بیٹا ہرجنس بھی چلا آیا۔ چنانچہ جب چونی لال کی اس نوجوان سے دوستی ہو گئی تو اس نے سمجھا کہ ایک نہ ایک دن اس کے باپ سے بھی راہ و رسم پیدا ہو ہی جائے گی۔

ہرجنس جس نے تعیّش کی زندگی میں نیا نیا قدم رکھا تھا بہت ہی الھڑ تھا۔ چونی لال خود تو شراب نہیں پیتا تھا لیکن ہرجنس کا شوق پورا کرنے کے لیے اور اسے شراب نوشی کے ادب آداب سکھانے کے لیے ایک دو دفعہ اسے بھی پینی پڑی۔ لیکن بہت ہی قلیل مقدار میں۔ لڑکے کو شراب پینی آ گئی۔ تو اس کا دل کسی اور چیز کو چاہا۔ چونی لال نے یہ بھی مہیا کر دی اور کچھ اس انداز سے کہ ہرجنس کو جھینپنے کا موقع نہ ملنے دیا۔ جب کچھ دن گزر گئے تو چونی لال کو محسوس ہوا کہ ہرجنس ہی کی دوستی کافی ہے کیونکہ اسی کے ذریعے سے وہ لوگوں کی سفارشیں پوری کرا لیتا تھا۔ ویسے تو شہر میں چونی لال کے اثر و رسوخ کا شخص قائل تھا۔ لیکن جب سے ہرجنس اس کے حلقہ واقفیت میں آیا تھا اس کی دھاک اور بھی زیادہ بیٹھ گئی تھی۔

اکثر یہی سمجھتے تھے کہ چونی لال اپنے اثر و رسوخ سے ذاتی فائدہ اٹھاتا ہے مگر یہ حقیقت ہے کہ اس نے اپنے لیے کبھی کسی سے سفارش نہیں کی تھی۔ اس کو شوق تھا دوسروں کے کام کرنے کا اور انہیں اپنا ممنونِ احسان بنانے کا بلکہ یوں کہیے کہ ان کے دل و دماغ پر کچھ ایسے خیالات ۔۔۔ طاری کرنے کا کہ بئی کمال ہے ۔۔۔۔ ایک معمولی سی نیوز ایجنسی کا مالک ہے لیکن بڑے بڑے حاکموں تک اس کی رسائی ہے۔ بعض یہ سمجھتے تھے کہ وہ خفیہ پولیس کا آدمی ہے ۔۔۔۔ جتنے منہ اتنی باتیں، لیکن چونی لال حقیقت میں جو کچھ تھا وہ بہت ہی کم آدمی جانتے تھے۔ ایک کو خوش کیجیے تو بہت سوں کو ناراض کرنا پڑتا ہے۔ چنانچہ چونی لال کے جہاں احسان مند تھے وہاں دشمن بھی تھے اور اِس تاک میں رہتے تھے کہ موقع ملے اور اس سے بدلہ لیں۔

فسادات شروع ہوئے تو چونی لال کی مصروفیات زیادہ ہو گئیں۔ مسلمان اور ہندوؤں دونوں کے لیے اس نے کام کیا لیکن صرف ان ہی کے لیے جن کا سوسائٹی میں کوئی درجہ تھا۔ اس کے گھر کی رونق بھی بڑھ گئی۔ قریب قریب ہر روز کوئی نہ کوئی سلسلہ رہتا۔ سٹور روم جو سیڑھیوں کے نیچے تھا، شراب اور بیئر کی

خالی بوتلوں سے بھر گیا تھا۔

ہرنس کا الھڑ پن اب بہت حد تک دور ہو چکا تھا۔ اب اسے چونی لال کی مدد کی ضرورت نہیں تھی۔ بڑے آدمی کا لڑکا تھا۔ فسادات نے دستر خوان بچھا کر نت نئی چیزیں اس کے لیے چن دی تھیں۔ چنانچہ قریب قریب ہر روز وہ چونی لال کے مکان میں موجود ہوتا۔

رات کے بارہ بجے ہوں گے۔ چونی لال اپنے کمرے میں ریل گاڑی کی سیٹ سے بنائے ہوئے دیوان پر بیٹھا اپنے پستول پر انگلی گھما رہا تھا کہ دروازے پر زور کی دستک ہوئی۔ چونی لال چونک پڑا اور سوچنے لگا۔۔۔ بلوائی۔۔۔! راما۔۔۔! راما۔۔۔؟ نہیں! وہ تو کئی دنوں سے کرفیو کے باعث نہیں آ رہا تھا۔ دروازے پر پھر دستک ہوئی اور ہرنس کی سہمی ہوئی ڈری ہوئی آواز آئی۔۔۔ چونی لال نے دروازہ کھولا۔ ہرنس کا رنگ ہلدی کے گابھے کی طرح زرد تھا۔ ہونٹ تک پیلے تھے چونی لال نے پوچھا، ''کیا ہوا؟'' ''وہ۔۔۔ وہ۔۔۔'' آواز ہرنس کے سوکھے ہوئے گلے میں اٹک گئی۔

چونی لال نے اس کو دلاسا دیا، ''گھبرائیے نہیں۔۔۔ بتائیے کیا ہوا ہے۔''

ہرنس نے اپنے خشک ہونٹوں پر زبان پھیری، ''وہ۔۔۔ وہ۔۔۔ لہو۔۔۔ بند ہی نہیں ہوتا لہو۔''

چونی لال سمجھا تھا کہ شاید لڑکی مر گئی ہے۔ چنانچہ یہ سن کر اسے ناامیدی سی ہوئی۔ کیونکہ وہ لاش کو ٹھکانے لگانے کی پوری اسکیم اپنے ہوشیار دماغ میں تیار کر چکا تھا۔ ایسے موقعوں پر جب اس کے گھر میں اس کے مہمان کسی مشکل میں گرفتار ہو جائیں چونی لال کا دماغ غیر معمولی طور پر مُستَعِد ہو جاتا تھا۔ مسکرا کر اس نے ہرنس کی طرف دیکھا جو کہ لرز رہا تھا، ''میں سب ٹھیک کیے دیتا ہوں۔ آپ گھبرائیے نہیں۔''

یہ کہہ اس نے اس کمرے کا رخ کیا جس میں ہرنس تقریباً سات بجے سے ایک لڑکی کے ساتھ جانے کیا کرتا رہا تھا۔ چونی لال نے ایک دم بہت سی باتیں سوچیں۔ ڈاکٹر۔۔۔ نہیں۔ بات باہر نکل جائے گی۔ ایک بہت بڑے آدمی کی عزت کا سوال ہے اور یہ سوچتے ہوئے اسے عجیب و غریب قسم کی مسرت محسوس ہوتی کہ وہ ایک بہت بڑے آدمی کے ننگ و ناموس کا محافظ ہے۔

راما۔۔۔؟ کرفیو کے باعث وہ کئی دنوں سے نہیں آ رہا تھا۔ برف۔۔۔؟ ہاں برف ٹھیک ہے۔ ریفریجریٹر موجود تھا۔۔۔ لیکن سب سے بڑی پریشانی چونی لال کو یہ تھی کہ وہ لڑکیوں اور عورتوں کے ایسے معاملوں سے بالکل بے خبر تھا۔ لیکن اس نے سوچا کچھ بھی ہو۔ کوئی نہ کوئی اُوپائے نکالنا ہی پڑے گا۔

چونی لال نے کمرے کا دروازہ کھولا اور اندر داخل ہوا۔ ساگوان کے اسپرنگوں والے پلنگ پر ایک لڑکی

لیٹی تھی اور سفید چادر خون میں لتھڑی ہوئی تھی۔ چونی لال کو بہت گِھن آئی لیکن وہ آگے بڑھا۔ لڑکی نے کروٹ بدلی اور ایک چیخ اس کے منہ سے نکلی، ''بھیا!''

چونی لال نے بھینچی ہوئی آواز میں کہا، ''روپا!'' اور اس کے دماغ میں اوپر تلے سینکڑوں باتوں کا انبار سا لگ گیا۔ ان میں سب سے ضروری بات یہ تھی کہ ہرنس کو پتا نہ چلے کہ روپا اس کی بہن ہے، چنانچہ اس نے منہ پر انگلی رکھ کر روپا کو خاموش رہنے کا اشارہ کیا اور باہر نکل کر معاملے پر غور کرنے کے لیے دروازہ کی طرف بڑھا۔ دہلیز میں ہرنس کھڑا تھا۔ اس کا رنگ اب پہلے سے بھی زرد تھا۔ ہونٹ بالکل بے جان ہو گئے تھے۔ آنکھوں میں وحشت تھی۔ چونی لال کو دُو بدُو دیکھ کر وہ پیچھے ہٹ گیا۔ چونی لال نے دروازہ بھیڑ دیا۔ ہرنس کی ٹانگیں کانپنے لگیں۔

چونی لال خاموش تھا۔ اس کے چہرے کا کوئی خط بگڑا ہوا نہیں تھا۔ اصل میں وہ سارے معاملے پر غور کر رہا تھا۔ اس قدر تعمُّق سے غور کر رہا تھا کہ وہ ہرنس کی موجودگی سے بھی غافل تھا مگر ہرنس چونی لال کی غیر معمولی خاموشی میں اپنی موت دکھائی دے رہی تھی۔ چونی لال اپنے کمرے کی طرف بڑھا تو ہرنس زور سے چیخا اور دوڑ کر اس میں داخل ہوا۔ بہت ہی زور سے کانپتے ہوئے ہاتھوں سے ریل گاڑی کی سیٹ والے دیوان پر سے پستول اٹھایا اور باہر نکل کر چونی لال کی طرف تان دیا۔ چونی لال پھر بھی کچھ نہ بولا وہ ابھی تک معاملہ سلجھانے میں مُستغرق تھا۔ سوال ایک بہت بڑے آدمی کی عزت کا تھا۔

پستول ہرنس کے ہاتھ میں کپکپانے لگا۔ وہ چاہتا تھا کہ جلد فیصلہ ہو جائے لیکن وہ اپنی پوزیشن صاف کرنا چاہتا تھا۔ دونوں چونی لال اور ہرنس کچھ دیر خاموش رہے۔۔۔ لیکن ہرنس زیادہ دیر تک چپ نہ رہ سکا۔ اس کے دل و دماغ میں بڑی ہلچل مچی ہوئی تھی۔ چنانچہ ایک دم اس نے بولنا شروع کیا، ''میں۔۔۔ میں۔۔۔ مجھے کچھ معلوم نہیں۔۔۔ مجھے بالکل معلوم نہیں تھا کہ یہ۔۔۔ کہ یہ تمہاری بہن ہے۔۔۔ یہ ساری شرارت اس مسلمان کی ہے۔۔۔ اس مسلمان سب انسپکٹر کی۔۔۔ کیا نام ہے اس کا۔۔۔ کیا نام ہے اس کا۔۔۔ محمد طفیل۔۔۔ ہاں ہاں محمد طفیل۔۔۔ نہیں نہیں۔۔۔ بشیر احمد۔۔۔ نہیں نہیں نہیں محمد طفیل۔۔۔ وہ طفیل جس کی ترقی تم نے رکوائی تھی۔۔۔ اس نے مجھے یہ لڑکی لا کر دی اور کہا مسلمان ہے۔۔۔ مجھے معلوم ہوتا تمہاری بہن ہے تو کیا میں اسے یہاں لے کر آتا۔۔۔ تم۔۔۔ تم۔۔۔ تم بولتے کیوں نہیں۔۔۔ تم بولتے کیوں نہیں۔'' اور اس نے چلّانا شروع کر دیا، ''تم بولتے کیوں نہیں۔۔۔ تم مجھ سے بدلہ لینا چاہتے ہو۔۔۔ تم مجھ سے بدلہ لینا چاہتے ہو۔۔۔ لیکن میں کہتا ہوں مجھے کچھ معلوم نہیں تھا۔۔۔ مجھے کچھ معلوم نہیں تھا۔۔۔

مجھے کچھ معلوم نہیں تھا۔ ''

چونی لال نے ہولے سے کہا، '' گھبرائیے نہیں ۔۔۔ آپ کے پتا جی کی عزت کا سوال ہے۔ '' لیکن ہرمنس چیخ چلّا رہا تھا۔ اس نے کچھ نہ سنا اور کانپتے ہوئے ہاتھوں سے پستول داغ دیا۔

تیسرے روز کرفیو ہٹنے پر چونی لال کے دونو کمروں نے موڈرن نیوز ایجنسی کا اسٹال کھولا۔ تازہ اخبار اپنی اپنی جگہ پر رکھے۔ چونی لال کے لیے اخباروں اور رسالوں کا ایک بنڈل باندھ کر الگ رکھ دیا مگر وہ نہ آیا۔

کئی راہ چلتے آدمیوں نے تازہ اخباروں کی سرخیوں پر نظر ڈالتے ہوئے معلوم کیا کہ موڈرن نیوز ایجنسی کے مالک چونی لال نے اپنی سگی بہن کے ساتھ منہ کالا کیا اور بعد میں گولی مار کر خود کشی کر لی۔

عشق حقیقی

عشق و محبت کے بارے میں اخلاق کا نظریہ یہ وہی تھا جو اکثر عاشقوں اور محبت کرنے والوں کا ہوتا ہے۔ وہ رانجھے پیر کا چیلا تھا۔ عشق میں مر جانا اس کے نزدیک ایک عظیم الشان موت مرنا تھا۔

اخلاق تیس برس کا ہو گیا۔ مگر باوجود کوششوں کے اس سے کسی سے عشق نہ ہوا لیکن ایک دن انگمر ڈبرگ مین کی پکچر ''فور ہوم دی بل ٹولز'' کا میٹنی شو دیکھنے کے دوران میں اس نے محسوس کیا کہ اس کا دل اس برقع پوش لڑکی سے وابستہ ہو گیا ہے جو اس کے ساتھ والی سیٹ پر بیٹھی تھی اور سارا وقت اپنی ٹانگ ہلاتی رہی تھی۔

پردے پر جب سائے کم اور روشنی زیادہ ہوئی تو اخلاق نے اس لڑکی کو ایک نظر دیکھا۔ اس کے ماتھے پر پسینے کے ننھے ننھے قطرے تھے۔ ناک کی پھنگ پر چند بوندیں تھیں۔ جب اخلاق نے اس کی طرف دیکھا تو اس کی ٹانگ ہلنا بند ہو گئی۔ ایک ادا کے ساتھ اس نے اپنے سیاہ برقعے کی جالی سے اپنا چہرہ ڈھانپ لیا۔ یہ حرکت کچھ ایسی تھی کہ اخلاق کو بے اختیار ہنسی آ گئی۔

اس لڑکی نے اپنی سہیلی کے کان میں کچھ کہا۔ دونوں ہولے ہولے ہنسیں۔ اس کے بعد اس لڑکی نے نقاب اپنے چہرے سے ہٹا لیا۔ اخلاق کی طرف تیکھی تیکھی نظروں سے دیکھا اور ٹانگ ہلا کر فلم دیکھنے میں مشغول ہو گئی۔

اخلاق سگریٹ پی رہا تھا۔ انگمر ڈبرگ مین اس کی محبوب ایکٹرس تھی۔ ''فور ہوم دی بل ٹولز'' میں اس کے بال کٹے ہوئے تھے۔ فلم کے آغاز میں جب اخلاق نے اسے دیکھا تو وہ بہت ہی پیاری معلوم ہوئی۔ لیکن ساتھ والی سیٹ پر بیٹھی ہوئی لڑکی دیکھنے کے بعد وہ انگمر ڈبرگ مین کو بھول گیا۔ یوں تو قریب سارا فلم اس کی نگاہوں کے سامنے چلا مگر اس نے بہت ہی کم دیکھا۔ سارا وقت وہ لڑکی اس کے دل و دماغ پر

چھائی رہی۔

اخلاق سگریٹ پر سگریٹ پیتا رہا۔ ایک مرتبہ اس نے راکھ جھاڑی تو اس کا سگریٹ انگلیوں سے نکل کر اس لڑکی کی گود میں جا پڑا۔ لڑکی فلم دیکھنے میں مشغول تھی اس لیے اس کو سگریٹ گرنے کا کچھ پتہ نہ تھا۔ اخلاق بہت گھبرایا۔ اسی گھبراہٹ میں اس نے ہاتھ بڑھا کر سگریٹ اس کے برقعے پر سے اٹھایا اور فرش پر پھینک دیا۔ لڑکی ہڑبڑا کر اٹھ کھڑی ہوئی۔ اخلاق نے فوراً کہا، ''معافی چاہتا ہوں آپ پر سگریٹ گر گیا تھا۔''

لڑکی نے تیکھی تیکھی نظروں سے اخلاق کی طرف دیکھا اور بیٹھ گئی۔ بیٹھ کر اس نے اپنی سہیلی سے سرگوشی میں کچھ کہا۔ دونوں ہولے ہولے ہنسیں اور فلم دیکھنے میں مشغول ہو گئیں۔ فلم کے اختتام پر جب قائدِاعظم کی تصویر نمودار ہوئی تو اخلاق اٹھا۔ خدا معلوم کیا ہوا کہ اس کا پاؤں لڑکی کے پاؤں کے ساتھ ٹکرایا۔ اخلاق ایک بار پھر سرتاپا معذرت بن گیا، ''معافی چاہتا ہوں۔۔۔ جانے آج کیا ہو گیا ہے۔''

دونوں سہیلیاں ہولے ہولے ہنسیں۔ جب تھیٹر کے ساتھ باہر نکلیں تو اخلاق ان کے پیچھے پیچھے ہو لیا۔ وہ لڑکی جس سے اس کو پہلی نظر کا عشق ہوا تھا، مڑ مڑ کر دیکھتی رہی۔ اخلاق نے اس کی پروانہ کی اور ان کے پیچھے پیچھے چلتا رہا۔ اس نے تہیہ کر لیا تھا کہ وہ اس لڑکی کا مکان دیکھ کے رہے گا۔ مال روڈ کے فٹ پاتھ پر وائی ایم سی اے کے سامنے اس لڑکی نے مڑ کر اخلاق کی طرف دیکھا اور اپنی سہیلی کا ہاتھ پکڑ کر رک گئی۔ اخلاق نے آگے نکلنا چاہا تو وہ لڑکی اس سے مخاطب ہوئی، ''آپ ہمارے پیچھے پیچھے کیوں آ رہے ہیں؟''

اخلاق نے ایک لحظہ سوچ کر جواب دیا، ''آپ میرے آگے آگے کیوں جا رہی ہیں؟''

لڑکی کھلکھلا کر ہنس پڑی۔ اس کے بعد اس نے اپنی سہیلی سے کچھ کہا۔ پھر دونوں چل پڑیں۔ بس اسٹینڈ کے پاس اس لڑکی نے جب مڑ کر دیکھا تو اخلاق نے کہا، ''آپ پیچھے آ جائیے۔ میں آگے بڑھ جاتا ہوں۔''

لڑکی نے منہ موڑ لیا۔

انار کلی کا موڑ آیا تو دونوں سہیلیاں ٹھہر گئیں۔ اخلاق پاس سے گزرنے لگا تو اس لڑکی نے اس سے کہا، ''آپ ہمارے پیچھے نہ آیئے۔ یہ بہت بری بات ہے۔''

لہجے میں بہت سنجیدگی تھی۔ اخلاق نے ''بہت بہتر'' کہا اور واپس چل دیا۔ اس نے مڑ کر بھی ان کو نہ دیکھا۔ لیکن دل میں اس کو افسوس تھا کہ وہ کیوں اس کے پیچھے نہ گیا۔ اتنی دیر کے بعد اس کو اتنی شدت سے محسوس ہوا تھا کہ اس کو کسی سے محبت ہوئی ہے۔ لیکن اس نے موقع ہاتھ سے جانے دیا۔ اب خدا معلوم پھر اس لڑکی سے ملاقات ہو یا نہ ہو۔ جب وائی ایم سی اے کے پاس پہنچا تو رک کر اس نے انار کلی

کے موڑ کی طرف دیکھا مگر اب وہاں کیا تھا۔ وہ تو اسی وقت انار کلی کی طرف چلی گئی تھیں۔ لڑکی کے نقش بڑے پتلے پتلے تھے۔ باریک ناک، چھوٹی سی ٹھوڑی، پھول کی پتیوں جیسے ہونٹ، جب پردے پر سائے کم اور روشنی زیادہ ہوتی تھی تو اس نے اس کے بالائی ہونٹ پر ایک تل دیکھا تھا جو بے حد پیارا لگتا تھا۔ اخلاق نے سوچا تھا کہ اگر یہ تل نہ ہوتا تو شاید وہ لڑکی نامکمل رہتی۔ اس کا وہاں پر ہونا اشد ضروری تھا۔

چھوٹے چھوٹے قدم تھے جن میں کنوار پن تھا۔ چونکہ اس کو معلوم تھا کہ ایک مرد میرے پیچھے پیچھے آ رہا ہے۔ اس لیے ان کے ان چھوٹے چھوٹے قدموں میں ایک بڑی پیاری لڑکھڑاہٹ سی پیدا ہو گئی تھی۔ اس کا مر مر کر تو دیکھنا غضب تھا۔ گردن کو ایک خفیف سا جھٹکا دے کر وہ پیچھے اخلاق کی طرف دیکھتی اور تیزی سے منہ موڑ لیتی۔

دوسرے روز وہ انگرڈ برگ مین کا فلم پھر دیکھنے گیا۔ شو شروع ہو چکا تھا۔ والٹ ڈزنی کا کارٹون چل رہا تھا کہ وہ اندر ہال میں داخل ہوا۔ ہاتھ کو ہاتھ سجھائی نہیں دیتا تھا۔ گیٹ کیپر کی بیٹری کی اندھی روشنی کے سہارے اس نے ٹٹول ٹٹول کر ایک خالی سیٹ تلاش کی اور اس پر بیٹھ گیا۔ ڈزنی کا کارٹون بہت مزاحیہ تھا۔ اِدھر اُدھر کئی تماشائی ہنس رہے تھے۔ دفعتاً بہت ہی قریب سے اخلاق کو ایسی ہنسی سنائی دی جس کو وہ پہچانتا تھا۔ مڑ کر اس نے پیچھے دیکھا تو وہی لڑکی بیٹھی تھی۔ اخلاق کا دل دھک دھک کرنے لگا۔ لڑکی کے ساتھ ایک نوجوان لڑکا بیٹھا تھا۔ شکل وصورت کے اعتبار سے وہ اس کا بھائی لگتا تھا۔ اس کی موجودگی میں وہ کس طرح بار بار مڑ کر دیکھ سکتا تھا۔

انٹرول ہو گیا۔ اخلاق کوشش کے باوجود فلم اچھی طرح نہ دیکھ سکا۔ روشنی ہوئی تو وہ اٹھا۔ لڑکی کے چہرے پر نقاب تھا۔ مگر اُس مہین پردے کے پیچھے اس کی آنکھیں اخلاق کو نظر آئیں جن میں مسکراہٹ کی چمک تھی۔ لڑکی کے بھائی نے سگریٹ نکال کر سلگایا۔ اخلاق نے اپنی جیب میں ہاتھ ڈالا اور اس سے مخاطب ہوا، ''ذرا ماچس عنایت فرمائیے۔''

لڑکی کے بھائی نے اس کو ماچس دے دی۔ اخلاق نے اپنا سگریٹ سلگایا اور ماچس اس کو واپس دے دی، ''شکریہ!''

لڑکی کی ٹانگ ہل رہی تھی۔ اخلاق اپنی سیٹ پر بیٹھ گیا۔ فلم کا بقایا حصہ شروع ہوا۔ ایک دو مرتبہ اس نے مڑ کر لڑکی کی طرف دیکھا۔ اس سے زیادہ وہ کچھ نہ کر سکا۔ فلم ختم ہوا۔ لوگ باہر نکلنے شروع ہوئے۔ لڑکی اور

اس کا بھائی ساتھ تھے۔ اخلاق ان سے ہٹ کر پیچھے پیچھے چلنے لگا۔

اسٹینڈرڈ کے پاس بھائی نے اپنی بہن سے کچھ کہا۔ ایک ٹانگے والے کو بلایا لڑکی اس میں بیٹھ گئی۔ لڑکا اسٹینڈرڈ میں چلا گیا۔ لڑکی نے نقاب میں سے اخلاق کی طرف دیکھا۔ اس کا دل دھک دھک کرنے لگا۔ تانگہ چل پڑا۔ اسٹینڈرڈ کے باہر اس کے تین چار دوست کھڑے تھے۔ ان میں سے ایک کی سائیکل اس نے جلدی جلدی پکڑی اور ٹانگے کے تعاقب میں روانہ ہو گیا۔

یہ تعاقب بڑا دلچسپ رہا۔ زور کی ہوا چل رہی تھی، لڑکی کے چہرے پر سے نقاب اٹھا اٹھ جاتی۔ سیاہ جارجٹ کا پردہ پھر پھر اکر اس کے سفید چہرے کی جھلکیاں دکھاتا تھا۔ کانوں میں سونے کے بڑے بڑے جھومر تھے۔ پتلے پتلے ہونٹوں پر سیاہی مائل سرخی تھی۔۔۔۔ اور بالائی ہونٹ پر تل۔۔۔۔ وہ اشد ضروری تل۔

بڑے زور کا جھونکا آیا تو اخلاق کے سر سے ہیٹ اتر گیا اور سڑک پر دوڑنے لگا۔ ایک ٹرک گزر رہا تھا۔ اس کے وزنی پہیے کے نیچے آیا اور وہیں چت ہو گیا۔ لڑکی کی ہنسی، اخلاق مسکرا دیا۔ گردن موڑ کر ہیٹ کی لاش دیکھی جو بہت پیچھے رہ گئی تھی اور لڑکی سے مخاطب ہو کر کہا، ''اس کو تو شہادت کا رتبہ مل گیا۔'' لڑکی نے منہ دوسری طرف موڑ لیا۔

اخلاق تھوڑی دیر کے بعد پھر اس سے مخاطب ہوا، ''آپ کو اعتراض ہے تو واپس چلے جاتا ہوں۔'' لڑکی نے اس کی طرف دیکھا مگر کوئی جواب نہ دیا۔

انار کلی کی ایک گلی میں تانگہ رکا اور وہ لڑکی اتر کر اخلاق کی طرف بار بار دیکھتی نقاب اٹھا کر ایک مکان میں داخل ہو گئی۔ اخلاق ایک پاؤں سائیکل کے پیڈل پر اور دوسرا پاؤں دکان کے تھڑے پر رکھے تھوڑی دیر کھڑا رہا۔ سائیکل چلانے ہی والا تھا کہ اس مکان کی پہلی منزل پر ایک کھڑکی کھلی۔ لڑکی نے جھانک کر اخلاق کو دیکھا۔ مگر فوراً ہی شرما کر پیچھے ہٹ گئی۔ اخلاق تقریباً آدھا گھنٹہ وہاں کھڑا رہا۔ مگر وہ پھر کھڑکی میں نمودار نہ ہوئی۔

دوسرے روز اخلاق صبح سویرے انار کلی کی اس گلی میں پہنچا۔ پندرہ بیس منٹ تک اِدھر اُدھر گھومتا رہا۔ کھڑکی بند تھی۔ مایوس ہو کر لوٹنے والا تھا کہ ایک فلسے بیچنے والا صدا لگاتا آیا۔ لڑکی سر سے ننگی نمودا ہوئی۔ اس نے فلسے والے کو آواز دی۔

''بھائی فلسے والے ذرا ٹھہرنا!'' پھر اس کی نگاہیں ایک دم اخلاق پر پڑیں۔ چونک کر وہ پیچھے ہٹ گئی۔ فلسے والے نے سر سے چھابڑی اتاری اور بیٹھ گیا۔ تھوڑی دیر کے بعد وہ لڑکی سر پر دوپٹہ لیے نیچے

آئی۔ اخلاق کو اس نے کنکھیوں سے دیکھا۔ شرمائی اور فلسے لیے بغیر واپس چلی گئی۔ اخلاق کو یہ ادا بہت پسند آئی۔ تھوڑا سا ترس بھی آیا۔ فلسے والے نے جب اس کو گھور کے دیکھا تو وہ وہاں سے چل دیا، ''چلو آج اتنا ہی کافی ہے۔''

چند دن ہی میں اخلاق اور اس لڑکی میں اشارے شروع ہو گئے۔ ہر روز صبح نو بجے وہ انار کلی کی اس گلی میں پہنچتا۔ کھڑکی کھلتی وہ سلام کرتا، وہ جواب دیتی، مسکراتی۔ ہاتھ کے اشاروں سے کچھ باتیں ہوتیں۔ اس کے بعد وہ چلی جاتی۔

ایک روز انگلیاں گھما کر اس نے اخلاق کو بتایا کہ وہ شام کے چھ بجے کے شو میں سنیما دیکھنے جا رہی ہے۔ اخلاق نے اشاروں کے ذریعہ سے پوچھا، ''کون سے سینما ہاؤس میں؟'' اس نے جواب میں کچھ اشارے کیے مگر اخلاق نہ سمجھا۔ آخر میں اس نے اشاروں میں کہا، ''کاغذ پر لکھ کر نیچے پھینک دو۔'' لڑکی کھڑکی سے ہٹ گئی۔ چند لمحات کے بعد اس نے اِدھر اُدھر دیکھ کر کاغذ کی ایک مروڑی سی نیچے پھینک دی۔ اخلاق نے اسے کھولا۔ لکھا تھا۔

''پلازا۔۔۔۔ پروین۔''

شام کو پلازا میں اس کی ملاقات پروین سے ہوئی۔ اس کے ساتھ اس کی سہیلی تھی۔ اخلاق اس کے ساتھ والی سیٹ پر بیٹھ گیا۔ فلم شروع ہوا تو پروین نے نقاب اٹھا لیا۔ اخلاق سارا وقت اس کو دیکھتا رہا۔ اس کا دل دھک دھک کرتا تھا۔ انٹرول سے کچھ پہلے اس نے آہستہ سے اپنا ہاتھ بڑھایا اور اس کے ہاتھ پر رکھ دیا۔ وہ کانپ اٹھی۔ اخلاق نے فوراً ہاتھ اٹھا لیا۔

دراصل وہ اس کو انگوٹھی دینا چاہتا تھا، بلکہ خود پہنانا چاہتا تھا جو اس نے اسی روز خریدی تھی۔ انٹرول ختم ہوا تو اس نے پھر اپنا ہاتھ بڑھایا اور اس کے ہاتھ پر رکھ دیا وہ کانپی لیکن اخلاق نے ہاتھ نہ ہٹایا۔ تھوڑی سی دیر کے بعد اس نے انگوٹھی نکالی اور اس کی ایک انگلی میں چڑھا دی۔۔۔ وہ بالکل خاموش رہی۔ اخلاق نے اس کی طرف دیکھا۔ پیشانی اور ناک پر پسینے کے ننھے ننھے قطرے تھرتھرا رہے تھے۔ فلم ختم ہوا تو اخلاق اور پروین کی یہ ملاقات بھی ختم ہو گئی۔ باہر نکل کر کوئی بات نہ ہو سکی۔ دونوں سہیلیاں تانگے میں بیٹھیں۔ اخلاق کو دوست مل گئے۔ انہوں نے اسے روک لیا لیکن وہ بہت خوش تھا، اس لیے کہ پروین نے اس کا تحفہ قبول کر لیا تھا۔

دوسرے روز مقررہ اوقات پر جب اخلاق پروین کے گھر کے پاس پہنچا تو کھڑکی کھلی تھی۔ اخلاق نے

سلام کیا۔ پروین نے جواب دیا۔اس کے داہنے ہاتھ کی انگلی میں اس کی پہنائی ہوئی انگوٹھی چمک رہی تھی۔ تھوڑی دیر اشارے ہوتے رہے اس کے بعد پروین نے اِدھر اُدھر دیکھ کر ایک لفافہ نیچے پھینک دیا۔ اخلاق نے اٹھایا۔ کھولا تو اس میں ایک خط تھا۔ انگوٹھی کے شکریے کا۔

گھر پہنچ کر اخلاق نے ایک طویل جواب لکھا۔اپنا دل نکال کر کاغذوں میں رکھ دیا۔اس خط کو اس نے پھول دار لفافے میں بند کیا۔اس پر سینٹ لگایا اور دوسرے روز صبح نو بجے پروین کو دکھاکر نیچے لیٹر بکس میں ڈال دیا۔اب ان میں باقاعدہ خط و کتابت شروع ہوگئی۔ ہر خط عشق و محبت کا ایک دفتر تھا۔ایک خط اخلاق نے اپنے خون سے لکھا جس میں اس نے قسم کھائی کہ وہ،ہمیشہ اپنی محبت میں ثابت قدم رہے گا۔ اس کے جواب میں خونی تحریر ہی آئی۔ پروین نے بھی حلف اٹھایا کہ وہ مر جائے گی لیکن اخلاق کے سوا اور کسی کو شریک حیات نہیں بنائے گی۔

مہینوں گزر گئے۔اس دوران میں کبھی کبھی کسی سینما میں دونوں کی ملاقاتیں ہو جاتی تھیں۔مل کر بیٹھنے کا موقع انہیں نہیں ملتا تھا۔ پروین پر گھر کی طرف سے بہت کڑی پابندیاں عائد تھیں۔وہ باہر نکلتی تھی یا تو اپنے بھائی کے ساتھ یا اپنی سہیلی زہرہ کے ساتھ۔ان دو کے علاوہ اس کو اور کسی کے ساتھ باہر جانے کی اجازت نہیں تھی۔ اخلاق نے اسے کئی مرتبہ لکھا کہ زہرہ کے ساتھ وہ کبھی اسے بارہ دری میں جہانگیر کے مقبرے میں ملے۔مگر وہ نہ مانی۔اس کو ڈر تھا کہ کوئی دیکھ لے گا۔

اس اثنا میں اخلاق کے والدین نے اس کی شادی کی بات چیت شروع کر دی۔اخلاق ٹالتا رہا، جب انہوں نے تنگ آ کر ایک جگہ بات کر دی تو اخلاق بگڑ گیا، بہت ہنگامہ ہوا۔ یہاں تک کہ اخلاق کو گھر سے نکل کر ایک رات اسلامیہ کالج کی گراؤنڈ میں سونا پڑا۔ اُدھر پروین روتی رہی۔ کھانے کو ہاتھ تک نہ لگایا۔ اخلاق دُھن کا بہت پکا تھا۔ضدی بھی پرلے درجے کا تھا۔گھر سے باہر قدم نکالا تو پھر اِدھر رخ تک نہ کیا۔ اس کے والد نے اس کو بہت سمجھایا مگر وہ نہ مانا۔ایک دفتر میں سو روپے ماہوار پر نوکری کر لی اور ایک چھوٹا سا مکان کرایہ پر لے کر رہنے لگا۔جس میں نل تھا نہ بجلی۔

ادھر پروین اخلاق کی تکلیفوں کے دکھ میں گُھل رہی تھی۔ گھر میں جب اچانک اس کی شادی کی بات چیت شروع ہوئی تو اس پر بجلی سی گری۔اس نے اخلاق کو لکھا۔ وہ بہت پریشان ہوا۔ لیکن پروین کو اس نے تسلی دی کہ وہ گھبرائے نہیں۔ ثابت قدم رہے۔عشق ان کا امتحان لے رہا ہے۔

بارہ دن گزر گئے۔ اخلاق کئی بار گیا۔ مگر پروین کھڑکی میں نظر نہ آئی۔ وہ صبر و قرار کھو بیٹھا، نیند اس کی

غائب ہوگئی۔اس نے دفتر جانا چھوڑ دیا۔ زیادہ ناغے ہوئے تواس کو ملازمت سے برطرف کر دیا گیا۔اس کو کچھ ہوش نہیں تھا۔ برطرفی کا نوٹس ملاتووہ سیدھا پروین کے مکان کی طرف چل پڑا۔ پندرہ دنوں کے طویل عرصے کے بعد اسے پروین نظر آئی وہ بھی ایک لحظے کے لیے۔ جلدی سے لفافہ پھینک کر وہ چلی گئی۔ خط بہت طویل تھا۔ پروین کی غیر حاضری کا باعث یہ تھا کہ اس کا باپ اس کو ساتھ گوجرانوالہ لے گیا تھا جہاں اس کی بڑی بہن رہتی تھی۔ پندرہ دن وہ خون کے آنسو روتی رہی۔اس کا جہیز تیار کیا جا رہا تھا لیکن اس کو محسوس ہوتا تھا کہ اس کے لیے رنگ برنگے کفن بن رہے ہیں۔ خط کے آخر میں لکھا۔ تاریخ مقرر ہو چکی ہے۔۔۔۔میری موت کی تاریخ مقرر ہو چکی ہے۔ میں مر جاؤں گی۔ ۔۔۔ میں ضرور کچھ کھا کے مر جاؤں گی۔اس کے سوا اور کوئی راستہ مجھے دکھائی نہیں دیتا۔ ۔۔نہیں نہیں ایک اور راستہ بھی ہے ۔ ۔۔۔ لیکن میں کیا اتنی ہمت کر سکوں گی تم بھی اتنی ہمت کر سکو گے۔ میں تمہارے پاس چلی آؤں گی۔ ۔۔۔ مجھے تمہارے پاس آنا ہی پڑے گا تم نے میرے لیے گھر بار چھوڑا۔ میں تمہارے لیے یہ گھر نہیں چھوڑ سکتی جہاں میری موت کے سامان ہو رہے ہیں۔ ۔۔۔ لیکن میں بیوی بن کر تمہارے ساتھ رہنا چاہتی ہوں۔ تم شادی کا بندو بست کرلو۔ میں صرف تین کپڑوں میں آؤں گی۔ زیور وغیرہ سب اتار کر یہاں پھینک دوں گی۔ ۔۔۔ جواب جلدی دو، ہمیشہ تمہاری۔ پروین۔

اخلاق نے کچھ نہ سوچا، فوراً اس کو لکھا، ''میری بانہیں تمہیں اپنے آغوش میں لینے کے لیے تڑپ رہی ہیں۔ میں تمہاری عزت و عصمت پر کوئی حرف نہیں آنے دوں گا تم میری رفیقہ حیات بن کے رہو گی۔ زندگی بھر میں تمہیں خوش رکھوں گا۔ ''ایک دو خط اور لکھے گئے اس کے بعد طے کیا کہ پروین بدھ کو صبح سویرے گھر سے نکلے گی۔ اخلاق تانگہ لے کر گلی کے نکڑ پر اس کا انتظار کرے۔

بدھ کو منہ اندھیرے اخلاق تانگے میں وہاں پہنچ کر پروین کا انتظار کرنے لگا۔ پندرہ بیس منٹ گزر گئے۔ اخلاق کا اضطراب بڑھ گیا۔ لیکن وہ آ گئی۔ چھوٹے چھوٹے قدم اٹھاتی وہ گلی میں نمودار ہوئی۔ چال میں لڑ کھڑاہٹ تھی۔ جب وہ تانگے میں اخلاق کے ساتھ بیٹھی تو سر تا پا کانپ رہی تھی۔ اخلاق خود بھی کانپنے لگا۔ گھر پہنچے تو اخلاق نے بڑے پیار سے اس کے برقعے کی نقاب اٹھائی اور کہا، ''میری دلہن کب تک مجھ سے پردہ کرے گی۔ ''

پروین نے شرما کر آنکھیں جھکالیں،اس کا رنگ زرد تھا، جسم بھی تک کانپ رہا تھا۔اخلاق نے بالائی ہونٹ کے تِل کی طرف دیکھا تو اس کے ہونٹوں میں ایک بوسہ تڑپنے لگا۔اس کے چہرے کو اپنے ہاتھوں میں

تھام کر اس نے تل والی جگہ کو چوما۔ پروین نے نہ نہ کی، اس کے ہونٹ کھلے۔ دانتوں میں گوشت خورہ تھا۔ مسوڑھے گہرے نیلے رنگ کے تھے۔ گلے ہوئے۔ سڑاند کا ایک بھبکا اخلاق کی ناک میں گھس گیا۔ ایک دھکا سا اس کو لگا۔ ایک اور بھبکا پروین کے منہ سے نکلا تو وہ ایک دم پیچھے ہٹ گیا۔

پروین نے حیا آلود آواز میں کہا، ''شادی سے پہلے آپ کو ایسی باتوں کا حق نہیں پہنچتا۔''

یہ کہتے ہوئے اس کے گلے ہوئے مسوڑھے نمایاں ہوئے۔ اخلاق کے ہوش و حواس غائب تھے، دماغ سُن ہو گیا تھا۔ دیر تک وہ دونوں پاس بیٹھے رہے۔ اخلاق کو کوئی بات نہیں سوجھتی تھی۔ پروین کی آنکھیں جھکی ہوئی تھیں۔ جب اس نے انگلی کا ناخن کاٹنے کے لیے ہونٹ کھولے تو پھر ان گلے ہوئے مسوڑوں کی نمائش ہوئی۔ بو کا ایک بھبکا نکلا۔ اخلاق کو متلی آنے لگی۔ اٹھا اور ''ابھی آیا''، کہہ کر باہر نکل گیا۔ ایک تھڑے پر بیٹھ کر اس نے بہت دیر سوچا۔ جب کچھ سمجھ میں نہ آیا تو لائل پور روانہ ہو گیا۔ جہاں اس کا ایک دوست رہتا تھا۔ اخلاق نے سارا واقعہ سنایا تو اس نے بہت لعن طعن کی اور اس سے کہا، ''فوراً واپس جاؤ۔ کہیں بے چاری خود کشی نہ کر لے۔''

اخلاق رات کو واپس لاہور آیا۔ گھر میں داخل ہوا تو پروین موجود نہیں تھی۔۔۔ پلنگ پر تکیہ پڑا تھا۔ اس پر دو گول گول نشان تھے۔ گیلے!

اس کے بعد اخلاق کو پروین کہیں نظر نہ آئی۔

عشقیہ کہانی

میرے متعلق عام لوگوں کو یہ شکایت ہے کہ میں عشقیہ کہانیاں نہیں لکھتا۔ میرے افسانوں میں چونکہ عشق و محبت کی چاشنی نہیں ہوتی، اس لیے وہ بالکل سپاٹ ہوتے ہیں۔ میں اب یہ عشقیہ کہانی لکھ رہا ہوں تا کہ لوگوں کی یہ شکایت کسی حد تک دور ہو جائے۔

جمیل کا نام اگر آپ نے پہلے نہیں سنا تو اب سن لیجیے۔ اس کا تعارف مختصر طور پر کرائے دیتا ہوں۔ وہ میرا لنگوٹیا تھا۔ ہم اکٹھے اسکول میں پڑھے، پھر کالج میں ایک ساتھ داخل ہوئے، میں ایف اے میں فیل ہو گیا اور وہ پاس۔ میں نے پڑھائی چھوڑ دی مگر اس نے جاری رکھی۔ ڈبل ایم۔اے کیا اور معلوم نہیں کہاں غائب ہو گیا۔ صرف اتنا سننے میں آیا تھا کہ اس نے ایک پانچ بچوں والی ماں سے شادی کر لی تھی اور آباد ان چلا گیا تھا۔ وہاں سے واپس آیا یا وہیں رہا، اس کے متعلق مجھے کچھ معلوم نہیں۔

جمیل بڑا عاشق مزاج تھا۔ اسکول کے دنوں میں اس کا جی بے قرار رہتا تھا کہ وہ کسی لڑکی کی محبت میں گرفتار ہو جائے۔ مجھے ایسی گرفتاری سے کوئی خاص دلچسپی نہیں تھی لیکن اس کی سرگرمیوں میں جو عشق سے متعلق ہوتیں، برابر کا حصہ لیا کرتا تھا۔ جمیل دراز قد نہیں تھا مگر اچھے خد و خال کا مالک تھا۔ میرا مطلب ہے کہ اسے خوبصورت نہ کہا جائے تو اس کے قبول صورت ہونے میں شک و شائبہ نہیں تھا۔ رنگ گورا اور سرخی مائل، تیز تیز باتیں کرنے والا، بلا کا ذہین، انسانی نفسیات کا طالب علم، بڑا صحت مند۔ اس کے دل و دماغ میں سن بلوغت تک پہنچنے سے کچھ عرصہ پہلے ہی عشق کرنے کی زبردست خواہش پیدا ہو گئی تھی۔ اس کو غالب کے اس شعر کا مفہوم اچھی طرح معلوم تھا،

عشق پر زور نہیں، ہے یہ وہ آتش غالب

کہ لگائے نہ لگے اور بجھائے نہ بجھے

مگر اس کے برعکس وہ یہ آگ خود اپنی ماچس سے لگانا چاہتا تھا۔اس نے اس کوشش میں کئی ماچسیں جلائیں۔

میرا مطلب ہے کہ کئی لڑکیوں کے عشق میں گرفتار ہو جانے کے لیے نت نئے سوٹ سلوائے، بڑھیا سے بڑھیا ٹائیاں خریدیں، سینٹ کی سینکڑوں قیمتی شیشیاں استعمال کیں مگر یہ سوٹ، ٹائیاں اور سینٹ اس کی کوئی مدد نہ کر سکے۔ میں اور وہ، دونوں شام کو کمپنی باغ کا رخ کرتے۔ وہ خوب سجا بنا ہوتا۔اس کے کپڑوں سے بہترین خوشبو نکل رہی ہوتی۔ باغ کی روّشوں پر متعدد لڑکیاں بدصورت، خوبصورت، قبول صورت محوِ خرام ہوتی تھیں۔ وہ ان میں سے کسی ایک کو اپنے عشق کے لیے منتخب کرنے کی کوشش کرتا مگر ناکام رہتا۔ ایک دن اس نے مجھ سے کہا، ''سعادت! میں نے آخرکار ایک لڑکی چن ہی لی ہے۔ خدا کی قسم چندے آفتاب، چندے ماہتاب ہے۔ میں کل صبح سیر کے لیے نکلا۔ بہت سی لڑکیاں مائی کے ساتھ اسکول جا رہی تھیں۔ان میں ایک برقع پوش لڑکی نے جو اپنی نقاب ہٹائی تو اس کا چہرہ دیکھ کر میری آنکھیں خیرہ ہو گئیں۔ کیا حسن و جمال تھا! بس میں نے وہیں فیصلہ کر لیا کہ جمیل اب مزید تگ و دو چھوڑو، اس حسینہ ہی کے عشق میں تمہیں گرفتار ہونا چاہیے۔ ہونا کیا ''تم ہو چکے ہو۔''

اس نے فیصلہ کر لیا کہ وہ ہر روز صبح اٹھ کر اس مقام پر جہاں اس نے اس کا فرِ جمال حسینہ کو دیکھا تھا، پہنچ جایا کرے گا اور اس کو اپنی طرف متوجہ کرنے کی کوشش کرے گا۔اس کے لیے اس کے ذہین دماغ نے بہت سے پلین سوچے تھے۔ ایک جو دوسروں کے مقابلے میں زیادہ قابلِ عمل اور زود اثر تھا، اس نے مجھے بتا دیا تھا۔اس نے حساب لگا کر سوچا تھا کہ دس دن متواتر اس لڑکی کو ایک ہی مقام پر کھڑے رہ کر دیکھنے اور گھورنے سے اتنا معلوم ہو جائے گا کہ اس کا مطلب کیا ہے یعنی وہ کیا چاہتا ہے۔اس مدت کے بعد وہ اس کا ردِّ عمل ملاحظہ کرے گا اور اس تجزیے کے بعد کوئی فیصلہ مرتب کرے گا۔ یہ اغلب تھا کہ وہ لڑکی اس کا دیکھنا گھورنا پسند نہ کرے۔ مائی سے یا اپنے والدین سے اس کے غیر اخلاقی رویے کی شکایت کر دے۔ یہ بھی ممکن تھا کہ وہ راضی ہو جاتی۔اس کی ثابت قدمی اس پر اتنا اثر کرتی کہ اس کے ساتھ بھاگ جانے کو تیار ہو جاتی۔

جمیل نے تمام پہلوؤں پر اچھی طرح غور کر لیا تھا۔شاید ضرورت سے زیادہ۔اس لیے کہ دوسرے روز جب وہ الارم بجنے پر اٹھا تو اس نے اس مقام پر جہاں اس لڑکی سے اس کی پہلی مرتبہ مڈ بھیڑ ہوئی تھی، جانے کا خیال ترک کر دیا۔اس نے مجھ سے کہا، ''سعادت! میں نے یہ سوچا ہے کہ ہو سکتا ہے اسکول

میں چھٹی ہو کیونکہ جمعہ ہے۔معلوم نہیں اسلامی اسکول میں پڑھتی ہے یا کسی گورنمنٹ اسکول میں۔ پھر یہ بھی ممکن تھا کہ اگر میں اسے زیادہ شدت سے گھورتا تو وہ بِھنّا جاتی۔اس کے علاوہ اس بات کی کیا ضمانت تھی کہ دس دن کے اندر اندر مجھے اس کا ردِعمل یقینی طور پر معلوم ہو جائے گا۔ بفرضِ محال وہ رضامند ہو جاتی، میرا مطلب ہے مجھے بالمشافہ گفتگو کا موقع دے دیتی، تو میں اس سے کیا کہتا!''میں نے کہا، ''یہی کہ تم اس سے محبت کرتے ہو۔''

جمیل سنجیدہ ہو گیا۔ ''یار، مجھ سے کبھی کہانہ جاتا۔۔تم سوچو نا اگر یہ سن کر وہ میرے منہ پر تھپڑ دے مارتی کہ جناب آپ کو اس کا کیا حق حاصل ہے، تو میں کیا جواب دیتا۔ زیادہ سے زیادہ میں کہہ سکتا کہ حضور محبت کرنے کا حق ہر انسان کو حاصل ہے مگر وہ ایک اور تھپڑ میرے مارسکتی تھی کہ تم بکواس کرتے ہو، کون کہتا ہے کہ تم انسان ہو۔

قصہ مختصر یہ کہ جمیل اس حسین و جمیل لڑکی کی محبت میں خود کو اپنے تجزیۂ خودی کے باعث گرفتار نہ کرا سکا۔ مگر اس کی خواہش بدستور موجود تھی۔ ایک اور خوبرو لڑکی اس کی تلاش کرنے والی نگاہوں کے سامنے آئی اور اس نے فوراً تہیہ کر لیا کہ اس سے عشق لڑانا شروع کر دے گا۔

جمیل نے سوچا کہ اس سے خط و کتابت کی جائے، چنانچہ اس نے پہلے خط کے کئی مسودے پھاڑنے کے بعد ایک آخری، عشق و محبت میں شرابور، تحریر مکمل کی، جو میں یہاں من و عن نقل کرتا ہوں۔

جانِ جمیل!

اپنے دل کی دھڑکنیں سلام کے طور پر پیش کرتا ہوں۔ حیران نہ ہو ئیے گا کہ یہ کون ہے جو آپ سے یوں بے دھڑک ہم کلام ہے۔ میں عرض کیے دیتا ہوں۔ کل شام کو سوا چھ بجے۔۔۔نہیں، چھ بج کر گیارہ منٹ پر جب آپ امرت سینما کے پاس ٹانگے میں سے اتریں تو میں نے آپ کو دیکھا۔بس ایک ہی نظر میں آپ نے مجھے مسحور کر لیا۔ آپ اپنی سہیلیوں کے ساتھ پکچر دیکھنے چلی گئیں اور میں باہر کھڑا آپ کو اپنی تصور کی آنکھوں سے مختلف روپوں میں دیکھتا رہا۔ دو گھنٹے کے بعد آپ باہر نکلیں۔ پھر زیارت نصیب ہوئی اور میں ہمیشہ ہمیشہ کے لیے آپ کا غلام ہو گیا۔

میری سمجھ میں نہیں آتا میں آپ کو اور کیا لکھوں۔بس اتنا پوچھنا چاہتا ہوں کیا آپ میری محبت کو اپنے حسن و جمال کے شایان سمجھیں گی یا نہیں۔اگر آپ نے مجھے ٹھکرا دیا تو میں خودکشی نہیں کروں گا، زندہ رہوں گا تا کہ آپ کے دیدار ہوتے رہیں۔

آپ کے حسن و جمال کا پرستار

جمیل

یہ خط اس نے میرے گھر میں ایک خوشبودار کاغذ پر اپنی تحریر سے منتقل کیا تھا۔ لفافہ پھول دار اور خوشبودار تھا جس کو جمالیاتی ذوق نے پسند نہیں کیا تھا۔ چند روز کے بعد جمیل مجھ سے ملا تو معلوم ہوا کہ اس نے یہ خط اس لڑکی تک نہیں پہنچایا۔ اولاً اس لیے کہ عشق کا آغاز خط سے کرنا مناسب ہے۔ ثانیاً اس لیے کہ اس خط کی تحریر بے ربط اور بے اثر ہے۔ اس نے خود کو لڑکی متصور کر کے یہ خط پڑھا اور اس کو بہت مضحکہ خیز معلوم ہوا۔

ثالثاً اس لیے کہ تفتیش کرنے کے بعد اس کو معلوم ہوا کہ لڑکی ہندو ہے۔ یہ مرحلہ بھی شروع ہونے سے پہلے ہی ختم ہو گیا۔

اس کے گھر میں میرا آنا جانا تھا۔ مجھ سے کوئی پردہ وغیرہ نہیں تھا۔ ہم گھنٹوں بیٹھے پڑھائی یا گپ بازیوں میں مشغول رہتے۔ اس کی دو بہنیں تھیں۔ چھوٹی چھوٹی۔ ان سے بڑی بچکانہ قسم کی پرلطف باتیں ہوتیں۔ اس کی موسی کی ایک انتہا درجے کی سادہ لوح لڑکی عذرا تھی۔ عمر یہی کوئی سترہ اٹھارہ برس ہو گی۔ اس کا ہم دونوں بہت مذاق اڑایا کرتے تھے۔

جمیل کی جب دوسری کوشش بھی بار آور ثابت نہ ہوئی تو وہ دو مہینے تک خاموش رہا۔ اس دوران میں اس نے عشق میں گرفتار ہونے کی کوئی نئی کوشش نہ کی۔ لیکن اس کے بعد اس کو ایک دم دورہ پڑا اور اس نے ایک ہفتے کے اندر اندر پانچ چھ لڑکیاں اپنی عشق کی بندوق کے لیے نشانے کے طور پر منتخب کر لیں۔ نتیجہ وہی ڈھاک کے تین پات۔ صرف چار لڑکیوں کے متعلق مجھے اس کی عشقیہ مہم کے بارے میں علم ہے۔

پہلی نے جو اس کی دور دراز کی رشتے دار تھی، اپنی ماں کے ذریعے اس کی ماں تک یہ الٹی میٹم بھجوا دیا کہ اگر جمیل نے اس کو پھر بری نظر سے دیکھا تو اس کے حق میں اچھا نہ ہو گا۔ دوسری غور سے دیکھنے پر چیچک کے داغوں والی نکلی۔ تیسری کی چھٹے، ساتویں روز ایک قصائی سے منگنی ہو گئی۔ چوتھی کو اس نے ایک لمبا عشقیہ خط لکھا جو اس کی موسی کی بیٹی عذرا کے ہاتھ آ گیا۔ معلوم نہیں کس طرح۔ پہلے جمیل اس کا مذاق اڑایا کرتا تھا، اب اس نے اڑانا شروع کر دیا، اتنا کہ جمیل کا ناک میں دم آ گیا۔

جمیل نے مجھے بتایا، ''سعادت! یہ عذرا جسے ہم بے وقوفی کی حد تک سادہ لوح سمجھتے ہیں، سخت ظالم ہے، سب جھتی ہے۔ جس لڑکی کو میں نے خط لکھا تھا اور غلطی سے اپنے میز کے دراز میں رکھ کر یہ سوچنے میں مشغول

تھا کہ وہ اس کا کیا جواب لکھے گی، یہ کم بخت جانے کیسے لے اڑی۔ اب اس نے میرا ناطقہ بند کر دیا۔ بعض اوقات ایسی تلخ باتیں کرتی ہے کہ مجھے رلاتی ہے اور خود بھی روتی ہے۔ میں تو تنگ آ گیا ہوں۔ ''

اس سے بہت زیادہ تنگ آ کر اس نے اپنے عشق کی مہم اور تیز کر دی۔ اب کی اس نے چودہ لڑکیاں چنیں مگر اچھی طرح غور کرنے کے بعد ان میں سے صرف ایک باقی رہ گئی۔ دس اس کے مکان سے بہت دور رہتی تھیں، جن کو ہر روز حتمی طور پر دیکھنے کے متعلق اس کا دل گواہی نہیں دیتا تھا۔ دو ایسی تھیں، جن کا خاندانی ہونے کے بارے میں اسے شبہ تھا۔ بارہ ہوئیں۔ تیرہویں نے ایک دن ایسی بری طرح گھورا کہ اس کے اوسان خطا ہو گئے۔

چودھویں جو کہ چودھویں کا چاند تھی، ملتفت ہو جاتی مگر وہ کم بخت کمیونسٹ تھی۔ جمیل نے سوچا کہ اس کا التفات حاصل کرنے کے لیے وہ ضرور کمیونسٹ بن جاتا، کھادی کے کپڑے پہن کر مزدوروں کے حق میں دس بارہ تقریریں بھی کر دیتا، مگر مصیبت یہ تھی کہ اس کے والد صاحب ریٹائرڈ انجینئر تھے، ان کی پنشن یقیناً بند ہو جاتی۔ یہاں سے ناامیدی ہوئی تو اس نے سوچا کہ عشق بازی فضول ہے، شرافت یہی ہے کہ وہ کسی سے شادی کر لے۔ اس کے بعد اگر طبیعت چاہے تو اپنی بیوی کی محبت میں گرفتار ہو جائے۔ چنانچہ اس نے مجھے اس فیصلے سے آگاہ کر دیا۔ طے یہ ہوا کہ وہ اپنی امی جان اور اپنے ابا جان سے بات کرے۔ بہت دنوں کی سوچ بچار کے بعد اس نے اس گفتگو کا مسودہ تیار کیا۔ ۔ ۔ سب سے پہلے اس نے اپنی امی سے بات کی۔ وہ خوش ہوئیں۔ ۔ ۔ ادھر ادھر اپنے عزیزوں میں انہوں نے جمیل کے لیے موزوں رشتہ ڈھونڈنے کی کوشش کی مگر ناکامی ہوئی۔ ۔ ۔ پڑوس میں خان بہادر صاحب کی لڑکی تھی۔ ۔ ۔ ایم۔اے۔ بڑی ذہین اور طبیعت کی بہت اچھی۔ ۔ ۔ مگر اس کی ناک چپٹی تھی۔ خالہ کی بیٹی حسن آرا تھی پر بے حد کالی۔ صغریٰ تھی مگر اس کے والدین بڑے خسیس تھے۔ جہیز میں جتنے جوڑے جمیل کی ماں چاہتی تھی، اس سے وہ آدھے دینے پر بھی رضامند نہیں تھے۔ عذرا کا تو کوئی سوال ہی پیدا نہیں ہوتا تھا۔

جمیل کی ماں نے بڑی بڑی کوششوں کے بعد راولپنڈی کے ایک معزز اور متمول خاندان کی لڑکی سے بات چیت طے کر لی۔ جمیل اپنی ناکام عشق بازیوں سے اس قدر تنگ آ گیا تھا کہ اس نے اپنی ماں سے یہ بھی نہ پوچھا کہ شکل و صورت کیسی ہے۔ ویسے اس نے اپنے زندہ تصور میں اس کا اندازہ لگا لیا تھا اور مفصل طور پر سوچ لیا تھا کہ وہ اس کی محبت میں کس طرح گرفتار ہو گا۔ یہ سلسلہ کافی دیر تک جاری رہا۔ میں خوش تھا کہ جمیل کی شادی ہو رہی ہے۔ اس کے مرض متعلقہ بہ عشق کا ایک فقط یہی واحد علاج تھا۔ چھ مہینے گزر گئے،

آخر راولپنڈی کے اس معزز اور متمول خاندان کی لڑکی سے، جس کا نام غالباً شریفہ تھا، اس کی منگنی ہو گئی۔ اس تقریب پر اسے سسرال کی طرف سے ہیرے کی انگوٹھی ملی، جو وہ ہر وقت پہنے رہتا تھا۔ اس پر اس نے ایک نظم بھی لکھی جس کا کوئی شعر مجھے یاد نہیں۔ ایک برس تک سوچتا رہا کہ اسے اپنی دلہن کو کب اپنے یہاں لانا چاہیے۔ آدمی چونکہ آزاد اور روشن خیال قسم کا تھا اس لیے اس کی خواہش تھی کہ ماں باپ سے علیحدہ اپنا گھر بنائے۔ یہ کیسا ہونا چاہیے، اس میں کس ڈیزائن کا فرنیچر ہو، نوکر کتنے ہوں، ماہوار خرچ کتنا ہو گا، ساس کے ساتھ اس کا کیا سلوک ہو گا، ان تمام امور کے بارے میں اس نے کافی سوچ بچار کی۔ نتیجہ یہ ہوا کہ لڑکی والے تنگ آ گئے۔ وہ چاہتے تھے کہ رخصتی کا مرحلہ جلد از جلد طے ہو۔

جمیل اس بارے میں کوئی فیصلہ نہ کر سکا۔ لیکن اس کی امی نے ایک تاریخ مقرر کر دی۔ کارڈ وارڈ چھپ گئے۔ ولیمے کی دعوت کے لیے ضروری سامان کا بندوبست کر لیا گیا۔ اس کے والد بزرگوار شیخ محمد اسماعیل صاحب ریٹائرڈ انجینئر بہت مسرور تھے مگر جمیل بہت پریشان تھا۔ اس لیے کہ وہ اپنے بننے والے گھر کا آخری نقشہ تیار نہیں کر سکا تھا۔

رخصتی کی تاریخ 9 اکتوبر کی صبح کو۔۔۔ منہ اندھیرے جمیل میرے پاس سخت اضطراب اور کرب کے عالم میں آیا اور اس نے مجھے یہ خبر سنائی کہ اس کی موسی کی لڑکی عذرا نے جو بیوقوفی کی حد تک سادہ لوح تھی، خودکشی کر لی ہے، اس لیے کہ اس کو جمیل سے والہانہ عشق تھا۔ وہ برداشت نہ کر سکی کہ اس کے محبوب و معبود کی شادی کسی اور لڑکی سے ہو۔ اس ضمن میں اس نے جمیل کے نام خط لکھا جس کی عبارت بہت دردناک تھی۔ میرا خیال ہے کہ یہ تحریر یادگار کے طور پر اس کے پاس محفوظ ہو گی۔

عقل داڑھ

’’آپ منہ سُجائے کیوں بیٹھے ہیں؟‘‘

’’بھئی دانت میں درد ہو رہا ہے۔۔۔تم تو خواہ مخواہ۔۔۔‘‘

’’خواہ مخواہ کیا۔۔۔آپ کے دانت میں کبھی درد ہو ہی نہیں سکتا۔‘‘

’’وہ کیسے؟‘‘

’’آپ بھول کیوں جاتے ہیں کہ آپ کے دانت مصنوعی ہیں۔۔۔جو اصلی تھے وہ تو کبھی کے رخصت ہو چکے ہیں۔‘‘

’’لیکن بیگم بھولتی تم ہو۔۔۔میرے بیس دانتوں میں صرف نو دانت مصنوعی ہیں باقی اصلی اور میرے اپنے ہیں۔اگر تمہیں میری بات پر یقین نہ ہو تو میرا منہ کھول کر اچھی طرح معائنہ کرلو۔‘‘

’’مجھے یقین آگیا۔۔۔مجھے آپ کی ہر بات پر یقین آجاتا ہے۔۔۔پرسوں آپ نے مجھے یقین دلایا کہ آپ سنیما نہیں گئے تھے تو میں مان گئی پر آپ کے کوٹ کی جیب میں ٹکٹ پڑا تھا۔‘‘

’’وہ کسی اور دن کا ہو گا۔۔۔میرا مطلب ہے کوئی دو ڈھائی مہینے پہلے کا جب میں کسی دوست کے ساتھ پکچر دیکھنے چلا گیا ہوں گا۔۔۔ورنہ تم جانتی ہو، مجھے فلموں سے کوئی دلچسپی نہیں۔۔۔تم تو خیر ہر فلم دیکھتی ہو۔‘‘

’’خاک! مجھے فرصت ہی کہاں ہوتی ہے۔‘‘

’’فرصت ہی فرصت ہے۔۔۔بچیوں کو اسکول بھیجا۔۔۔پھر سارا دن تم کیا کرتی ہو۔‘‘

’’نوکر اُن کو اسکول سے لے آتا ہے، کھانا کھلا دیتا ہے،تم یا تو اپنی کسی سہیلی یا رشتے دار کے ہاں چلی جاتی

ہو یا میٹنی شو دیکھنے۔۔۔شام کو پھر دورہ پڑتا ہے اور چلی جاتی ہو پھر کوئی اور فلم دیکھنے۔''

''یہ سفید جھوٹ ہے۔''

''یہ سفید ہے نہ کالا۔۔۔حقیقت ہے۔''

''آپ کے دانت کا درد بھی کیا حقیقت ہے؟ چٹاخ پٹاخ باتیں کر رہے ہیں۔''

''سب سے بڑا درد تو تم ہو۔۔۔اس کے سامنے دانت کا درد کیا حقیقت رکھتا ہے۔''

''تو آپ نے جس طرح اپنے دانت نکلوائے تھے اسی طرح مجھے بھی نکال باہر پھینکیے۔''

''مجھ میں اتنی ہمت نہیں۔۔۔اس کے لیے بڑی جرأت کی ضرورت ہے۔''

''آپ جرأت کی بات نہ کریں۔۔۔آپ کو مفت میں ایک نوکرانی مل گئی ہے جو دن رات آپ کی خدمت کرتی ہے، اسے آپ برطرف کیسے کر سکتے ہیں۔''

''غضب خدا کا۔۔تم نے دن رات میری کیا خدمت کی ہے۔۔۔پچھلے مہینے، مجھے جب نمونیہ ہو گیا تھا تو تم مجھے بیماری کی حالت ہی میں چھوڑ کر سیالکوٹ چلی گئی تھیں۔''

''وہ تو بالکل جدابات ہے۔''

''جدابات کیا ہے؟''

''مجھے، آپ کو معلوم ہے اپنی عزیز ترین سہیلی نے بلایا تھا کہ اس کی بہن کی شادی ہو رہی ہے۔''

''اور یہاں جو میری بربادی ہو رہی تھی۔''

''آپ اچھے بھلے تھے۔۔۔میں نے ڈاکٹر سے پوچھ لیا تھا۔اس نے میری تشفّی کر دی تھی کہ تشویش کی کوئی ضرورت نہیں۔نمونیہ کا اٹیک کوئی اتنا سیریس نہیں۔ پھر پنسلین کے ٹیکے دیئے جا رہے ہیں۔۔۔ انشاء اللہ دو ایک روز میں تندرست ہو جائیں گے۔''

''تم سیالکوٹ میں کتنے دن رہیں؟''

''کوئی دس پندرہ دن۔''

''اس دوران میں تم نے مجھے کوئی خط لکھا؟ میری خیریت کے متعلق پوچھا؟''

''اتنی فرصت ہی نہیں تھی کہ آپ کو ایک سطر بھی لکھ سکتی۔''

''لیکن تم نے اپنی والدہ مکرمہ کو چار خط لکھے۔''

''وہ تو بہت ضروری تھے۔''

’’میں نے سب پڑھے ہیں۔‘‘

’’آپ نے کیوں پڑھے؟ یہ بہت بدتمیزی ہے۔‘‘

’’یہ بدتمیزی میں نے نہیں کی، تمہاری والدہ مکرمہ نے مجھے خود اُن کو پڑھنے کے لیے کہا۔۔۔اور مجھے معلوم ہوا کہ وہ کس قدر ضروری تھے۔‘‘

’’کیا ضروری تھے؟‘‘

’’بہت ضروری تھے۔۔۔اس لیے کہ خاوند کے پھیپھڑوں کے مقابلے میں دلہن کے جہیز کی تفصیلات بہت اہم تھیں۔۔۔اس کے بالوں کی افشاں، اس کے گالوں پر لگایا گیا غازہ، اس کے ہونٹوں کی سرخی، اس کی زَرَبفت کی قمیض، اور جانے کیا کیا۔ یہ تمام اطلاعیں پہنچانا واقعی اشد ضروری تھا ورنہ دنیا کے تمام کاروبار رک جاتے۔۔۔چاند اور سورج کی گردش بند ہو جاتی۔ دلہن کے گھونگھٹ کے متعلق اگر تم نہ لکھتیں کہ وہ کس طرح بار بار جھنجھلا کر اٹھا دیتی تھی تو میرا خیال ہے یہ ساری دنیا ایک بہت بڑا گھونگھٹ بن جاتی۔‘‘

’’آج آپ بہت بھونڈی شاعری کر رہے ہیں۔‘‘

’’بجا ہے۔۔۔تمہاری موجودگی میں اگر غالبؔ مرحوم بھی ہوتے تو وہ اسی قسم کی شاعری کرتے۔‘‘

’’آپ میری توہین کر رہے ہیں۔‘‘

’’تم نالِش کر دو۔۔۔مقدمہ دائر کر دو۔‘‘

’’میں ان چکروں میں نہیں پڑنا چاہتی۔‘‘

’’تو پھر کن چکروں میں پڑنا چاہتی ہو۔۔۔مجھے بتا دو۔‘‘

’’آپ سے جو میری شادی ہوئی تو اس سے بڑا چکر اور کون ہو سکتا ہے۔ میرے بس میں ہو تو اس میں سے نکل بھاگوں۔‘‘

’’تمہارے بس میں کیا کچھ نہیں۔۔۔تم چاہو تو آج ہی اس چکر سے نکل سکتی ہو۔‘‘

’’کیسے؟‘‘

’’یہ مجھے معلوم نہیں۔۔۔تم ماشاء اللہ عقل مند ہو۔۔۔کوئی نہ کوئی رستہ نکال لوتا کہ یہ روز روز کی بک بک اور جھک جھک ختم ہو۔‘‘

’’تو اس کا مطلب یہ ہے کہ آپ خود یہ چاہتے ہیں کہ مجھے نکال باہر کریں۔‘‘

’’لاحول ولا۔۔۔میں خود باہر نکالے جانے کے لیے تیار ہوں۔‘‘

'' کہاں رہیں گے آپ؟ ''

'' کہیں بھی رہوں۔۔۔کسی دوست کے ہاں کچھ دیر ٹھہر جاؤں گا۔۔۔یا شاید کسی ہوٹل میں چلا جاؤں۔۔۔ اکیلی جان ہوگی۔۔۔میں تو بھئی فٹ پاتھ پر بھی سو کر گزارہ کر سکتا ہوں۔۔۔کپڑے اپنے ساتھ لے جاؤں گا۔۔۔ان کو کسی لانڈری کے حوالے کر دوں گا۔ وہاں وہ اس گھر کے مقابلے میں کہیں زیادہ محفوظ رہیں گے۔ شیشے کی الماریوں میں سجے ہوں گے۔۔۔جب گئے ایک سوٹ نکلوایا اس کی دھلائی یا ڈرائی کلیننگ کے پیسے ادا کیے اور خراماں خراماں۔ ''

'' خراماں خراماں، کہاں گئے؟ ''

'' کہیں بھی۔۔۔لارنس گارڈن ہے۔۔۔سنیما ہیں۔۔۔ریستوران ہیں۔۔۔بس جہاں جی چاہا چلے گئے۔۔۔ کوئی پابندی تو نہیں ہوگی اس وقت۔ ''

'' یہاں میں نے آپ پر کون سی پابندیاں عائد کر رکھی ہیں؟ کھلے بندوں جو چاہے کرتے ہیں۔۔۔میں نے آپ کو کبھی ٹوکا ہے؟ ''

'' ٹوکا تو نہیں ہے لیکن میرا ہر بار ایسا جھٹکا کیا ہے کہ مہینوں طبیعت صاف رہی۔ ''

'' اگر طبیعت صاف رہے تو اس میں کیا قباحت ہے، طبیعت ہمیشہ صاف رہنی چاہیے۔ ''

'' مانتا ہوں کہ طبیعت ہمیشہ صاف رہنی چاہیے مگر طبیعت صاف کرنے والے کو اتنا خیال ضرور مدِّ نظر رکھنا چاہیے کہ وہ ضرورت سے زیادہ صاف نہ ہو جائے۔ ''

'' آپ کے دانت میں درد ہو رہا تھا؟ ''

'' وہ درد اب دل میں چلا گیا ہے۔ ''

'' کیسے؟ ''

'' آپ کی گفتگو ہر قسم کے کرشمے کر سکتی ہے۔۔۔داڑھ میں شدت کا درد تھا لیکن آپ خدا معلوم کیوں تشریف لے آئیں اور مجھ سے لڑنا جھگڑنا شروع کر دیا کہ وہ داڑھ کا درد دل میں منتقل ہو گیا۔ ''

'' میں یہ صرف پوچھنے آئی تھی کہ آپ کا منہ کیوں سوجا ہوا ہے۔ بس اس اتنی بات کا آپ نے بتنگڑ بنا دیا۔۔۔ میری سمجھ میں نہیں آتا کہ آپ کس کھوپڑی کے انسان ہیں۔ ''

'' کھوپڑی تو میری ویسی ہے جیسی تمھاری یا دوسرے انسانوں کی۔۔۔تمھیں اس میں کیا فرق محسوس ہوتا ہے۔ ''

'' فرق، ساخت کے متعلق کچھ محسوس نہیں ہوتا لیکن میں یہ وثوق سے کہہ سکتی ہوں کہ آپ کی کھوپڑی میں یقیناً کوئی نقص ہے۔ ''

'' کس قسم کا؟ ''

'' میں قسم کہاں بتا سکتی ہوں۔۔۔کسی ڈاکٹر سے پوچھیے۔ ''

'' پوچھ لوں گا۔۔۔لیکن اب میرے دل میں درد ہو رہا ہے۔ ''

'' یہ سب جھوٹ ہے۔۔۔آپ کا دل مضبوط ہے۔ ''

'' تمہیں کیسے معلوم ہوا؟ ''

'' آج سے دو برس پہلے جب آپ ہسپتال میں داخل ہوئے تھے تو آپ کا ایکس رے لیا گیا تھا۔ ''

'' مجھے معلوم نہیں۔ ''

'' آپ کو اتنا ہوش ہی کہاں تھا۔۔۔مجھے آپ کوئی نرس سمجھتے تھے۔۔۔عجیب عجیب باتیں کرتے تھے۔ ''

'' بیماری میں ہر خطا معاف کر دینی چاہیے۔۔۔جب تم کہتی ہو کہ میں غشی کے عالم میں تھا تو بتاؤ میں صحیح باتیں کیسے کر سکتا تھا۔ ''

'' میں آپ کے دل کے متعلق کہہ رہی تھی۔۔۔ہسپتال میں جب آپ کے پانچ چھ ایکس رے لیے گئے تو۔۔۔ڈاکٹروں کا متفقہ فیصلہ تھا کہ یہ شخص صرف اپنے مضبوط دل کی وجہ سے جی رہا ہے۔۔۔اس کے گردے کمزور ہیں۔۔۔اس کی انتڑیوں میں ورم ہے۔اس کا جگر خراب ہے۔۔۔لیکن۔۔۔ ''

'' لیکن کیا؟ ''

'' انہوں نے یہ کہا تھا کہ نہیں مرے گا، اس لیے کے اِس کے پھیپھڑے اور دل صحیح حالت میں ہیں۔ ''

'' دل میں تو خیر تم بس رہی ہو۔۔۔پھیپھڑوں میں معلوم نہیں کون رہتا ہے۔ ''

'' رہتی ہو گی، آپ کی کوئی۔۔۔ ''

'' کون؟ ''

'' میں کیا جانوں۔ ''

'' خدا کی قسم تمہارے سوائے نے کسی اور عورت کو آنکھ اٹھا کر بھی نہیں دیکھا۔ ''

'' آنکھ جھکا کر دیکھا ہو گا۔ ''

'' وہ تو خیر، دیکھنا ہی پڑتا ہے۔۔۔مگر کبھی برے خیال سے نہیں۔۔۔بس ایک نظر دیکھا اور چل دیئے۔ ''

’’لیکن ایک نظر دیکھنا کیا بہت ضروری ہے ۔۔۔شریعت میں لکھا ہے؟‘‘

’’اس بحث کو چھوڑو۔۔۔ مجھے یہ بتاؤ کہ تم مجھ سے کہنے کیا آئی تھیں۔۔۔تمہاری عادت ہے کہ اپنا مطلب بیان کرنے سے پہلے تم جھگڑا ضرور شروع کر دیا کرتی ہو۔‘‘

’’مجھے آپ سے کچھ نہیں کہنا تھا۔‘‘

’’تو آپ تشریف لے جائیے۔۔۔ مجھے دفتر کے چند کام کرنے ہیں۔‘‘

’’میں نہیں جاؤں گی۔‘‘

’’تو پھر تم خاموش بیٹھی رہو۔۔۔ میں کام ختم کر لوں تو جو تمھیں اُول جلُول بکنا ہے بک لینا۔۔۔میری داڑھ میں شدت کا درد ہو رہا ہے۔‘‘

’’میں کس لیے آپ کے پاس آئی؟‘‘

’’مجھے کیا معلوم۔‘‘

’’میری عقل داڑھ نکل رہی ہے؟‘‘

’’خدا کا شکر ہے۔۔۔تم کو اب کچھ عقل تو آ جائے گی۔‘‘

’’بہت درد ہو رہا ہے۔‘‘

’’کوئی بات نہیں۔۔۔اس درد ہی سے عقل آ رہی ہے۔‘‘

غسل خانہ

صدر دروازے کے اندر داخل ہوتے ہی سیڑھیوں کے پاس ایک چھوٹی سی کوٹھری ہے جس میں کبھی اپلے اور لکڑیاں کوئلے رکھے جاتے تھے۔ مگر اب اس میں نل لگا کر اس کو مردانہ غسل خانے میں تبدیل کر دیا گیا ہے۔ فرش وغیرہ مضبوط بنا دیا گیا ہے تا کہ مکان کی بنیادوں میں پانی نہ چلا جائے۔ اس میں صرف ایک کھڑکی ہے جو گلی کی طرف کھلتی ہے۔ اس میں زنگ آلود سلاخیں لگی ہوئی ہیں۔

میں پانچویں جماعت میں پڑھتا تھا جب یہ غسل خانہ میری زندگی میں داخل ہوا۔ آپ کو حیرت ہو گی کہ غسل خانے انسانوں کی زندگی میں کیونکر داخل ہو سکتے ہیں۔ غسل خانہ تو ایسی چیز ہے جس میں آدمی داخل ہوتا ہے اور دیر تک داخل رہتا ہے۔ لیکن جب آپ میری کہانی سن لیں گے تو آپ کو معلوم ہو جائے گا کہ یہ غسل خانہ واقعی میری زندگی میں داخل ہوا اور اس کا ایک اہم ترین جزو بن کے رہ گیا۔

یوں تو میں اس غسل خانے سے اس وقت کا متعارف ہوں جب اس میں اپلے وغیرہ پڑے رہتے تھے اور میری بلی نے اس میں بھیگے ہوئے چوہوں کی شکل کے چار بچے دیئے تھے۔ ان کی آنکھیں دس بارہ روز تک مندی رہی تھیں۔ چنانچہ جب میرا چھوٹا بھائی پیدا ہوا تھا، اس کی آنکھیں کھلی دیکھ کر میں نے امی جان سے کہا تھا، ''امی جان، میری بلی ٹیڈی نے جب بچے دیئے تھے تو ان کی آنکھیں بند تھی اس کی کیوں کھلی ہوئی ہیں؟''

یعنی میں بچپن ہی سے اس غسل خانے کو جانتا ہوں لیکن یہ میری زندگی میں اس وقت داخل ہوا جب میں پانچویں جماعت میں پڑھتا تھا اور ایک بھاری بھرکم بستہ بغل میں دبا کر ہر روز اسکول جایا کرتا تھا۔

ایک روز کا ذکر ہے میں نے اسکول سے گھر آتے ہوئے سردار دوہا اسنگھ پھل فروش کی دکان سے ایک

کابلی انار چرایا۔ میں اور میرے دو ہم جماعت لڑکے ہر روز کچھ نہ کچھ اس دکان سے چرایا کرتے تھے لیکن بھائی ودھاؤسنگھ جو پھلوں کے ٹوکروں میں گھر ا ایک بڑی سی پگڑی اپنے کیسوں پر رکھے سارا دن افیم کے نشے میں اونگھتا رہتا تھا، کو خبر تک نہ ہوتی تھی۔ مگر بات یہ ہے کہ ہم بڑی بڑی چیزیں نہیں چراتے تھے ۔ کبھی انگور کے چند دانے اٹھا لیے کبھی لوکاٹ کا ایک گچھا لے اڑے ۔ کبھی مٹھی بھر خوبانیاں اٹھائیں اور چلتے بنے۔ لیکن اس دفعہ چونکہ میں نے زیادتی کی تھی اس لیے پکڑا گیا۔ ایک دم بھائی دوہاؤسنگھ اپنی ابدی نیند سے چونکا اور اتنی پھرتی سے نیچے اتر کر اس نے مجھے رنگوں ہاتھوں پکڑا کہ میں دنگ رہ گیا۔ ساتھ ہی میرے حواس باختہ ہو گئے۔ پہلے تو میں اس چوری کو کھیل سمجھتا تھا لیکن جب میلی داڑھی والے سردار دوہاؤسنگھ نے اپنی پھولی ہوئی رگوں والے ہاتھ سے میری گردن ناپی تو مجھے احساس ہوا کہ میں چور ہوں۔ بچپن ہی سے مجھے اس بات کا خیال رہا ہے کہ لوگوں کے سامنے میری ذلت نہ ہو۔ چنانچہ سر بازار جب میں نے خود کو ذلیل ہوتے دیکھا تو فوراً بھائی دوہاؤسنگھ سے معافی مانگ لی۔ آدمی کا دل بہت اچھا تھا۔ انار میرے ہاتھ سے چھین کر اس نے وہ میل جو اس کے خیال انار کو لگ گیا تھا اپنے کرتے سے صاف کیا اور بڑ بڑاتا ہوا چلا گیا، ''وکیل صاحب آئے تو میں ان سے کہوں گا کہ آپ کے لڑکے نے اب چوری شروع کر دی ہے ض۔ ''

میرا دل دھک سے رہ گیا۔ میں تو سمجھتا تھا کہ سستے چھوٹ گئے۔ وکیل صاحب یعنی میرے اباجی سردار دوہاؤسنگھ نہیں تھے۔ وہ نہ افیم کا نشہ کرتے تھے اور نہ انہیں پھلوں ہی سے کوئی دلچسپی تھی۔ میں نے سوچا اگر اس کمبخت دوہاؤسنگھ نے ان سے میری چوری کا ذکر کر دیا تو وہ گھر میں داخل ہوتے ہی امی جان سے کہیں گے، ''کچھ سنتی ہو، اب تمہارے اس برخوردار نے چوری چکاری بھی شروع کر دی ہے ۔ سردار دوہاؤسنگھ نے جب مجھ سے کہا کہ وکیل صاحب آپ کا لڑکا انار کے باغ کا بھاگ گیا تھا تو خدا کی قسم میں شرم سے پانی پانی ہو گیا ۔۔۔ میں نے آج تک اپنی ناک پر مکھی بیٹھنے نہیں دی۔ لیکن اس نالائق نے میری ساری عزت خاک میں ملا دی ہے۔ ''

وہ مجھے دو تین طمانچے مار کر مطمئن ہو جاتے مگر امی جان کا ناک میں دم کر دیتے۔ اس لیے کہ وہ ہماری طرف داری کرتی تھیں۔ وہ ہمیشہ اس تاک میں رہتے تھے کہ ان کی اولاد (ہم چھ بیٹے تھے) سے کوئی چھوٹی سی لغزش ہو اور وہ آنگن میں اپنے گنجے سر کا پسینہ پونچھ پونچھ کر امی جان کو سنا سنا شروع کر دیں جیسے سارا قصور ان کا ہے۔ کوسنے کے بعد بھی ان کا جی ہلکا نہیں ہوتا تھا۔ اس روز کھانا نہیں کھاتے تھے اور دیر تک

خاموش آنگن میں سیمنٹ لگے فرش پر اِدھر اُدھر ٹہلتے رہتے تھے ۔

جس وقت بھائی دوہاواسنگھ نے وکیل صاحب کا نام لیا میری اباجی کے سامنے آنکھوں کا گنجا سر آ گیا جس پر پسینے کی ننھی ننھی بوندیں چمک رہی تھیں۔ ان کو ہمیشہ غصے کے وقت اس جگہ پر پسینہ آتا ہے ۔ بستہ میری بغل میں بہت وزنی ہو گیا۔ ٹانگیں بے جان سی ہو گئیں۔ دل دھڑ کنے لگا۔ شرم کا وہ احساس جو چوری پکڑے جانے پر پیدا ہوا، مٹ گیا اور اس کی جگہ ایک تکلیف دہ خوف نے لے لی۔ اباجی کا گنجا سر۔ اس پر چمکتی ہوئی پسینے کی ننھی ننھی بوندیں۔ آنگن کا سیمنٹ لگا فرش۔ اس پر ان کا غصے میں اِدھر اُدھر چھیڑے ہوئے ببر شیر کی طرح چلنا اور رک رک کر امی جان پر برسنا۔۔۔

سخت پریشانی کے عالم میں گھر پہنچا۔ غسل خانے کے پاس ٹھہر کر میں نے ایک بار سوچا کہ اگر اس کمبخت پھل فروش نے سچ مچ اباجی سے کہہ دیا تو آفت ہی آ جائے گی۔ دو تین روز کے لیے سارا گھر جہنم کا نمونہ بن جائے گا۔ اباجی اور سب کچھ معاف کر سکتے تھے لیکن چوری کبھی معاف نہیں کرتے تھے ۔ ہمارے پرانے ملازم نبّو نے ایک بار دس روپے کا نوٹ امی جان کے پان دان سے نکال لیا تھا۔۔۔ امی جان نے تو اسے معاف کر دیا تھا لیکن اباجی کو جب اس چوری کا پتا چلا تو انہوں نے اسے نکال باہر کیا، ''میں اپنے گھر میں کسی چور کو نہیں رکھ سکتا۔''

ان کے یہ الفاظ میرے کانوں میں کئی بار گونج چکے تھے۔ میں نے اوپر جانے کے لیے زینے پر قدم ہی رکھا کہ ان کی آواز میرے کانوں میں آئی۔

جانے وہ میرے بڑے بھائی ثقلین سے کیا کہہ رہے تھے لیکن میں یہی سمجھا کہ وہ نبو کو گھر سے باہر نکال رہے ہیں اور اس سے غصے میں یہ کہہ رہے ہیں، ''میں اپنے گھر میں کسی چور کو نہیں رکھ سکتا۔''

میرے قدم مَنوں بھاری ہو گئے۔ میں اور زیادہ سہم گیا اور اوپر جانے کے بجائے نیچے اتر آیا۔ خدا معلوم کیا جی میں آئی کہ غسل خانے کے اندر جا کر میں نے صدقِ دل سے دعا مانگی کہ اباجی کو میری چوری کا علم نہ ہو۔ یعنی دوہاواسنگھ ان سے اس کا ذکر کرنا بھول جائے۔ دعا مانگنے کے بعد میرے جی کا بوجھ کچھ ہلکا ہو گیا۔ چنانچہ میں اوپر چلا گیا۔

خدا نے میری دعا قبول کی۔ دوہاواسنگھ اور اس کی دکان ابھی تک موجود ہے۔ لیکن اس نے اباجی سے انار کی چوری کا ذکر نہیں کیا۔۔۔ غسل خانہ یہیں سے میری زندگی میں داخل ہوتا ہے ۔

ایک بار پھر ایسی ہی بات ہوئی۔ میں زیادہ لطف لینے کی خاطر پہلی دفعہ بازار میں کھلے بندوں سگریٹ پیے جا

رہا تھا کہ اباجی کے ایک دوست سے میری مڈبھیڑ ہوگئی۔اس نے سگریٹ میرے ہاتھ سے چھین کر غصّے میں ایک طرف پھینک دیا اور کہا، ''تم بہت آوارہ ہو گئے ہو ۔بڑوں کا شرم و لحاظ اب تمہاری آنکھوں میں بالکل نہیں رہا۔خواجہ صاحب سے کہہ کر آج ہی تمہاری اچھی طرح گوش مالی کراؤں گا۔''

انار کی چوری کے مقابلے میں کھلے بندوں سگریٹ پینا اور بھی زیادہ خطر ناک تھا۔خواجہ صاحب یعنی میرے اباجی خود سگریٹ پیتے تھے مگر اپنی اولاد کے لیے انہوں نے اس چیز کو قطعی طور پر ممنوع قرار دے رکھا تھا۔ایک روز میرے بڑے بھائی کی جیب میں سے انہیں سگرٹ کی ڈبیا مل گئی تھی جس پر انہوں نے ایک تھپڑ لگا کر فیصلہ کن لہجے میں یہ الفاظ کہے تھے، ''ثقلین اگر میں نے تمہاری جیب میں پھر سگریٹ کی ڈبیا دیکھی تو میں تمہیں اسی وقت گھر سے باہر نکال دوں گا۔۔۔سمجھ گئے؟''

ثقلین سمجھ گیا تھا۔چنانچہ وہ ہر روز صرف ایک سگرٹ لاتا تھا اور پاخانے میں جاکر پیا کرتا تھا۔

میں ثقلین سے عمر میں تین برس چھوٹا ہوں۔ ظاہر ہے کہ میرا سگریٹ پینا اور وہ بھی بازاروں میں کھلے بندوں۔۔۔اباجی کسی طرح برداشت نہ کرتے۔ثقلین کو تو انہوں نے صرف دھمکی دی تھی مگر مجھے یقیناً گھر سے باہر نکال دیتے۔

گھر میں داخل ہونے سے پہلے میں نے غسل خانے میں جاکر صدقِ دل سے دعا مانگی کہ اے خدا!اباجی کو میرے سگریٹ پینے کا کچھ علم نہ ہو۔دعا مانگنے کے بعد میرے دل پر سے خوف کا بوجھ ہلکا ہو گیا اور میں اوپر چلا گیا۔

آپ کہیں گے کہ میں خاص طور پر غسل خانے میں داخل ہو کر ہی کیوں دعا مانگتا تھا۔دعا کہیں بھی مانگی جا سکتی ہے۔درست ہے، لیکن مصیبت یہ ہے کہ میں دل میں اگر کوئی بات سوچوں تو اس کے ساتھ اور بہت سی غیر ضروری باتیں خود بخود آ جاتی ہیں۔میں نے گھر لوٹتے ہوئے راستے میں دعا مانگی تھی مگر میرے دل میں کئی اوٹ پٹانگ باتیں پیدا ہو گئی تھیں۔دعا اور یہ باتیں خلط ملط ہو کر ایک بے ربط عبارت بن گئی تھی۔

''اللہ میاں۔۔۔میں نے سگریٹ۔۔۔بیڑا غرق ایک پوری ڈبیا سگرٹوں کی میری نیکر کی جیب میں پڑی ہے۔اگر کسی نے دیکھ لی تو کیا ہو گا۔۔۔کہیں ثقلین ہی نہ لے اڑے۔۔۔اللہ میاں۔۔۔میری سمجھ میں نہیں آتا کہ سگریٹ پینے میں کیا برائی ہے؟اباجی نے چھٹی جماعت سے پینے شروع کیے تھے۔۔۔اللہ میاں۔۔۔سگرٹ والے کے ساڑھے تیرہ آنے میری طرف نکلتے ہیں۔ان کی ادائیگی کیسے ہو گی اور اسکول میں مٹھائی والے کے بھی چھ آنے دینا ہیں۔۔۔مٹھائی اس کی بالکل واہیات ہے لیکن میں کھاتا کیوں

ہوں۔۔۔؟ اللہ میاں مجھے معاف کر دے ۔۔۔ جو سگریٹ اباجی پیتے ہیں ان کا مزا کچھ اور ہی قسم کا ہوتا ہے ۔۔۔ پان کھا کر سگریٹ پینے کا لطف دوبالا ہو جاتا ہے ۔۔۔ اللہ میاں ۔۔۔ اب کے نہر پہ جائیں گے تو سگریٹوں کا ڈبہ ضرور خرید دیں گے ۔۔۔ کب تک سگریٹ والا ادھار دیتا رہے گا ۔۔۔ امی جان کا بٹوا ۔۔۔ اللہ میاں مجھے معاف کر دے ۔۔۔‘‘

میں دل ہی دل میں خاموش دعا مانگوں تو یہی گڑبڑ ہو جاتی ہے۔ چنانچہ یہی وجہ ہے کہ مجھے غسل خانے کے اندر جانا پڑتا تھا۔ دروازہ بند کر کے میں وہاں اپنے خیالات کو آوارہ نہیں ہونے دیتا تھا۔ میلی چھت کی طرف نگاہیں اٹھائیں۔ سانس روکا اور ہولے ہولے دعا گنگنانا شروع کر دی ۔۔۔ عجیب بات ہے کہ جو دعا میں نے اس غلیظ غسل خانے میں مانگی، قبول ہوئی۔ انار کی چوری کا اباجی کو کچھ علم نہ ہوا۔ سگریٹ پینے کے متعلق بھی وہ کچھ جان نہ سکے اس لیے کہ ان کا دوست اس روز شام کو کلکتے چلا گیا جہاں اس نے مستقل رہائش اختیار کر لی۔

غسل خانے سے میرا اعتقاد اور بھی پختہ ہو گیا۔ جب میں نے دسویں جماعت کا امتحان دینے کے دوران میں دعا مانگی اور وہ قبول ہوئی۔ جیومیٹری کا پرچہ تھا۔ میں نے غسل خانے میں جا کر تمام پری پوزیشنیں کتاب سے پھاڑ کر اپنے پاس رکھ لیں اور دعا مانگی کہ کسی ممتحن کی نظر نہ پڑے اور میں اپنا کام اطمینان سے کر لوں۔ چنانچہ یہی ہوا۔ میں نے پھاڑے ہوئے اوراق نکال کر کاغذوں کے نیچے ڈیسک پر رکھ لیے اور اطمینان سے بیٹھا نقل کرتا رہا۔

ایک بار نہیں پچیسویں بار میں نے اس غسل خانے میں حالات کی نزاکت محسوس کر کے دعا مانگی جو قبول ہوئی۔ میرے بڑے بھائی ثقلین کو اس کا علم تھا مگر وہ میری ضعیف الاعتقادی سمجھتا تھا ۔۔۔ بھئی کچھ بھی ہو۔ میرا تجربہ یہ ہی کہتا ہے کہ اس غسل خانے میں مانگی ہوئی دعا کبھی خالی نہیں گئی۔ میں نے اور جگہ بھی دعائیں مانگ کر دیکھی ہیں لیکن ان میں سے ایک بھی قبول نہیں ہوئی ۔۔۔ کیوں ۔۔۔؟ اس کا جواب نہ میں دے سکتا ہوں اور نہ میرا بڑا بھائی ثقلین ۔۔۔ ممکن ہے آپ میں سے کوئی صاحب دے سکیں۔

چند برس پیچھے کا ایک دلچسپ واقعہ آپ کو سناتا ہوں۔ میرے چچا جان کی شادی تھی۔ آپ سنگاپور سے اس غرض کے لیے آئے تھے ۔ چونکہ ان کا اور ہمارا گھر ۔۔۔ بالکل ساتھ ساتھ ہے اس لیے جتنی رونق ان کے مکان میں تھی اتنی ہی ہمارے مکان میں بھی تھی بلکہ اس سے کچھ زیادہ ہی کہیے کیونکہ لڑکی والے ہمارے گھر آ گئے تھے۔ آدھی آدھی رات ڈھولک کے گیت گائے جاتے تھے۔ ہونے والی دلہن سے چھیڑ چھاڑ۔ عجیب

وغریب رسمیں۔ تیل۔ مہندی اور خدا معلوم کیا کیا کچھ ۔۔۔ بچوں کی چیخ و پکار۔ الہڑ لڑکیوں کی نئی گر گابیوں اور رسینڈلوں میں ایک چلت پھرت ۔۔۔ اوٹ پٹانگ کھیل ۔۔۔ غرض کہ ہر وقت ایک ہنگامہ مچا رہتا تھا۔

جب اس قسم کی خوش گوار افراتفری پھیلی ہو تو لڑکیوں کو چھیڑنے کا بہت لطف آتا ہے بلکہ یوں کہیے کہ شادی بیاہ کے ایسے ہنگاموں ہی پر لڑکیوں کو چھیڑنے کا موقع ملتا ہے ۔۔۔ ہمارے دور کے رشتہ دار شال باف تھے۔ ان کی لڑکی مجھے بہت پسند تھی۔ اس سے پہلے تین چار مرتبہ ہمارے یہاں آ چکی تھی۔ اس کو دیکھ کر مجھے یہ محسوس ہوتا تھا کہ وہ ایک رکی ہوئی ہنسی ہے ۔۔۔ نہیں، میں اپنے مافی الضمیر کو اچھی طرح بیان نہیں کر سکا ۔۔۔ اس کا سارا وجود کھلکھلا کر ہنس اٹھتا اگر اس کو ذرا سا چھیڑ دیا جاتا۔ بالکل ذرا سا یعنی اس کو اگر صرف چھو لیا جاتا تو بہت ممکن ہے وہ ہنسی کا فوارہ بن جاتی ۔۔۔ اس کے ہونٹوں اور اس کی آنکھوں کے کونوں میں، اس کی ناک کے ننھے ننھے نتھنوں میں، اس کی پیشانی کی مصنوعی تیوریوں میں، اس کے کان کی لووں میں ہنسی کے ارادے مرتعش رہتے تھے ۔۔۔ میں نے اس کو چھیڑنے کا پورا تہیہ کر لیا۔

خدا کا کرنا ایسا ہوا کہ سیڑھیوں کی بتی خراب ہو گئی۔ بلب فیوز ہوا یا کیا گیا، بہر حال اچھا ہوا، کیونکہ وہ بار بار کبھی نیچے آتی تھی اور کبھی اوپر جاتی تھی۔ میں غسل خانے کے پاس اندھیرے میں ایک طرف ہو کر کھڑا ہو گیا ۔۔۔ وہ اوپر جاتی یا نیچے آتی، مجھ سے اس کی مڈ بھیڑ ضرور ہوتی اور میں اندھیرے میں اس سے فائدہ اٹھا کر اپنا کام کر جاتا ۔۔۔ بات معقول تھی چنانچہ میں کچھ دیر دم سادھے اس کا منتظر رہا۔ اور اس دوران میں اپنی آنکھوں کو تاریکی کا عادی بناتا رہا۔

کسی کے نیچے اترنے کی آواز آئی ۔۔۔ کھٹ ۔۔۔ کھٹ ۔۔۔ کھٹ ۔۔۔ میں تیار ہو گیا ۔۔۔ اباجی تھے ۔ انہوں نے پوچھا کون ہے ۔۔۔؟ میں نے کہا، ''جی عباس۔'' انہوں نے اندھیرے میں ایک زور کا طمانچہ میرے منہ پر مارا اور کہا، ''تمہیں شرم نہیں آتی۔ یہاں چھپ کر لڑکیوں کو چھیڑتے ہو۔ ثریا ابھی ابھی اپنی ایک سہیلی سے تمہاری اس بے ہودہ حرکت کا ذکر کر رہی تھی۔ اگر اس نے اپنی ماں سے کہہ دیا تو جانتے ہو کیا ہو گا؟ ۔۔۔ واہیات کہیں کے ۔۔۔! تمہیں اپنی عزت کا خیال نہیں اپنے بڑوں کی آبرو ہی کا کچھ لحاظ کرو ۔۔۔ اور ثریا کی ماں نے آج ہی ثریا کے لیے تمہیں مانگا ہے ۔۔۔ لعنت ہو تم پر۔''

کھٹ کھٹ کھٹ ۔۔۔ کسی کے نیچے اترنے کی آواز آئی۔ اباجی نے میرے حیرت زدہ منہ پر ایک اور طمانچہ رسید کیا اور بڑ بڑاتے چلے گئے ۔

کھٹ کھٹ کھٹ ۔۔۔ ثریا تھی ۔۔۔ میرے پاس سے گزرتے ہوئے ایک لحظے کے لیے ٹھٹکی اور حیا آلود

غصے کے ساتھ یہ کہتی چلی گئی۔

’’خبردار جواب آپ نے مجھے چھیڑا۔ امی جان سے کہہ دوں گی۔‘‘ میں اور بھی زیادہ متحیر ہو گیا۔ دماغ پر بہت زور دیا مگر کوئی بات سمجھ میں نہ آئی۔ اتنے میں غسل خانے کا دروازہ چرچراہٹ کے ساتھ کھلا اور ثقلین باہر نکلا۔

میں نے اس سے پوچھا، ’’تم یہاں کیا کر رہے تھے؟‘‘

اس نے جواب دیا، ’’دعا مانگ رہا تھا۔‘‘

میں نے پوچھا، ’’کس لیے؟‘‘

مسکرا کر اس نے کہا، ’’ثریا کو میں نے چھیڑا تھا۔ میں آپ سے جھوٹ نہیں کہتا۔ اس غسل خانے میں جو دعا مانگی جائے ضرور قبول ہوتی ہے۔‘‘

فرشتہ

سرخ کھردرے کمبل میں عطاء اللہ نے بڑی مشکل سے کروٹ بدلی اور اپنی مندی ہوئی آنکھیں آہستہ آہستہ کھولیں۔ دُھندے کی دبیز چادر میں کئی چیزیں لپٹی ہوئی تھیں جن کے صحیح خدوخال نظر نہیں آتے تھے۔ ایک لمبا، بہت ہی لمبا، نہ ختم ہونے والا دالان تھا یا شاید کمرہ تھا جس میں دھندلی دھندلی روشنی پھیلی ہوئی تھی۔ ایسی روشنی جو جگہ جگہ میلی ہو رہی تھی۔

دور بہت دور، جہاں شاید کمرہ یا دالان ختم ہو سکتا تھا، ایک بہت بڑا بُت تھا جس کا دراز قد چھت کو پھاڑتا ہوا باہر نکل گیا تھا۔ عطاء اللہ کو اس کا صرف نچلا حصہ نظر آ رہا تھا جو بہت پُر ہیبت تھا۔ اس نے سوچا کہ شاید یہ موت کا دیوتا ہے جو اپنی ہولناک شکل دکھانے سے قصداً گریز کر رہا ہے۔

عطاء اللہ نے ہونٹ گول کر کے اور زبان پیچھے کھینچ کر اس پر ہیبت بُت کی طرف دیکھا اور سیٹی بجائی، بالکل اس طرح جس طرح کتے کو بلانے کے لیے بجائی جاتی ہے۔ سیٹی کا بجنا تھا کہ اس کمرے یا دالان کی دھندلی فضا میں ان گنت دُھویں میں لہرانے لگیں۔ لہراتے لہراتے یہ سب بہت بڑے شیشے کے مرتبان میں جمع ہو گئیں جو غالباً اسپرٹ سے بھرا ہوا تھا۔ آہستہ آہستہ یہ مرتبان فضا میں بغیر کسی سہارے کے تیرتا، ڈولتا اس کی آنکھوں کے پاس پہنچ گیا۔ اب وہ ایک چھوٹا سا مرتبان تھا جس کے اندر اسپرٹ میں اس کا دل ڈبکیاں لگا رہا تھا اور دھڑکنے کی ناکام کوشش کر رہا تھا۔ عطاء اللہ کے حلق سے دبی دبی چیخ نکلی۔ اس مقام پر جہاں اس کا دل ہوا کرتا تھا، اس نے اپنا لرزتا ہوا ہاتھ رکھا اور بے ہوش ہو گیا۔

معلوم نہیں کتنی دیر کے بعد اسے ہوش آیا مگر جب اس نے آنکھیں کھولیں تو دُھرا غائب تھا۔ وہ دیو ہیکل بُت بھی۔ اس کا سارا جسم پسینے میں شرابور تھا اور برف کی طرح ٹھنڈا۔ مگر اس مقام پر جہاں اس کا دل تھا،

ایک آگ سی لگی ہوئی تھی۔۔۔اس آگ میں کئی چیزیں جل رہی تھیں، بے شمار چیزیں۔اس کی بیوی اور بچوں کی ہڈیاں تو چٹخ رہی تھیں مگر اس کے گوشت پوست اور اس کی ہڈیوں پر کوئی اثر نہیں ہو رہا تھا۔جھلسا دینے والی تپش میں بھی وہ یخ بستہ تھا۔

اس نے ایک دم اپنے برفیلے ہاتھوں سے اپنی زرد رُو بیوی اور سوکھے کے مارے ہوئے بچوں کو اٹھایا اور پھینک دیا۔۔۔اب آگ کے اس الاؤ میں عرضیوں کے پلندے کے پلندے جل رہے تھے۔۔۔ہر زبان میں لکھی ہوئی عرضیاں۔ان پر اس کے اپنے ہاتھ سے کیے ہوئے دستخط، سب جل رہے تھے، آواز پیدا کیے بغیر۔

آگ کے شعلوں کے پیچھے اسے اپنا چہرہ نظر آیا۔پسینے سے۔۔۔سرد پسینے سے تر بتر۔اس نے آگ کا ایک شعلہ پکڑا اور اس سے اپنے ماتھے کا پسینہ پونچھ کر ایک طرف پھینک دیا۔الاؤ میں گرتے ہی یہ شعلہ بھیگے ہوئے اسفنج کی طرح رونے لگا۔۔۔عطاءاللہ کو اس کی یہ حالت دیکھ کر بہت ترس آیا۔

عرضیاں جلتی رہیں اور عطاءاللہ دیکھتا رہا۔تھوڑی دیر کے بعد اس کی زرد رُو بیوی نمودار ہوئی۔اس کے ہاتھ میں گندھے ہوئے آٹے کا تھال تھا۔جلدی جلدی اس نے پیڑے بنائے اور آگ میں ڈالنا شروع کر دیئے جو آنکھ جھپکنے کی دیر میں کوئلے بن کر سلگنے لگے۔انہیں دیکھ کر عطاءاللہ کے پیٹ میں زور کا درد اٹھا۔جھپٹا مار کر اس نے تھال میں سے آخری پیڑا اٹھایا اور منہ میں ڈال لیا۔لیکن آٹا خشک تھا۔۔۔ریت کی طرح۔اس کا سانس رکنے لگا اور وہ پھر بے ہوش ہو گیا۔

اب اس نے ایک بے جوڑ خواب دیکھنا شروع کیا۔ایک بہت بڑی محراب تھی جس پر جلی حروف میں یہ شعر لکھا تھا

؎

روز محشر کہ جاں گداز بود

اولیں پرسش نماز بود

وہ فوراً پتھریلے فرش پر سجدے میں گر پڑا۔نماز بخشوانے کے لیے دعا مانگنا چاہی مگر بھوک اس کے معدے کو اس بری طرح ڈسنے لگی کہ بلبلا اٹھا۔اتنے میں کسی نے بڑی بارعب آواز میں پکارا:

‘‘عطاءاللہ!’’

عطاء اللہ کھڑا ہو گیا۔ ۔۔ محرابوں کے پیچھے ۔۔۔ بہت پیچھے، اونچے منبر پر ایک شخص کھڑا تھا۔ مادر زاد برہنہ، اس کے ہونٹ ساکت تھے مگر آواز آ رہی تھی۔

"عطاء اللہ! تم کیوں زندہ ہو؟ آدمی صرف اس وقت تک زندہ رہتا ہے جب تک اسے کوئی سہارا ہو۔ ۔۔ ہمیں بتاؤ، کوئی ایسا سہارا ہے جس کا تمہیں سہارا ہو۔ ۔۔؟ تم بیمار ہو۔ ۔۔ تمہاری بیوی آج نہیں تو کل بیمار ہو جائے گی۔ وہ جن کا کوئی سہارا نہیں ہوتا، بیمار ہوتے ہیں۔ ۔۔ زندہ درگور ہوتے ہیں۔ اس کا سہارا تم ہو جو بڑی تیزی سے ختم ہو رہا ہے۔ ۔۔ تمہارے بچے بھی ختم ہو رہے ہیں۔ ۔۔ کتنے افسوس کی بات ہے کہ تم نے خود اپنے آپ کو ختم نہیں کیا۔ اپنے بچوں اور اپنی بیوی کو ختم نہیں کیا۔ ۔۔ کیا اس خاتمے کے لیے بھی تمہیں کسی سہارے کی ضرورت ہے ۔۔۔؟ تم رحم و کرم کے طالب ہو ۔۔۔ بے وقوف! کون تم پر رحم کرے گا۔ موت کو کیا پڑی ہے کہ وہ تمہیں مصیبتوں سے نجات دلائے۔ اس کے لیے یہ مصیبت کیا کم ہے کہ وہ موت ہے ۔۔۔ کس کس کو آئے۔ ۔۔ ایک صرف تم عطاء اللہ نہیں ہو، تم ایسے لاکھوں عطاء اللہ اس بھری دنیا میں موجود ہیں۔ ۔۔ جاؤ، اپنی مصیبتوں کا علاج خود کرو ۔۔۔ دو مریل بچوں اور ایک فاقہ زدہ بیوی کو ہلاک کرنا کوئی مشکل کام نہیں ہے۔ اس بوجھ سے ہلکے ہو جاؤ تو موت شرمسار ہو کر خود بخود تمہارے پاس چلی آئے گی۔"

عطاء اللہ غصے سے تھر تھر کانپنے لگا، "تم ۔۔ تم سب سے بڑے ظالم ہو۔ ۔۔ بتاؤ، تم کون ہو۔ اس سے پیشتر کہ میں اپنی بیوی اور بچوں کو ہلاک کروں، میں تمہارا خاتمہ کر دینا چاہتا ہوں۔"

مادر زاد برہنہ شخص نے قہقہہ لگایا اور کہا، "میں عطاء اللہ ہوں ۔۔۔ غور سے دیکھو ۔۔۔ کیا تم اپنے آپ کو بھی نہیں پہچانتے؟"

عطاء اللہ نے اس ننگ دھڑنگ آدمی کی طرف دیکھا اور اس کی گردن جھک گئی۔ ۔۔ وہ خود ہی تھا، بغیر لباس کے۔ اس کا خون کھولنے لگا۔ فرش میں سے اس نے اپنے بڑھے ہوئے ناخنوں سے کھرچ کھرچ کر ایک پتھر نکالا اور تان کر منبر کی طرف دیکھا۔ ۔۔ اس کا سر چکرا گیا۔ ماتھے پر ہاتھ رکھا تو اس میں سے لہو نکل رہا تھا۔ وہ بھاگا۔ ۔۔ پتھریلے صحن کو عبور کر کے جب باہر نکلا تو ہجوم نے اسے گھیر لیا۔ ہجوم کا ہر فرد عطاء اللہ تھا۔ جس کا ماتھا لہولہان تھا۔

بڑی مشکلوں سے ہجوم کو چیر کر وہ باہر نکلا۔ ایک تنگ و تاریک سڑک پر دیر تک چلتا رہا۔ اس کے دونوں کناروں پر جھیش اور تھوہر کے پودے اگے ہوئے تھے۔ ان میں کہیں کہیں دوسری زہریلی بوٹیاں بھی تھیں۔

عطاءاللہ نے جیب سے بوتل نکال کر تھوہر کا عرق جمع کیا۔ پھر زہریلی بوٹیوں کے پتے توڑ کر اس میں ڈالے اور انہیں ہلاتا ہلاتا اس موڑ پر پہنچ گیا جہاں سے کچھ فاصلے پر اس کا مکان تھا۔۔۔ شکستہ اینٹوں کا ڈھیر۔ ٹاٹ کا بوسیدہ پردہ ہٹا کر وہ اندر داخل ہوا۔۔۔ سامنے طاق میں مٹی کے تیل کی کُپی سے کافی روشنی نکل رہی تھی۔ اس مٹیالی روشنی میں اس نے دیکھا کہ جھلنگی پلنگڑی پر اس کے دونوں مریل بچے مرے پڑے ہیں۔ عطاءاللہ کو بہت ناامیدی ہوئی۔ بوتل جیب میں رکھ کر جب وہ پلنگڑی کے پاس گیا تو اس نے دیکھا کہ وہ پھٹی پرانی گدڑی جو اس کے بچوں پر پڑی ہے، آہستہ آہستہ ہل رہی ہے۔ عطاءاللہ بہت خوش ہوا۔۔۔ وہ زندہ تھے۔ بوتل جیب سے نکال کر وہ فرش پر بیٹھ گیا۔

دونوں لڑکے تھے۔ ایک چار برس، دوسرا پانچ کا۔۔۔ دونوں بھوکے تھے۔ دونوں ہڈیوں کا ڈھانچہ تھے۔ گدڑی ایک طرف ہٹا کر جب عطاءاللہ نے ان کو غور سے دیکھا تو اسے تعجب ہوا کہ اتنے چھوٹے بچے اتنی سوکھی ہڈیوں پر اتنی دیر سے کیسے زندہ ہیں۔ اس نے زہر کی شیشی ایک طرف رکھ دی اور انگلیوں سے ایک بچے کی گردن ٹٹولتے ٹٹولتے۔۔۔ ایک خفیف سا جھٹکا دیا۔ ہلکی سی ترڑخ ہوئی اور اس بچے کی گردن ایک طرف لٹک گئی۔ عطاءاللہ بہت خوش ہوا کہ اتنی جلدی اور اتنی آسانی سے کام تمام ہو گیا۔ اسی خوشی میں اس نے اپنی بیوی کو پکارا، ''جیناں! جیناں۔۔۔ ادھر آؤ۔۔ دیکھو ادھر میں نے کتنی صفائی سے رحیم کو مار ڈالا ہے ۔۔۔ کوئی تکلیف نہیں ہوئی اس کو۔''

اس نے ادھر ادھر دیکھا۔ زینب کہاں ہے ۔۔۔؟ معلوم نہیں کہاں چلی گئی ہے ۔۔۔؟ شاید بچوں کے لیے کسی سے کھانا مانگنے گئی ہو۔۔۔ یا ہسپتال میں اس کی خیریت دریافت کرنے ۔۔۔ عطاءاللہ ہنسا۔۔۔ مگر اس کی ہنسی فوراً دب گئی، جب دوسرے بچے نے کروٹ بدلی اور اپنے مردہ بھائی کو بلانا شروع کیا، ''رحیم۔۔۔ رحیم۔''

وہ نہ بولا تو اس نے اپنے باپ کی طرف دیکھا۔ ہڈیوں کی چھوٹی چھوٹی سیاہ پیالوں میں اس کی آنکھیں چمکیں، ''ابا۔۔ تم آ گئے۔'' عطاءاللہ نے ہولے سے کہا، ''ہاں کریم، میں آ گیا۔'' کریم نے اپنے استخوانی ہاتھ سے رحیم کو جھنجھوڑا، ''اٹھو رحیم۔۔۔ ابا آ گئے ہسپتال سے۔'' عطاءاللہ نے اس کے منہ پر ہاتھ رکھ دیا، ''خاموش رہو۔۔۔ وہ سو گیا ہے۔''

کریم نے اپنے باپ کا ہاتھ ہٹایا، ''کیسے سو گیا ہے ۔۔۔ ہم دونوں نے ابھی تک کچھ کھایا نہیں۔'' ''تم جاگ رہے تھے؟''

’’ہاں ابا،‘‘

’’سو جاؤ گے ابھی تم،‘‘

’’کیسے؟‘‘

’’میں سلاتا ہوں تمہیں،‘‘ یہ کہہ کر عطاءاللہ نے اپنی سخت انگلیاں کریم کی گردن پر رکھیں اور اس کو مروڑ دیا۔ مگر تڑاخ کی آواز پیدا نہ ہوئی۔ کریم کو بہت درد ہوا، ’’یہ آپ کیا کر رہے ہیں؟‘‘

’’کچھ نہیں۔‘‘ عطاءاللہ حیرت زدہ تھا کہ اس کا یہ دوسرا لڑکا اتنا سخت جان کیوں ہے۔

’’کیا تم سونا نہیں چاہتے؟‘‘

کریم نے اپنی گردن سہلاتے ہوئے جواب دیا، ’’سونا چاہتا ہوں۔۔۔ کچھ کھانے کو دے دو۔۔۔ سو جاؤں گا۔‘‘

عطاءاللہ نے زہر کی شیشی اٹھائی، ’’پہلے یہ دوا پی لو۔‘‘

’’اچھا۔‘‘ کریم نے اپنا منہ کھول دیا۔ عطاءاللہ نے ساری شیشی اس کے حلق میں انڈیل دی اور اطمینان کا سانس لیا، ’’اب تم گہری نیند سو جاؤ گے۔‘‘ کریم نے اپنے باپ کا ہاتھ پکڑا اور کہا، ’’ابا۔۔۔ اب کچھ کھانے کو دو۔‘‘

عطاءاللہ کو بہت کوفت ہوئی، ’’تم مرتے کیوں نہیں؟‘‘

کریم یہ سن کر سٹپٹا سا گیا، ’’کیا ابا؟‘‘

’’تم مرتے کیوں نہیں۔۔۔ میرا مطلب ہے، اگر تم مر جاؤ گے تو نیند بھی آ جائے گی تمہیں۔‘‘

کریم کی سمجھ میں نہ آیا کہ اس کا باپ کیا کہہ رہا ہے، ’’مارتا تو اللہ میاں ہے ابا۔‘‘

اب عطاءاللہ کی سمجھ میں نہ آیا کہ وہ کیا کہے، ’’مارا کرتا تھا کبھی۔۔۔ اب اس نے یہ کام چھوڑ دیا ہے۔۔۔ چلو اٹھو۔‘‘

پلنگڑی پر کریم تھوڑا سا اٹھا تو عطاءاللہ نے اسے اپنی گود میں لے لیا اور سوچنے لگا کہ وہ اللہ میاں کیسے بنے۔ ٹاٹ کا پردہ ہٹا کر جب باہر گلی میں نکلا، اسے یوں محسوس ہوا جیسے آسمان اس پر جھکا ہوا ہے۔ اس میں جا بجا مٹی کے تیل کی کپیاں جل رہی تھیں۔ اللہ میاں خدا جانے کہاں تھا۔۔۔ اور زینب بھی۔۔۔ معلوم نہیں وہ کہاں چلی گئی تھی۔ کہیں سے کچھ مانگنے گئی ہو گی۔۔۔ عطاءاللہ ہنسنے لگا۔ لیکن فوراً اسے خیال آیا کہ اسے اللہ میاں بننا تھا۔۔۔ سامنے موری کے پاس بہت سے پتھر پڑے تھے۔ ان پر وہ اگر کریم کو دے

مارے تو۔۔۔مگر اس میں اتنی طاقت نہیں تھی۔ کریم اس کی گود میں تھا۔اس نے کوشش کی کہ اسے اپنے بازوؤں میں اٹھائے اور سر سے اوپر لے جاکر پتھروں پر پٹک دے، مگر اس کی طاقت جواب دے گئی۔ اس نے کچھ سوچا اور اپنی بیوی کو آواز دی، ''جیناں۔۔۔جیناں۔''

زینب معلوم نہیں کہاں ہے۔۔۔کہیں وہ اس ڈاکٹر کے ساتھ تو نہیں چلی گئی جو ہر وقت اس سے اتنی ہمدردی کا اظہار کرتا رہتا ہے۔ وہ ضرور اس کے فریب میں آگئی ہوگی۔ میرے لیے اس نے کہیں خود کو بیچ تو نہیں دیا۔۔۔یہ سوچتے ہی اس کا خون کھول اٹھا۔ کریم کو پاس بہتی ہوئی بدرو میں پھینک کر وہ ہسپتال کی طرف بھاگا۔۔۔اتنا تیز دوڑا کہ چند منٹ میں ہسپتال پہنچ گیا۔

رات نصف سے زیادہ گزر چکی تھی۔ چاروں طرف سناٹا تھا۔ جب وہ اپنے وارڈ کے برآمدے میں پہنچا تو دو آوازیں سنائی دیں۔ایک اس کی بیوی کی تھی۔ وہ کہہ رہی تھی، ''تم دغا باز ہو۔۔۔تم نے مجھے دھوکا دیا ہے۔۔۔اس سے جو کچھ تمہیں ملا ہے، تم نے اپنی جیب میں ڈال لیا ہے۔'' کسی مرد کی آواز سنائی دی، ''تم غلط کہتی ہو۔۔۔تم اس کو پسند نہیں آئیں اس لیے وہ چلا گیا۔''

اس کی بیوی دیوانہ وار چلائی، ''بکو اس کرتے ہو۔۔۔ٹھیک ہے کہ میں دو بچوں کی ماں ہوں۔۔۔میرا وہ پہلا سا رنگ روپ نہیں رہا۔۔۔لیکن وہ مجھے قبول کر لیتا اگر تم بھانجی نہ مارتے۔۔۔تم بہت ظالم ہو۔۔۔بہت کٹھور ہو۔۔۔'' اس کی آواز گلے میں رندھنے لگی۔ ''میں کبھی تمہارے ساتھ نہ چلتی۔۔۔میں کبھی ذلت میں نہ گرتی اگر میرا خاوند بیمار اور میرے بچے کئی دنوں کے بھوکے نہ ہوتے۔۔۔تم نے کیوں یہ ظلم کیا؟'' اس مرد نے جواب دیا، ''وہ۔۔۔وہ کوئی بھی نہیں تھا۔۔۔میں خود تھا۔۔۔جب تم میرے ساتھ چل پڑیں تو میں نے خود کو پہچانا۔۔۔اور تم سے کہا کہ وہ چلا گیا ہے۔۔۔وہ، جس کے لیے میں تمہیں لایا تھا۔ مجھے معلوم ہے کہ تمہارا خاوند مر جائے گا۔۔۔تمہارے بچے مر جائیں گے تم بھی مر جاؤ گی۔۔۔لیکن۔۔۔''

''لیکن کیا۔۔۔'' اس کی بیوی نے تیکھی آواز میں پوچھا۔

''میں مرتے دم تک زندہ رہوں گا۔۔۔تم نے مجھے اس زندگی سے بچا لیا ہے جو موت سے کہیں زیادہ خوف ناک ہوتی۔۔۔چلو آؤ۔۔۔عطاءاللہ ہمیں بلا رہا ہے۔''

''عطاءاللہ یہاں کھڑا ہے۔'' عطاءاللہ نے بھنچی ہوئی آواز میں کہا۔

دو سائے پلٹے۔۔۔اس سے کچھ فاصلے پر وہ ڈاکٹر کھڑا تھا جو زینب سے بڑی ہمدردی کا اظہار کیا کرتا۔ اس کے منہ سے صرف اس قدر نکل سکا تھا، ''تم!''

’’ہاں، میں ۔۔۔تمہاری سب باتیں سن چکا ہوں۔‘‘ یہ کہہ کرعطاءاللہ نے اپنی بیوی کی طرف دیکھا، ’’جینا ں ۔۔۔میں نے رحیم اور کریم دونوں کو مار ڈالا ہے ۔۔۔اب میں اور تم باقی رہ گئے ہیں۔‘‘

زینب چیخی، ’’مار ڈالا تم نے دونوں بچوں کو؟‘‘

عطاءاللہ نے بڑے پرسکون لہجے میں کہا، ’’ہاں۔۔۔انہیں کوئی تکلیف نہیں ہوئی۔۔۔میرا خیال ہے تمہیں بھی کوئی تکلیف نہیں ہوگی۔ ڈاکٹر صاحب موجود ہیں۔‘‘

ڈاکٹر کانپنے لگا۔۔۔عطاءاللہ آگے بڑھا اور اس سے مخاطب ہوا، ’’ایسا انجکشن دے دو کہ فوراً مر جائے۔‘‘

ڈاکٹر نے کانپتے ہوئے ہاتھوں سے اپنا بیگ کھولا اور سرنج میں زہر بھر کے زینب کے ٹیکہ لگا دیا۔ ٹیکہ لگتے ہی وہ فرش پر گری اور مر گئی۔ اس کی زبان پر آخری الفاظ ’’میرے بچے‘‘ تھے، مگر اچھی طرح ادا نہ ہو سکے۔ عطاءاللہ نے اطمینان کا سانس لیا، ’’چلو یہ بھی ہو گیا۔۔۔اب میں باقی رہ گیا ہوں۔‘‘

’’لیکن۔۔۔لیکن میرے پاس زہر ختم ہو گیا ہے۔‘‘ ڈاکٹر کے لہجے میں لکنت تھی۔ عطاءاللہ تھوڑی دیر کے لیے پریشان ہو گیا، لیکن فوراً سنبھل کر اس نے ڈاکٹر سے کہا، ’’کوئی بات نہیں۔۔۔میں اندر اپنے بستر پر لیٹتا ہوں، تم بھاگ کر زہر لے کر آؤ۔‘‘

بستر پر لیٹ کر سرخ کھدر کے کمبل میں اس نے بڑی مشکل سے کروٹ بدلی اور اپنی مندی ہوئی آنکھیں آہستہ آہستہ کھولیں۔ کہرے کی چادر میں کئی چیزیں لپٹی ہوئی تھیں جن کے صحیح خد و خال نظر نہیں آتے تھے۔۔۔ایک لمبا، بہت ہی لمبا، نہ ختم ہونے والا دالان تھا۔۔۔یا شاید کمرہ جس میں دھندلی دھندلی روشنی پھیلی ہوئی تھی۔ ایسی روشنی جو جگہ جگہ میلی ہو رہی تھی۔ دور، بہت دور ایک فرشتہ کھڑا تھا۔ جب وہ آگے بڑھنے لگا تو چھوٹا ہوتا گیا۔ عطاءاللہ کی چارپائی کے پاس پہنچ کر وہ ڈاکٹر بن گیا۔ وہی ڈاکٹر جو اس کی بیوی سے ہر وقت ہمدردی کا اظہار کیا کرتا تھا۔ اور اسے بڑے پیار سے دلاسا دیتا تھا۔

عطاءاللہ نے اسے پہچانا تو اٹھنے کی کوشش کی، ’’آیئے ڈاکٹر صاحب!‘‘ مگر وہ ایک دم غائب ہو گیا۔ عطاءاللہ لیٹ گیا۔ اس کی آنکھیں کھلی تھیں۔ کہرا دور ہو چکا تھا۔ معلوم نہیں کہاں غائب ہو گیا تھا۔

اس کا دماغ بھی صاف تھا۔ ایک دم وارڈ میں شور بلند ہوا۔ سب سے اونچی آواز جو چیخ سے مشابہ تھی، زینب کی تھی، اس کی بیوی کی۔ وہ کچھ کہہ رہی تھی۔۔۔معلوم نہیں کیا کہہ رہی تھی۔ عطاءاللہ نے اٹھنے کی کوشش کی۔ زینب کو آواز دینے کی کوشش کی مگر نا کام رہا۔۔۔دھندلا پھر چھانے لگی اور وارڈ اور بھی لمبا ہوتا چلا گیا۔۔۔بہت لمبا۔ تھوڑی دیر کے بعد زینب آئی۔ اس کی حالت دیوانوں کی سی ہو رہی تھی۔ دونوں ہاتھوں سے اس نے عطاءاللہ

کو جھنجوڑنا شروع کیا۔ ''میں نے اسے مارڈالا ہے۔۔۔۔ میں نے اس حرام زادے کو مارڈالا ہے۔''

'' کس کو؟''

اسی کو جو مجھ سے اتنی ہمدردی جتایا کرتا تھا۔۔ اس نے مجھ سے کہا تھا کہ وہ تمہیں بچا لے گا۔۔۔ وہ جھوٹا تھا۔۔۔ دغا باز تھا، اس کا دل تو رے کی کالک سے بھی زیادہ کالا تھا۔ اس نے مجھے ۔۔۔ اس نے مجھے ۔۔ ۔'' اس کے آگے زینب کچھ نہ کہہ سکی۔

عطاء اللہ کے دماغ میں بے شمار خیالات آئے اور آپس میں گڈ مڈ ہو گئے، '' تمہیں تو اس نے مارڈالا تھا؟'' زینب چیخی، ''نہیں۔۔۔ میں نے اسے مارڈالا ہے۔۔''

عطاء اللہ چند لمحے خلا میں دیکھتا رہا۔ پھر اس نے زینب کو ہاتھ سے ایک طرف ہٹایا، ''تم اُدھر ہو جاؤ۔۔۔ وہ آرہا ہے۔''

'' کون؟''

''وہی ڈاکٹر۔۔۔ وہی فرشتہ۔''

فرشتہ آہستہ آہستہ اس کی چارپائی کے پاس آیا۔ اس کے ہاتھ میں زہر بھری سرنج تھی۔ عطاء اللہ مسکرایا، ''لے آئے؟''، فرشتے نے اثبات میں سر ہلایا، ''ہاں، لے آیا۔'' عطاء اللہ نے اپنا لرزاں بازو اس کی طرف بڑھایا، ''تو لگا دو۔''، فرشتے نے سوئی اس کے بازو میں گھونپ دی۔ عطاء اللہ مر گیا۔

زینب اسے جھنجوڑنے لگی، ''اُٹھو۔۔۔ اُٹھو کریم، رحیم کے ابا، اُٹھو۔۔۔۔ یہ ہسپتال بہت بری جگہ ہے ۔۔۔۔ چلو گھر چلیں۔'' تھوڑی دیر کے بعد پولیس آئی اور زینب کو اس کے خاوند کی لاش پر سے ہٹا کر اپنے ساتھ لے گئی۔

More by Ghazal Sara Dot Org

Title	Description
Aankh Bhar Asman – (Hardcover , Paperback, eBook)	Adult poetry of Yawar Maajed
Aafat Ki Ziyafat – Hindi – (Hardcover, Paperback, eBook)	Children's bedtime poetry book by Yawar Maajed in Hindi
Aafat Ki Ziyafat – Urdu – (Hardcover, Paperback, eBook)	Children's bedtime poetry book by Yawar Maajed in Urdu
Kulliyat e Allama Iqbal – (Hardcover, Paperback)	Classical poetry by Sir Allama Iqbal, one of the greatest Urdu poets of the 20th century
Taar o Paud – (Paperback, eBook)	Short stories by Balwant Singh, a legendary fiction Urdu writer
Pehla Patthar – (Paperback, eBook)	Short stories by Balwant Singh, a legendary fiction Urdu writer
Manto Ke Hashiye – (Hardcover , Paperback, eBook)	Most controversial short stories by Saadat Hasan Manto, for which he was dragged in the court of law
Kulliyat e Manto – (Hardcover , Paperback, eBook)	This series comprises nine books that feature all of the short stories written by Saadat Hasan Manto throughout his career.
Kulliyat e Ghazal - Mirza Ghalib – (eBook)	Complete collection of all Ghazals of Mirza Ghalib
Kulliyat e Mir Taqi Mir – (eBook)	Complete collection of all Ghazals of Mir Taqi Mir

Purchase our books at

https://ghazalsara.org/shop

Scan the QR code below to visit the site. Our paperback and hardcover books are available on Amazon in every country that Amazon sells in. Additionally, all eBooks are available on Amazon Kindle, Apple Books for iPhone/iPad and Google Playbooks for Android platforms.